LES OMBRES
DU PAYS DE LA MÉE

DU MÊME AUTEUR
CHEZ LE MÊME ÉDITEUR

Le Destin des jumeaux Fabrègues
La Transbordeuse d'oranges
Les Herbes de la Saint-Jean
Les Enfants d'Elisabeth
Les Deux Vies d'Anna

Hélène Legrais

LES OMBRES DU PAYS DE LA MÉE

Roman

Production Jeannine Balland
Romans Terres de France

PRESSES DE LA CITÉ

ISBN 978-2-258-07885-7

A mon arrière-grand-père,
chef garde-chasse de la forêt de Juigné.
A ma grand-mère, qui a grandi au milieu des chiens
et des chasseurs à la Teillais.
A mon grand-oncle Louis et ma grand-tante Suzanne,
qui habitaient la petite maison près de l'église de Pouancé.
Aux vacances de mon enfance,
5, rue Saint-Joseph, à Châteaubriant...

1

A voir la mine embarrassée de l'entrepreneur des pompes funèbres, Mélanie sut immédiatement que quelque chose n'allait pas.

Elle réprima un soupir : les quatre heures de voiture de Paris à Châteaubriant l'avaient fatiguée. Elle était venue directement, sans même poser son sac ni prendre le temps de se changer à la Martinière, et ses épaules, crispées par la conduite, étaient ankylosées.

Cependant, le malheureux qui lui faisait face paraissait souffrir encore plus qu'elle. Son teint naturellement pâle avait pris une nuance terreuse et une grosse veine violacée battait sur sa tempe.

Philippe Besnard avait succédé à son père au début de l'été et les funérailles de Jeanne-Marie Le Gallois étaient sans nul doute les premières obsèques d'importance dont il avait la charge.

Mélanie eut soudain pitié de lui : malgré la douceur de l'air de septembre, il avait enfilé un costume sombre et une chemise immaculée bien fermée jusqu'au dernier bouton derrière la cravate sobrement rayée de bordeaux et de gris. Le col trop rigide lui entamait le cou et elle pouvait voir la trace rouge qui lui marbrait la peau chaque fois qu'il passait un doigt dans l'encolure pour se donner un peu d'air. Elle l'imaginait plus volontiers habillé d'un polo et d'un pantalon de toile mais, pour l'occasion, il avait visiblement voulu revêtir l'uniforme correspondant à sa fonction, tenue qu'il estimait sans doute plus adéquate pour accueillir le rejeton d'une des plus grandes familles castelbriantaises, de celles qui avaient fait en leur temps l'histoire et la prospérité de la ville. Qu'est-ce qui pouvait ainsi le faire suer à grosses gouttes ?

La curiosité l'emporta sur la fatigue. Massant du bout des doigts sa nuque raide, Mélanie posa la question que son interlocuteur attendait et redoutait tout à la fois.

— Y aurait-il un problème, monsieur Besnard ?

A peine cette interrogation prononcée, elle eut conscience de son incongruité : quel problème pouvait-il survenir lors de la préparation d'un enterrement ?

Le corps qui se détériorait plus vite que prévu ? Une éraflure sur le bois du cercueil ou un accroc dans le satin du capitonnage intérieur ? Une dalle fendue dans le caveau ? A Paris, elle aurait pu imaginer que la chapelle avait été squattée et que les employés avaient découvert des restes peu convenables, vieille couverture, boîtes de conserve voire préservatifs usagés, témoins de cette occupation clandestine. Mais ici, dans cette paisible sous-préfecture de la Loire-Atlantique, cela semblait tout bonnement impensable. Aucun Castelbriantais, fût-il SDF, n'aurait osé toucher au « panthéon » de la famille Le Gallois, et elle pouvait être assurée que le fossoyeur veillait jalousement à l'entretien du caveau.

— Quel peut être ce problème, monsieur Besnard ? répéta Mélanie. J'ai du mal à imaginer…

L'entrepreneur des pompes funèbres déglutit avec effort, desserra son nœud de cravate comme s'il allait s'étouffer. Il hésitait à se lancer.

— Monsieur Besnard ? insista-t-elle.

Il se décida.

— Il n'y a plus de place dans le caveau. Il est plein.

— Pardon ? hoqueta-t-elle, abasourdie.

— Il y a un mort de trop, asséna-t-il presque avec brutalité, soulagé de se libérer de ce poids qui l'oppressait depuis le matin et avait gâché son déjeuner.

A présent que les mots fatidiques étaient lâchés, il se faisait volubile, parlant vite, sans même reprendre haleine.

— J'ai supervisé moi-même l'opération. Les ouvriers ont enlevé le tampon avant de faire tomber le mur de brique...

Mélanie leva une main implorante.

— Monsieur Besnard, je vous en prie, j'ignore tout à fait de quoi vous parlez. Ne serait-il pas plus simple que nous allions sur place ? Je suis sûre que je comprendrai mieux in situ.

L'entrepreneur acquiesça avec empressement, soucieux de ne point la contrarier davantage. Il ouvrit la porte, proposa sa voiture. Elle déclina son offre : marcher l'aiderait à secouer la fatigue qui endolorissait encore ses épaules. Se faufilant entre les dalles funéraires d'exposition alignées devant le magasin, elle remonta d'un pas décidé la rue Amand-Franco sur quelques dizaines de mètres jusqu'à l'entrée sud du cimetière, l'entrepreneur à sa remorque.

De l'autre côté de la rue, le champ de foire de Béré bourdonnait des préparatifs du rassemblement annuel qui voyait depuis le Moyen Age les plus beaux bovins de la région et d'ailleurs investir ses enclos. On dressait les tentes, on repeignait les barrières, on fixait des panneaux à grand renfort de coups de marteau et de sifflements aigus de perceuse.

Face à cette fourmilière pleine de vie, le cimetière paraissait d'autant plus silencieux. Une enclave que l'on jugeait sinistre ou paisible suivant que l'on était plus ou moins jeune, plus ou moins affairé.

Mélanie poussa le portail métallique dont la peinture s'écaillait et s'arrêta un instant, comme à son habitude, pour contempler avec un sourire mi-attendri mi-ironique les trois chapelles orphelines qui occupaient le bas du cimetière. Elles se dressaient tels des phares en bordure d'une mer étale de pierres tombales plates crevée par les récifs acérés des croix de granit gris. Certains entendaient dominer leurs concitoyens dans la mort comme dans la vie.

Le caveau de la famille des tanneurs Le Pecq et celui élevé par un certain Gardet en mémoire d'une petite Eugénie morte à vingt-trois jours en 1884 se faisaient face, les ogives pseudo-gothiques et le tympan finement sculpté de l'un défiant la silhouette massive de mausolée napoléonien de l'autre. Celui des Le Gallois était un peu à l'écart, son prétentieux fronton néoclassique dominant les deux chapelles voisines d'une bonne cinquantaine de centimètres – « l'Ancêtre » y avait veillé.

A présent, l'entrepreneur semblait monté sur ressorts. Exhibant une grosse clef dont l'anneau était orné des initiales L et G entrelacées, il se précipita pour ouvrir la grille ouvragée fermant le caveau et disparut à l'intérieur tel un vieux vampire fuyant la clarté du jour. Elle le suivit.

Les ouvriers avaient abandonné leurs outils sur le sol dallé et elle dut enjamber marteaux et burins. Une odeur douceâtre de pourriture et de poussière poissait l'air confiné de la chapelle, accentuant l'impression de pathétique abandon qui lui serrait la gorge.

A hauteur d'yeux, un des emplacements était en partie ouvert.

Prolixe, Philippe Besnard expliquait déjà en montrant une dalle de marbre lisse dressée contre le mur :

— Vous voyez, mes hommes ont descellé le tampon sur mes indications. Mon père avait pieusement conservé le plan du caveau. De toute façon, on ne pouvait pas se tromper : c'était le seul emplacement qui ne portait pas d'inscription !

Mélanie hocha la tête tout en jetant machinalement un coup d'œil aux autres dalles comme pour vérifier que celles-là, au moins, étaient bien identifiées. L'Ancêtre et l'arrière-grand-mère Rose, le grand-oncle Yves que son épouse, Jeanne-Marie, devait rejoindre le lendemain, l'abbé et la « pauvre Thérèse », enfin ses propres grands-parents... Il n'en manquait pas un à l'appel.

Elle reporta son attention sur l'entrepreneur qui s'était lancé dans une grande démonstration.

— C'est lorsque nous avons voulu faire tomber le petit mur de brique dressé derrière la plaque de marbre que nous avons aperçu le cercueil !

Mélanie remarqua alors qu'effectivement quelques briques manquaient dans un des coins. Elle s'avança. Il la retint.

— Sans torche, vous ne pourrez rien voir. Et puis le spectacle n'est guère ragoûtant pour un profane : le corps est là depuis près de quatre-vingts ans et le temps a fait son œuvre.

L'entrepreneur avait prononcé « œuvre » en baissant la voix, avec une moue contrite comme pour s'excuser de l'image que le mot allait susciter dans l'esprit sensible de son interlocutrice. S'il savait les horreurs qu'elle avait vues en Arménie après un tremblement de terre, ou dans les villages du Liban réduits à l'état de ruines par des combats incessants ! Elle n'insista cependant pas.

— Sans vouloir vous vexer, ne serait-il pas possible qu'une inscription ait été gravée par erreur sur un emplacement vide ?

— Vous ne me vexez pas ; j'y ai pensé avant vous. C'est pour cela que j'ai demandé à mes employés d'ouvrir, avec précaution bien sûr, les autres emplacements. Ils sont tous occupés et les plaques de bronze sur ce qui reste des cercueils correspondent à l'inscription sur le tampon de marbre. Il n'y a pas d'erreur, mademoiselle Le Gallois !

— Mais alors, qui est cet intrus ?

Il leva un sourcil étonné.

— Je pensais que vous pourriez me le dire.

— Parce que vous croyez que ce mort est de la famille ? Non, c'est impossible ! Il y avait bien un autre grand-oncle, Louis, mais il a été tué au Chemin des

Dames et il repose dans un cimetière militaire de l'Aisne. C'est tout.

L'entrepreneur toussota pour manifester son embarras. Il avait dû voir un acteur le faire dans un vieux film en noir et blanc !

— Ce n'est pas tout à fait vrai : il y a aussi un enfant mort en bas âge. Votre arrière-grand-mère avait tenu à être inhumée avec lui. Les deux corps partagent le même emplacement. Vous l'ignoriez ?

Il n'y avait qu'à voir la mine effarée de la jeune femme pour comprendre que tel était effectivement le cas.

— Un enfant ? balbutia-t-elle.

— Un petit garçon âgé de quelques mois à peine, inscrit sous le prénom de Pierre. Après l'ahurissante découverte que nous avions faite dans la chapelle, j'ai compulsé les archives de l'entreprise familiale. Vous savez que la maison Besnard existe depuis plus d'un siècle et que toutes les inhumations ont été pieusement notées année après année.

— Alors vous connaissez l'identité du mystérieux cadavre ! l'interrompit-elle vivement.

— Hélas non ! Dans le courant de l'année 1912, il est bien inscrit que le caveau a été ouvert mais il n'est fait nulle mention du défunt, ce qui est franchement inhabituel. Pour tout vous dire, cet « oubli » m'a tellement étonné que j'ai vérifié tous les registres un par un : c'est le seul !

Elle ne savait plus que penser. Le scrupuleux grand-père Besnard n'avait certainement pas agi de sa propre initiative ; c'était inimaginable. Il avait forcément obéi aux instructions d'un membre de la famille Le Gallois. Mais lequel ? Et pourquoi ? Qui était ce mort surnuméraire ?

Soudain, la tête lui tourna.

— Pourrions-nous sortir, monsieur Besnard ? Je ne suis pas claustrophobe, mais cet endroit m'oppresse.

Sans attendre sa réponse, elle réenjamba les outils abandonnés et repassa la grille.

Elle parut soulagée de se retrouver à l'air libre. Philippe Besnard se maudit intérieurement : habitué à cette ambiance depuis son enfance, il en oubliait qu'elle pouvait mettre mal à l'aise ceux qui ne passaient pas leur vie dans les cimetières.

Elle était vraiment très pâle. Il alla mouiller son mouchoir à la pompe la plus proche et le lui tendit. Elle l'accepta et s'en tamponna le front délicatement. Elle semblait déjà aller mieux ; la fraîcheur de l'air finirait de lui remettre les idées en place. Une brise légère faisait moutonner les nuages. Elle sentait la pluie et les sous-bois humides. L'automne approchait.

Repliant soigneusement le mouchoir, la jeune femme prit une grande inspiration et lui fit face.

— C'est le moment de montrer ce que dix ans de journalisme m'ont appris et faire preuve de méthode et d'esprit de décision. Prenons donc les choses dans l'ordre, monsieur Besnard : ma grand-tante est décédée et toute la famille arrive demain pour les funérailles. Elle doit être inhumée à l'emplacement qui lui a été réservé sous peine de déclencher un cataclysme familial. Est-ce possible ?

Elle n'était pas que jolie, elle avait aussi du cran, la jeune demoiselle Le Gallois ! Et cela l'arrangeait bien. Il était soulagé qu'un membre de la famille prît les choses en main. La décision ne lui appartenait plus. Il ne lui restait désormais qu'à coopérer pour que cette affaire gênante se terminât au plus vite.

— Il faut demander un permis d'exhumation à la mairie. Ensuite, on peut transporter les restes ailleurs ou faire une réduction de corps et lui trouver une place dans un emplacement déjà occupé. C'est vous qui choisissez.

La jeune femme se mordillait l'ongle du pouce, visiblement perplexe. Il attendit.

Soudain, elle se décida.

— Il n'est pas question de se débarrasser de ce « mort en trop » ou de faire comme s'il n'avait jamais existé ! S'il a été mis là, c'est qu'il avait un rapport avec la famille. Je veux savoir lequel. Il est possible que nous soyons du même sang, après tout. Nous allons donc l'exhumer afin de libérer la place et je vais demander une autopsie. Peut-être nous en apprendra-t-elle davantage !

Elle n'y allait pas de main morte, comme aurait dit le père Besnard, qui était pince-sans-rire. Etait-elle consciente de tout ce que cela allait déclencher ? Il fallait qu'il la prévienne de ne pas trop se faire d'illusions.

— Vous savez, intervint-il avec une moue dubitative, si tout n'est pas déjà redevenu poussière, il ne reste au mieux que quelques os avec des lambeaux de vêtements collés dessus, des cheveux peut-être, et des bouts de planches vermoulues. Je doute que des analyses soient probantes.

Elle balaya ses objections d'un haussement d'épaules. Sa décision était prise et elle ne reviendrait pas dessus. C'était bien l'arrière-petite-fille du vieux Le Gallois : elle savait ce qu'elle voulait.

— S'il y a une chance de savoir, je veux la tenter, asséna-t-elle, le sourcil froncé. D'ailleurs, ajouta-t-elle avec un demi-sourire narquois, nous avons un médecin légiste dans la famille. Son art ne lui permet guère d'ordinaire de briller en société, mais pour une fois il va nous être utile !

Philippe Besnard s'inclina. Que pouvait-il faire d'autre ? Une exhumation ne lui souriait guère, mais si telle était la volonté de sa cliente... Un œil sur sa montre, il réfléchit rapidement.

— A cette heure-ci, les bureaux de la mairie sont fermés. Si vous le souhaitez, je peux m'arranger pour me procurer les autorisations nécessaires. Vous n'aurez qu'à les signer demain matin.

Elle lui adressa un sourire de gratitude ; elle semblait épuisée et ce qu'elle avait de mieux à faire était sans doute de prendre un bon bain chaud et de se mettre au lit. Elle en aurait bien besoin d'ailleurs : les exhumations avaient toujours lieu à l'aube, c'était la loi.

— Rendez-vous à sept heures, ici même.

Elle acquiesça en lui rendant son mouchoir. Elle n'avait même plus la force de parler.

Mais qu'avaient donc les chiens à aboyer comme ça ? Par la lucarne, l'aube blanchissait à peine la cime effilée de l'immense sapin qui veillait sur la maison ; quelques étoiles étaient encore visibles dans le ciel indigo du petit matin. On ne devait guère avoir dépassé les cinq heures. Et les voilà qui menaient un train d'enfer dans le chenil, donnant de la voix comme s'ils avaient reniflé le passage d'un renard ou d'un sanglier. Un vacarme de tous les diables dominé par les jappements aigus de Pataud. Encore turbulent comme le jeune chiot qu'il était il n'y a pas si longtemps, il faisait la sourde oreille quand le père Tual lui donnait un ordre, mais c'était son préféré.

Ils étaient vraiment déchaînés. On les entendait grogner et gratter les dalles de schiste qui pavaient leur enclos derrière le clan[1]. Peut-être sentaient-ils qu'on allait les libérer tout à l'heure : Monsieur le comte avait décidé qu'il y aurait chasse aujourd'hui.

Le Gustave de la maison du bout de la forêt était allé ces deux derniers jours lever le pied, comme on disait, c'est-à-dire relever les traces et les fumées, et il avait repéré un jeune chevreuil qui ferait un gibier de choix pour le fusil comtal.

— Paix là, gredins de chiens !

La voix rogue et brève, habituée au commandement, du père Tual claqua comme un coup de fouet dans l'air frileux, encore plein d'ombre. Debout sur le seuil, déjà

1. Barrière étroite.

tout habillé, il devait finir de lamper l'assiettée de soupe épaisse qui lui servait de déjeuner le matin. Les aboiements baissèrent d'un ton, remplacés par des gémissements sourds et impatients.

Un bruit de pas, le martèlement des lourds brodequins de cuir sur la terre battue de la cour... Le père Tual, sa soupe finie, allait libérer la meute.

2

Mais pourquoi diantre avait-elle accepté de veiller aux préparatifs des obsèques de sa grand-tante ? En fait, elle n'avait pas eu à accepter, puisque personne n'avait même pris la peine de le lui demander. Depuis qu'elle en avait l'âge, elle était la seule à s'occuper des affaires familiales et les autres – les cousins, les cousines et même ses propres parents – tenaient cela pour acquis. Pourquoi annuler des rendez-vous, renoncer à un week-end ou même tout simplement perdre des heures sur la route vers Châteaubriant, puisque Mélanie s'en chargeait ?

Elle soupira en faisant faire demi-tour à sa voiture. Finalement, c'était de sa faute ; elle les avait trop bien habitués.

Plongée dans ses réflexions, elle enfilait les rues machinalement, sans y penser : elle parcourut le boulevard de la République sur toute sa longueur, contourna la place de la Motte presque vide à cette heure et remonta la rue Pasteur vers le château. Elle jeta juste un coup d'œil, plus par réflexe que par réel intérêt, vers la masse imposante du donjon d'entrée sur lequel flottait le drapeau frappé des hermines de Bretagne puis, avant le passage à niveau, prit à droite en direction d'Ancenis, vers la gare.

L'Ancêtre avait voulu faire du quartier des Vauzelles un fief Le Gallois, sa demeure faisant à l'époque face à son usine d'outillage agricole qui jouxtait les voies ferrées, par où sa production était acheminée partout en France et même plus loin.

Mélanie gara sa petite Renault – sa voiture de Mickey, comme l'appelaient ironiquement ses collègues de la radio – juste devant le mur qui faisait le tour de la Martinière. Elle prit son sac de voyage dans le coffre et poussa la grille, baissant la tête pour éviter les grappes mauves des glycines qui se balançaient mollement sous l'arceau couronnant les piliers de brique.

Elle eut un serrement au cœur. On voyait que la maladie avait diminué la grand-tante Jeanne-Marie ces derniers temps. Auparavant, elle n'eût jamais toléré un tel laisser-aller végétal : le jardinier qui venait encore deux fois par semaine aurait été sommé de rattacher sur-le-champ les tiges indisciplinées.

De même, il était visible que la vigne vierge qui recouvrait la façade crépie jusqu'au bord du toit d'ardoise d'un épais manteau de verdure n'avait pas été taillée depuis des semaines. Les feuilles que l'automne naissant commençait à auréoler de rouge débordaient sur l'encadrement des fenêtres. Avec un sourire, Mélanie laissa son imagination vagabonder : et si, comme dans les contes qui avaient bercé son enfance, un sort avait été jeté à la Martinière, et si la végétation était en train de se refermer sur les volets blancs clos pour empêcher tout intrus de pénétrer dans la maison morte ?

Elle secoua la tête ; la fatigue la faisait délirer.

S'efforçant au pragmatisme, elle examina la bâtisse d'un œil critique.

L'Ancêtre avait voulu qu'elle fût à l'image de la réussite dont il rêvait : grande, haute et imposante. Pour surpasser les demeures de ses concurrents, les Huard, il avait même fait ajouter sur les pignons deux petites tourelles qui n'avaient pas grande utilité hormis une fonction décorative, mais qui faisaient que depuis un siècle les Castelbriantais parlaient de la Martinière comme du « manoir » Le Gallois. Si dans son paradis – ou son enfer, comment savoir ? –, l'Ancêtre l'apprenait, il serait comblé d'aise.

Dédaignant la lourde porte de chêne à laquelle on accédait par un perron à larges marches de pierre et qu'à vrai dire on n'utilisait plus que très rarement, pour les grandes occasions – le cercueil de la grand-tante sortirait par là demain –, Mélanie emprunta l'étroit chemin pavé qui contournait le bâtiment par la droite jusqu'à l'entrée de service.

L'arrière de la maison était plus intime. La façade avant avait été conçue pour la « montre », pour asseoir la pérennité de la lignée Le Gallois, une sorte de vitrine proposée à l'admiration des concitoyens ; on ne découvrait la vraie Martinière, celle où on vivait, s'aimait, se détestait et mourait, qu'en passant sur l'envers du décor, côté jardin.

La grand-tante qui s'était voulue, ces trente dernières années, la gardienne vigilante de la « grandeur » familiale ne s'en occupait guère, et la bonne Françoise en avait fait son domaine.

Mélanie n'aurait pu imaginer la Martinière sans cette vieille servante, à peine moins âgée que sa maîtresse. Elle l'avait toujours vue là, bourrue et la main leste quand la jeune génération, toute à ses jeux, menaçait de saccager sa cuisine. Mais elle avait toujours des biscuits à dorer dans le four pour consoler les grosses peines de cœur comme les petits chagrins d'enfant.

Jouant presque quotidiennement du sécateur, elle avait réussi à tenir à distance l'envahissante vigne vierge qui tentait sans relâche d'insinuer ses griffes pour recouvrir jusqu'à la dernière pierre de la maison.

Dégagée de cette toison luxuriante, la porte de l'office aurait pu servir de modèle pour une carte postale... si un photographe professionnel en avait connu l'existence. Le battant, peint en bleu, était vitré dans sa partie supérieure qui pouvait s'ouvrir séparément, à l'ancienne. Un rosier grimpant aux délicates fleurs d'un jaune rosé rappelant la lumière de l'aurore égayait l'encadrement de briques rouges.

Mélanie ne manquait jamais de s'arrêter à quelques pas, près des fuchsias, pour contempler ce qui avait été l'entrée pimpante du paradis des vacances de son enfance.

Mais déjà la porte s'ouvrait et Françoise apparaissait sur le seuil. Elle avait dû la guetter à la fenêtre.

Mélanie agita la main dans sa direction ; la vieille domestique était sourde comme un pot. Du moins c'est ce qu'elle prétendait, mais la jeune femme la soupçonnait d'exagérer son infirmité afin d'échapper aux remarques acerbes et aux récriminations incessantes de sa grand-tante, qui n'avait personne d'autre à faire tourner en bourrique ces dernières années.

— Nanou ! Je m'inquiétais !

Mélanie sentit ses yeux se mouiller. Qu'il était doux de s'entendre appeler par ce petit nom que la bonne Françoise était la seule à lui donner encore ! Même sa mère l'avait abandonné depuis longtemps – depuis le jour où Mélanie lui avait rétorqué, agacée, du haut de ses dix ans, qu'elle n'était plus un bébé et qu'il était temps qu'elle la vît grandir. C'est drôle, mais quand elle voyait Françoise, elle avait au contraire envie de redevenir toute petite.

Elle embrassa affectueusement la vieille femme.

Même si elle ne voulait pas le montrer, la mort de sa maîtresse avait profondément affecté Françoise. Elles étaient toutes deux les derniers témoins d'une époque à présent disparue. Et puis, elles étaient tellement habituées l'une à l'autre... qu'allait-elle devenir maintenant ?

Mélanie n'avait pas pensé à ce problème lorsque la nouvelle de la mort de sa grand-tante lui était parvenue, mais elle se promit d'user de toute son éloquence, rodée par dix ans de micro, pour obtenir du conseil de famille qui ne manquerait pas de se tenir après les obsèques qu'il la laissât finir ses jours dans cette maison où elle servait depuis plus de soixante ans. Car il ne saurait être question de vendre la Martinière, elle y veillerait.

La cuisine embaumait la poule au pot. Une buée parfumée au laurier et au clou de girofle s'échappait de la marmite posée sur la gazinière, embrumant les vitres de la porte et par-delà le jardin doré par le soleil couchant qui prenait un aspect presque irréel. Petite, Mélanie appelait ce moment magique autant que fugace « l'heure des fées ».

— Ma bonne Françoise, ta poule au pot est toujours la meilleure de Châteaubriant !

La vieille femme rosit de plaisir sous ses cheveux gris tirés en un chignon maigre comme une pelote de ficelle, preuve s'il en était que lorsqu'elle voulait, elle entendait parfaitement.

Elle bredouilla quelque chose au sujet des volailles qui n'étaient plus ce qu'elles étaient dans le temps puis, plongeant sa longue cuillère de bois dans le bouillon frissonnant où le moderne volatile ainsi rabaissé au rang de pâle ersatz achevait de cuire, elle lança :

— Ta grand-tante est dans sa chambre, au premier.

Ce n'était pas une indication, plutôt un ordre. Françoise avait des idées bien arrêtées sur les convenances et celles-ci voulaient que Mélanie allât se recueillir devant le corps de la défunte dès son arrivée et surtout avant de passer à table. Il n'y avait pas à discuter.

La jeune femme, qui avait eu son content d'émotions pour la journée, aurait préféré différer cette épreuve au lendemain matin, mais elle ne voulait pour rien au monde chagriner la domestique. Elle se leva donc docilement. Elle en profiterait pour poser son sac dans la « chambre des filles », celle qu'elle partageait avec ses cousines lorsqu'elles se trouvaient à la Martinière en même temps qu'elle, à Noël ou durant les vacances d'été.

Mélanie gravit lentement l'escalier de service qui menait aux chambres de l'étage. Il était très raide et ses marches étaient impeccablement cirées, comme d'habitude.

Combien de fois ne l'avait-elle pas dévalé avec son frère ou ses cousins ? Le jeu consistait à le descendre en courant sans glisser ni heurter du front la poutre qui traversait l'étroite cage d'escalier, juste sous le plafond. La cousine Anne, qui n'avait qu'un an de moins qu'elle, y avait récolté un jour une bosse aussi grosse qu'un œuf de pigeon, et elle-même ne comptait plus les bleus sur la partie la plus charnue de son anatomie après avoir dégringolé les dernières marches sur les fesses.

Le premier étage était silencieux. Ses pas eux-mêmes étaient étouffés par l'épais tapis qui recouvrait le plancher. Malgré la pénombre, elle ne prit pas la peine d'allumer la lumière ; elle aurait pu se diriger les yeux fermés. Elle longea le couloir jusqu'à la chambre de la grand-tante.

La vieille Françoise avait allumé deux cierges au pied du lit d'acajou et leurs flammes faisaient danser des reflets de cuivre sur le bois sculpté.

Retenant son souffle, Mélanie s'approcha sur la pointe des pieds comme si elle craignait de réveiller un malade. La chambre sentait le médicament, la sueur aigre et la souffrance. S'y mêlaient un relent de vieille naphtaline et un parfum passé de lavande, comme si on avait fouillé le fond des tiroirs de la commode ou des étagères de l'armoire... sans doute Françoise, pour y trouver la courtepointe blanche qui recouvrait le corps.

Jeanne-Marie Le Gallois reposait au milieu du grand lit, les mains jointes sur les grains de jais de son chapelet.

La petite bougie qui brûlait dans un verre sur le dessus de marbre de la commode, devant une photo de sainte Thérèse de l'Enfant-Jésus, posait une lueur vacillante sur son visage figé.

Mélanie se pencha, impressionnée : les joues, le menton même, semblaient avoir fondu. La peau avait perdu ses rides et ses boursouflures ; elle était tendue et avait pris un aspect étrange, cireux, à la fois lisse et froid. Elle ne faisait pas « vraie », comme si la grand-tante portait un masque.

Mélanie luttait désespérément contre le malaise grandissant qu'elle ressentait à ce spectacle. Finalement, elle renonça à déposer un baiser sur le front de la défunte comme elle l'avait envisagé.

Des morts, elle en avait pourtant vu. Trop, même. Des cadavres ensanglantés par la guerre, décharnés par la famine, mutilés par une catastrophe plus ou moins naturelle ; des poupées désarticulées dans des champs de ruines qui auraient pu servir de décor à un quelconque film à gros budget américain. Mais cette mort ordinaire, cette vieille dame qui s'était éteinte paisiblement dans sa chambre au terme de son âge, c'était intimidant. Et finalement plus terrifiant. Elle n'aimait décidément pas que la grande faucheuse se fasse ainsi presque amicale, trop proche...

Elle sortit de la chambre à la hâte.

La grand-tante Jeanne-Marie, avec les colliers de perles de culture qu'elle portait en toute saison, du lever au coucher, l'impressionnait déjà de son vivant ; c'était pire à présent qu'elle était morte. Si jamais elle avait su qu'un intrus usurpait sa place au panthéon familial depuis des années, elle en aurait fait une jaunisse.

Mélanie redescendit prudemment l'escalier. Elle n'avait plus l'âge de faire de la haute voltige.

En bas, Françoise s'affairait autour de la table dans un tintement de couverts.

— Dépêche-toi, ma Nanou, c'est cuit. Tu vas te gouleyer[1] !

La vieille domestique émaillait toutes ses phrases de mots ou d'expressions en gallo, ce patois que l'on parle dans le pays de la Mée dont Châteaubriant était la

1. Te régaler.

capitale. A Paris, Mélanie aurait été bien en peine d'en livrer ne serait-ce que quelques bribes, même pour épater les copains ; mais ici, dans le cocon douillet de la Martinière, elle le comprenait sans effort, simplement avec le cœur.

— Tiens mon assiette au chaud, s'il te plaît, se ravisa-t-elle. Il faut d'abord que je téléphone à Viv.

Viv était la jeune sœur de la grand-tante Jeanne-Marie. « Jeune » semblait un qualificatif étrange pour une octogénaire, mais elle avait effectivement douze ans de moins que son aînée. Son vrai prénom était Suzanne, mais nulle mieux qu'elle ne savait captiver un auditoire enfantin – et même adulte – en contant les fabuleuses aventures des fées et des enchanteurs qui peuplaient la légendaire forêt de Brocéliande, et Mélanie avait décidé à l'âge de cinq ans que, pour connaître aussi bien les secrets du vieux Merlin à la longue barbe blanche, elle devait être fée elle-même. Une gentille, bien sûr. Depuis, elle ne l'avait jamais plus appelée autrement que Viviane, Viv sa fée « personnelle et particulière »...

La sonnerie tira la vieille dame de son assoupissement. Peste soit de la vieillesse qui vous endort sans crier gare pour mieux vous préparer au sommeil éternel ! Sur le guéridon, le téléphone fit entendre une nouvelle fois son appel strident. Elle tendit le bras et décrocha en souriant. Elle devinait qui l'appelait.

— C'est toi, Mélanie ? s'enquit-elle de son timbre un peu voilé, à la Delphine Seyrig, disaient certains, des flatteurs.

— Tu es douée du don de double vue, maintenant ? s'étonna la voix juvénile à l'autre bout du fil. Tu vois que j'avais raison : tu es bien une fée !

— C'est surtout que j'attendais ton appel avec impatience, protesta Viv. D'ailleurs, enchaîna-t-elle avec un doux rire de gorge auquel la tourterelle répondit par un roucoulement depuis sa cage sur l'appui de la fenêtre, tu es la seule à me téléphoner encore. Même les démarcheurs me boudent. J'ai depuis longtemps passé l'âge d'être une de ces fameuses... comment dis-tu ? « ménagères de moins de cinquante ans ». Je ne suis plus une consommatrice intéressante, sauf peut-être pour un fabricant de sonotones ou un entrepreneur de pompes funèbres !

Mélanie mêla son rire au sien. Viv savait que sa petite-nièce s'inquiétait pour elle, et que l'entendre plaisanter la rassurait. Son sens de l'humour, c'était sa façon à elle d'affronter les épreuves de la vie, de se colleter avec la mort qui la serrait chaque jour d'un peu plus près. La disparition de sa sœur ne lui avait pas ôté l'envie de se battre, tel était le message qu'elle voulait faire passer à la jeune femme – et celle-ci l'avait entendu.

Pourtant, la repartie ne vint pas comme d'habitude. La vieille dame perçut comme une hésitation, un flottement inhabituel.

— Qu'est-ce qui te tracasse, Mel ? Tu voulais me parler de quelque chose de particulier ?

Mélanie protesta.

— Je voulais juste savoir si je devais venir te chercher en voiture pour les obsèques, demain.

Son ton n'était pas naturel. Elle aurait pu tromper n'importe qui, mais pas sa vieille tante Viv. Mel était embarrassée et cet embarras avait quelque chose à voir avec elle. Viv n'insista cependant pas ; la « petite » parlerait quand elle serait prête à le faire.

— Ne t'inquiète pas, la rassura-t-elle, monsieur et madame Dutertre, de la Teillais, ont déjà proposé de m'amener en début d'après-midi pour la mise en bière. Reste pour accueillir tes parents et tes cousins. Tu vas avoir beaucoup à faire !

— Alors c'est parfait. Nous nous verrons demain. Prends soin de toi.

— C'est promis, ma grande. Je t'embrasse. A demain.

Mélanie raccrocha le combiné, songeuse. C'était bien de Viv de se soucier des autres plus que d'elle-même. Mais elle ne savait pas à quel point elle avait raison en supposant que la matinée serait chargée. La pensée de la corvée qui l'attendait à l'aube sapait déjà le moral de la jeune femme. Ensuite, il lui faudrait annoncer la nouvelle à la famille, et elle pressentait que l'affaire ne serait pas simple : elle avait décidé de l'exhumation sans même la consulter, et il lui faudrait aussi convaincre le cousin Bertrand d'examiner les restes mystérieux avec son collègue du cru.

Elle fut soudain prise d'une furieuse envie de parler à Pascal, de partager avec lui ce secret qui allait sans doute causer quelques turbulences au sein de la famille Le Gallois. Seulement, il était en reportage au Proche-Orient. Il devait même faire une incursion au Liban toujours à feu et à sang. Mélanie ne l'avait pas vu partir sans appréhension : le djihad islamique considérait les journalistes français comme des otages de choix. Jean-Paul Kauffmann, que tous deux avaient plusieurs fois côtoyé sur le terrain, était encore aux mains de ses ravisseurs, et elle n'avait nulle envie que Pascal aille le rejoindre dans sa geôle. Pour l'instant en tout cas, il était injoignable sauf par sa valise satellite. Tant pis, elle laisserait un message sur le répondeur de son studio parisien ; il l'interrogerait peut-être à distance.

Entendre sa voix à la fois charmeuse et ironique sur l'annonce lui fit du bien. Quand elle considérait les dangers qui le guettaient, elle avait honte de s'être ainsi laissé submerger par la situation. Elle se contenta de quelques mots, juste pour lui dire qu'il lui manquait et qu'elle avait hâte de le serrer dans ses bras. Les histoires d'amour entre deux journalistes étaient faites de beaucoup de messages de ce genre. C'était la rançon du métier.

Elle avait à peine mis le pied sur la dernière marche de l'escalier que Françoise se précipitait pour remplir son assiette de faïence blanche à motifs bleus. La grand-tante n'aurait jamais accepté de manger dans autre chose que de la porcelaine, mais elle avait admis depuis des années que « les enfants » utilisent le service ordinaire de la cuisine. Si le chahut entraînait de la casse, ce serait moins grave.

Ces assiettes étaient prétextes à un jeu – mais qu'est-ce qui ne l'était pas à la Martinière ? – qui pour une fois recevait l'approbation des adultes : c'était à qui avalerait son potage le plus vite pour être le premier à mettre au sec les chérubins joufflus qui batifolaient en compagnie d'animaux fantastiques sur les rebords de faïence. Evidemment, seule, c'était beaucoup moins amusant.

Mélanie fit cependant honneur au repas préparé avec amour par la vieille Françoise, plus d'ailleurs pour lui faire plaisir que par faim, la fatigue et la pensée de ce qui l'attendait le lendemain suffisant à lui couper l'appétit. Elle n'eut en revanche pas à inventer une excuse pour se retirer dans sa chambre dès la dernière bouchée de flan aux œufs avalée : elle n'arrivait réellement plus à garder les yeux ouverts. Il n'était que 21 h 30 lorsqu'elle se glissa avec délice entre les draps de fine toile blanche brodés des initiales LG entrelacées au-dessus d'un entre-deux de dentelle.

Pourtant le sommeil réparateur ne vint pas.

Mélanie eut beau retaper les oreillers moelleux, enlever puis remettre l'édredon de satin jaune, s'allonger sur le dos, sur le côté, il la fuyait obstinément. Trop de pensées tourbillonnaient dans sa tête.

Elle ralluma la lampe de chevet pour lire quelques pages d'un polar qu'elle avait glissé dans son sac. D'ordinaire, il n'y avait pas mieux pour lui vider l'esprit et la détendre. Mais là, rien.

Au rez-de-chaussée, les bruits d'eau et d'assiettes avaient cessé. Françoise avait à sa disposition un lave-vaisselle flambant neuf, mais elle refusait de s'en servir, s'obstinant à utiliser le vieil évier tant de fois récuré que l'émail en avait disparu par endroits.

Un robinet coula plus profond dans la maison : la vieille domestique faisait sa toilette avant de se coucher à son tour.

Puis le silence se fit. On n'entendait plus que le crépitement monotone de la pluie contre les volets et le tic-tac du réveil dont les aiguilles phosphorescentes mesuraient impitoyablement son insomnie.

N'y tenant plus, elle se leva et, pieds nus, gagna par le couloir le grand salon qui s'ouvrait à deux portes de là.

La pièce qui occupait le centre de la façade donnant sur la rue, juste au-dessus du perron, sentait l'abandon, cette odeur si particulière des endroits que l'on n'utilise plus et qui se meurent de ne plus faire partie de la vie des gens. Françoise pourtant venait y faire régulièrement le ménage et on aurait cherché en vain un grain de poussière sur les meubles, mais les tableaux qu'on ne regardait plus, les sièges sur lesquels personne ne venait s'asseoir, les tapis qu'aucun pas ne foulait exsudaient la solitude de l'inutilité. Le seul cœur à battre encore dans l'obscurité était celui de la grande horloge, dont le balancier de cuivre tricotait inlassablement le temps qui passait.

La chanson de Brel lui revint en mémoire, lancinante : « … qui ronronne au salon, qui dit oui, qui dit non, qui dit : "Je vous attends." » L'horloge n'avait plus à attendre, la dernière des occupantes de la Martinière avait rejoint ce pays mystérieux où le temps n'existait plus.

Mélanie tendit le bras pour allumer la lampe Gallé posée sur la sellette à gauche de la porte. La pâte de verre orange veinée de brun diffusait une lumière douce, intime, qui caressait les objets plus qu'elle ne les éclairait et teintait de sépia les vieilles photographies encadrées accrochées aux murs qui avaient valu au salon le surnom de « mausolée » donné par la jeune génération.

La jeune femme se planta devant le grand portrait ovale qui occupait la place d'honneur, entre les deux fenêtres : l'Ancêtre entouré de sa famille. Elle supposa qu'il datait de 1900 tout rond, puisque son propre grand-père y figurait, bébé. Le photographe les avait fait poser devant un décor peint représentant une tenture savamment drapée et une colonne tronquée sur fond d'un improbable paysage d'Acadie.

Tel un patriarche, Jean-Marie Le Gallois dominait le groupe tant par sa haute stature que par la force de caractère qui émanait de sa personne. Il portait un gilet à la bretonne, boutonné haut, jusque sous le col de sa chemise, un costume sombre, des favoris fournis à la Jules Ferry et les plus belles moustaches que son arrière-petite-fille ait vues à ce jour : d'un blanc immaculé, soigneusement taillées et retroussées. Il s'était marié tard et devait approcher de la soixantaine ; on paraissait vieux plus tôt à cette époque.

Il avait la main posée sur l'épaule de son fils aîné, Louis, le futur héros du Chemin des Dames. Curieusement, le jeune homme, qui devait avoir environ seize ans, arborait déjà un uniforme de coupe militaire, à épaulettes et boutons dorés. Sans doute celui d'un collège de Nantes ou de Rennes. Bien qu'il fût encore imberbe, la ressemblance entre le père et le fils était flagrante. Leur connivence aussi. Cette main paternelle posée sur l'épaule juvénile, comme un lien entre l'ancienne et la jeune génération, semblait dans le même temps exclure l'adolescent un peu plus jeune, debout de l'autre côté de l'Ancêtre. Plus lourd, plus trapu, il était vêtu d'un simple costume civil et d'une cravate qui le faisaient paraître inconsistant par rapport aux deux fortes personnalités qu'il côtoyait.

Même son visage était des plus banals, à l'exception peut-être de son regard que la colère ou la frustration faisait étinceler. Ce cadet délaissé n'était autre qu'Yves, le futur époux de la grand-tante Jeanne-Marie.

Au premier plan, l'arrière-grand-mère Rose trônait sur un fauteuil à accoudoirs sculptés, au milieu de ses trois enfants les plus jeunes. Sa longue robe noire au corsage fermé de minuscules boutons n'était égayée que par le camée qui ornait son col montant. Ses cheveux, striés de gris, étaient ramenés en un chignon lâche sur le sommet de son crâne. La mode de l'époque l'avantageait : elle se tenait bien droite et, malgré sa taille épaissie par ses nombreuses grossesses, elle semblait moins grasse que majestueuse. L'Ancêtre, qui dirigeait d'une main de fer des dizaines d'ouvriers, devait trouver à qui parler dans sa maison.

Appuyé nonchalamment à l'accoudoir de droite, un drôle d'une douzaine d'années, en costume marin, rêvassait sans savoir qu'un jour il serait ordonné prêtre pour la plus grande vanité de son père. Dans chaque grande famille bretonne, il était d'usage de consacrer un des enfants à Dieu, et la vocation d'Auguste raffermirait un peu plus encore les prétentions à la notabilité de l'Ancêtre.

La seule fille de la fratrie s'agrippait à l'accoudoir de gauche, la moue boudeuse. Le gros nœud blanc qui coiffait ses boucles brunes la faisait paraître plus grande que son frère, pourtant son aîné d'un an. Elle semblait mal à l'aise dans sa robe de dentelle ceinturée bas sur les hanches d'un large ruban. Le volant à mi-mollet dévoilait ses bottines à boutons ; ses pieds étaient croisés, en équilibre instable. Manifestait-elle déjà les symptômes de la maladie mentale qui l'isolerait du monde et causerait sa chute, à vingt-quatre ans, du toit de la Martinière ? Dans la famille, on évitait de parler d'elle ; pour tous, elle était « la malheureuse Thérèse », et tout était dit.

Mélanie scruta le visage aux rondeurs encore enfantines. Même de mauvaise humeur, elle était ravissante.

Elle avait des yeux magnifiques, très clairs... Etaient-ils bleus comme les siens ?

Sur les genoux de l'arrière-grand-mère, un nourrisson bâillait sous son petit bonnet. Ses joues rebondies paraissaient prêtes à éclater. Mélanie retint un sourire : c'était son grand-père, Jean, âgé de quelques mois à peine. Un « tard-venu », comme disait Françoise ; il avait une grosse différence d'âge avec ses aînés. Mélanie se plaisait à croire qu'il était le fruit d'un regain de flamme tardif entre ses aïeux, un enfant des amours d'automne.

Elle resta de longues minutes immobile à contempler ce portrait de famille que l'Ancêtre avait voulu comme un témoignage de sa réussite. Douze ans plus tard, l'un d'entre eux avait fait ensevelir le mystérieux inconnu dans le caveau familial. L'un d'entre eux savait. Mais lequel ?

— A la salade

« On la mangera

« A l'huile

« Et au vinaigre, chantonnait la petite voix.

« Et tourne la corde à sauter. Vite. Plus vite. Encore plus vite...

Le père Tual, sanglé dans sa belle vareuse de velours côtelé fermée par de gros boutons dorés frappés de la feuille de chêne, sa casquette de chef des gardes-chasse enfoncée sur le crâne, avait consulté du regard Monsieur le comte en grande conversation avec ses invités avant de donner le signal du départ d'un bref coup de la corne pendue à sa large ceinture de cuir ciré.

Les chasseurs – Monsieur le comte, son beau-frère, un monsieur de Nantes et les gardes – étaient partis vers la forêt, précédés de la meute.

Les aboiements des chiens qui tiraient sur leur laisse à s'en étrangler avaient résonné un moment, de plus en plus assourdis au fur et à mesure qu'ils s'enfonçaient plus profond dans les bois et les taillis. Puis le silence était revenu et la cour avait retrouvé son calme. Seules quelques poules à l'œil rond perpétuellement étonné picoraient le gravier à la recherche d'un grain oublié sous l'œil ensommeillé du massif bâtard à poil jaune, alangui devant sa niche, au bout de sa chaîne de chien de garde. Par la porte de la cuisine ouverte s'échappait une appétissante odeur de lard aux choux : penchée sur l'âtre, ses joues cramoisies autant par la chaleur du feu que par l'effort qu'elle faisait pour ployer sa taille épaisse et grasse sous le manteau, la mère Tual préparait le repas des chasseurs. Courir le chevreuil, ça creusait.

Un soleil pâle s'était levé sur la Teillais. Les laboureurs qui s'en allaient aux champs saluaient de la main en passant devant la maison, l'autre guidant fermement le robuste percheron qui traînait la charrue. Pas besoin d'user du fouet. Un claquement de langue, une tape sur le flanc et hop ! la bête reprenait sa ligne, l'œil vide et ennuyé, la queue se balançant nonchalamment sur sa croupe ample au rythme de ses pas pesants. Leur souffle embué faisait comme un petit nuage autour des naseaux du cheval et des narines des hommes. L'air avait fraîchi.

Une rafale fit claquer un volet mal attaché. Le vent était en plein dans la fontaine[1] et le temps n'allait pas tarder à se gâter.

— A la salade

« On la mangera... reprit la petite voix.

1. D'ouest.

3

Les mains jointes sur le sac de cuir noir informe que toute digne vieille dame se doit de posséder, Viv laissa remonter son regard le long de la flèche de pierre qui servait de clocher à Saint-Nicolas. Soixante-douze mètres avec la croix, disaient les dépliants touristiques. La statue du saint patron de l'église était perchée au sommet du tympan ogival telle une figure de proue à l'avant d'un navire. Sous ses pieds, un médaillon sculpté représentait trois chérubins dans un chaudron, les innocents qu'il était réputé avoir sauvés et qui lui valaient d'être considéré comme le protecteur des enfants. Au-dessus de sa tête mitrée, le tuffeau presque blanc se ruait d'un seul élan à l'assaut du ciel.

Elle renversa la tête en arrière et, comme d'habitude, le clocher se mit à tomber vers elle. Elle ferma les yeux. Autrefois, il y avait bien longtemps, alors qu'elle n'était qu'une fillette en robe de mousseline blanche et chapeau à rubans, elle s'efforçait de les garder ouverts jusqu'au vertige ; cette illusion d'optique due au défilement des nuages lui servait à étalonner son courage. Tandis que sa mère l'imaginait en train de contempler les splendeurs divines que monsieur le curé promettait aux enfants sages du catéchisme, elle rêvait d'apocalypse, de fin du monde et s'obligeait à regarder la « mort » en face.

Cet après-midi, le phénomène était particulièrement troublant. Le vent qui s'était levé dans la matinée chassait les nuages comme un troupeau de moutons affolés se bousculant dans une prairie d'azur et malmenait le petit chapeau noir à voilette démodé qu'elle sortait de son armoire à chaque enterrement. Vu son âge et celui de ses connaissances, cela lui était arrivé souvent ces dernières années. Aujourd'hui, c'était sa sœur qu'elle accompagnait à son ultime demeure.

La température avait chuté et Viv frissonna sous son manteau de drap noir à revers de velours. Elle sentit aussitôt sur sa manche la pression affectueuse des doigts de Mélanie qui avait passé son bras sous le sien. La vieille dame en deuil jeta un coup d'œil inquiet vers sa petite-nièce par alliance : Mélanie avait les traits tirés, ce qui n'était pas anormal lors de funérailles, les jeunes redoutant plus cette rencontre avec la mort que les « vieilles peaux » comme elle, qui avaient appris à l'apprivoiser. Mais elle avait surtout l'air ailleurs, préoccupée.

Ces obsèques avaient quelque chose d'irréel. Mélanie laissait errer son regard autour d'elle sans parvenir à le fixer. Elle aurait voulu se recueillir, penser à la grand-tante disparue, mais ses pensées s'échappaient comme si elles avaient une vie propre. En plus, elle était transie. Lorsqu'elle s'était éveillée, un peu avant l'aube, il bruinait encore et par la fenêtre, la rue luisait comme un miroir dans les flaques de lumière blafarde qui ruisselaient des lampadaires. Une odeur puissante d'humus détrempé avait assailli ses narines lorsqu'elle avait refermé la porte, doucement mais fermement, sur les interrogations et les recommandations de Françoise.

Elle avait naïvement cru pouvoir les esquiver en partant très tôt, très en avance, avant même le lever du jour. Elle avait préparé un petit mot pour la vieille domestique lui disant de ne pas s'inquiéter, qu'elle avait quelques affaires à régler mais qu'elle serait de retour à temps pour accueillir les premiers membres de la famille qui devaient arriver vers dix heures. Elle s'était imaginée poser le billet sur la table de la cuisine et s'éclipser avant que Françoise ne se réveillât. Elle avait oublié que les personnes de son âge, qui approchaient du grand sommeil éternel, dormaient peu, comme pour éviter de gaspiller le peu de temps qui leur restait à vivre. D'autant plus lorsqu'elles s'apprêtaient, comme Françoise, à recevoir dans la demeure dont elles avaient la charge une dizaine de personnes qu'il faudrait nourrir et loger.

Lorsque Mélanie avait descendu l'escalier à pas de loup, en prenant bien garde de ne pas faire grincer la quatrième marche qui craquait toujours, elle avait trouvé la vieille femme déjà au travail, dans son éternelle robe-tablier mauve et gris. Un torchon blanc à la main, elle essuyait gravement les assiettes et les plats du service de porcelaine blanche à liseré doré qu'on ne sortait que pour les grandes occasions.

« Mais que fais-tu là à cette heure, prête à sortir ? s'était-elle récriée en la voyant. Tu étais si fatiguée hier soir ! Je croyais que tu t'aquenillerais[1] au moins jusqu'à neuf heures ! »

Mélanie avait dû inventer à la hâte une explication plausible : les derniers détails à régler avec l'entrepreneur des pompes funèbres qui devait ensuite s'absenter toute la matinée pour aller à Nantes.

« Le petit Besnard ne manque pas d'air de te convoquer à cette heure à son bureau, s'était indignée Françoise. Dame, il n'avait qu'à se déplacer et venir lui-même à la Martinière ; c'est ce que son père aurait fait. Les jeunes d'aujourd'hui ne savent plus ce qu'est le respect ! »

Honteuse d'avoir ainsi jeté l'opprobre sur le malheureux déjà si embarrassé par la situation, Mélanie avait bredouillé que c'était elle qui l'avait proposé, ayant ensuite à faire en ville, chez la fleuriste. Françoise avait abandonné à contrecœur sa diatribe contre Besnard fils, mais s'était vengée en refusant de laisser sortir la jeune femme sans un solide petit déjeuner pour lui « tenir l'estomac ». Mélanie n'avait pu échapper au bol de

1. Paresserais au lit.

chocolat fumant et aux tartines de pain beurré – avec du beurre salé bien sûr – saupoudrés des commentaires acides de la vieille domestique sur ces Parisiens qui dérimaient[1] vraiment de commencer la journée si tôt le ventre vide.

Ces explications et ce petit déjeuner forcé avaient presque mis Mélanie en retard et, le temps de garer sa voiture près de l'entrée sud du cimetière, Philippe Besnard était déjà là, flanqué d'un homme en gabardine qu'elle avait supposé être le représentant de la police municipale. Elle leur avait serré la main distraitement ; elle avait hâte d'en finir.

Malgré le pull qu'elle avait enfilé sous sa veste, elle était glacée jusqu'aux os. Pourtant la température n'était pas si fraîche, elle en était sûre. Le froid qu'elle ressentait venait de l'intérieur. A vrai dire, avancer en file indienne entre des tombes ruisselantes de pluie, à la lueur incertaine de l'aube qui commençait à poindre derrière le château, avait de quoi réfrigérer les plus courageux.

Elle avait signé sans même les lire les formulaires autorisant l'exhumation et le transport provisoire du corps à la morgue de l'hôpital tout proche. Le nom de Le Gallois ouvrait encore bien des portes. Mais elle avait refusé de pénétrer dans la chapelle. Elle avait préféré rester dehors, à battre la semelle sous son parapluie, tandis que les ouvriers s'affairaient dans le caveau à la lueur des lampes électriques.

Le ciel s'était éclairci, les gouttes s'étaient espacées. Les premières voitures qui glissaient avec un murmure mouillé derrière le mur du cimetière annonçaient le réveil de Châteaubriant.

Les ouvriers étaient sortis de la chapelle en portant un grand sac noir clos par une fermeture à glissière sur un brancard, et avaient chargé ce dernier dans le corbillard qui attendait, hayon ouvert. L'emplacement

1. Déraisonnaient.

était à nouveau vide, comme il n'aurait jamais dû cesser de l'être, et prêt à recevoir la grand-tante Jeanne-Marie.

Philippe Besnard avait refermé la grille du caveau avec soin comme s'il craignait que d'ici les obsèques, l'après-midi même, quelqu'un n'eût l'idée malveillante d'y déposer un nouvel intrus, histoire de ruiner définitivement sa réputation.

« C'est tout ? » avait demandé Mélanie, interloquée. Elle s'attendait à autre chose... mais à quoi au juste ? A l'intervention de mystérieux assesseurs encapuchonnés à la lueur fumeuse des flambeaux et sur fond de chants grégoriens, comme dans les films ? En fait, l'opération était plutôt banale, rapide et silencieuse. Elle s'était sentie bizarrement déçue.

Le visage qu'elle avait découvert dans le miroir de la salle de bains, à son retour à la Martinière, lui avait fait peur. Elle avait une mine épouvantable. Ses cheveux bruns, presque noirs, qui tombaient d'ordinaire souplement sur ses épaules, pendouillaient tristement, humides de crachin, et ses prunelles d'un bleu très clair susceptibles de virer suivant son humeur au gris et même au vert, comme les vagues de l'océan – disaient ses admirateurs parisiens qui n'avaient pas le sens de la géographie et qui s'obstinaient à voir en elle une fille de l'Atlantique alors qu'elle était une terrienne de Haute-Bretagne –, paraissaient éteintes.

Mélanie avait détaillé sans complaisance son teint brouillé par sa nuit blanche, ses traits tirés et tendus... Saine et sportive, on ne lui donnait généralement pas ses trente ans ; mais aujourd'hui, elle les accusait largement, et même davantage. Il lui fallait réagir si elle ne voulait pas s'effondrer avant même l'arrivée des siens.

Elle avait essayé de se détendre dans un bain chaud où elle avait versé quelques gouttes d'huiles essentielles, s'était lavé les cheveux et maquillée avec soin pour masquer les traces trop visibles du trouble qui l'agitait. Le résultat avait dû être convaincant puisque pas plus ses parents que les autres membres de la famille ne lui avaient fait de réflexions. Tant mieux, elle en entendrait suffisamment quand elle leur apprendrait la nouvelle.

Le glas lancinant faisait vibrer l'air au-dessus de leurs têtes. Viv, qui avait refusé par coquetterie de prendre sa canne, s'appuya plus lourdement sur le bras de Mélanie. Malgré son dos cassé par l'âge, elle s'efforçait de se tenir bien droite, répondant d'un signe de tête aux saluts qui lui étaient adressés.

— Tu as vu ? souffla-t-elle à la jeune femme, la voix vibrante d'une émotion mal contenue. Tout Châteaubriant est là !

La place devant l'église s'était en effet remplie depuis leur arrivée ; même déchue, même retirée des affaires, la famille Le Gallois restait un monument local. Le vieux Jean-Marie avait été un des piliers de l'épopée industrielle de la ville qui avait fait un temps de cette modeste sous-préfecture de la Loire-Atlantique – à l'époque on disait d'ailleurs Loire-Inférieure – la capitale mondiale de la charrue. Même si Yves, son fils cadet et successeur, avait été contraint de vendre l'usine familiale aux Huard à l'entre-deux-guerres – Dieu merci, son père était déjà mort, sinon voir son entreprise passer sous la bannière de la concurrence l'aurait tué ! – et si les générations suivantes de Le Gallois avaient dû trouver ailleurs un avenir et s'étaient largement dispersées, l'inconscient collectif castelbriantais avait conservé reconnaissance et respect pour le nom porté si haut par l'Ancêtre.

Bien sûr, c'étaient surtout des personnes âgées qui se massaient sur le parvis en ce frais début d'après-midi d'automne, frissonnantes dans le courant d'air ; les jeunes se sentaient moins concernés par ce passé industriel désormais révolu pour la ville. Tout en nommant à Mélanie les visages ridés et blanchis que celle-ci avait croisés dans son enfance mais qu'elle ne reconnaissait plus, Viv se rendit compte qu'il y avait dans sa voix comme une fierté de propriétaire faisant admirer un patrimoine amassé depuis des années. Elle en ressentit une certaine gêne mais, de fait, ce patrimoine du souvenir était le seul qui restât à la famille. Même si Viv n'en faisait partie que par alliance, cette affluence lui réchauffait le cœur.

Mélanie interrompit soudain le cours de ses réflexions. Le souffle court, elle lui désignait discrètement du doigt une silhouette en blouson beige de l'autre côté de la place.

— Regarde, Viv, cette allure, cette petite moustache... c'est incroyable, on dirait Yann ! Non, c'est impossible, se récria-t-elle en secouant la tête. Cela fait douze ans et il a dû changer depuis. Ce doit être une simple ressemblance. Pourtant...

Mélanie paraissait bouleversée. Viv n'aurait jamais cru qu'elle pensât encore à ce garçon. Elle plissa les yeux pour essayer de distinguer les traits du jeune homme en question, mais les gens commencèrent à avancer vers l'église et elle le perdit de vue.

Nathalie, la femme de Xavier, l'unique petit-fils de sa sœur, s'agitait sous le porche, serrant les mains du curé et de l'adjoint que le maire, empêché mais excusé, avait envoyé pour le représenter. Il était temps d'entrer dans la nef.

Viv, toujours accrochée au bras de Mélanie comme un noyé à une épave, se glissa dans la première travée de droite. Jeanne-Marie venait s'y asseoir tous les dimanches pour la messe car de là, elle pouvait embrasser du même regard l'autel et, à l'angle de la chapelle Sainte-Anne, la statue blanche sur fond vieux rose de « la petite sainte », comme elle l'appelait avec la familiarité respectueuse que confèrent de longues années de dévotion, sainte Thérèse de l'Enfant-Jésus.

Viv sentit les larmes lui monter aux yeux pour la première fois de la journée. Sa sœur ne viendrait plus sous la haute voûte néogothique prier pour tous les Le Gallois dispersés loin du berceau familial. Avec elle disparaissait la gardienne de la flamme du foyer. A Viv désormais d'en conserver la mémoire...

Le jour commençait à décliner lorsque toute la famille revint enfin à la Martinière. La cérémonie à l'église avait été interminable. Aucune prière, aucun cantique ne leur avait été épargné. Le prêtre avait rendu un hommage appuyé à celle qui avait peut-être été la plus fidèle et sans doute la plus généreuse de ses paroissiennes. « Un pilier de notre communauté », n'avait-il pas hésité à dire, expression reprise par l'adjoint au maire qui était venu au micro exprimer la tristesse du conseil municipal et de tous les Castelbriantais. Puis on avait reprié et rechanté. Mélanie s'en était voulu de l'exaspération qu'elle avait sentie monter en elle – la grand-tante aurait adoré cet adieu en grande pompe – mais elle redoutait par avance l'épreuve qui allait suivre.

Cependant, sous le soleil et le ciel bleu, le cimetière n'avait plus rien de commun avec celui qu'elle avait traversé à l'aube. Les pierres tombales lavées par la pluie du matin étaient propres et pimpantes, et les innombrables gerbes qui s'amoncelaient autour de la chapelle familiale incendiaient de mille couleurs le champ de croix grises qui montait à flanc de coteau jusqu'au chapeau de sorcière de l'église Saint-Jean de Béré. Pas de trace du « Yann » entrevu sur le parvis de l'église. Même les fantômes s'étaient évanouis...

Elle avait échangé un regard tendu avec Philippe Besnard. L'entrepreneur des pompes funèbres, impeccable dans son costume noir, était certes moins congestionné que la veille, mais il semblait comme aux aguets. A le voir sursauter lorsqu'un de ses employés était venu lui souffler à l'oreille que tout était prêt, elle avait compris que, comme elle, il n'arrivait pas à se délivrer de sa hantise qu'un nouvel incident extraordinaire vînt troubler le bon déroulement des funérailles. Elle avait perçu son soupir de soulagement lorsque le cercueil avait été déposé dans son emplacement réservé et que la foule avait commencé à se disperser après les condoléances : tout s'était bien passé et la réputation de la maison Besnard demeurait sans tache.

Il pouvait se détendre : pour lui, c'était terminé. Mais pas pour Mélanie... il lui restait à affronter la famille.

Françoise avait ouvert les fenêtres du salon du premier et ils étaient tous rassemblés, qui une tasse de café, qui un verre de cognac à la main, sous les yeux morts de la galerie des portraits de leurs aïeux.

Il y avait là la tante Suzanne, fille du grand-oncle Yves et de la grand-tante Jeanne-Marie, filleule de Viv dont elle portait le prénom. Une attaque cérébrale consécutive au choc de son veuvage l'avait laissée aphasique[1] et à demi paralysée ; on l'avait installée dans une bergère à haut dossier, près de la cheminée au foyer bien propre, soigneusement balayé ; la température était trop clémente encore pour nécessiter une flambée.

A ses côtés se tenaient son fils, Xavier, et sa bru, Nathalie. Leurs enfants, une fille et un garçon de neuf et sept ans, étaient restés dans leur maison de l'Essonne ; Nathalie, qui avait lu – mal – Freud et Françoise Dolto, n'avait pas voulu les « traumatiser »... Mélanie était sûre que Maëlle et Ronan regretteraient un jour de n'avoir pas accompagné leur arrière-grand-mère à sa dernière demeure.

L'autre branche des Le Gallois, celle des descendants de Jean le « tard-venu » et de son épouse Yvonne, qui avaient trouvé la mort ensemble, plus de vingt ans auparavant, dans un accident de la route, était représentée par les parents de Mélanie, son oncle Maurice qui était aussi son parrain, la femme de celui-ci, Marie-Jo, et leurs enfants, Anne et Bertrand. Anne était divorcée et son bout de chou de quatre ans, Erwan, se gavait

1. Elle a perdu l'usage de la parole à la suite d'une lésion des centres nerveux.

de crêpes à la cuisine sous les yeux attendris de la vieille Françoise. Bertrand était venu seul de Marseille où sa femme était restée avec leurs trois enfants ; en bonne Méridionale gorgée de soleil, elle supportait mal le climat breton et encore moins certains membres de la famille Le Gallois. Ne manquait à l'appel que Loïc, retenu aux « States » où il terminait un MBA à l'université du Massachusetts.

Viv, quant à elle, fatiguée, avait préféré les laisser entre eux. Elle était rentrée chez elle, à Pouancé, dans la voiture des Dutertre, non sans avoir fait promettre à sa petite-nièce préférée de venir lui rendre visite le lendemain.

— Ecoutez-moi tous...

La voix de Mélanie était enrouée, comme si elle refusait de sortir de sa gorge nouée. Elle avala une gorgée de café et répéta plus fort :

— Ecoutez-moi tous, j'ai quelque chose à vous annoncer !

Le brouhaha étouffé des conversations cessa immédiatement.

— Qu'est-ce qu'il y a encore ? Tu quittes Europe 1 pour devenir une vedette de la télévision ?

— Tu vas enfin te marier ?

Mélanie n'avait pas besoin de se retourner pour savoir de qui venaient ces remarques. La seconde émanait évidemment de sa mère, qui ne se consolait pas de ne pas encore être grand-mère. Quant à la première, acerbe, elle ne pouvait sortir que de la bouche de l'envieuse Nathalie, véritable obsédée de notabilité et de réussite sociale. Elle avait obligé son mari, Xavier, à accoler à son nom celui des Le Gallois – « Après tout, c'est bien leur sang qui coule dans tes veines, n'est-ce pas mon chéri ? » – et ne parlait jamais de lui que comme « mon époux le docteur Quinaud-Le Gallois, le dentiste ». Elle ne s'en lassait point, s'en gargarisant à longueur de journée. En revanche, la réussite, réelle ou supposée, des autres la faisait grincer des dents comme si elle venait diminuer d'autant celle de son mari.

Retenant la réplique un peu vive qui lui montait aux lèvres, Mélanie secoua la tête.

— Non, ce que j'ai à vous annoncer nous concerne tous.

Elle reprit son souffle, attendant peut-être une nouvelle question pour retarder le moment de tout avouer. Cependant, l'assistance était attentive et silencieuse, la mine intriguée mais sans plus. Sauf Nathalie, bien sûr, dont les sourcils froncés disaient assez la mauvaise humeur. Mélanie ne pouvait plus tergiverser.

— Lors de la préparation des funérailles, nous avons fait une découverte peu banale : il y avait un intrus dans le caveau.

A leur manque de réaction, elle comprit qu'ils n'avaient pas saisi ce que le mot « intrus » impliquait.

— Il y avait un mort en trop, un inconnu, dans la chapelle familiale, reprit-elle.

Cette fois, ils avaient compris. Les exclamations fusèrent, dominées par la voix acide de Nathalie.

— Quelle audace ! Se faire inhumer au milieu des Le Gallois ! Il faut attaquer le fossoyeur en justice. Il a dû se laisser acheter ! C'est une honte !

Mélanie laissa le tumulte s'apaiser avant d'expliquer avec un calme qu'elle ne ressentait certes pas :

— En fait, il semble que cet intrus ait eu un lien étroit avec la famille.

Elle revoyait Besnard fils la retenir par le bras, ce matin-là, alors qu'ils s'apprêtaient à sortir du cimetière après l'exhumation : « Le corps est à vous maintenant. Le médecin légiste fera des examens plus poussés mais d'ores et déjà, je peux vous dire que… »

Mélanie avala sa salive avant de lâcher la bombe.

— Si on en croit la petite taille du squelette et les longs cheveux bruns trouvés sur la dépouille, il s'agirait d'une petite fille. Elle serait morte en 1912.

Comme personne ne pipait mot, assommé par la nouvelle, elle poursuivit :

— Si vous me permettez une hypothèse de journaliste, cette fillette n'apparaissant pas dans notre arbre généalogique officiel, il s'agit vraisemblablement d'une enfant naturelle que son père ou sa mère a tenu à ensevelir en cachette dans le caveau familial afin que tous deux soient réunis dans la mort faute d'avoir pu l'être dans la vie.

Tout en prononçant ces mots, elle fixait la tante Suzanne, murée dans son silence. Dans ses yeux, elle lut l'étonnement, l'incompréhension, l'indignation tout à la fois... La tante ne savait pas.

— C'est ce qu'on appelle un secret de famille, conclut posément Mélanie.

— C'est touchant quand on y pense, s'exclama Anne. Dire que cette petite fille est sans doute notre cousine !

La blonde Anne était une incorrigible romantique et Mélanie s'était longtemps demandé comment elle avait pu s'entendre six ans avec son ex-mari, totalement dépourvu d'imagination. Comptable à Bain-de-Bretagne, elle arrivait même à donner de la poésie aux chiffres.

— Je sais que, comme d'habitude, tu n'en feras qu'à ta tête...

Mélanie attendait cette tirade de sa mère. Elle aurait presque pu en prononcer chaque mot à sa place tant elle l'avait entendue, chaque fois que la radio révélait un scandale.

— ... mais les secrets doivent rester des secrets, poursuivait sa mère, imperturbable. Il ne faut pas remuer la boue. Ça salit tout !

— Pourquoi toujours imaginer le pire ? protesta Anne qui tenait à sa belle histoire. Ce « secret » apparaît pour l'instant plutôt attendrissant ! Une cousine de plus, ce n'est pas sale.

— Mais une héritière de plus sur un héritage déjà bien maigre, ce n'est pas tolérable, glapit la voix de Nathalie, étonnamment silencieuse depuis quelques minutes qu'elle avait dû mettre à profit pour soupeser très exactement toutes les implications de la révélation qui venait d'être faite. Cette fichue gamine, si tant est qu'elle est bien de la famille, a peut-être des ayants droit. Je vous avertis, je ne lâcherai pas un centime de la part qui nous revient !

Elle avait littéralement craché ces derniers mots. A son côté, « mon mari le docteur » se plongea dans la contemplation de ses ongles, gêné. Sentant le froid qu'elle avait jeté par l'âpreté de sa réaction, Nathalie changea de ton. Elle se fit mielleuse.

— Laissons cette enfant dormir en paix comme l'a voulu son père ou sa mère, quel qu'il ou elle soit. Ils sont réunis, c'est l'essentiel. Ne nous en mêlons pas et laissons le temps les recouvrir !

Tous se mirent à parler en même temps. Mélanie avait l'impression d'être extérieure à la scène, comme si elle la regardait sur un écran. Elle reconnut la voix de son parrain essayant de calmer le ton qui montait. Chacun y allait de son commentaire et, pour le faire entendre, parlait plus fort que son voisin. On se serait cru sur un marché où chaque commerçant interpellait le chaland.

Mélanie rencontra le regard de la tante Suzanne, clouée dans sa bergère. La vieille dame ne pouvait parler mais la consternation qui se lisait dans ses yeux était éloquente. Comment pouvait-on manquer de dignité à ce point ? disaient-ils.

Ecœurée, Mélanie se leva et se dirigea lentement vers la porte, se heurtant presque à Françoise venue annoncer que le repas était servi mais qui n'osait pas entrer de peur de déranger. Que le grand déballage se poursuive sans elle ! Dans son dos, les exclamations se firent moins véhémentes, les objections baissèrent d'un ton ; sa sortie réprobatrice faisait son petit effet. Saisissant au vol ce bref répit, elle leur lança depuis le pas de la porte :

— Désolée, Nathalie, il ne saurait être question de laisser cette enfant retourner dans l'oubli où on l'a si complaisamment fait disparaître. J'ai pris sur moi de la faire exhumer pour qu'il soit procédé à une autopsie et je compte sur toi, Bertrand, pour nous apporter tes lumières. Je ferai une enquête de mon côté. J'espère bien que nous découvrirons qui elle est et de qui elle est la fille. C'est peut-être une déformation professionnelle, mais je veux savoir la vérité !

Et elle tourna les talons.

Françoise la rattrapa dans le couloir, la mine soucieuse.

— Tu as toujours su ce que tu voulais, Nanou, mais cette fois-ci, prends garde où tu mets les pieds : à vouloir ouvrir la malle aux secrets, tu découvriras peut-être des choses que tu aurais préféré ne jamais savoir !

— Cesse donc de fainéanter et va distribuer le grain aux poules !

Les poings aux hanches, la mère Tual l'interpellait du seuil de la cuisine. La corde interrompit son manège tournoyant.

— Enfile donc tes sabots au lieu de bayer aux corneilles, ou tu vas abîmer tes galoches. Après les poules, tu iras avec le Pelot[1] porter le manger à Monsieur le comte et aux gars dans la forêt. Vous ne serez point trop de deux !

— Mais la voiture automobile doit venir me chercher, protesta la petite, les lèvres tremblantes, prête à pleurer. C'est aujourd'hui que je vais à la Martinière.

Les joues flasques de la mère Tual se marbrèrent de violet tandis qu'elle rajustait d'un geste brusque le fichu qu'elle nouait autour de sa tête lorsqu'elle vaquait à

1. Diminutif de Pierre.

quelque besogne salissante. Il n'aurait plus manqué qu'elle salît de suie sa belle coiffe empesée !

— C'est ça, va donc te pavaner par les routes dans la voiture sans chevaux des patrons Le Gallois tandis que nous autres, on n'a même pas le temps de s'acculer[1] pour reprendre haleine ! C'est-y que tu te prendrais à présent pour une demoiselle de la ville ?

Quand la mère Tual était remontée, ça pouvait durer une horée. La petite s'efforça de fermer ses oreilles à ses sempiternelles récriminations et de penser aux choses agréables qu'elle allait voir aujourd'hui, à commencer par le chemin jusqu'à Châteaubriant lorsque monsieur Joseph l'aurait hissée sur le siège capitonné derrière lui. Peut-être la femme du garde-chasse se lasserait-elle de parler dans le vide. Mais autant essayer d'empêcher la rivière de couler ! La mère Tual était sortie de sa cuisine pour aller tirer de l'eau au puits et, tout en tournant la manivelle qui faisait remonter la chaîne et le seau, elle continuait à dagonner[2] dans sa barbe.

— Tais-toi donc, la mère ! Laisse donc la brezaude[3] tranquille !

Le Pierre, qui était allé mener les deux vaches à l'herbage, sauta par-dessus la barrière d'un coup de reins. A quatorze ans passés, il était tout en jambes et en bras ; il portait pour travailler de vieilles hardes de son père mais il était loin de les remplir et ses genoux osseux saillaient sous son pantalon dont il serrait la taille avec une ficelle pour éviter qu'il tombe.

Il lança à la petite un clin d'œil complice. Le fils Tual n'était pas vraiment son grand frère, mais si elle en avait eu un, elle aurait voulu qu'il fût comme lui.

— Ne te laisse pas impressionner, ma belotte[4]. Tout le monde sait que la mère est une vraie bogue noire !

---

1. S'asseoir.
2. Maugréer.
3 et 4. Petite chérie.

La femme du garde-chasse avait peut-être mauvais caractère, mais elle n'était pas sourde.

— C'est-y ainsi qu'on parle de sa mère, chenapan ? Ça a trois poils sur le mollet et la voix qui hésite encore entre la poule et le taureau, et ça se prend déjà pour un homme ! T'es encore en âge de recevoir une calotte, tu sais !

Le Pierre, qui savait que ce n'était pas vaine promesse, s'empara du seau qui lui tirait le bras.

— Donne donc. Je n'ai peut-être pas encore de poil au menton comme un homme, mais je peux te porter ton eau.

Pour montrer que le seau ne lui pesait pas plus qu'un oreiller de plumes, il partit à grandes enjambées, l'eau l'éclaboussant à chaque pas. La mère Tual leva les bras au ciel.

— Mais c'est qu'il va me vider mon seau, ce grand baubias !

La petite se mit à rire, ce qui eut pour effet de détourner la colère de la matrone vers elle.

— La voilà qui se moque de moi, maintenant ! Parole, ces deux-là complotent pour me rendre folle. En attendant, ce n'est pas comme ça que Monsieur le comte aura son repas !

— J'en fais mon affaire, je t'ai dit, s'impatienta le Pelot tout en tordant avec une grimace le bas de la jambe droite de son pantalon, complètement trempée. D'ailleurs, avec ses jambes de canette, la belotte me retarderait. L'orage n'est pas loin et j'irai bien plus vite sans elle. S'il le faut, je ferai deux allers et retours. En coupant par les adresses[1], j'aurai tôt fait de rejoindre la petite maison à la croix où ils doivent faire halte à midi !

La petite lui adressa un sourire reconnaissant. Elle n'aurait manqué pour rien au monde une visite à la grande maison et en plus, elle détestait courir les bois par temps d'orage. Les fougères étaient pleines de

1. Sentiers, raccourcis.

velins[1] et de vermine et elle en avait une peur à lui en faire mouiller ses bas de coton. Qu'elle aperçoive une de ces sales bêtes dans les taillis et elle lâcherait à coup sûr panier et bouteilles pour détaler plus vite qu'un lièvre !

Au début du mois d'août, alors qu'elle était à l'étang en train de rincer la lessive avec la Lucienne d'à côté, la fille du maréchal-ferrant, l'orage avait commencé à gronder. Quelle sarabande ! Les couleuvres étaient comme folles. Elles grimpaient dans les branches de saule qui plongeaient dans l'eau avant de se laisser retomber et de recommencer leur manège. La petite en avait cauchemardé des semaines durant. La grande Lucienne avait beau faire la faraude, elle aussi avait refusé de retourner en forêt pendant des jours.

Un coup de trompe joyeux la fit sursauter. Monsieur Joseph annonçait ainsi son arrivée dès le dernier virage avant la Teillais. Elle se précipita au portail du jardin, se tordant le cou pour apercevoir la première la voiture automobile des Le Gallois cahotant sur le chemin empierré. Les trois plus jeunes Colin, dont le benjamin portait encore des couches au derrière, lui faisaient une escorte turbulente et admirative. Une main en visière au-dessus de son front, la petite savoura cette arrivée triomphale.

Monsieur Joseph effectua un demi-tour pour remettre sa machine dans la direction de Châteaubriant et s'immobilisa dans un crissement de freins, sans arrêter le moteur qui crachotait avec de petits soubresauts. Redémarrer l'automobile à la manivelle n'était pas une mince affaire et s'il pouvait l'éviter…

Lui aussi, comme le père Tual, portait un uniforme : une casquette à visière de cuir et une veste de gros drap bleu à boutons de cuivre qui lui donnait un air martial. Mais là où le garde-chasse se contentait d'une courte brosse poivre et sel, le chauffeur des Le Gallois arborait

1. Sont dénommées ainsi toutes les sortes de serpent.

une moustache fournie, coquettement relevée aux extrémités, dont il prenait un soin jaloux. Il avait grand air et la Lucienne, qui courait déjà après tout ce qui portait pantalons, se pâmait chaque fois qu'elle l'apercevait.

La petite n'eut que le temps de coiffer son chapeau de paille orné d'un ruban bleu ciel et de récupérer sa belle poupée qu'elle avait assise sur un petit banc contre une touffe de dahlias rouges pendant qu'elle jouait ; monsieur Joseph la saisit sous les bras et l'enleva comme une plume pour la déposer sur la banquette arrière de la voiture. Il enveloppa précautionneusement ses jambes d'une couverture. Puis, se remettant au volant, il salua la mère Tual et son fils en portant deux doigts à sa casquette et desserra le frein. L'automobile émit deux ou trois hoquets et se remit en route. La petite agita une main frénétique en direction de la maison, mais celle-ci disparut bientôt dans le nuage de poussière soulevé par les roues. Seul le grand sapin qu'on voyait de loin, tel un phare, émergeait encore, mais le premier virage déroba la Teillais à son regard.

Dans la cour, les Tual regardèrent disparaître la machine rutilante du progrès qui s'en retournait à la ville. Le Pelot, qui détaillait chaque fois avec envie les lanternes étincelantes, le capot bien astiqué et les roues à rayons métalliques, aurait donné cher pour être à la place de la petite… ou mieux encore, à celle de monsieur Joseph, à conduire cette voiture magique qui avançait sans chevaux. La mère Tual, elle, considérait avec méfiance cette invention du diable et plus encore ses irruptions deux fois la semaine pour venir prendre la gamine.

— Une drôlesse de cet âge serait mieux à garder les vaches et à courir les bois qu'à se pavaner dans cette machine comme une princesse pour apaiser les remords de conscience des patrons Le Gallois ! pesta-t-elle en rentrant dans sa cuisine où le lard au chou mijotait en faisant de petites bulles dans la marmite pendue dans l'âtre.

— Elle fait sa part de travail quand elle est là, la défendit Pierre.

— Oh ! toi, toujours à contredire ta mère pour voler à son secours !

— Elle n'est pas des nôtres, la mère, insista-t-il. Ce n'est pas une petite paysanne.

— Il n'y aurait pas de honte à ça... et même il vaudrait mieux ! Vivre un pied dans une cour de ferme et l'autre à la Martinière, crois-tu que ce soit une bonne chose pour cette enfant ?

4

Le lendemain matin, Mélanie était à pied d'œuvre à l'hôtel de ville dès neuf heures pour consulter l'état civil. Un secrétaire de mairie s'était empressé de lui prêter son bureau qui disparaissait à présent sous les registres aux feuilles jaunies et à l'encre pâlie qu'on avait dépoussiérés à la hâte. Ne sachant quel âge avait la petite inconnue à sa mort, elle avait demandé à compulser tous ceux de 1900 à 1912.

Au bout d'une quarantaine de minutes à parcourir des colonnes de dates, prénoms, noms des parents et adresses, l'index sautant frénétiquement d'une ligne à l'autre, elle comprit que cet épluchage systématique ne la mènerait à rien. Bien sûr, elle s'y attendait, elle n'avait trouvé et ne trouverait personne du nom de Le Gallois. On s'était donné trop de mal pour dissimuler la fillette au monde pour avoir laissé échapper un indice aussi évident. Elle devait porter un autre nom. Mais lequel ? Les Rosalie, Augustine, Pauline, Antoinette, Marie, Elizabeth, Jeanne, Aimée... défilaient devant ses yeux. Etait-ce l'une d'entre elles ? Et si elle avait été enregistrée ailleurs qu'à Châteaubriant, dans une commune voisine, afin que personne ne pût faire le lien avec la Martinière ?

Elle renonça. Autant chercher une aiguille dans une botte de foin. Elle referma le registre avec un bruit sec. Surtout ne pas se laisser décourager ; il y avait forcément une piste quelque part. Il suffisait de réfléchir.

Le secrétaire de mairie était accouru au bruit, le regard inquiet. Si mademoiselle Le Gallois avait besoin de quoi que ce soit...

Elle le remercia. Tout allait bien ; elle avait trouvé ce qu'elle cherchait. Le visage du petit homme au long nez se rasséréna.

Elle se leva, rassembla ses affaires. Et si elle tentait sa chance à la cure ? Le registre des enterrements serait peut-être plus révélateur. En plus, elle pourrait concentrer ses recherches sur la seule année 1912. Les Le Gallois avaient toujours été très pratiquants et aucun d'eux, elle en était sûre, n'aurait fait inhumer la petite sans les sacrements de l'Eglise.

Le soleil qui, la veille, avait illuminé les obsèques de la grand-tante, laissant à toute la ville le souvenir d'une journée qui ferait date dans les mémoires, s'était éclipsé aussitôt la grille du caveau refermée et la journée était bien morose sous un ciel gris et tourmenté. Pourtant, la rue Aristide-Briand était noire de monde : on était mercredi et c'était jour de marché.

Chaque fois que Mélanie venait passer quelques jours à Châteaubriant, elle s'arrangeait pour être là en milieu de semaine pour le plaisir de flâner entre les étals protégés par des auvents de couleurs vives, les paniers de haricots verts et de carottes, les galettoires fumantes et les cages grillagées où se pressaient, apeurés, des lapins aux grandes oreilles et des canetons duveteux, cousins du Saturnin de son enfance.

Cette fois encore, la magie opéra. Elle ne put résister au plaisir de faire le détour par la place de la Motte avant de revenir par la porte Neuve vers Saint-Nicolas.

Décidément, pour quelqu'un qui avait pris ses distances non pas vis-à-vis de Dieu mais de l'Eglise et du dogme, elle fréquentait beaucoup monsieur le curé, depuis quelques jours. Il parut ravi de la revoir si vite et après les inévitables banalités sur la cérémonie de la veille, il lui ouvrit obligeamment ses archives.

Installée sur un coin de table, sous l'œil vide d'une vierge au voile bleu fané, Mélanie repartit à l'assaut de colonnes de dates et de noms soigneusement calligraphiés. Las, sa récolte fut mince : elle découvrit seulement que durant l'année 1912 la famille Le Gallois avait fait célébrer trois messes, sans doute – ce n'était pas précisé – en mémoire de parents défunts, peut-être de ce petit Pierre dont Besnard fils lui avait révélé la brève existence, deux jours plus tôt. Etait-il possible que cela fît seulement deux jours ? Ces dernières quarante-huit heures lui avaient semblé une éternité.

Elle but une gorgée du verre d'eau que le prêtre avait posé sur la table à côté d'elle avant de s'éclipser, soudain assoiffée. Elle devait se rendre à l'évidence : à moins d'avoir des éléments plus précis pour orienter son enquête, les registres ne lui apprendraient rien, ici pas plus qu'à l'hôtel de ville.

Elle regarda sa montre. Peut-être le cousin Bertrand pourrait-il lui en dire davantage ? Il ne devrait pas tarder à terminer l'autopsie de ce qui restait de la pitoyable dépouille ; elle ferait mieux de monter à l'hôpital.

Dans la rue de Couéré, le vent frais s'engouffra sous sa jupe, lui rappelant qu'on avait dépassé la mi-septembre. Elle regretta de ne pas avoir plutôt mis un pantalon. Des baskets également : avec ses talons, elle se tordait les chevilles sur les pavés qu'on avait conservés dans le centre historique de la ville. C'était pittoresque mais pas vraiment pratique.

Elle secoua la tête. Non, elle ne devait pas se laisser gagner par la mauvaise humeur. Ce n'était pas la première fois qu'une enquête avait du mal à démarrer.

Elle devait reconnaître que les vieilles demeures de la rue avaient été joliment restaurées. Avec ses colombages rénovés et ses volets bleus fraîchement repeints, la maison de l'Ange, une ancienne fabrique d'angélique qui devait son nom à un ange ailé sculpté dans le bois juste sous son toit d'ardoise, avait fière allure. On y avait apposé une plaque rappelant que Sophie Trébuchet, la mère de Victor Hugo, y avait séjourné jeune fille.

Elle frissonna. Il valait mieux qu'elle ne reste pas trop ainsi, immobile dans le vent. Elle pressa le pas pour rejoindre sa voiture qu'elle avait laissée sur le parking derrière le vieux pont sur la Chère, la rivière qui traversait Châteaubriant.

Elle se glissa à l'intérieur avec soulagement. Au moins, elle y était à l'abri. Elle ne s'attarda cependant pas à savourer ce répit et démarra sans même prendre le temps de remettre un peu d'ordre dans ses cheveux ébouriffés. Et si Bertrand avait fini plus tôt que prévu ? Il avait accédé à sa demande sans grand enthousiasme et avait dû expédier sa sinistre tâche le plus vite possible. Pourvu qu'il ne soit pas déjà reparti à la Martinière !

Le docteur Bertrand Le Gallois s'affairait dans la morgue, un scalpel à la main. Le sourcil froncé par la concentration, il prélevait délicatement un fragment d'os. Il le glissa dans une enveloppe en plastique qu'il ferma hermétiquement, puis fit de même avec une fine mèche de cheveux. La petite morte les avait eus longs, bruns et soyeux. Il allait envoyer les deux enveloppes accompagnées d'un échantillon de sa propre salive à un généticien de sa connaissance pour des tests ADN, mais il savait déjà ce qu'ils allaient montrer. Cette diablesse de Mélanie avait une fois de plus raison : l'enfant appartenait sans doute à la famille. C'était incroyable, ce flair qu'elle avait pour savoir à coup sûr si une « affaire » était intéressante ou pas, et deviner ce qui se cachait derrière ce qu'on lui disait ou, mieux encore, ce qu'on lui taisait. C'était sans doute le fruit de son expérience de journaliste... à moins que ce ne fût le contraire, que ce don fût naturel et qu'il expliquât sa réussite dans son métier. N'empêche que cela finissait par être agaçant.

Il rassembla les restes épars sur la table en métal luisant sur laquelle il venait de les examiner pour les ranger dans une boîte carrée étanche. Le temps avait fait son œuvre et il ne restait plus que des matières sèches. Dieu merci. Il avait pu travailler sans subir la puanteur des tissus décomposés.

Les os avaient « parlé » : à voir le bassin, il s'agissait bien d'une petite fille. Elle avait un squelette délicat et un crâne au frontal haut, intelligent. Sa mâchoire portait encore quelques dents de lait. D'après la taille du fémur presque intact et l'épaisseur du cartilage de croissance qu'il avait pu retrouver, elle devait avoir sept à huit ans au moment de son décès. Une mort dont la cause n'avait pas été difficile à identifier sous le microscope.

Il saisit délicatement avec une pince un bout de ruban décoloré auquel adhérait encore une mèche de cheveux et le posa sur un volant de dentelle rongé par l'humidité. La petite inconnue avait été inhumée avec des vêtements de qualité, relativement coûteux. Sans doute une robe de mousseline claire avec des nœuds de la même couleur que ceux qui retenaient sa chevelure. Tous ces détails semblaient accréditer l'hypothèse d'un lien avec la famille.

Tandis que l'assistant du laboratoire, un athlète aux muscles saillants sous sa blouse mais au curieux visage enfantin, rinçait la table au jet, Bertrand referma le couvercle de la boîte avec soin et posa les scellés. Les restes avaient livré tous leurs secrets, c'est-à-dire fort peu, et pouvaient désormais retourner à leur nuit et leur silence éternels.

Avec un soupir, il arracha sa blouse protectrice, le calot et les chaussons de plastique qui recouvraient ses chaussures et les jeta dans une grande poubelle. Il était éreinté. Et plutôt troublé. Ce n'était pas la première autopsie qu'il pratiquait, loin de là, mais c'était la première fois qu'il avait un membre présumé de sa famille sous son scalpel. Ce sentiment mêlé qu'il éprouvait toujours à chaque intervention, d'être à la fois celui qui violait la pitoyable dépouille et celui qui, in fine, comprendrait vraiment l'être vivant qu'elle avait été et peut-être lui rendrait justice, l'avait assailli encore plus violemment que d'habitude. Il se sentait en même temps voyeur et ami, agresseur et confident, et cette confusion des genres était dérangeante.

Dire qu'il connaissait désormais cette petite plus intimement qu'il ne connaîtrait jamais une de ses cousines – du moins il l'espérait – et qu'il ne savait même pas son nom !

Massant la base de son nez où les lunettes avaient laissé deux points douloureux, il poussa la porte à double battant de la morgue. Mélanie l'attendait déjà, assise sur la banquette en skaï noir qui courait le long des murs de la réception.

— Alors ? interrogea-t-elle en se levant pour venir à sa rencontre.

Dédaignant de répondre tout de suite à sa question – il avait envie de la faire un peu languir, histoire de se « dédommager » de la corvée qu'elle lui avait imposée – il s'étira et demanda :

— Ça fait longtemps que tu attends ?

— Dix minutes environ. Alors dis-moi, qu'as-tu découvert ? répéta-t-elle sans chercher à dissimuler son impatience.

S'il faisait encore traîner en longueur, elle allait lui sauter au visage toutes griffes dehors ! Il s'assit à son tour sur la banquette et lui résuma ses conclusions.

— C'est tout ?

La déception perçait dans sa voix.

— Désolé, je ne suis pas madame Irma... Et je te rappelle que cela fait soixante-quinze ans que le corps était enseveli dans la chapelle !

Elle grimaça un sourire.

— Excuse-moi. Tu as raison, il aurait fallu un miracle. Mais nous ne savons toujours pas de qui elle est la « fille cachée », comme titreraient les journaux à sensation !

Il se gratta la tête, perplexe.

— Je vais demander des analyses ADN, mais à moins d'exhumer tous les « parents » potentiels pour pouvoir comparer, ça ne devrait pas donner de résultats très précis. Les ADN des frères et sœurs se ressemblent beaucoup !

— Mais tu as quand même pensé à la possibilité de le faire !

Elle haussa un sourcil amusé. Le cousin se prenait lui aussi au jeu. Il devina ses pensées.

— Eh bien ! Oui, ça m'intéresse. En tant que scientifique, cette histoire pique ma curiosité. Et puis maintenant que je l'ai sondée sous tous les angles, j'ai comme un devoir envers cette malheureuse gamine. Je suis médecin et elle est en quelque sorte ma patiente. A ce sujet, que faisons-nous du corps ?

Il désignait la boîte scellée qu'il avait posée sans cérémonie sur la banquette à côté de lui. Mélanie eut une grimace involontaire.

— Si par chance nous parvenons à identifier celui ou celle qui a donné le jour à cette petite, nous glisserons la boîte à ses côtés dans le caveau.

— Et si nous ne trouvons pas ?

— On verra bien à ce moment-là. Mais tu as raison, ça peut prendre du temps. En attendant, nous allons demander à Besnard fils de placer provisoirement la boîte sous le dallage de la chapelle. Cette enfant était une Le Gallois, pour moi le doute n'est plus permis, et elle reposera parmi les siens quoi qu'il arrive ! conclut-elle avec ce mouvement décidé du menton qu'il lui connaissait bien.

Bertrand étouffa un bâillement. Décidément, cette autopsie l'avait épuisé. C'était comme si la tension nerveuse avait pompé toute son énergie.

— J'ai un vieux copain à voir en chirurgie avant de revenir à la Martinière, annonça-t-il en se levant. On se retrouve là-bas à l'heure du déjeuner ?

Bondissant sur ses pieds, elle lui fit un signe d'au revoir et s'en fut. Elle franchissait les portes vitrées quand il la rappela.

— Au fait... au cas où tu te serais fait un roman policier de cette histoire : la petite est décédée de mort naturelle, d'une tuberculose osseuse. Inutile de chercher un assassin dans la famille !

Elle resta un moment devant sa voiture, hésitant à rentrer immédiatement aux Vauzelles. Il n'était que onze heures, elle avait bien le temps. Songeuse, elle laissa errer son regard sur les étangs de Choisel étalant leurs flaques immobiles au milieu d'une immense prairie qui aurait fait baver d'envie les petits Parisiens condamnés au bitume.

Bertrand n'avait fait que confirmer ce qu'elle savait ou pressentait déjà. Non, ce n'était pas tout à fait exact ; il avait ajouté un détail qui pourrait s'avérer précieux : la petite avait sept ou huit ans à sa mort. Elle allait donc à l'école. Cela lui donnait une idée... Compulser la liste des élèves des écoles de filles castelbriantaises du début du siècle aboutirait sans doute à la même impasse qu'à la mairie et à la cure, mais les photos de classe des années correspondantes révéleraient peut-être une ressemblance troublante avec un membre de la famille... des yeux très clairs, une moue boudeuse, un maintien particulier pouvant trahir une filiation.

Ces photos, elle savait où les trouver.

Quelque temps plus tôt, des incidents avaient éclaté dans la ville autour de la communauté turque et Mélanie s'était bien sûr portée volontaire pour venir enquêter. Son souci de présenter le reportage le plus complet possible l'avait amenée à rencontrer Maurice Caron. Ce retraité affable était la mémoire de Châteaubriant. Il passait son temps à collecter, classer, répertorier tous les documents relatifs à l'histoire de la ville. On l'appelait dès qu'un décès, une vente ou tout simplement l'envie de faire place nette conduisait à débarrasser le grenier. Avant que les brocanteurs ou les chiffonniers n'emportent le tout dans leurs camionnettes, il pouvait fouiller dans les malles couvertes de toiles d'araignées, les valises en carton à moitié défoncées, les boîtes à chaussures débordant de vieilles cartes postales... Un enthousiasme juvénile faisait briller ses yeux lorsqu'il vous parlait de sa dernière trouvaille : une affiche où un hercule aux moustaches conquérantes vantait les mérites de « l'électrovigueur », un programme du premier cinéma de la ville, muet bien sûr, qui promettait des « projections animées au moyen du cinématographe Lumière » ou un menu de mariage de 1901 annonçant des écrevisses de la Meuse, du saumon sauce genevoise et un salmis de pigeons bernardin accompagnés de saint-émilion 1884 et de bourgogne 1876. Sa maison débordait de classeurs où tous ses trésors étaient pieusement conservés et il avouait être à la recherche d'un local sous peine d'être chassé de sa propre chambre par l'extension de ses archives.

A l'époque, il n'avait pas mis cinq minutes à lui dénicher les documents montrant l'ancienneté de l'implantation turque à Châteaubriant, qui lui avaient permis d'enrichir considérablement son reportage. Mélanie était certaine qu'il avait en sa possession les photos de générations d'écolières.

Elle traversa la ville pour prendre la route de Saint-Nazaire. Il faisait sombre sous les peupliers qui ombrageaient la maison des Caron et, par la fenêtre, on voyait la lumière allumée dans le bureau. La chance lui souriait, il était là.

Il ouvrit à son premier coup de sonnette. Elle s'excusa de le déranger au débotté, mais il balaya ses scrupules d'un sourire : il était à sa disposition. Quel était l'objet de ses recherches, cette fois ?

Il savourait visiblement à l'avance le plaisir qu'il aurait à exhumer du fond d'un de ses innombrables classeurs noirs, dont il connaissait le contenu presque par cœur, le document exact dont elle avait besoin.

Mélanie se serait presque attendue à le voir sortir un chronomètre de sa poche pour tenter de battre son record de rapidité.

Maurice Caron parut presque déçu par la facilité de la mission qu'elle lui confiait cette fois. Des photos de classe ? Il en avait des dizaines, rien de plus facile.

Débarrassant son bureau des papiers qui l'encombraient, il étala dessus plusieurs clichés couvrant les années 1909 à 1912, où les petites élèves des religieuses de Nazareth et des écoles de filles de la rue de la Vannerie et de Béré prenaient la pose.

— Il doit m'en manquer trois, s'excusa-t-il, mais je ne désespère pas de mettre la main dessus !

Elle le rassura : ce devrait être suffisant.

Elle passa l'heure suivante à scruter les petits visages graves ou souriants, intimidés ou renfrognés qui fixaient l'objectif d'un photographe invisible, pour toujours hors champ. La plupart étaient encadrés de cheveux longs, tressés ou libres, retenus par un gros ruban. Même en éliminant les blondes et celles que leurs robes identiques dénonçaient comme des sœurs, il restait encore beaucoup de « possibles ».

Maurice Caron lui prêta une loupe pour qu'elle pût en examiner quelques-unes de plus près, mais les tirages étaient anciens ; certains, mal développés peut-être, avaient pâli, d'autres présentaient des craquelures, sans compter que pour pouvoir englober tout le groupe, le cliché était toujours pris d'assez loin. Comment, dans ces conditions, reconnaître la physionomie d'une petite fille qu'elle n'avait jamais vue ? La seule chose qu'elle pouvait encore faire était de fouiller dans les vieilles photos de famille en espérant retrouver dans un recoin oublié la silhouette d'une de ces écolières appliquées.

Maurice Caron lui photocopia obligeamment les différentes épreuves afin qu'elle pût en avoir un exemplaire sous la main. Il s'était retenu jusqu'ici de poser la moindre question, mais son regard brûlait de curiosité. Finalement, il ne put y tenir.

— Pardonnez mon indiscrétion, mais qui cherchez-vous dans ces classes ? Une femme célèbre aurait-elle passé ses premières années d'école à Châteaubriant ? interrogea-t-il, intrigué.

Il en salivait d'avance.

Mélanie eut pitié de lui. Il devait déjà avoir rencontré bien des secrets de famille dans sa quête incessante du passé. Il saurait se taire.

— Figurez-vous que nous venons de découvrir que notre arbre généalogique portait une petite branche de plus que nous le croyions jusqu'ici ! Une « cousine » morte enfant avant la Grande Guerre. Malheureusement, c'est tout ce que nous savons. Alors je cherche des indices.

Le regard de l'aimable retraité pétillait d'excitation.

— Mais c'est une véritable chasse au trésor que vous entamez là !

Elle grimaça un sourire désabusé.

— Dommage que certains membres de la famille ne soient pas aussi enthousiastes que vous !

En parlant de la famille, songea-t-elle, celle-ci devait déjà s'impatienter en attendant de passer à table. Elle se leva.

— Il est midi et j'ai déjà abusé de votre temps. Merci encore de votre aide.

Il lui ouvrit la porte et s'effaça devant elle en protestant :

— Tout le plaisir a été pour moi. J'espère que vous aboutirez. Si jamais j'apprends quelque chose, je vous ferai signe.

Elle lui serra la main avec reconnaissance.

— Vous saurez sans doute mieux où chercher que moi. En tant que journaliste, si j'avais à faire une recherche similaire, je n'hésiterais pas : je ferais une vaste enquête de voisinage. Il y a toujours quelqu'un qui a vu, entendu quelque chose ! Seulement, dans ce cas, les voisins sont morts depuis longtemps.

Il se récria avec feu.

— Pas si longtemps que ça, détrompez-vous ! D'ailleurs quelques-unes des écolières dont vous avez vu la photo sont encore en vie. Ce sont maintenant de très vieilles dames, mais elles ont toute leur tête, je vous assure. La mémoire est une chose surprenante, vous savez : avec l'âge, on oublie les événements récents, mais les souvenirs de notre enfance demeurent intacts.

— Sauf que, là, il n'y a pas de souvenirs : c'était secret. Personne ne savait.

Il eut une exclamation amusée.

— Mais rien ne reste secret à Châteaubriant, ma chère enfant ! Ne connaissez-vous pas le dicton ?

Et de citer avec emphase :

— « Si Rennes doit périr par le feu, Nantes par l'eau, Châteaubriant périra par la langue. » Cancaner est le sport local depuis toujours ! Il m'étonnerait fort qu'un tel « secret » n'ait pas circulé tout aussi « secrètement » dans l'entourage de votre famille, de génération en génération ; les humbles ont toujours adoré médire des notables, c'est leur revanche. Si j'étais vous, je chercherais d'anciens serviteurs, voisins, commerçants, élus... Les possibilités ne manquent pas. Armez-vous de patience et faites votre « enquête de voisinage » dans la mémoire des gens !

— Vous êtes toujours de bon conseil, monsieur Caron. Je vais partir à la chasse aux « éléphants »... qui, comme chacun sait, n'oublient rien. D'ailleurs, j'en ai déjà repéré deux dans mon entourage.

Monsieur Joseph aimait bien la petite. Il appréciait sa capacité de s'émerveiller de tout, même d'un paysage qu'elle avait déjà vu des dizaines de fois sur les trois lieues qui séparaient la Teillais de Châteaubriant. Elle le voyait chaque fois différent, unique, puisque c'était celui de l'instant présent et, par ses yeux, le chauffeur redécouvrait les chemins, les bois, les champs qu'il croyait connaître.

Il était également sensible à l'atmosphère de mystère tragique qui flottait autour d'elle. Parfois, lorsqu'elle restait silencieuse derrière lui, il l'imaginait, assise bien droite, sa poupée sur les genoux, le regard perdu dans la contemplation de la route qui se précipitait au-devant d'elle pour l'entraîner toujours plus vite vers son destin, et cette idée l'attendrissait. Alors il freinait un peu, juste pour avoir l'impression d'être capable de la protéger de ce malheur qui semblait planer au-dessus d'elle tel un oiseau de mauvais augure, de le retarder du moins.

L'automobile s'emballa un peu dans la descente et la petite poussa un cri ravi. En bas, sur la droite, des lambeaux de brume s'accrochaient aux peupliers. On avait quitté la forêt et la route empierrée suivait la courbe des vallons, obligeant la voiture à des efforts répétés. La petite posa sa main sur le haut de la portière pour sentir vibrer la machine tressautante.

Allez, tiens bon, monte encore, l'encouragea-t-elle silencieusement.

Elle avait beau savoir que ce n'était qu'une mécanique, un assemblage de pistons, comme disait le Pelot qui posait volontiers au connaisseur, elle ne pouvait s'empêcher de considérer l'automobile comme un être vivant, un animal d'une nouvelle espèce, docile et serviable... et elle aimait flatter son bois verni, son cuir souple en reconnaissance des efforts consentis sans rechigner.

Au sortir du virage, à hauteur du croisement dominé par un calvaire de pierre, un attelage surgit soudain à leur rencontre. A la vue du monstre noir et rouge qui s'avançait vers lui en tressautant, les oreilles du cheval se dressèrent et ses naseaux frémirent avec inquiétude. Sous sa robe grise, ses muscles se raidirent et ses larges sabots frappèrent le sol, déjà sur le recul.

Surpris lui aussi, autant par la pétaradante apparition que par la brusque réaction de son moquart[1],

1. Cheval marqué d'une tache au front.

l'homme qui conduisait d'une main distraite le tombereau lourdement chargé, assis nonchalamment de côté sur le brancard, sauta à terre avec un juron sonore. Il saisit vivement la bride et tira la tête du cheval en arrière. Il lutta avec lui quelques instants pour empêcher son chargement de verser, tout en roulant des yeux furibonds à l'adresse du prétentieux petit bijou mécanique qui poursuivait son chemin, imperturbable.

En passant, monsieur Joseph le salua d'un petit coup de trompe qui fit faire au cheval un nouvel écart, comme si une mouchenille l'avait piqué. Quelques betteraves tombèrent du chariot et rebondirent sur la route avant de rouler dans le fossé. La petite soupçonna monsieur Joseph de l'avoir fait exprès. Ce devait d'ailleurs être également l'avis du charretier qui, furieux, lâcha un chapelet d'injures malsonnantes sur leurs têtes. Elles se perdirent quelque part derrière eux, l'automobile filant bon train entre les champs que les paysans des environs, de la Roche-Saint-Pierre ou de la Barbotière, étaient en train de labourer, et les prés enclos où quelques petites brettes[1] noir et blanc paissaient, indifférentes.

A la Teillais, le père Tual, lui, avait deux normandes marron avec des taches claires. Il prétendait que leur lait, plus crémeux, faisait un beurre plus riche et plus savoureux. La petite ignorait si l'origine des vaches en était effectivement la cause, ou s'il fallait la chercher du côté du vigoureux coup de main de la mère Tual à la baratte, mais de fait, le beurre qu'elle étalait sur sa tartine du matin était fameux.

On avait traversé le chemin qui menait de Soudan à la Touche-d'Erbray et la voiture avalait à présent la dernière lieue qui la séparait encore de Châteaubriant. Sur le plateau, le vent les prenait de face et monsieur Joseph enfonça un peu plus sa casquette sur sa tête

1. Bretonnes, ici race de vache.

tandis que sa jeune passagère maintenait son chapeau d'une main, de peur qu'il s'envolât.

Mais déjà on descendait à travers le bois de Renac et le faisceau convergent des lignes de chemin de fer indiquait que la gare n'était plus très loin. Et en face de la gare, la Martinière...

Pourquoi les Le Gallois, qu'elle ne voyait quasiment jamais, la faisaient-ils venir chez eux ? Depuis quelques mois, cette question la taraudait de plus en plus. Avant, elle était sans doute trop jeune pour se rendre vraiment compte de l'étrangeté de la situation.

Elle avait questionné madame Marie, un jour où elle lui avait semblé en veine de confidence. L'imposante cuisinière lui avait répondu d'un trait que Dieu donnait de la fortune aux riches pour qu'ils puissent secourir les pauvres dans le besoin, qu'étant orpheline et de santé trop délicate pour aller à l'école, elle avait été choisie pour bénéficier des largesses de la famille Le Gallois, et qu'au lieu de se torturer l'esprit elle ferait mieux de remercier le ciel de sa générosité.

La petite, qui avait retenu son souffle pendant toute la tirade, en était restée tout étourdie... et guère convaincue. Madame Marie avait bien récité sa leçon mais, que diable, il devait y avoir bien des orphelines méritantes à Châteaubriant même pour qu'on n'aille point en chercher une jusqu'à la Teillais.

La mère Tual, à qui elle avait fait part de son étonnement de la voir s'exécuter ponctuellement alors que chaque aller et retour semblait l'irriter, avait pour sa part coupé court en grommelant qu'on ne contrariait pas les caprices des notables... et en frottant plus fort la grande bassine à confiture en cuivre qui faisait sa fierté et qu'elle mettait toujours un point d'honneur à faire briller comme un soleil.

Le Pelot, lui, qui ne savait rien, se déclarait persuadé que sa belotte était une princesse confiée à ses parents pour échapper à une vilaine sorcière qui voulait l'enguenauder[1] et qu'un jour on verrait arriver à la Teillais un superbe carrosse tout en dorures comme dans un livre que le maître d'école lui avait prêté un jour, à moins que, le progrès aidant, ce ne fût une voiture automobile encore plus belle et plus grande que celle des Le Gallois, et qu'un roi et une reine avec leur couronne sur la tête en descendraient pour la prendre dans leurs bras en l'appelant « ma fille »... Mais Pierre ne savait plus quoi inventer pour effacer la tristesse qu'il lisait parfois dans le regard de la petite.

La grande Lucienne avait plus de sens pratique. Sûr qu'elle n'était pas très maligne mais, à tortiller du croupion comme elle le faisait dès qu'un beau gars apparaissait, elle connaissait la vie. Il y a deux semaines, alors qu'elles étaient allées toutes les deux cueillir des noisilles[2] dans un chemin creux, la petite s'était laissée aller à lui confier ce que, à force de tourner et de retourner la question dans sa tête, elle avait imaginé : si les Le Gallois prenaient soin d'elle, quoique en gardant leurs distances, c'était peut-être parce qu'ils se sentaient coupables. Et si son père était un de leurs ouvriers qui avait été tué dans un accident à l'usine ? Et si sa mère, veuve et désespérée, était ensuite morte de chagrin ?

Tout en tortillant ses gazennes[3] raides comme des bâtons, la grande Lucienne avait admis que dame, c'était fort possible et que tout bien considéré, ça expliquerait bien des choses. La petite était revenue à la maison du garde-chasse le cœur un peu plus léger.

Le seul finalement qu'elle n'avait pas osé questionner, c'était monsieur Joseph. Peut-être parce qu'elle devinait qu'il en savait long sur elle. Il la regardait toujours avec une sorte de curiosité attentive, comme s'il guettait sur son visage une ressemblance, ou le signe qu'elle avait enfin compris. En fait, elle n'était pas très

1. Lui jeter un sort.
2. Noisettes.
3. Tresses liées aux extrémités par des bouts de laine.

sûre de vouloir savoir la vérité. Elle avait trop peur qu'elle ne soit pas à la hauteur de ses rêves.

L'automobile se frayait à présent un chemin entre les petites maisons du faubourg Saint-Michel. Un vieux chien à moitié aveugle, et sans doute un peu sourd aussi, fouillait du museau les ordures qui traînaient dans le ruisseau. Un petit coup de trompe amical l'incita à se mettre à l'abri. C'était drôle mais la voiture paraissait avoir son propre langage, s'exprimant sur des tons bien différents suivant qu'elle se voulait ironique comme avec le charretier, ou prévenante comme avec ce vieux corniaud que la vieillesse réduisait à chercher sa pitance dans les immondices.

Le passage à niveau était ouvert et monsieur Joseph ralentit à peine pour le franchir avant de tourner à gauche vers les Vauzelles et la Martinière. Comme d'habitude, il fit le tour de la propriété pour entrer par le portail de derrière et garer directement l'automobile dans la remise.

La petite ne s'offusquait pas de ne point être invitée à pénétrer chez les Le Gallois par l'entrée principale, sous l'arc de glycines. Le devant était réservé aux maîtres et à leurs invités, pas à une orpheline qu'on accueillait par charité pour soulager sa conscience ou parce que monsieur le curé avait insisté, en guise de pénitence.

Elle n'était admise qu'à l'office et dans le jardin de derrière, dans l'envers du décor en quelque sorte, et elle trouvait cela très bien. Elle s'en réjouissait même : la Martinière l'accueillait dans son intimité comme ces grandes dames qui ne sortent jamais dans la rue sans leur chapeau à plumes et leur ombrelle, mais reçoivent en négligé de soie et sans corset les proches admis dans leur familiarité.

5

Elle trouva le premier de ses « éléphants », une saucière à la main, dans la cuisine de la Martinière.

— Te voilà enfin ! File vite dans la salle à manger. Les autres commencent à s'impatienter. Ça dagonne sec autour de la table !

Mélanie haussa les épaules. Ils n'allaient pas faire toute une histoire pour cinq minutes de retard. L'enthousiasme de Maurice Caron lui avait rendu tout son allant ; elle s'empara d'autorité du plat de service.

— Du veau et des haricots verts tout frais… hmm ! Si j'entre avec ce délice dans les mains, ils ne pourront pas me faire mauvais accueil, qu'en dis-tu ?

De fait, les murmures peu amènes qui saluèrent son arrivée tardive dans la salle à manger cessèrent rapidement. Pendant quelques minutes de bienheureux répit, on n'entendit plus que le cliquetis des couverts et le tintement des verres. On aurait pu croire qu'ils n'avaient rien mangé depuis la veille. Toutes ces émotions avaient, semblait-il, aiguisé leur appétit.

Le plateau de fromages et la salade venaient d'être posés sur la table lorsque Nathalie rompit le recueillement gourmet qui avait saisi les convives, unis dans la même célébration culinaire.

— Bertrand nous a dit que les examens qu'il avait pratiqués à ta demande ne lui avaient pas appris grand-chose sur la petite bâtarde qui te fascine tant.

Ah ! cette façon de lui renvoyer son « caprice » en pleine figure… de l'accuser à mots couverts d'avoir fait perdre son temps au cousin... Cette pimbêche élevait la perfidie au rang d'un art. Il n'y avait qu'elle pour utiliser encore de nos jours le terme de « bâtarde » et pour parler pudiquement d'« examens » au lieu d'autopsie. Elle avait dû préparer soigneusement sa phrase, choisissant méticuleusement ses mots, tandis qu'on la croyait paisiblement occupée à savourer sa viande.

Nathalie avait lancé sa tirade sur un ton qui se voulait désinvolte, mais ses doigts crispés sur le manche de son couteau à en faire blanchir ses jointures trahissaient la tension qui l'habitait.

Mélanie se força au calme. Elle ne lui répondrait pas. Elle n'entrerait pas dans son jeu. Elle prit le temps d'avaler sans hâte sa dernière bouchée de pont-l'évêque et de boire une gorgée du bordeaux que son père avait versé avec un respect quasi religieux dans son verre avant de dire :

— Nous savons très peu de choses sur cette enfant, il est vrai. Et il sera sans doute difficile d'en apprendre davantage.

Les doigts de Nathalie desserrèrent leur étreinte autour du manche de corne du couteau.

— Mais, conclut Mélanie en levant son verre, je ne m'avoue pas vaincue !

Elle vida le reste du bordeaux, les yeux mi-clos, toute au plaisir de sentir le bouquet du vin éclater sur ses papilles, sublimé par celui d'avoir définitivement gâché la fin de repas de sa « belle-cousine », dont l'avidité et la hargne commençaient à lui taper sur les nerfs. Qu'elle se montrât, depuis son mariage, plus imbue du nom de Le Gallois que ceux qui en avaient hérité à leur naissance, passe encore ; ce snobisme ridicule amusait plutôt Mélanie. Mais là, elle n'avait plus du tout envie de rire ; Nathalie dépassait les bornes. Cette lueur âpre dans les yeux de la femme du cousin Xavier qui, en grand courageux qu'il était, ne pipait mot, les yeux baissés, comme absorbé par le spectacle de son assiette vide, lui déplaisait souverainement.

Elle ne s'attarda pas à table. Tandis que sa mère tentait désespérément de relancer la conversation sur des sujets moins « sensibles », comme le temps maussade ou les prochaines grèves annoncées dans les transports en commun parisiens, comme à chaque automne, elle se replia vers la cuisine, à l'arrière de la maison, afin de proposer à Françoise son aide pour essuyer la vaisselle. Rien de tel que de s'activer un torchon à la main pour échanger confidences et souvenirs.

La cousine Anne était repartie dès la veille au soir à Bain-de-Bretagne se replonger dans ses bilans comptables, sa mère ne quitterait pas la salle à manger avant d'avoir bu la dernière goutte de son café, quant à Nathalie, il n'y avait aucun risque qu'elle s'abaissât à venir à l'office... le moment était propice.

— Dis-moi, ma bonne Françoise, que penses-tu de toute cette histoire ? commença-t-elle prudemment, tout en s'assurant du regard que la porte était bien fermée et que personne ne pouvait les entendre.

— Il est trop tard pour me demander ce que j'en pense ! maugréa-t-elle. Tu aurais mieux fait de m'en parler dès que tu l'as sue. Cette histoire ne peut que diviser un peu plus ta famille.

— Mais tu n'as pas envie de connaître la vérité ? protesta Mélanie en prenant la vieille femme par la taille. A moins, lui glissa-t-elle à l'oreille, que cette vérité, tu la connaisses déjà ?

— Crois-tu que je ne te vois pas venir quand tu fais ainsi ta belotte ? bougonna Françoise d'un ton déjà radouci. Cesse donc tes agrignoches[1], elles ne servent à rien. Comment veux-tu que je sache quelque chose sur une pauvre gamine morte en 1912 alors que je ne suis arrivée à la Martinière qu'après la guerre !

1. Tes agaceries.

Pour Françoise, il n'y avait qu'une guerre, la Grande, celle de 1914-1918. Pour la seconde, elle parlait de l'Occupation car, disait-elle, l'armée française s'était rendue presque sans combattre – ça ne comptait pas.

— Tu ne m'as jamais raconté comment tu étais entrée au service de l'Ancêtre.

— Parce que c'était très banal : j'étais la sixième d'une famille de neuf enfants et je n'étais pas bien douée pour l'école. Aussi, dès que j'ai eu mes quinze ans, mes parents m'ont fait entrer en condition. J'ai eu la chance d'être placée à la Martinière. C'était en mai 1919. Je n'en suis jamais partie. Tu vois comme c'est passionnant !

— Mais si tu avais quinze ans en 1919, calcula Mélanie qui suivait toujours son idée, c'est que tu es née en 1904... à peu près comme la petite morte, si on en croit Bertrand. Tu l'as peut-être connue en classe.

La vieille dame eut une moue désolée. Elle aurait tellement voulu faire plaisir à sa Nanou !

— J'aurais peut-être pu si j'étais née à Châteaubriant, mais je suis de Fercé. Mon père était bûcheron dans la forêt de Javardan.

— Dommage, soupira Mélanie, dépitée.

C'était comme si soudain elle avait vu briller une lueur dans le noir et que celle-ci s'était aussitôt éteinte.

— Mais quand tu es arrivée à la Martinière, reprit-elle, refusant de s'avouer vaincue, il y avait des domestiques qui étaient là depuis plus longtemps et qui avaient pu la connaître. Le personnel était-il nombreux à l'époque ?

Françoise s'esclaffa en mettant sa main devant la bouche, comme une écolière craignant d'être punie.

— Toujours plus qu'aujourd'hui, en tout cas. Ton arrière-grand-père tenait à avoir une « maison » complète. Il disait que c'était à ses domestiques qu'on reconnaissait le notable !

— Te souviens-tu qui il y avait ?

Françoise posa son torchon sur la table et s'assit. Elle ferma les yeux comme pour mieux distinguer ces visages que le sable du temps avait ensevelis, effacés peu à peu. Puis, ses paupières fripées toujours closes, elle entreprit de ressusciter, nom après nom, la grande époque de la Martinière.

Madame Marie régnait alors sur la cuisine. Régner n'était pas un vain mot : l'Ancêtre appréciait la bonne chère et n'avait garde de la contrarier, de peur de lui faire rater ses sauces. Aussi ladite madame Marie, consciente de son pouvoir sur les papilles gustatives du maître, en profitait-elle pour régenter à sa guise les autres domestiques. Françoise en gardait un souvenir parfois cuisant. Son rôle à elle était d'aider Alphonsine, la femme de chambre, pour les travaux du ménage.

Il y avait aussi Joseph, le cocher au regard de braise, qui était devenu chauffeur quand le grand-oncle Yves avait persuadé son père d'acheter une voiture à pétrole, comme on disait à l'époque. Malgré son âge, Jean-Marie Le Gallois mettait un point d'honneur à être à la pointe du progrès technique, à l'usine comme en sa demeure.

Françoise riait encore en évoquant la panique que la belle machine avait semée parmi les chevaux du voisinage. Ils n'y étaient pas accoutumés ; au début, il n'y en avait que deux dans tout Châteaubriant : la Darracq avec laquelle le docteur Neret faisait ses visites et celle des Le Gallois. Quelle marque ? Grand Dieu, a-t-on idée de s'intéresser à de pareils détails ? En tout cas, la jeune Françoise, elle, ne s'en souciait guère à l'époque. Il lui semblait avoir entendu dire que la voiture avait été construite par un marquis des environs de Nantes...

Mélanie se récria qu'après tout ça n'avait guère d'importance, qu'elle avait posé la question comme ça, mais la vieille servante s'obstina. Sa Nanou lui avait demandé de dévider le fil de ses souvenirs, elle tirerait la pelote jusqu'au bout. Plantant ses coudes sur la table, elle plaqua ses deux mains sur ses oreilles comme si seul le silence pouvait l'aider à entendre le nom qui fuyait sa mémoire.

— Il avait une consonance plutôt amusante, murmura-t-elle, le front plissé, concentrée.

Soudain elle rouvrit les yeux. Reposant ses mains à plat sur la nappe, elle annonça triomphalement :

— Je sais : une De Dion-Bouton !

Mélanie laissa échapper un petit sifflement admiratif : l'Ancêtre ne se refusait rien ! Mais ce n'était pas ce qu'elle voulait savoir.

— Une cuisinière, deux domestiques et un chauffeur, récapitula-t-elle, soucieuse de reprendre le fil de son enquête. C'est tout ?

— Il y avait encore le vieux Ferdinand, le jardinier, qui venait tous les après-midi. Comme il buvait le soir, il avait du mal à se lever le matin mais quand il arrivait après dîner, il avait à nouveau l'œil clair et marchait droit. Le jardin était splendide à cette époque.

— Cette fois, c'est sûr, on a bien fait le tour ? Maintenant, reste à savoir si, à part toi, ma bonne Françoise, certains sont encore en vie.

La vieille femme plissa les lèvres en une grimace dubitative. Rajustant quelques cheveux presque sans couleur qui s'étaient échappés du peigne censé maintenir son maigre chignon, elle énuméra en comptant sur ses doigts :

— Le jardinier est mort en 1925 ; il s'est rompu le cou en tombant dans l'escalier de la vieille bicoque où il habitait un soir de cuite. Ton grand-oncle Yves a renvoyé le chauffeur quand l'usine a commencé à péricliter et je ne sais pas ce qu'il est devenu. Madame Marie est restée la dernière. On ne se séparait pas facilement de son veau marengo ! Elle ne s'est jamais mariée, elle est morte après la Libération dans un asile pour vieillards. Finalement, c'est l'Alphonsine qui s'en est le mieux sortie : elle a épousé un quincaillier et a quitté le service. Sa petite-fille tient un magasin de vieilleries à La Forge, près de Moisdon-la-Rivière.

— Tu veux dire qu'elle est antiquaire ? sourit malgré elle Mélanie.

— Si tu veux. Mais tu parles si ça fait plaisir de voir des objets, des outils, des meubles que j'ai connus neufs du temps de ma jeunesse traités d'antiquités ! Je vous demande un peu : est-ce que j'ai l'air d'une momie ?

Mélanie l'embrassa sur la joue en riant.

— Toi, tu es la plus jeune de nous tous. Et si quelque égyptologue se présente pour t'étudier, il aura affaire à moi !

— Tu peux rire ! N'empêche qu'à remuer tous ces souvenirs, je me sens encore plus vieille. J'espère qu'au moins, ils te serviront à quelque chose.

— Et plus tôt que tu ne le penses. Je vais de ce pas voir la petite-fille de l'Alphonsine dans sa boutique de « vieilleries ». Je file avant que ma mère ne me tombe dessus. A tout à l'heure !

Elle décrochait déjà sa veste pendue à côté du buffet. Françoise la retint.

— N'oublie pas que tu avais promis à ta tante « Viv », comme tu l'appelles, de lui rendre visite ce tantôt[1] !

Mélanie se frappa le front de la paume de la main.

— J'ai failli oublier ! Tu vois que tu n'es pas si vieille : tu penses encore à tout. Puisqu'elle m'attend, je vais d'abord à Pouancé voir mon deuxième « éléphant », et je m'arrêterai à Moisdon au retour, où j'espère en trouver un troisième.

— C'est quoi, cette histoire d'éléphants ? cria Françoise.

Mais la porte vitrée qui donnait sur le jardin claquait déjà.

Seuls les initiés savaient où trouver la maison de Viv. De la rue principale qui traversait Pouancé, la rue de la

1. Cet après-midi.

Libération, on ne la voyait pas. Il fallait contourner l'église pour la découvrir, coincée entre les arcs-boutants et le sommet de l'ancien mur qui ceinturait le village. Du jardin, on avait la plus belle vue du canton : accoudé au parapet, la muraille dégringolant en un vertigineux à-pic jusqu'à une ruelle une dizaine de mètres plus bas, on embrassait d'un seul regard toute la campagne alentour, les prairies grasses où paissaient des vaches bicolores, les haies qui dessinaient un gigantesque échiquier et les flaques pâles des étangs de la Tresse et du Fourneau vers la Prévière.

Mais pour profiter de ce paysage, encore fallait-il faire partie du « cercle magique », comme disait Mélanie, des proches de la « fée »...

La vieille dame sourit lorsqu'elle entendit le gravier de l'allée bordée de dahlias crisser sous les pneus d'une voiture ; elle savait qui venait la voir. Une portière claqua et des pas souples et rapides s'approchèrent. Mélanie ne saurait jamais marcher posément ; on avait toujours l'impression qu'une urgence l'appelait.

De l'appui de la fenêtre, la tourterelle salua la visiteuse d'un roucoulement languide. La porte de sa cage était ouverte ; Viv détestait les barreaux. Mais l'oiseau au plumage d'un gris si doux qu'on aurait dit un flocon de nuage se sentait plus à l'abri dans sa maisonnette en fil de fer.

Mélanie frappa à la porte. Viv apprécia cette délicate attention. Sa petite-nièce n'avait pas vraiment besoin d'annoncer son arrivée, mais elle voulait donner le temps à la vieille dame de venir lui ouvrir pour l'inviter à entrer. Comme la plupart des personnes âgées, Viv supportait mal de voir les visiteurs pénétrer directement dans sa maison sous prétexte d'épargner ses vieilles jambes. D'abord elle n'aimait pas qu'on lui rappelât son âge, et en plus cela lui donnait l'impression désagréable de ne plus être vraiment chez elle. Elle n'était plus maîtresse de sa porte ; on décidait désormais à sa place. Elle s'en était ouverte amèrement à Mélanie quelques années auparavant et celle-ci s'en était toujours souvenue.

La jeune femme étreignit affectueusement l'octogénaire. Parfois elle retenait son élan, comme si elle avait peur de casser les os devenus fragiles, de meurtrir les bras amaigris, mais Viv protestait : que diable, elle n'était pas en verre ! Et si sa petite-nièce préférée lui refusait sa chaleur, comment pourrait-elle lutter encore contre le froid de la mort ? Depuis, Mélanie multipliait les prétextes pour l'embrasser, la serrer dans ses bras, la toucher simplement.

— La Bretagne salue l'Anjou ! murmura Mélanie comme à son habitude.

— Et l'Anjou honore la Bretagne, répondit Viv sur le même ton.

C'était leur formule particulière, comme un mot de passe ouvrant les portes d'un monde à part qui n'appartenait qu'à elles. Pouancé n'était qu'à seize kilomètres de Châteaubriant, mais une frontière les séparait, celle qui, des siècles auparavant, marquait la limite entre le royaume de France et le duché de Bretagne ; les hermines chères à la duchesse Anne flottaient sur Châteaubriant, les couleurs de l'Anjou sur Pouancé.

— Mets-toi à la lumière, que je te regarde, ordonna Mélanie avec tendresse. Tu n'as pas bonne mine, ma Viv.

La vieille dame eut un geste de la main comme pour balayer l'inquiétude que pouvaient faire naître son teint un peu trop pâle et ses yeux cernés.

— La journée d'hier m'a fatiguée, c'est normal. Dans quelques jours, il n'y paraîtra plus.

— Tu es sûre ? insista Mélanie, le regard fixé sur la main qu'elle tenait toujours entre les siennes.

La peau en était si fine qu'on voyait les sillons bleus de ses veines courir sous l'épiderme translucide. Elle semblait hésiter. Viv percevait le même flottement qu'au téléphone. Elle attendit.

L'ombre du doute qui était passée sur le visage de la jeune femme s'évanouit comme elle était venue : Mélanie avait pris sa décision.

Passant son bras sous celui de la vieille dame, elle l'entraîna à l'intérieur. Viv s'assura d'un coup d'œil qu'elle n'avait rien laissé traîner et qu'elle n'avait pas à avoir honte de sa demeure. La maison était petite mais, à quelques beaux meubles anciens et à une huile du XVIIIe représentant de jeunes enfants batifolant dans un jardin qui décoraient le salon, on devinait que sa propriétaire avait connu des jours meilleurs.

Elle était la dernière des Dufresne de la Ferrière, vieille famille aristocratique dédorée depuis déjà longtemps. L'héritage n'avait pas résisté à la passion du jeu d'un de ses ancêtres et le mariage de sa sœur aînée avec un Le Gallois avait paru à leur père providentiel pour renflouer un peu les finances familiales, jusqu'au moment où l'usine avait été vendue et où les deux familles s'étaient rejointes dans la déconfiture.

Contrairement à sa sœur – Dieu ait son âme – qui la revendiquait parfois, surtout lorsqu'elle avait quelque chose à reprocher à son mari, Viv ne tirait aucune gloriole de sa particule qu'elle avait d'ailleurs abandonnée dans la vie quotidienne : pour les commerçants du village, la boulangère qui mettait tous les jours de côté pour elle une ficelle sans sel, le boucher qui lui réservait les morceaux les plus tendres parce qu'elle avait du mal à mâcher désormais, elle était mademoiselle Dufresne, une vieille fille très respectable qui ne se plaignait jamais des mille petits maux qui l'accablaient, contrairement à la plupart des gens de son âge.

Mélanie l'installa confortablement dans son fauteuil, un petit tabouret sous ses pieds. Elle se laissa faire en l'observant de ses yeux malicieux, sans un mot. Elle n'était pas dupe de ce tendre manège : Mel cherchait à la ménager, à la préparer. Qu'avait-elle donc à lui annoncer ?

Finalement, ne pouvant plus atermoyer davantage, la jeune femme se lança. Elle raconta d'une traite le caveau, l'exhumation, l'autopsie et cette petite fille inconnue qui ne quittait plus son esprit.

A ces mots, Viv se sentit pâlir, mais elle s'obligea à garder les mains sagement croisées sur ses genoux et à l'écouter sans l'interrompre une seule fois. Lorsque Mélanie se tut, à bout de souffle, elle constata simplement :

— Ainsi, tu es décidée à percer le mystère.

— Oui, mais je ne sais par où commencer. J'ai besoin de ton aide, Viv.

Que pouvait-elle dire ? C'était tellement loin, tout ça.

La vieille dame prit une longue inspiration pour calmer les battements précipités de son cœur et demanda :

— Qu'attends-tu de moi ?

— Tu les as connus, Viv. Tous. Tu peux m'aider à trouver qui a pu être le père ou la mère de cette enfant, dans quelles circonstances et quelle a été la courte vie de cette Le Gallois « non répertoriée ».

— Tu me prêtes des pouvoirs que je n'ai pas, Mel. A ton âge, tu ne devrais plus croire aux fées, tu sais.

— Avec toi, j'y croirai toujours ! protesta Mélanie avec fougue en posant un baiser sur la joue parcheminée. J'ai réfléchi dans la voiture en chemin : il faut procéder par élimination, trouver lequel d'entre eux était dans la région à la fois au moment supposé de la conception de l'enfant et à celui de son enterrement. Pour cela, ta mémoire me sera précieuse.

— Je te rappelle que je suis née quelques mois seulement après ton grand-père et qu'en 1904, j'étais une petite fille qui ignorait tout des Le Gallois. En revanche, en 1912, ma sœur avait déjà épousé Yves. J'étais en pension mais je venais lui rendre visite à la Martinière aux vacances. Je n'y ai jamais rencontré de petite fille inconnue, mais cela ne veut rien dire : elle n'y était sans doute pas à demeure. Toutefois, j'ai peut-être entendu sans le savoir des choses qui pourraient te mettre sur la voie. Je ne te garantis pas de me souvenir de tout, mais je vais essayer. Pose-moi tes questions.

Mélanie s'appuya de ses deux poings sur la table, la mine concentrée.

— Commençons par l'Ancêtre et l'arrière-grand-mère Rose. L'un d'eux a-t-il pu avoir un enfant adultérin ? Après tout, j'ai appris de Philippe Besnard l'existence d'un bébé dont je n'avais jamais entendu parler !

Viv hocha la tête.

— Le petit Pierre ? Il est mort de diarrhées aiguës, à ce qu'on m'a dit ; c'était fréquent à cette époque-là. Ne fais pas cette tête, ça n'a jamais été un secret. Seulement on évitait d'en parler pour ne pas bouleverser ton arrière-grand-mère. Elle avait été très affectée par la perte de son enfant. De nos jours, on dirait qu'elle a fait une dépression. A l'époque on parlait de mélancolie, de neurasthénie... Ton arrière-grand-père n'a pas compris ; il est allé se consoler dans les bras d'une veuve.

— Se pourrait-il qu'il ait eu avec elle...

— Mais que vas-tu imaginer, Mel ? D'ailleurs c'était bien avant la date que tu m'as indiquée. Et puis ça n'a pas duré. Rose l'a appris et s'est ressaisie. C'était une sacrée bonne femme, tu sais. Bref, ton arrière-grand-père a fait amende honorable et le petit Jean, ton grand-père, est venu sceller leurs retrouvailles. C'était l'enfant de la réconciliation, conclut-elle avec emphase.

— Et ensuite ?

— En ce qui concerne ton arrière-grand-mère, la question est vite réglée : elle n'était plus très jeune et ce dernier accouchement a failli la tuer. Après ça, elle ne pouvait plus avoir d'enfants. Quant à ton arrière-grand-père, ce malheureux intermède l'avait conforté dans l'idée que sa seule maîtresse devait être son usine. Il a dès lors dépensé toute son énergie pour elle. De ça, je me souviens très bien : il en parlait comme d'une personne et elle était au centre de toutes ses conversations, de toutes ses préoccupations ! Je crois que tu peux aussi l'éliminer de ta liste de « suspects ».

Mélanie eut un grand sourire.

— Eh bien ! voilà, nous avançons enfin. Il ne reste plus que cinq parents possibles.

— Quatre, Mel. Ton grand-père n'ayant que quatre ou cinq ans de plus que ta petite morte, il aurait dû battre tous les records de précocité pour être son père.

Cette idée la fit pouffer malgré elle et Mélanie l'imita de bon cœur.

— Heureusement que je t'ai, Viv. Je n'ose imaginer la tête de papa si j'étais venue lui annoncer benoîtement que son propre père avait pu fauter au jardin d'enfants !

Le fou rire la secouait à présent sans qu'elle pût l'arrêter. C'était comme un relâchement de tout son être, un barrage soumis à trop forte pression qui cède enfin. Sa découverte avait dû lui peser ces dernières quarante-huit heures. Pourquoi fallait-il que les jeunes craignent toujours que les personnes âgées ne tiennent pas le choc, elles qui ont déjà tant subi et supporté, même l'insupportable, au fil des années ? Mélanie aurait mieux fait de lui en parler tout de suite au téléphone. Cela lui aurait donné en outre le temps de faire l'inventaire de ses souvenirs.

Essuyant les larmes qui mouillaient ses yeux, Mélanie reprit enfin :

— Il nous en reste donc quatre : Louis, le héros du Chemin des Dames, Yves, le successeur de l'Ancêtre à la tête de l'usine, Auguste, le curé, et cette simplette de Thérèse.

Viv tiqua sur ces derniers mots. Elle détestait entendre Mélanie parler ainsi de sa grand-tante. Elle crispa ses lèvres en une moue désapprobatrice mais ne releva pas. Il n'était pas temps d'entrer dans les détails. D'ailleurs, Mel, qui n'avait rien remarqué, poursuivait sur sa lancée.

— Il faut donc que je reconstitue leurs allées et venues. Ils n'ont pas dû rester tout le temps à Châteaubriant. Louis avait vingt ans en 1904, ses frères dix-neuf et dix-sept ans, sa sœur seize ans... Ils avaient sûrement des amis, devaient sortir – surtout les garçons –, peut-être même voyager.

— Là, tu m'en demandes trop, Mel. Je crois que mon beau-frère n'a guère bougé d'ici ; ma sœur s'en plaignait assez au début ! Mais pour les autres...

Son regard s'était légèrement voilé tandis qu'elle disait « ma sœur » ; à évoquer le passé, les morts revenaient à la vie et elle avait l'impression d'entendre une fois de plus Jeanne-Marie récriminer contre son époux qui ne voulait jamais quitter Châteaubriant, même pour les vacances. Bizarrement, lorsque Yves était mort, c'est elle qui alors avait refusé de quitter la Martinière, comme s'il fallait que quelqu'un restât pour perpétuer la présence des Le Gallois dans la capitale du pays de la Mée, ce pays du « milieu » presque à égale distance de Rennes, Nantes, Laval et Angers.

Viv refusa de céder à l'attendrissement qui lui serrait la gorge. Rajustant sur son nez les lunettes qu'elle ne portait que chez elle, par coquetterie, elle s'efforça de donner néanmoins à Mélanie des raisons d'espérer.

— Mais tu sais, à l'époque, un voyage était encore un événement dans la vie de quelqu'un. On n'était pas blasé comme de nos jours où on passe le week-end à Londres ou une semaine aux Antilles sur un caprice. Avant, on gardait les billets de train, les menus, on envoyait des cartes postales, que sais-je encore... Tu dois pouvoir en trouver des traces dans les vieux papiers de la Martinière.

— Crrroucrrrou... flûta à nouveau la tourterelle quand Mélanie referma derrière elle la porte de la maison.

Elle avait mis fin à l'interrogatoire, décrétant que Viv avait à présent besoin de se reposer et qu'elle reviendrait donc une autre fois ; la vieille dame n'avait pas protesté. Et puis, avait ajouté Mélanie, elle n'avait pas le temps aujourd'hui : si elle voulait interroger la petite-fille de la fameuse Alphonsine qui avait su si bien tirer son épingle du jeu, il lui fallait arriver avant la fermeture de son magasin, et La Forge était quand même à une bonne douzaine de kilomètres au sud de Châteaubriant.

Lorsqu'elle venait à la Martinière, la petite aimait s'installer sous la machine à coudre de madame Marie. Elle s'y faisait plus petite encore, jusqu'à se faire oublier. On ne prêtait pas plus attention à elle qu'à la moute[1] de la maison et, tout en actionnant la pédale de la main, elle pouvait écouter les conversations des domestiques. C'étaient moins les confidences intimes échangées à voix basse avec des gloussements étouffés qui l'intéressaient que tout ce qui concernait la famille Le Gallois. Or qui mieux que les serviteurs pouvait savoir ce qui se passait dans la vie de leurs maîtres ? D'autant plus que ceux-ci ne se gênaient pas devant eux, laissant éclater rancœurs et colères qu'ils cachaient soigneusement au-dehors. La vie quotidienne de la « façade avant » de la Martinière lui parvenait donc par ricochet, sans fard et même parfois en termes assez crus dans l'ambiance douillette et délicieusement parfumée de la cuisine. Alors, bercée par le tic-tac de la machine à coudre, la petite pouvait tout à son aise s'imaginer parmi ses bienfaiteurs, assistant aux repas dans la grande salle à manger, sur la belle nappe damassée où étincelait l'argenterie qu'Alphonsine astiquait jusqu'à ce qu'elle pût y contempler son visage comme dans un miroir, s'asseyant dans la profonde bergère de velours vert ornée de glands de la même couleur près de la cheminée, glissant sur les tapis épais et moelleux jusqu'au grand salon.

1. Chatte.

Elle ne connaissait que le petit, qui servait de salle d'étude à monsieur Jean et de bibliothèque à tous les enfants Le Gallois. C'était la seule pièce du premier étage où elle avait le droit d'aller. Et encore, juste le temps de ses leçons. Elle aurait tant voulu pouvoir y rester plus longtemps, ne serait-ce que pour pouvoir feuilleter à loisir les beaux livres à couverture brune ou rouge et à tranche dorée que mademoiselle Thérèse laissait traîner un peu partout, au lieu des brochures à dix sous que le père Tual rapportait de la foire.

Elle ignorait d'où lui venait cette passion de la lecture. Peut-être d'un de ses parents dont elle ne savait rien. Quand elle la surprenait le nez dans un vieux livre de classe du Pelot, la mère Tual ronchonnait, jurant ses grands dieux que toutes ces sottes histoires allaient lui gâter le cerveau. Cependant, elle n'osait pas l'interrompre. Elle ne savait point lire et voir la petite maîtriser son alphabet lui inspirait un certain respect, quoiqu'elle s'en défendît.

La petite ramena ses jambes sous son sarreau bleu marine bordé d'un liseré blanc. Ici, pour ne point salir, elle enlevait toujours ses galoches dès la porte et elle sentait le froid du carrelage à travers ses bas de laine. Propriété des ducs de Caylus, la maison qu'habitaient le garde-chasse et sa famille n'avait pas un sol en terre battue comme chez la grande Lucienne, mais la mère Tual avait beau prendre un soin jaloux des petits carreaux de brique rouge usés et parfois même fendus par endroits sous le choc répété des pieds de chaise ou des sabots ferrés, ils ne pouvaient se comparer au beau damier bien régulier de losanges noirs et blancs qui recouvrait le plancher de la cuisine de la Martinière.

L'Alphonsine était revenue tout émoustillée de servir les rafraîchissements au salon et, le plateau recouvert d'un napperon de dentelle à peine posé sur la table, elle avait entrepris de raconter à madame Marie la discussion orageuse à laquelle elle avait assisté. La femme de chambre avait un don pour imiter les voix et les attitudes

des différents hôtes de la Martinière, hommes ou femmes, et c'était toujours un régal d'assister à ses récits mimés. La petite, qui n'y avait jamais mis les pieds, s'imaginait être au théâtre.

Fronçant les sourcils sous son bonnet blanc empesé et roulant des épaules carrées, la poitrine gonflée pour essayer de se donner une carrure plus imposante, Alphonsine campait le patron Le Gallois laissant éclater sa colère après avoir pris connaissance des résultats financiers du trimestre que venait de lui soumettre son contremaître, monsieur Maurel. Les protestations de monsieur Yves assurant que des commandes avaient déjà été enregistrées pour les prochains mois, au lieu de l'apaiser, ne faisaient qu'attiser sa fureur.

— Chaque fois que je ne m'occupe pas de tout moi-même, criait Alphonsine en s'efforçant de prendre une voix de basse, la fabrique menace d'être abolie[1] !

Il fallait que le maître fût en rage pour se laisser aller à parler gallo ! Il s'appliquait d'ordinaire à éliminer tout mot patois de sa conversation pour faire oublier ses origines modestes. Comme les Huard, ses futurs concurrents, Jean-Marie Le Gallois avait été à ses débuts un fondeur parmi beaucoup d'autres. Le pays de la Mée, autour de Châteaubriant, était riche en forêts et en minerai de fer et les forges étaient nombreuses. Seulement le jeune « patron Le Gallois » était du genre entreprenant et il avait senti très tôt souffler le vent du progrès et de la mécanisation agricole.

— Il faut toujours aller de l'avant, poursuivait Alphonsine qui visiblement n'avait pas perdu une miette de la harangue enflammée de son patron. Si je ne l'avais pas fait, nous serions encore rue de Paluel, dans notre petit atelier, avec une demi-douzaine d'ouvriers seulement. C'est moi qui le premier ai compris l'importance d'être à proximité de la gare. J'ai fait déménager l'entreprise et je l'ai agrandie. Les fils Huard n'ont fait que me suivre

1. De tomber en ruine.

aux Vauzelles quelques années après. Ouvrir le chemin, innover, c'est le seul secret pour réussir ! Et là, s'interrompit Alphonsine en saisissant le plateau pour mimer la scène, il a jeté le livre de comptes par terre !

Et de faire semblant de lancer le plateau à travers la pièce.

Madame Marie poussa une exclamation étouffée en portant les mains à sa bouche et la petite, effrayée, se rencoigna un peu plus sous la machine à coudre.

— Qu'as-tu donc à sacrer comme un casseur d'assiettes, l'Alphonsine ?

Monsieur Joseph avait poussé la porte, sa casquette sous le bras. Il avait dû plonger dans les entrailles de sa machine, car ses mains étaient toutes noires de graisse, et il alla droit à l'évier pour se les laver en s'exclamant :

— Tudieu, je t'entendais vociférer de la remise ! De quoi est-il donc parlance ici ? C'est-y que vous vous disputiez, toutes les deux ?

— Que nennin, mon bon. Alphonsine nous faisait le conte du dernier coup de sang du maître au salon.

— Ah ! bah, bâilla le chauffeur avec un haussement d'épaules, le patron Le Gallois a besoin de ses colères pour avancer comme le cheval de son picotin d'avoine. Chez lui, c'est plutôt un signe de bonne santé.

Il se laissa tomber avec un soupir sur la chaise la plus proche ; ses bottes de cuir bien cirées le serraient un peu et il avait mal aux pieds. Il étendit les jambes devant lui pour se donner un peu d'aise. En jetant un coup d'œil sous la table pour s'assurer qu'il ne heurtait rien, il aperçut la petite toujours dans sa cachette et lui fit un petit signe amical avant de reporter son attention sur les deux femmes.

— A avaler toute cette poussière sur la route, j'ai une soif de gueux. La goule m'en pappe[1]. Versez-moi donc un verre de votre fameuse eau-de-vie de faitit, madame

1. Mes lèvres en frémissent.

Marie ; elle vous requinque un homme en deux gorgées !

Comme la cuisinière s'empressait, ses grosses joues rebondies toutes roses du compliment, il interrogea, curieux tout de même de connaître la cause de la fureur du vieux Le Gallois :

— Après qui en avait-il cette fois ? Le contremaître Maurel ? Il me semble l'avoir vu pousser le grand portail comme j'arrivais en automobile.

Alphonsine, ravie de se faire valoir devant monsieur Joseph dont la prestance et le savoir-faire mécanique ne la laissaient point indifférente, se récria avec feu :

— Pensez-vous ! Le René Maurel se tient là tout coulaud[1], en triturant le bord de son chapeau entre ses doigts. Il ne dit pas un mot, se contentant de doder de la tête comme un vieillard... bien content que ce soit un autre qui prenne le paquet.

— Et qui donc ?

— Monsieur Yves, pardi ! Son père n'est jamais content de ce qu'il fait. Il compare toujours avec ce que monsieur Louis aurait fait à sa place.

La petite fronça le sourcil : elle entendait régulièrement évoquer le fils aîné du grand monsieur Le Gallois mais elle ne l'avait jamais vu à la Martinière. Les domestiques en parlaient toujours au passé et elle avait cru au début qu'il était mort. N'y tenant plus, elle avait un jour demandé à l'Alphonsine, venue à la cuisine remplir d'eau les brocs de toilette, s'il avait succombé à une maladie ou à un accident ; la femme de chambre l'avait dévisagée comme si elle était soudain devenue folle et avait tourné les talons, un broc plein serré précautionneusement contre son cœur, en lançant à la cantonade : « Monsieur Louis, mort ? Quelle idée ! »

Donc il était vivant, mais où ? En tout cas, ce devait être quelqu'un qui marquait les esprits, car on en parlait souvent à l'office. Il n'y avait pas que le maître

1. Embarrassé, confus, penaud.

qui le comparait à son cadet… et jamais à l'avantage de ce dernier. Pourtant, à ce qu'elle avait pu entendre, monsieur Yves faisait tout pour complaire à son père. C'est lui à présent qui dirigeait la fabrique et il ne ménageait pas sa peine. Mais ce n'était jamais assez.

— Il l'a traité de losseron et de benard[1], fallait voir comme ! poursuivait l'Alphonsine, le doigt pointé vers le visage du chauffeur. Et comme monsieur Yves protestait que c'était injuste, il lui a jeté en pleine figure que de toute façon il n'était qu'un second choix, un pis-aller !

— Diantre, s'exclama monsieur Joseph, songeur, en reposant son verre vide sur la table, le patron y est allé à pleines louchées. Faut-il que les affaires aillent mal !

— D'après le maître, les Huard peuvent pavoiser : ils vendent deux charrues quand les Le Gallois en vendent une, cita Alphonsine avec application.

— Effectivement, il y a de quoi être en colère, conclut le chauffeur en repoussant bruyamment sa chaise pour se remettre debout. C'est malheureux à dire mais, comme le répète souvent le chef de gare, il faudrait une bonne guerre. Ça fait toujours marcher l'industrie !

Comme les femmes se signaient en protestant, on entendit un pas décidé descendre l'escalier de service.

— Tiens, en parlant d'aller reprendre l'Alsace et la Lorraine, s'esclaffa monsieur Joseph, c'est l'heure de la leçon d'une certaine petite demoiselle !

1. Lourd, pas dégourdi et indécis.

6

Un couple de touristes anglais était penché sur la plaque foyère en fonte, tâtant d'un doigt hésitant l'hermine de Bretagne en relief qui en ornait le centre. Elle l'avait dénichée dans un manoir des bords de l'Erdre dont le châtelain était acculé par de pressants besoins d'argent ; il ne lui avait vendu qu'à contrecœur ce fond d'âtre qui ornait la cheminée de la grande salle depuis au moins trois générations. C'était une pièce magnifique, mais les Britanniques ne semblaient pas d'accord à son sujet. La femme la voulait absolument ; l'homme était visiblement moins emballé, en tout cas plus ménager de ses livres sterling.

Véronique Cottrel s'éloigna discrètement pour les laisser discuter en tête à tête. Par la porte vitrée, elle jeta un coup d'œil à la Rover flambant neuve garée devant sa boutique d'antiquités. Les Anglais avaient les moyens ; ils allaient acheter.

En attendant qu'ils se décident, elle entreprit de vérifier l'ordonnancement des articles présentés en vitrine. Véronique était fière, à juste titre, de l'effet que ne manquait jamais de produire sur les visiteurs son enseigne, en lettres carolines blanches sur fond noir, au nom de « La Vieille Enclume ». L'enclume en question, une lourde pièce de fonte portant les traces des multiples coups de masse qui l'avaient martelée, trônait au milieu de la devanture, entourée de quelques vieux outils de fondeur et de forgeron, de dentelles anciennes disposées artistiquement sur une maie superbement restaurée et de paniers d'osier remplis de poteries rustiques.

Véronique se flattait d'avoir du goût et l'ensemble était plutôt réussi.

S'accroupissant avec difficulté, elle tourna l'anse d'un pichet en grès dans le bon sens. Ses genoux craquèrent lorsqu'elle se redressa. Ce qu'elle appelait pudiquement sa « tendance à l'embonpoint » ne lui facilitait pas ce genre de gymnastique. Réprimant un soupir désabusé, elle rajusta d'une main experte les plis souples de la tunique noire qui dissimulait ses rondeurs de façon plutôt heureuse et remonta sur son épaule le châle de cachemire dans les tons rouille et vieil or qu'elle nouait par-dessus pour réchauffer une tenue qui sans cela aurait paru bien sévère. Bien que veuve, depuis plus de dix ans à présent, elle n'avait jamais porté le deuil, méprisant ces signes d'affliction un peu trop ostentatoires à son goût pour être sincères, et si elle s'habillait le plus souvent de couleurs sombres, c'était parce qu'elles avantageaient sa silhouette généreuse.

Le miroir ancien au cadre doré à la feuille d'or qui lui faisait face lui renvoyait l'image d'une femme d'âge mûr, aux cheveux gris coupés court et au visage avenant qui inspirait confiance à ses clients.

Dans le fond de la boutique, les deux Anglais discutaient ferme dans la langue de Shakespeare. Le mari ne voulait pas se laisser convaincre mais Véronique était confiante : son épouse, qui semblait avoir une longue pratique de ces marchandages, aurait le dernier mot. Il suffisait d'attendre.

L'antiquaire se plongea dans la contemplation du paysage qui s'ouvrait devant sa vitrine.

Le ciel couleur anthracite faisait ressortir le rose des bruyères et le jaune des ajoncs qui parsemaient la lande autour de l'étang de La Forge. Quelques pins tourmentés parvenaient à se frayer un passage entre les affleurements de schiste pour ombrager les rives désertes. On était en semaine et il n'y avait pas un seul pêcheur à la ligne.

Difficile d'imaginer que l'endroit avait été le cœur d'une intense activité de fonderie au début du siècle. Le petit train qui apportait le minerai de fer était parti à la casse, le feu des forges s'était éteint, les soufflets avaient rendu leur dernier soupir et les marteaux s'étaient tus depuis déjà longtemps. Les anciens ateliers avaient été transformés en un musée qui attirait de nombreux touristes à la belle saison. Tous les bâtiments autour, à commencer par sa boutique, avaient été rénovés dans le même style XIXe avec des façades de schiste rougeâtre et de pimpants volets blancs pour former un hameau des plus pittoresques.

Véronique devait reconnaître que le voisinage d'un restaurant coquet, aux jardinières garnies d'hortensias très bleus que l'automne piquait de rouille, mettait encore davantage en valeur la Vieille Enclume, exerçant un attrait irrésistible sur les amateurs de vieilles pierres et d'objets anciens. Une voiture était d'ailleurs en train de traverser le pont qui enjambait l'écluse. Un nouveau client ? Véronique passa une main machinale dans ses cheveux qui avaient tendance à rebiquer au-dessus de ses oreilles. La petite Renault entama la descente de la chaussée vers la boutique ; le restaurant étant fermé en semaine, le nouvel arrivant venait forcément chez elle.

Il y avait deux clients dans le magasin ; Mélanie préféra attendre dehors qu'ils s'en aillent. Les mains enfoncées dans les poches de son caban bleu marine, elle s'absorba dans la contemplation de la vitrine et en particulier d'un broc de faïence avec sa cuvette assortie. Il y avait presque les mêmes dans sa chambre à la Martinière, sauf que les motifs de fleurs étaient bleus et non roses comme ici. Malgré la salle de bains parfaitement équipée au fond du couloir, elle se faisait un plaisir de faire sa toilette dedans tous les matins. Pas des plus pratique, mais tellement plus romantique !

— Bel ensemble, n'est-ce pas ? Il n'a même pas une fêlure, un vrai miracle.

Mélanie sursauta. Plongée dans sa rêverie nostalgique, elle n'avait pas vu les clients sortir enfin, transportant avec peine un lourd paquet rectangulaire enveloppé de papier kraft, et l'antiquaire s'approcher. Elle apprécia d'un coup d'œil le sourire et l'élégance sobre de la petite-fille de l'Alphonsine ; son apparence était en accord avec celle de sa boutique, solide et raffinée à la fois.

Mélanie se présenta.

— Je vous avais reconnue ; j'étais à l'enterrement de votre grand-tante hier à Châteaubriant. En fait, je ne la connaissais que de vue ; ce n'était pas une de mes clientes. Mais je me devais d'y être en souvenir de ma grand-mère.

L'antiquaire ne pouvait pas lui tendre meilleure perche. Mélanie s'en empara aussitôt.

— Justement, c'est d'elle que je viens vous entretenir.

— Après tant d'années ! s'étonna son interlocutrice. Qu'importe, après tout, j'adore parler d'elle. Au fait, je m'appelle Véronique Cottrel. Entrez donc.

La boutique sentait les meubles cirés et les fleurs séchées. Le regard de Mélanie fut attiré par une coiffe amidonnée sur une forme en bois qui paraissait occuper la place d'honneur. La dentelle était un peu jaunie, mais on sentait qu'on en avait pris un soin particulier : le tulle était plissé dans les règles de l'art de chaque côté jusqu'au nœud qui devait surmonter le traditionnel chignon « carré ». La coiffe castelbriantaise qui se portait très en arrière, simplement épinglée au-dessus des oreilles, était toute d'élégance et de légèreté. Quel dommage qu'elle ne soit plus à présent qu'un accessoire folklorique ! Même les vieilles femmes ne la mettaient plus.

Véronique Cottrel, qui revenait d'apposer le panneau « fermé » sur sa porte, devina sans peine les pensées de la jeune femme. Combien de fois elle-même n'avait-elle pas contemplé cette « aile de dentelle » qui, lui assurait sa grand-mère lorsqu'elle était enfant, donnait aux femmes du pays de la Mée un pas plus léger, presque aérien ? Elle répondit à l'interrogation muette qu'elle lisait dans le regard de sa visiteuse.

— Ma grand-mère la mettait quand elle était au service de votre famille. Elle en était très fière et je l'ai mise dans la boutique pour qu'elle me porte chance. On m'a bien souvent proposé de l'acheter, mais je ne la vendrai jamais.

— Auriez-vous d'autres souvenirs d'elle ?

Elle allait dire « Véronique » mais s'était retenue au dernier moment. Cette petite avait du tact et savait que dans la région, une Le Gallois devait faire attention au ton qu'elle employait : une familiarité intempestive, un peu trop rapide, pouvait passer pour de la condescendance de patron à ouvrier... ou de maître à domestique. Un bon point pour elle. L'antiquaire s'empressa de la mettre à l'aise.

— Appelez-moi Véronique, je vous en prie. Quand on m'appelle « madame Cottrel », j'ai l'impression d'être une de ces bourgeoises pompeuses aux hanches larges et aux idées étroites !

Elles rirent de concert et Véronique Cottrel fut ravie de constater que Mélanie se détendait. Le nom de « Le Gallois » devait parfois peser lourd sur les épaules de la jeune génération.

— J'ai gardé quelques papiers personnels, quelques lettres... peu, ma grand-mère n'avait pas beaucoup d'instruction et elle se limitait à l'essentiel : « Bon souvenir », « Le bonjour » ou « Joyeux Noël »... Ce n'était pas madame de Sévigné.

Elle réfléchit un instant, sourcils froncés, caressant machinalement la broche en forme de soleil qui retenait son châle sur l'épaule.

— En revanche, j'ai peut-être quelque chose qui pourrait vous intéresser. Attendez-moi un instant, je vous prie.

Elle passa dans son arrière-boutique. Où l'avait-elle mise déjà ? Il lui semblait l'avoir vue pour la dernière fois dans le vieux buffet. Elle farfouilla dans un tiroir, puis un autre. Pourtant elle était sûre... De ses doigts impatients, elle écartait courrier et factures. Enfin, elle poussa un cri vainqueur. Elle était là !

— Les domestiques immortalisés devant la Martinière ! annonça-t-elle triomphalement en revenant auprès de sa visiteuse. La photo a été prise en 1910.

Mélanie se saisit fébrilement du cliché aux teintes grises passées. Le groupe prenait la pose devant la façade de devant que la vigne vierge commençait déjà à envahir. Derrière lui, on distinguait le perron et la grande porte d'entrée. Grâce aux descriptions de Françoise, elle reconnut les différents personnages avant même que Véronique ne les lui désignât. Et d'abord la grand-mère de l'avenante antiquaire, Alphonsine, dont le tablier blanc mettait en valeur une taille très fine. Elle devait plaire aux hommes. Puis la grasse madame Marie, le cordon-bleu aux allures de matrone, les bras croisés sur son opulente poitrine. A ses côtés, l'homme à la moustache martiale en forme de guidon de vélo devait être monsieur Joseph, le cocher-chauffeur.

La photo avait sans doute été prise un matin, puisque le vieux Ferdinand n'était pas là. Une gamine d'une quinzaine d'années, grandie trop vite, regardait l'objectif d'un œil effaré en cachant ses mains derrière son dos ; vraisemblablement celle qui avait précédé Françoise comme aide de ménage. Un peu à l'écart, une femme au bonnet tuyauté noué sous le menton se tenait bien droite, presque raide.

— Qui est-ce ? demanda Mélanie, intriguée.

— La nurse alsacienne ; elle s'appelait Katia, je crois.

— Alsacienne ? Voilà qui est original : je croyais que la mode était aux nurses anglaises, à l'époque.

— N'oubliez pas qu'on est avant 1914 et que tout le pays attend la revanche et le retour des provinces perdues. Votre arrière-grand-père avait tenu à engager une Alsacienne ou une Lorraine pour montrer son patriotisme. C'est du moins ce que ma grand-mère m'a raconté, mais il est vrai qu'elle ne portait pas la dénommée Katia dans son cœur, j'ignore pourquoi.

— Elle est restée longtemps, cette Katia ?

— Je crois qu'elle est arrivée pour s'occuper de mademoiselle Thérèse ; elle est restée jusqu'aux douze ans de monsieur Jean, votre grand-père. Après, bien sûr, il était trop grand pour avoir encore besoin d'une nurse ! Regardez, il est là.

Elle pointa l'index sur un jeune garçon en costume marin assis en tailleur sur le gravier, au premier plan, les bras passés autour du cou d'un chien blanc. Il avait bougé la tête au moment de la prise de vue et son visage était flou.

En scrutant la photo de plus près pour essayer de mieux discerner ses traits, Mélanie remarqua soudain un œil, grave et intimidé à la fois, et une petite main qui s'accrochait à la jupe de Katia l'Alsacienne. De loin, ils se fondaient dans le massif d'hortensias constituant l'arrière-plan.

Mélanie sentit le sang affluer à ses joues. C'était « elle », elle en était sûre. Elle n'aurait su dire pourquoi mais elle le savait. Le cœur battant à se rompre, elle demanda une loupe à Véronique.

Cela lui faisait un drôle d'effet de se dire que dans un instant, elle allait enfin découvrir son visage, que « l'inconnue » ne serait plus tout à fait inconnue, que, sortant de l'oubli où on l'avait ensevelie, elle se dresserait devant elle...

Sa main tremblait un peu en braquant le verre grossissant sur le cliché.

Hélas, la petite, à qui on avait sans doute interdit de se montrer, se cachait trop bien derrière la nurse. On n'apercevait qu'un ruban retenant une boucle brune, un bout de front et un œil donc, cette main agrippée au tissu de la jupe et un minuscule soulier noir à lacet, la pointe en dedans.

Mélanie laissa échapper un soupir de frustration : elle était si près !

Cependant, et c'était déjà un résultat, c'était bien la petite. Pas un produit de son imagination mais une fillette en chair et en os. Cette photo prouvait qu'elle n'avait pas rêvé toute cette histoire.

Retenant son souffle, elle demanda :

— Savez-vous qui est cette gamine, là derrière ? Etait-ce l'enfant de la nurse ?

Véronique reprit la photo pour mieux voir ce qu'elle lui montrait.

— Ah ! s'exclama-t-elle, rêveuse. Ça, c'est l'enfant du mystère !

Mélanie sentit un espoir fou monter en elle. L'antiquaire serait-elle le bon « éléphant » ?

— L'enfant du mystère ?

— Ma grand-mère ne l'appelait jamais autrement. Je pense qu'elle savait ou du moins croyait savoir qui était cette petite, mais elle a gardé le secret jusque dans la tombe. Elle n'a jamais rien voulu me révéler.

La désillusion qui se peignit sur le visage de Mélanie fut si vive que Véronique Cottrel ne put pas ne pas la remarquer.

— Vous êtes bien pâle tout à coup. La présence de cette enfant vous trouble-t-elle à ce point ?

Devant sa mine inquiète, Mélanie se sentit obligée de tout raconter. Après tout, c'était grâce à elle qu'un coin du voile s'était levé.

— Je comprends mieux maintenant votre déception et j'aurais voulu vous aider, mais je n'en sais pas plus.

L'antiquaire affichait une mine navrée.

— Ecoutez, je vous promets de relire une nouvelle fois les papiers que m'a laissés ma grand-mère. Maintenant que je sais, un mot, une phrase prendront peut-être une signification différente.

Mélanie fut touchée de cette aide offerte spontanément par une femme qu'elle ne connaissait pas une demi-heure auparavant, mais dont elle se sentait curieusement proche.

— Puis-je vous demander de me laisser ce cliché, le temps d'en faire une photocopie ? demanda-t-elle. C'est le seul lien concret que j'aie pour l'instant entre elle et la famille.

— Gardez-le le temps que vous voudrez. Ne vous découragez pas : je suis sûre qu'après celui-là, vous en trouverez d'autres à la Martinière. Si vous saviez le nombre de fois où j'ai rêvé de pouvoir fouiller dans votre grenier, ajouta-t-elle en souriant. Il doit recéler des trésors.

— Si j'y trouve ce que je cherche, je vous promets de vous l'ouvrir, Véronique. Je vous devrai bien ça.

Lorsqu'elle sortit de la Vieille Enclume, la pénombre commençait à noyer les petites maisons blanches écloses à l'entre-deux-guerres autour de La Forge, quand l'instauration des congés payés avait poussé les Castelbriantais à rechercher le cadre bucolique et les eaux poissonneuses de l'étang déserté par les fondeurs. Il ne pleuvait pas encore, mais on sentait que l'averse n'était pas loin. Elle se hâta vers sa voiture en serrant sur son cœur son sac où elle avait soigneusement enfermé la précieuse photo.

C'était la première pièce du puzzle. Il lui restait à découvrir les autres.

La petite tirait la langue tant elle s'appliquait. La *fraulein* n'était pas commode et elle ne voulait pas s'attirer une nouvelle réprimande. Mais ce n'était pas facile d'écrire sous la dictée de la blonde Alsacienne dont l'accent heurté et anguleux truffait chaque phrase de pièges redoutables. Ah, ces « V » qui sonnaient comme des « F » ! Avec l'habitude, la petite avait réussi à les maîtriser, mais la moindre seconde d'inattention pouvait être fatale. Or son esprit avait une fâcheuse tendance à s'évader de la salle d'étude pour aller folâtrer en imagination par les couloirs dans toutes les autres qui lui étaient interdites.

Le salon où elle prenait ses leçons était petit mais très clair : situé en angle, il prenait le jour par deux fenêtres ; de plus, ses murs, au lieu d'être recouverts de tissu imprimé comme les autres pièces de l'étage, étaient simplement peints en jaune paille, égayés par des gravures coloriées représentant les costumes typiques de plusieurs régions françaises, dont bien sûr l'Alsace et la Lorraine. L'ameublement était sommaire : un poêle à charbon, un fauteuil, une armoire où étaient rangés les livres, un tableau noir et quelques chaises autour d'une table sur laquelle la petite était penchée, porte-plume à la main, l'encrier à sa droite, le buvard à sa gauche.

Campée devant le tableau, la *fraulein* arrondissait le « a » final de « chantera » d'une belle cursive régulière et bien moulée lorsque la porte s'entrouvrit dans son dos : une tête blonde coiffée d'un béret marin passa furtivement dans l'entrebâillement et tira une langue malicieuse à la nuque de la gouvernante. Monsieur Jean était rentré tôt de Saint-Jo aujourd'hui. Il avait plus de chance qu'elle : la *fraulein* se contentait de lui faire repasser ses leçons. Comme il avait de la mémoire, pour peu qu'il eût bien écouté en classe, il avait tôt fait d'en finir et pouvait alors s'échapper au jardin pour gambader avec son chien jusqu'au dîner.

La petite, elle aussi, aurait bien aimé aller à l'école avec les autres filles de son âge à Juigné-les-Moutiers. Comme la grande Lucienne, elle serait partie tôt le matin, en sabots pour ne pas user ses galoches sur les pierres du chemin ; elle aurait déjeuné d'une pomme de terre et d'un verre de lait chez la couturière du village qui, pour quelques piécettes, faisait manger les élèves des hameaux voisins à midi et en profitait pour leur apprendre les rudiments des travaux d'aiguille, puis elle serait rentrée le soir, alors qu'il commençait à faire brun, bras dessus, bras dessous avec ses camarades, en coupant par les adresses non point tant pour être plus tôt rendue que pour ramasser quelques noisilles, une pomme tardive oubliée dans l'arbre et surtout bavarder, bavarder à en perdre haleine et rire... insouciante.

Mais elle avait toujours été de santé délicate : elle marchait à peine que, pour essayer de lui donner plus de forces, la mère Tual la tenait de longues et douloureuses minutes au-dessus du chaudron où elle avait fait bouillir de l'eau avec de la fougère mâle. La vapeur qui la faisait transpirer était censée lui donner de la vigueur.

Et puis les douleurs étaient venues. Dans le dos. Dans les reins. La mère Tual avait placé au fond de son lit le fer d'un cheval nouvellement déferré que lui avait donné le père de la grande Lucienne, enveloppé dans un vieux torchon[1], sans résultat.

On avait alors appelé le rebouteux. Le vieux Bériel[2] connaissait les herbes et passait pour être capable de tarir le pis des vaches laitières s'il lui en prenait la fantaisie. Il braconnait aussi à l'occasion, mais le père Tual fermait les yeux lorsqu'il trouvait un de ses collets car, comme tout le monde à la Teillais, il craignait ses pouvoirs.

Mais ce soir-là, c'était surtout son apparence qui avait effrayé la petite : voir ses yeux chassieux, sa mâchoire édentée et les poils blancs et raides qui sortaient en touffes de ses narines penchés sur elle, sentir ses mains osseuses palper son dos lui avait arraché des larmes de terreur autant que de souffrance. Le pire était qu'elle avait enduré en vain : cette fois les pouvoirs du guenaud[3] ne purent rien. Le front plissé, ce qui le rendait encore plus laid si c'était possible, le Bériel n'avait pu qu'avouer sa perplexité. Il avait

1. Pratique censée apaiser les douleurs rhumatismales.
2. Gabriel.
3. Sorcier.

vaguement parlé des heules[1], mais on l'avait senti guère convaincu. Il était parti en refusant qu'on le paie. Il avait simplement recommandé qu'on ménageât l'enfant le plus possible. La petite n'avait pas aimé le regard compatissant qu'il avait jeté sur elle en passant la porte. Elle avait eu l'impression qu'il savait quelque chose qu'il n'avait pas voulu dire.

Les jours avaient passé, rythmés par ses douleurs : tantôt elles la clouaient au lit, incapable d'un mouvement, tantôt elles se faisaient oublier, la berçant de l'illusion qu'elle pouvait mener une vie normale et marcher, courir, sauter… Mais il avait fallu renoncer à l'inscrire à l'école. Que serait-il arrivé si une crise l'avait saisie en classe ? C'est alors que la famille Le Gallois avait décidé de venir à son secours. Comment en avait-elle été avertie ? A quelle motivation avait-elle obéi ? Dieu seul le savait. Mais dès lors elle alla prendre deux fois par semaine des « leçons particulières » à la Martinière avec la gouvernante – ils disaient « nurse » – du jeune monsieur Jean.

La petite mesurait la chance qui lui était offerte même si, parfois, elle peinait à ingurgiter l'enseignement concentré et donc indigeste que lui administrait la *fraulein* à la façon des uhlans prussiens lorsqu'ils avaient déferlé dans les houblonnières de son Alsace natale : au grand galop et sans faire de quartier. Bien sûr, revenue à la Teillais, elle reprenait son cahier le soir, à la veillée ; mais la mère Tual grognait qu'elle gaspillait le pétrole de la lampe et qu'une fois la table débarrassée, la lueur du feu dans la cheminée devait suffire aux menus travaux dont on s'occupait les mains jusqu'au coucher : elle-même tricotait ou épluchait les châtaignes qu'elle venait de faire bouillir tandis que le Pelot taillait avec son canif des bouts de roseau pour en faire des sifflets. Le père Tual se contentait quant à lui de fumer sa pipe, bien carré dans son fauteuil au coin de l'âtre.

1. Maladie ressemblant à la goutte ou aux rhumatismes.

Alors la petite approchait son banc des flammes pour continuer sa lecture, mais ses yeux fatiguaient à la faible lumière tressautante qui émanait du foyer et elle devait renoncer.

Dans la journée, entre les corvées domestiques, les vaches à conduire au pré et les repas à porter dans la forêt, elle n'avait guère le temps d'ouvrir son livre de lecture. Il avait appartenu au jeune monsieur Jean quand il avait son âge, les petits dessins et autres gribouillages au crayon dans les marges en témoignaient.

La grande Lucienne, à qui elle les avait montrés, avait fait la grimace : « C'est-y pas malheureux de voir un tel gâchis ! L'argent vous fait perdre le respect des choses, faut croire. Et après, y a plus qu'à refiler les restes aux pauvres qui sont encore bien heureux de les recevoir ! »

La petite avait refermé vivement son beau livre, un peu vexée : ça ne la gênait pas, tous ces dessins, au contraire. C'était comme les tricots qu'on se repassait de frère en sœur : ils étaient élimés avec quelques accrocs aux coudes, souvenirs de chutes ou de bagarres mémorables, mais ils portaient en eux toute l'histoire de la famille qui tenait bien chaud. Qui cela gênait-il après tout si elle se réchauffait aux gribouillis Le Gallois ? Quand on n'a pas de famille, on se fabrique celle que l'on peut.

D'ailleurs le jeune monsieur Jean l'aimait bien. Malgré ce qu'en disait le Pierre, c'était un bon gars, pas du tout imbu de son nom et de l'argent qui allait avec – même si parfois il avait une vision bien naïve de la vie qu'enduraient les gens de petite condition. Bien sûr, il allait à l'école avec un cartable en beau cuir de porc avec de grosses surpiqûres et l'hiver, quand le grésil donnait l'onglée, il portait un manteau de fourrure, mais ses genoux sales et couronnés au retour de l'école Saint-Joseph montraient qu'il savait tomber pour se faire respecter dans la cour de récréation.

Un jour, il avait même rapporté un œil au beurre noir qui avait fait pousser des hauts cris à toute la maisonnée. Lui en revanche s'était montré très fier de l'enflure violacée qui fermait à demi sa paupière. La petite l'avait même surpris en train de se laver le visage à la pompe du jardin pour essayer de conjurer les effets apaisants de la pommade verte à l'odeur poivrée de camphre qu'Alphonsine était partie en courant acheter à la pharmacie du docteur Bernou. Il tenait à exhiber le plus longtemps possible ce trophée viril qui le classait désormais parmi les « durs », ceux qu'on se gardait bien de bousculer et qu'on écoutait en silence quand une affaire « grave » requérait leur avis. Comme, malgré les questions pressantes de sa mère, il avait refusé avec la dernière énergie de dénoncer ceux qui l'avaient malmené – au grand soulagement de ces derniers, blêmissant à la pensée de la fertoupée[1] qu'ils auraient reçue si le « patron Le Gallois » était venu en personne se plaindre à leurs parents ! –, sa réputation de loyal camarade était bien assise. C'était sans doute la jalousie qui empêchait le Pelot de le reconnaître.

— Monsieur Jean, je *fous* y prends à faire le zouave !

La *fraulein*, qui avait terminé sa conjugaison, venait de découvrir en se retournant le garnement grimaçant dans l'entrebâillement de la porte.

— Ne *fenez* donc pas distraire cette enfant qui, Dieu m'est témoin, se distrait déjà fort bien toute seule.

Elle avait saisi sa baguette et l'en menaçait à voix basse. Elle ne tenait pas à ce que, alertée par le bruit, madame Le Gallois apprît que sa gouvernante avait laissé son benjamin enfreindre ses ordres et l'accusât de négligence. Les « f » explosaient dans sa bouche à toute vitesse.

1. Fessée.

— *Fous safez* que *fos* parents *fous* interdisent de *fenir* ici à cette heure. Nous nous *ferrons* quand cette jeune personne sera repartie chez elle. Allez, maintenant, *saufez*-vous !

La tête blonde et le bonnet marin disparurent aussitôt, mais la petite savait qu'ils n'iraient pas très loin. Ils guetteraient seulement le moment où la *fraulein* s'éloignerait pour *refenir*...

Les premiers temps où elle était venue à la Martinière, à la fois excitée et intimidée, le jeune monsieur Jean avait surgi de derrière un massif de reines-marguerites, alors qu'elle traversait le jardin à petits pas pour rejoindre monsieur Joseph et son automobile dans la remise.

« Qui es-tu ? avait-il demandé sans perdre de temps en formules de politesse. Pourquoi te fait-on venir ici et pourquoi m'a-t-on recommandé de rester à l'écart ? Tu es malade ? »

Elle n'avait su que répondre à ce déluge de questions. Oui, au fait, pourquoi tous ces secrets ? Lorsque les riches font une bonne action, en général, ils aiment que cela se sache. Du moins c'était ce que prétendait la grande Lucienne. Mais monsieur Jean ne s'était pas laissé rebuter. C'était le mois de juin et tous deux portaient des vêtements légers à manches courtes ; il avait remarqué sur leurs deux bras le même grain de beauté affectant vaguement la forme d'un cœur, juste au-dessous du creux du coude. Il en avait aussitôt déduit qu'ils étaient du même sang. N'était-elle pas une cousine éloignée ?

La petite avait longuement réfléchi. Même si cela l'eût comblée, elle ne pouvait raisonnablement s'attarder à cette possibilité : on voyait mal pourquoi les Le Gallois auraient caché un membre de leur famille et l'auraient fait élever chez un garde-chasse. Le garçon avait dû reconnaître, tout penaud, qu'elle n'avait pas tort. Elle avait constaté avec plaisir qu'il avait l'air déçu. Il était beaucoup plus jeune que ses frères et sœur, déjà adultes, et il aurait sans doute été ravi d'avoir une compagne de jeu de son âge. La petite avait quatre ans de moins que lui, mais elle ne sentait pas une telle différence entre eux. N'avoir jamais connu ses parents, ne même pas savoir qui ils sont, ça fait grandir plus vite.

Alors elle lui avait raconté – vite, car monsieur Joseph devait s'impatienter, là-bas dans la remise – l'histoire qu'elle avait imaginée : l'accident à l'usine, son père tué, sa mère désespérée et l'obligation morale que le « patron Le Gallois » ressentait vis-à-vis d'elle... Monsieur Jean avait acquiescé ; comme la grande Lucienne, il trouvait la chose tout à fait plausible.

Elle était partie en courant, pensant que, sa curiosité satisfaite, elle ne reverrait plus le jeune garçon. Mais elle s'était trompée. La fois suivante, il était à nouveau là, à la guetter en jouant avec son chien blanc sur la pelouse. Il lui avait présenté Athos et la petite, qui ne connaissait pas encore *Les Trois Mousquetaires*, avait trouvé ce nom ridicule pour un chien. Jamais le père Tual n'aurait donné un nom pareil à l'un de ceux dont il avait la charge. Mais ce n'était pas d'Athos que monsieur Jean voulait lui parler. Il l'avait entraînée derrière le grand sapin pour ne pas être surpris par sa mère ou une des domestiques et lui avait confié en bégayant d'excitation l'idée fantastique qui lui était venue : et s'ils étaient tous deux frère et sœur, comme la marque sur leurs bras semblait le prouver ? Et si les Le Gallois, qui avaient perdu peu de temps auparavant un petit garçon, avaient recueilli l'orphelin qu'il était en la laissant, elle qui n'était qu'une fille, dans une famille nourricière ?

Cette hypothèse l'enthousiasmait. Il s'attendrissait sur la mort de ses parents supposés, s'inventait une nouvelle vie, de nouveaux horizons. Il jouait, elle s'en rendait compte, mais pas lui. Pendant des semaines, il n'avait parlé que de cela. Plus il en parlait, plus il arrivait à se persuader que c'était bien ainsi que les choses s'étaient passées. Il finit par en être si totalement convaincu qu'il alla jusqu'à annoncer à sa mère qu'il savait qu'il n'était pas son vrai fils.

Ce fut un véritable scandale. La « grande Madame » fut, selon les dires d'Alphonsine qui avait assisté à la scène, à deux doigts de la crise « d'aplopexie » ! Monsieur Jean fut puni pendant trois semaines durant lesquelles la petite dut rester à la Teillais. Elle avait ressenti cette injustice avec amertume. Qu'y pouvait-elle, si le benjamin des Le Gallois avait encore plus d'imagination qu'elle et si jouer à l'orphelin l'amusait ?

Finalement, elle avait été autorisée à revenir à la Martinière, à condition de ne plus avoir la moindre relation avec lui. Alphonsine, que son service amenait dans tout le premier étage, avait raconté que la « grande Madame » avait fait agrandir par le photographe un portrait de la famille qu'elle avait accroché à la place d'honneur dans le grand salon pour prouver à son fils qu'il était bien un Le Gallois. Peine perdue. L'enfant sur la photo n'avait que quelques mois et « rien ne ressemble plus à un bébé qu'un autre bébé », avait assuré monsieur Jean en lui rendant visite en cachette dans la salle d'étude. Il tenait à son conte.

Un éternuement sonore fit vibrer les vitres des fenêtres de la salle d'étude. La *fraulein* s'interrompit, cherchant désespérément son mouchoir dans sa manche. L'Alsacienne, supportant mal le climat humide de la Loire-Inférieure, était enrhumée en permanence. Elle avait beau multiplier les tisanes, se gaver de pastilles achetées à la pharmacie, elle avait dû troquer ses fins mouchoirs de batiste contre de solides carrés de coton tant son nez coulait. Et même eux n'y suffisaient pas. La *fraulein* s'enfuit en bredouillant qu'elle allait chercher un mouchoir propre dans sa chambre.

C'était l'occasion qu'attendait monsieur Jean, à l'affût derrière la porte de sa chambre : il entra sur la pointe des pieds avec des mines de conspirateur. Relevant prestement la manche de sa blouse et celle de sa chemise, il posa solennellement son bras sur la table, à côté du buvard. La petite l'imita non sans jeter un regard inquiet vers la porte. Elle voulait bien faire plaisir à monsieur Jean, qui tenait absolument à son « signe secret de reconnaissance », mais elle redoutait le retour intempestif de la gouvernante ou, pis encore, d'être surprise par la « grande Madame ». Et si elle faisait cette fois une vraie attaque « d'aplopexie », qui la ferait tomber raide morte ?

Ils n'eurent que le temps de se raconter en chuchotant, lui le dernier chahut pendant la leçon de morale qui avait valu une retenue à son auteur, elle l'épisode cocasse du cheval effrayé par la voiture automobile et du charretier furieux ; déjà, on entendait la porte de la chambre de la gouvernante se refermer et ses pas se rapprocher dans le couloir. Monsieur Jean s'éclipsa prestement, non sans glisser à l'oreille de la petite :

— A la troisième ligne, c'est « falloir » qu'il faut écrire, et non « valoir ».

Elle jeta un regard consterné sur son cahier ; cette fois, c'était un vrai « F » ! Elle s'empara du grattoir et entreprit de corriger la faute tandis que la *fraulein* revenait dans la salle d'étude, le nez dans un grand mouchoir à carreaux rouges.

— Remettons-nous au *trafail, foulez-fous.*

La règle de bois frappa le rebord de la table avec un bruit sec et la petite courba un peu plus le dos sur son cahier. La craie se remit à crisser sur le tableau. Elle se sentit soudain très seule. Si seulement la *fraulein* lui avait permis de garder auprès d'elle sa belle poupée ! Jamais on ne lui avait fait plus beau cadeau, et elle ne se lassait pas de la regarder. Elle l'aurait assise sur une chaise à côté d'elle et sa présence silencieuse l'aurait réconfortée… au lieu de quoi elle avait été obligée de la cacher dans la resserre pour ne pas se faire gronder.

La petite se remit au travail avec un soupir. Attention à ces satanés « V » !

7

Par où devait-elle commencer ?

Mélanie interrogeait du regard le portrait de famille dans le salon. Les yeux morts semblaient la dévisager, la mettre au défi de percer le secret qui se cachait derrière les mines solennelles, les cheveux bien coiffés et les vêtements apprêtés que tous avaient endossés en l'honneur de cette photographie.

Debout, les poings aux hanches, elle leur rendit regard pour regard, prolongeant le face-à-face dans une maison enfin rendue au silence.

Ils étaient tous partis après déjeuner, pressés de retourner à leur vie. Le matin, le notaire était venu donner lecture du testament de la grand-tante Jeanne-Marie. Elle avait sans surprise légué ses parts de la Martinière et ses bijoux à sa fille unique, Suzanne, et quelques valeurs qui lui restaient à son petit-fils Xavier.

Comme il n'était question ni de vendre la maison ni d'en chasser Françoise, Mélanie assistait à la lecture d'une oreille distraite lorsqu'elle avait eu la surprise d'entendre qu'elle était également mentionnée dans les dernières volontés de sa grand-tante : elle lui léguait la ravissante bonbonnière en japon translucide qu'elle admirait depuis qu'elle était enfant. La jeune femme avait été touchée de cette pensée.

Evidemment, ce legs n'avait pas eu l'heur de plaire à la cousine Nathalie qui s'était sentie flouée, proclamant d'une voix acerbe qu'en tant qu'épouse de l'unique petit-fils de la vieille dame, la bonbonnière aurait dû lui revenir. Mélanie n'avait Dieu merci pas eu à se donner la peine de lui répondre : son père avait fermé le vilain bec de l'envieuse en lui rappelant que si elle était venue un peu plus souvent en visite à la Martinière, nul doute que l'aïeule lui eût manifesté sa reconnaissance de la même façon.

Le mot de la fin était revenu de manière inattendue à « mon mari le dentiste » : le cousin Xavier avait osé pour une fois contredire sa femme et remercier sa cousine des attentions qu'elle avait eues à l'égard de sa grand-mère. Nathalie n'avait pu que s'incliner, non sans un ultime regard noir au moment où leur voiture démarrait.

A présent, la maison était toute à elle et elle avait jusqu'au week-end pour lui faire avouer son secret.

La veille au soir, elle avait passé un coup de téléphone à la radio pour prévenir qu'elle serait absente deux ou trois jours de plus que prévu. Entendre au bout du fil la voix joyeuse de Jean émergeant du brouhaha habituel du « bocal », ce centre nerveux de la rédaction où arrivaient toutes les liaisons et où on montait les reportages avant de les diffuser à l'antenne, lui parut presque irréel. Elle était ici au téléphone, confortablement assise au fond d'un fauteuil Voltaire, au bout du corridor lambrissé qui renvoyait sa voix en écho, tandis que là-bas les téléscripteurs crachaient les nouvelles du monde entier dans une agitation permanente de fourmilière énervée.

Elle eut soudain l'impression d'être un de ces cosmonautes russes qui tournent inlassablement en orbite autour de la planète bleue, mais si loin d'elle qu'ils ne lui appartiennent plus vraiment et n'ont des échos de ce qui se passe à sa surface que par l'intermédiaire de leur base.

La conversation avec l'assistante du directeur de la rédaction avait été brève. Outre qu'elle ne s'entendait guère avec la demoiselle qui était apparemment persuadée que plus elle serait désagréable, plus elle serait respectée, Mélanie n'avait nulle envie de se répandre sur le secret de famille qui motivait ces quelques jours de congés supplémentaires. Elle s'était donc bornée à évoquer un « problème » d'héritage à régler. Elle avait remarqué que lorsqu'il s'agissait d'argent, la direction avait tendance à être plus compréhensive en matière d'absence. De fait, l'excuse de l'héritage était passée comme une lettre à la poste. Elle avait raccroché sur la promesse de revenir dimanche soir pour la conférence de rédaction.

Elle avait hésité à rappeler Pascal mais le matin, elle avait entendu au journal de sept heures le reportage qu'il avait réalisé à Beyrouth ; il était encore au Proche-Orient pour quelques jours. Elle lui raconterait tout à son retour.

S'arrachant à la contemplation de la famille Le Gallois figée pour l'éternité en noir et blanc devant le décor artificiel du studio du photographe, elle décida de commencer ses recherches par les cartons qui se trouvaient en haut de l'armoire de la chambre de la grand-tante. C'était là, lui avait-elle dit un jour en caressant son collier de perles, qu'elle gardait tous les petits morceaux du puzzle de sa vie. Les factures et autres papiers étaient soigneusement classés, année par année, dans le bas du buffet de la salle à manger, mais les souvenirs, ces petits riens qui accrochent la mémoire comme autant de jalons sur le fil du temps, elle les conservait auprès d'elle.

Débarrassée des cierges et de la courtepointe blanche, la chambre avait retrouvé son aspect habituel. Françoise avait même disposé quelques dahlias dans un vase de cristal sur la commode où souriait toujours la « petite sainte », les bras chargés de roses ; on aurait pu croire que la grand-tante s'était levée ce matin comme tous les autres jours de son existence et vaquait à présent à ses occupations au rez-de-chaussée ou au jardin.

Mélanie approcha un tabouret de la grande armoire de chêne et, se hissant sur la pointe des pieds, se saisit du premier des cartons à chapeau. La poussière la fit éternuer. Françoise n'avait plus l'âge de faire des acrobaties pour aller passer le plumeau là-haut.

Elle commença par nettoyer le carton avec le chiffon mouillé dont elle avait pris la précaution de se munir. La boîte ronde retrouva bientôt ses rayures blanches et mauves un peu passées. Sur le couvercle était inscrit le nom du chapelier, Jagot-Prosper, au centre d'un écusson artistiquement peint figurant une dame chapeautée d'un invraisemblable échafaudage de plumes et de mousseline. Une guirlande fleurie s'enroulait gracieusement autour de l'élégante. Mélanie essaya d'imaginer la grand-tante jeune fille puis jeune femme coquette, arborant un couvre-chef du même genre, elle qu'elle n'avait jamais connue que strictement vêtue de noir, un petit chapeau à voilette coiffant son chignon blanc.

Elle entreprit aussitôt de vider le contenu de la boîte sur la descente de lit. Assise en tailleur sur le parquet, elle tria ses trouvailles, lettres, photographies, fleurs séchées et brimborions divers, en tas distincts. Délaissant les fleurs et les menus objets, elle s'empara avidement des photos.

Elle avait posé celle que lui avait prêtée Véronique Cottrel juste devant elle et passa en revue tous les clichés, dans les moindres détails, à la recherche de l'autre moitié du visage menu entrevu derrière les jupes de la nurse alsacienne. Mais pas le plus petit bout de volant, la plus petite boucle de cheveux qui eût échappé dans un coin à la vigilance du photographe. Noces, communions, portraits de famille étaient parfaitement cadrés, avec ce manque de naturel dans les visages et les postures dû sans doute à la longueur de la pose.

Au fur et à mesure qu'elle les avait examinés, elle alignait les rectangles cartonnés sur la carpette comme pour une réussite. Lorsqu'elle eut terminé, elle en choisit quatre qu'elle étala devant elle. C'était le passé et non l'avenir qu'elle cherchait à y lire.

Sur le premier cliché, on voyait le grand-oncle Louis à dix-neuf ans, le canotier crânement incliné sur l'œil, la moustache fine ombrant des lèvres sensibles, le menton volontaire au-dessus du col dur et du nœud de cravate, bien campé sur ses jambes. Même si la mode et les canons esthétiques avaient beaucoup changé depuis, c'était incontestablement un bel homme. Il avait de la présence et de la prestance. L'aîné des Le Gallois avait dû faire tourner bien des têtes à Châteaubriant. Une de ses conquêtes se serait-elle retrouvée enceinte de ses œuvres ?

Elle n'avait pu trouver de photo où le cadet, Yves, figurait seul, comme si sa personnalité plutôt floue n'était pas assez forte pour impressionner la plaque sensible. Il était toujours photographié en compagnie de ses parents ou de ses frères. Mélanie avait choisi sa photo de mariage, en mai 1907. Il avait vingt-deux ans et posait, raide et emprunté, sa nouvelle épouse à son bras. Il n'était pas laid, ses traits étaient même plutôt réguliers, mais son regard qu'on sentait hésitant, sa mine mal à l'aise le faisaient paraître insignifiant au côté de la grand-tante Jeanne-Marie, intimidante dans sa longue robe blanche. Le corset qu'elle portait dessous l'obligeait à se tenir très droite sous sa couronne de fleurs d'oranger et avec ses cheveux relevés en un chignon souple, elle dépassait son mari, l'écrasant de toute sa superbe.

Celui-ci avait-il pu avoir auparavant une aventure ? S'était-il amouraché d'une jeune fille que l'Ancêtre avait trouvée indigne de son cadet ? Ce mariage avec une aristocrate qui devait combler la vanité de son père l'avait-il séparé de son enfant ?

En 1903, le grand-oncle Auguste avait dix-sept ans et n'était pas encore entré au séminaire. Il posait, le front sérieux, appuyé sur une pile de livres, sans doute à l'occasion d'une rentrée scolaire. Son regard intense, concentré, dérouta quelque peu Mélanie. Elle l'avait un peu connu avant sa mort et gardait le souvenir d'un visage sillonné de rides joyeuses, rayonnant de bonté et d'indulgence. Pourquoi avait-elle cru qu'il avait toujours été ainsi, serein, habité par la certitude de la puissance infinie de l'amour divin ? Sur cette photo, il semblait aux aguets, dans l'attente de quelque chose... peut-être de cette révélation qui allait quelque temps plus tard changer le cours de sa vie et donner un sens à son existence.

Mais le portrait qui impressionna le plus Mélanie fut celui de la « malheureuse Thérèse ». Il avait été pris à peu près au même moment que celui de son frère. La gamine au grand nœud blanc qui s'appuyait, boudeuse, au fauteuil de sa mère sur la photo qui trônait au salon était devenue une ravissante jeune fille aux traits fins et au teint éclatant. Un homme eût sans nul doute fait le tour de sa taille élancée de ses deux mains. Pour l'époque, elle devait même être un peu trop maigre, mais Mélanie se fit la réflexion que sa silhouette aurait pu inspirer un créateur actuel.

Seulement ce corps, ce visage semblaient vides. Juste une enveloppe que son âme avait quittée. Ses traits étaient figés, inexpressifs, son regard clair était absent, comme si Thérèse s'était retirée très loin à l'intérieur d'elle-même. Cette beauté morte était plus effrayante que la plus horrible des difformités.

Un mâle en rut avait-il profité de sa vulnérabilité, de son indifférence au monde pour assouvir ses appétits ? La petite était-elle le produit d'un viol ? Mélanie tremblait de rage en imaginant ces deux innocences souillées.

Elle dut se faire violence pour revenir à la réalité. Les faits, seulement les faits. Que diable, tu es journaliste. Prouve-le !

Elle laissa les photos pour se concentrer sur les autres documents. Elle avait mis de côté ceux datant de la période qui l'intéressait. Elle trouva pêle-mêle *La Fille du forgeron*, un roman-feuilleton qui avait dû tenir la jeune Jeanne-Marie en haleine pendant toute l'année 1906 et qu'elle avait découpé jour après jour dans le *Journal de Châteaubriant*, un programme de la société orphéonique, l'Avenir de Châteaubriant, annonçant une élégie de Dupors-Boxa exécutée par monsieur Fein, violoncelliste, accompagné à la harpe par son épouse, des suppléments « broderie » et « aquarelle » du *Journal des demoiselles, revue de la jeune fille et de la femme paraissant le 1er et le 15 du mois*, un catalogue envoyé « gratis et franco de port » par le Printemps de Paris, une publicité vantant le sirop Britannia « qui guérit la toux en une nuit » et une autre affirmant que pour trois francs le flacon, en vente dans la pharmacie du docteur Bernou, la Pétroléine du docteur Jammes « à la pilocarpine » arrêtait la chute des cheveux – pour le grand-oncle Yves ? –, une coupure de journal de 1909 relatant la visite à Châteaubriant de l'évêque de Nantes, monseigneur Rouard, venu bénir l'ouvroir Jeanne-d'Arc sis entre la rue Hoche et la rue Gambetta, un horaire de chemin de fer pour la ligne Châteaubriant-Rennes ouverte en 1879, plusieurs cartes de vœux dont une de janvier 1906 signée « Lavigne, sous-préfet »...

Il y avait aussi trois lettres nouées d'une faveur rose. Voilà qui était prometteur : une correspondance amoureuse !

Mélanie sortit les feuillets de papier de leurs enveloppes, impatiente. Il n'y avait sur chacun que quelques lignes d'une écriture fine et penchée. Elle les lut rapidement et retint un sourire narquois : le grand-oncle Yves n'était pas un grand romantique. On sentait qu'il avait voulu sacrifier à la tradition du mot doux mais visiblement, le sujet ne l'inspirait pas. Le ton n'était guère passionné et les tournures semblaient artificielles. Il écrivait ce qu'on attendait de lui, sans y croire.

Mélanie se demanda une nouvelle fois si le mariage entre le grand-oncle et la grand-tante n'avait pas été arrangé par leurs familles sans que les jeunes gens eussent vraiment leur mot à dire.

Ayant épuisé le contenu du premier carton à chapeau, elle passa au suivant. L'horloge du salon égrenait les heures en sourdine au fond du couloir tandis que le jour déclinait. Elle dut allumer la lampe de chevet pour pouvoir continuer à déchiffrer les papiers qui s'amoncelaient devant elle, en tas.

C'est dans le troisième carton qu'elle découvrit la boîte. Sans l'avoir jamais vue, elle la reconnut sans peine : elle était passée dans la légende familiale. L'Ancêtre, qui n'était pourtant guère sentimental, avait l'habitude, disait-on, d'offrir à son épouse des bijoux, parfums, éventails ou autres frivolités qu'affectionnaient alors les femmes, dans un coffret de bois de rose dont le couvercle était sculpté d'un bouquet de cette reine des fleurs dont elle portait le nom.

Mélanie admira le travail délicat et la patine du bois. Véronique Cottrel aurait donné une fortune pour pouvoir le mettre dans sa vitrine. Mais cette boîte était comme la coiffe de la grand-mère Alphonsine : trop chargée de souvenirs pour être mise en vente.

Elle resta un long moment le coffret entre les mains. Elle avait scrupule à l'ouvrir, à violer l'intimité du couple de ses aïeux. Une sorte de pudeur la retenait. Telle la statue du commandeur, l'ombre imposante de l'Ancêtre planait sur la famille depuis un siècle. Elle craignait de la voir soudain s'évanouir. Et si d'aventure elle découvrait un homme amoureux, implorant peut-être le pardon de sa femme, s'humiliant même devant elle ? Pis encore : et si elle découvrait quelqu'un de banal ? Si cette icône patriarcale qu'on lui présentait depuis sa naissance n'était qu'une imposture ?

Elle prit une profonde inspiration et souleva le couvercle. Sur le velours rouge qui tapissait le coffret était posée une pile d'enveloppes portant le tampon du bureau de censure de l'armée. Elle poussa un léger soupir de soulagement. Pas de secrets d'alcôve à redouter ; l'arrière-grand-mère Rose avait conservé dans son beau coffret ce qu'elle avait de plus précieux : les lettres que son fils aîné lui avait envoyées du front avant de mourir.

Mélanie sortit délicatement les feuillets jaunis qui craquèrent sous ses doigts.

Elle ouvrit la première lettre. Elle était rédigée au crayon et toute la surface de la feuille était utilisée, horizontalement aussi bien que verticalement, rendant la lecture difficile. Signée « lieutenant Louis Le Gallois », elle portait la date du 13 septembre 1914.

Mélanie connaissait assez son histoire de France pour savoir que la bataille de la Marne venait juste de se terminer. Le grand-oncle, qui écrivait d'un village appelé Etrépilly, indiquait qu'il avait pris part aux combats avec la brigade marocaine, sur le flanc gauche de la VIe armée commandée par le général Maunoury.

Elle fronça le sourcil. Que faisait un Breton avec les troupes coloniales ? Et comment la censure avait-elle pu laisser passer autant de détails significatifs ? Il lui semblait pourtant que durant les conflits il était interdit aux militaires de mentionner dans leur courrier des indications qui puissent donner une idée du mouvement des troupes. L'euphorie de la victoire, le soulagement d'avoir évité la prise de Paris qui avait pourtant paru inéluctable avaient-ils distrait la plume des censeurs ? A moins qu'en ce début de guerre – dont on ne savait pas alors qu'elle allait durer quatre longues années – ils n'eussent pas encore reçu de consignes strictes.

Mélanie parcourut rapidement les missives qui se succédaient à raison d'une par mois environ. Le grand-oncle Louis y parlait peu de lui. Il plaignait surtout « ses » Marocains fraîchement débarqués de leurs terres ensoleillées pour plonger directement dans la boue glacée des tranchées, crevant de faim et grelottant de froid dans des bivouacs de fortune qui ne parvenaient même pas à les protéger de la pluie. De ses propres états d'âme, on ne savait rien à moins de lire entre les lignes, de noter quelques réflexions au vol comme cette description des dragons du 1er CC, fantômes des guerres napoléoniennes, se lançant à l'assaut des mitrailleuses allemandes, leur longue lance au poing, leur grand casque à cimier et crinière rutilant dans le soleil. Mais la Marne n'était pas Austerlitz, concluait-il, caustique.

On devinait au fil des mois et des combats en Champagne, en Artois ou en Argonne sa colère et son dégoût grandissants pour cette vie de « taupes », ces assauts inutiles pour prendre une position que les « gris », les « Boches » récupéraient le lendemain, ces soldats envoyés au casse-pipe par l'état-major, ces malheureux mutilés par les obus agonisant dans des trous pleins de boue pendant des jours en hurlant leur souffrance... Tout était dit à mots contenus, lourds d'une dérision qui n'était que l'expression d'un désespoir qu'il refusait de laisser éclater.

Mélanie pensa au personnage de Boëldieu campé par Pierre Fresnay dans *La Grande Illusion* et son obstination à maintenir son image d'officier malgré le désenchantement qui le minait.

Louis préférait raconter en détail les tout petits faits, les dialogues qui s'établissaient entre Français et Allemands d'une tranchée à l'autre durant les accalmies et parfois même la corvée d'eau qu'on faisait ensemble lorsque la seule source du secteur se trouvait pile entre les deux lignes, et l'homme de soupe qui arpentait les boyaux étroits tout cliquetants de gamelles, cible idéale pour les tireurs d'élite « d'en face », afin d'apporter aux hommes leur ration de « singe » ou de morue – froide, bien sûr, car la roulante était à plus de quatre kilomètres de là –, et ces cercueils que l'état-major faisait soudain livrer en nombre, signe infaillible d'une offensive imminente, et les queues de rat que l'intendance payait un sou l'une pour essayer d'endiguer l'invasion des rongeurs attirés par les cadavres, et les poux, et les masques à gaz qui empêchaient de respirer...

Dans sa volonté de s'effacer, de s'oublier, de faire comme si cet inconfort et cette souffrance ne le concernaient pas directement, peut-être pour ne pas inquiéter davantage sa famille, Louis en arrivait à donner l'impression qu'il n'était que le spectateur d'une tragédie à laquelle il ne prenait point part. Pourtant il en avait bien été l'acteur.

Dans une lettre datée de 1916, après Verdun, sa signature changeait : c'était désormais le « capitaine Louis Le Gallois ». Du fait d'armes et de bravoure qui lui avait valu de monter en grade, pas un mot, pas plus que sur la pluie d'obus qui avait haché menu ce coin de Lorraine et saigné à blanc l'armée française – l'allemande aussi d'ailleurs. Il y avait sans doute des choses qu'aucun mot ne pouvait décrire et dont personne à « l'arrière » ne pouvait prendre la mesure.

En revanche, il s'attardait sur sa rencontre avec un jeune prêtre-brancardier du 8e régiment de tirailleurs marocains qui l'avait beaucoup impressionné. Il avait même noté son nom. Bien sûr, à l'époque, celui-ci ne disait rien à personne, mais Mélanie sursauta en le lisant : le père Teilhard de Chardin.

Il y avait aussi quelques cartes envoyées d'un hôpital du Loir-et-Cher où il se remettait d'une blessure, un éclat d'obus dans l'épaule gauche dont « je me rétablirai vite », précisait-il. On ne pouvait pas l'accuser de faire dans le larmoyant ou dans la vantardise.

Mélanie savait pourtant qu'il avait été décoré de la croix de guerre et qu'il avait reçu plusieurs citations : l'Ancêtre les avait fait encadrer et elles étaient accrochées au mur du salon, sous le portrait du grand-oncle Louis en uniforme garance et bleu du début des hostilités, quand, de chaque côté, on croyait que la guerre serait « joyeuse et courte ». L'air martial, il était une vivante image de propagande pour la revanche qui aurait pu figurer sur une des cartes patriotiques populaires à l'époque.

Ces cartes, il y en avait deux au milieu des lettres, dont une à l'humour naïf qui la fit sourire : un soldat français, le fusil dans une main, soutenait de l'autre un Ecossais blessé. Louis avait commenté malicieusement :

« Je vous envoie cette carte pour vous faire voir à quoi ressemblent nos Ecossais avec leurs petits jupons ! »

Ce qui frappait le plus Mélanie, c'était peut-être cette capacité à la « normalité » d'un homme pourtant plongé dans la plus grande boucherie que le monde ait connue jusqu'alors. Il faisait preuve de beaucoup d'humour et n'oubliait jamais d'embrasser toute la famille, de s'inquiéter si Yves s'en sortait à l'usine, de prendre des nouvelles du « petit curé » et de son « cher Jeannot », de demander qu'on transmette son « bonjour aux voisins »... Des salutations qu'il aurait aussi bien pu envoyer lors d'un voyage d'agrément !

Sa dernière lettre était datée du 14 avril 1917. La VIe armée était en Champagne sous les ordres du général Mangin, dans le secteur dit du Chemin des Dames. Louis semblait fatigué, désabusé. Les premières attaques avaient été aussi meurtrières que stériles. Pour une fois, il se laissait aller : on se préparait à découvert, sous le nez des avions ennemis qui pouvaient observer toutes les dispositions prises. Quelle folie !

Avait-il eu un pressentiment ? Juste au-dessous de sa signature habituelle, il avait ajouté d'une écriture irrégulière laissant penser qu'il s'était servi de son genou ou du dos d'un camarade comme écritoire : « Priez pour moi. »

Deux jours après, le général Nivelle lançait une nouvelle offensive dont il ne devait pas revenir.

Mélanie resta un moment les yeux fixés sur la mention au crayon gris, presque effacée. L'émotion lui serrait la gorge. C'était une chose de voir un film ou même de lire des témoignages sur cette guerre si atroce qu'on avait voulu croire qu'elle guérirait les nations de leur envie de se battre et serait la « der des ders », c'en était une autre de la vivre dans son sang, de suivre pas à pas le destin à la fois tragique et émouvant d'un grand-oncle qui n'avait été jusqu'ici pour elle qu'une sorte de « chromo » aux couleurs factices, sans épaisseur, et qu'elle découvrait profond, lucide, soucieux des autres, humainement riche…

Louis lui aurait plu, elle en était sûre. Elle regretta pour la première fois de ne pas l'avoir connu.

Songeuse, elle remit soigneusement chaque lettre dans son enveloppe et s'apprêtait à les ranger à leur place dans le précieux coffret lorsqu'un détail retint son attention. Une anomalie plutôt. Elle ressortit les papiers et éleva la boîte devant ses yeux, de face puis de profil. Il y avait quelque chose de bizarre. Le fond de velours rouge ne correspondait pas au fond du coffret. Soit le bois utilisé était particulièrement épais, soit il y avait un espace entre les deux.

Elle fila dans sa chambre prendre sa lime à ongles. Retenant son souffle, elle inséra la pointe entre la paroi et le tissu pelucheux. Après deux essais infructueux, le fond de velours se souleva, révélant une cache étroite. Elle contenait d'autres lettres.

Mélanie sentit les battements de son cœur s'accélérer. Quelle correspondance secrète l'arrière-grand-mère Rose avait-elle dissimulée ici ? Ses doigts tremblaient d'excitation en dépliant la première missive. Elle reconnut immédiatement l'écriture : celle du grand-oncle Louis encore. Et toujours ces lignes entrecroisées. Mais cette fois, il se servait d'une plume et d'encre. Il est vrai qu'il n'écrivait pas du fin fond d'une tranchée transformée en cloaque.

Elle regarda la date : décembre 1905. Il avait vingt et un ans. Pourquoi sa mère avait-elle éprouvé le besoin de cacher ces lettres à son entourage ? D'ailleurs, pourquoi lui étaient-elles exclusivement adressées ? On aurait dit que le jeune homme ne voulait plus avoir aucun contact avec son père. Il demandait des nouvelles de ses frères et surtout de sa « chère Thérèse », encore en vie, mais de l'Ancêtre, pas un mot. Il aurait aussi bien pu être mort.

Mélanie se mordillait l'ongle du pouce, comme chaque fois qu'elle était perplexe. C'est alors que son attention fut attirée par l'endroit d'où Louis avait écrit. Après examen, il s'avéra que toutes les lettres avaient été postées d'Afrique.

Les premières venaient du Gabon-Congo, où on apprenait qu'il était administrateur civil d'un poste sur la piste de Brazzaville, à Loango. Il était enthousiaste, parlant d'école et de dispensaire, et d'un nouveau décret pris par le gouvernement à Paris interdisant la traite des indigènes. Il se promettait de faire respecter l'ordre et de prélever les taxes avec doigté. Il se moquait aussi des coloniaux, de leurs casques liégés et de leurs uniformes blancs. Il avait déjà la plume caustique, affirmant que Châteaubriant devait finalement être plus loin de Paris que l'A.-E.F.[1], vu le nombre incroyable d'automobiles qui circulaient aux colonies. Lui-même s'était vu attribuer à son arrivée une Georges-Richard, le modèle, précisait-il « pour Yves », qui avait gagné la médaille d'or à l'Exposition universelle de 1900.

S'il se gaussait de ses pareils, on le sentait en revanche séduit par l'Afrique. Il regrettait d'ailleurs d'être arrivé à Dakar quelques jours après la mort de Pierre Savorgnan de Brazza et de n'avoir par conséquent pu rencontrer le grand explorateur pour l'entendre décrire les terres vierges qu'il avait été le premier Blanc à fouler.

Deux ans plus tard, il était à Port-Saïd puis, à Aden et Djibouti, sur la Côte française des Somalis. Mais il n'était pas resté longtemps sur les bords de la mer Rouge et de l'océan Indien. Il était revenu ensuite vers l'ouest et la majeure partie de ses lettres avait été écrite au Maroc.

Mélanie connaissait très mal l'histoire de l'empire colonial français et elle se perdait dans les rébellions des tribus chaouia, les incidents à la frontière algéro-marocaine, la conférence d'Algésiras et la canonnière

1. Afrique-Equatoriale française.

allemande Panther à Agadir que le grand-oncle mentionnait au fil des pages. Il apparaissait en tout cas que Louis avait été mêlé de près à tous les événements qui avaient mené au protectorat français sur le Maroc.

Il se déplaçait beaucoup, on le trouvait à Tanger, Rabat, Larache, Mazagan, Oujda, Safi, Mogador, Casablanca... Officiellement, il disait être chargé du ravitaillement des troupes françaises, mais il semblait proche de Lyautey et elle n'aurait pas été surprise d'apprendre qu'il avait été une sorte d'agent secret du haut-commissaire du gouvernement. C'était sans doute à ce moment-là qu'il avait perdu l'habitude de parler de lui-même. Mélanie comprenait à présent pourquoi il avait été versé à la brigade marocaine en 1914. Il connaissait bien et les hommes et la langue.

C'est en relisant sa dernière lettre, dans laquelle il annonçait à sa mère son retour à Châteaubriant pour y soigner des « fièvres persistantes » – terme pudique pour désigner sans doute la malaria – et promettait une « surprise », qu'elle eut soudain un coup au cœur.

Fébrilement, elle étala les lettres devant elle sur la descente de lit et compara les dates. Sa première impression était la bonne : elles avaient toutes été envoyées entre 1905 et 1912. Grand Dieu, la solution serait-elle là, sous ses yeux ? Louis avait dû partir peu après la naissance de la petite et était revenu juste avant sa mort. Il aurait donc pu la faire inhumer en cachette dans le caveau familial.

Etait-ce à cause de cette enfant naturelle, cette « bâtarde » comme avait dit Nathalie, qu'il s'était brouillé avec l'Ancêtre au point de s'exiler pendant sept ans aux colonies ?

Elle avait l'impression de toucher au but.

Le facteur passait tard à la Martinière.

En redescendant l'escalier de service, après sa leçon, la petite surprit madame Marie en train de le guetter, comme chaque jour. Ce n'était pas la première fois qu'elle assistait au manège de la cuisinière. Lorsque l'homme à la casquette galonnée et à la grande sacoche de cuir arriverait enfin, elle l'accueillerait avec empressement, lui servirait un petit verre de sa fameuse eau-de-vie de faitit et, pendant que le bonhomme lamperait son gobelet cul sec en renversant la tête en arrière d'un mouvement brusque, elle examinerait rapidement les enveloppes qu'il venait de lui tendre.

C'était alors que cela devenait intéressant. Parfois elle s'en tenait là et allait poser ostensiblement le courrier sur la petite table prévue à cet effet dans le corridor menant aux appartements des maîtres. Mais parfois, son visage tressaillait et elle glissait subrepticement une des lettres dans la poche du grand tablier bleu noué autour de ses hanches confortables avant de mettre les autres sur la table.

Songer que la grosse Marie pût recevoir des billets doux était tout simplement risible. Aussi, au début, la petite avait imaginé que l'imposante cuisinière s'intéressait aux jolis timbres, ceux qui venaient de loin, et qu'elle mettait de côté les enveloppes qui en portaient pour demander la permission de les garder. Il en arrivait souvent, l'entreprise Le Gallois ayant, paraît-il, des clients même à l'étranger.

Mais depuis qu'elle avait surpris de sa cachette madame Marie remettant la lettre dérobée à sa maîtresse, descendue sans faire de bruit par l'escalier de service avec des mines de conspiratrice, elle avait compris que c'était elle, la « grande Madame », qui était la destinataire de ce courrier clandestin. Quant à savoir qui le lui envoyait, c'était une autre affaire. La petite avait beau tendre l'oreille, pour l'instant, elle n'avait rien pu surprendre.

En tout cas, ces lettres faisaient grand plaisir à la maîtresse, car elle les lisait aussitôt sans prendre le temps de remonter, en poussant de petites exclamations, avant de s'enfuir en les serrant sur son cœur. Une fois, mademoiselle Thérèse était descendue à la place de sa mère, mais elle n'avait pas osé ouvrir l'enveloppe et l'avait emportée, intacte, au premier étage.

Ce mystère échauffait l'imagination de la petite qui inventait chaque fois une histoire différente autour de ces lettres. Décidément, la *fraulein* avait raison : elle rêvait trop.

La cloche du portail d'entrée tinta dans le lointain et madame Marie se précipita pour ouvrir la porte : le facteur serait là dans un instant. Il faisait le tour de la maison et on n'allait pas tarder à entendre son bonjour jovial. Le petite aurait bien voulu s'attarder pour savoir s'il y avait une de ces lettres mystérieuses au courrier, mais elle n'en avait pas le temps : monsieur Joseph l'attendait dans la remise pour la ramener à la Teillais et il lui fallait récupérer sa belle poupée avant de monter dans l'automobile. Elle remit donc ses galoches et prit congé à regret.

En sortant, elle croisa le préposé des Postes qui approchait d'un pas cadencé en sifflant un petit air guilleret. C'était la fin de sa tournée et sa sacoche presque vide battait son flanc. La petite la fixa comme si son regard pouvait passer au travers du cuir pour voir ce qu'il y avait à l'intérieur. Peine perdue. Elle décida que la prochaine fois, elle traînerait un peu à ranger ses affaires dans la salle d'étude afin d'essayer de descendre à la cuisine au moment où le facteur y entrerait. Dissimulée par l'ombre de l'escalier, elle surprendrait peut-être quelque chose...

Lorsqu'elle contourna la remise, le portail de derrière était déjà ouvert et monsieur Joseph, penché sur la manivelle, s'employait à faire démarrer l'automobile. Elle courut chercher sa poupée dans le vieux buffet où il rangeait ses outils et grimpa dans la voiture au moment même où le chauffeur s'installait au volant.

— Juste à l'heure, jeune demoiselle, commenta-t-il de la voix mâle qui faisait se pâmer Alphonsine. Un peu plus et vous ratiez l'express pour la Teillais !

Elle bredouilla quelques mots d'excuse, laissant croire que la responsabilité de son retard incombait à la *fraulein* qui avait tenu à ce que son élève terminât son devoir.

— Alors je vous pardonne. Mademoiselle Katia vous fait bien travailler, n'est-ce pas ?

La petite n'avait pas rejeté la faute sur la gouvernante par hasard : elle savait que monsieur Joseph avait un faible pour elle et que la seule évocation de son nom adoucirait son irritation… tout comme elle mettait en rage Alphonsine qui n'appelait jamais la *fraulein* que « l'Alsacienne », et avec quel mépris dans la voix !

Triste destin que celui de monsieur Joseph : un coulibaud[1] comme lui avait toutes les femmes à ses pieds, de la grande Lucienne à l'Alphonsine, mais la seule qui le faisait soupirer l'ignorait, estimant sans doute qu'un cocher, même reconverti en chauffeur par la grâce du progrès mécanique, était au-dessous d'une demoiselle de sa condition, elle qui avait été obligée de se placer comme gouvernante après que sa famille avait tout perdu en fuyant Strasbourg devant l'occupant prussien.

L'amour était une étrange chose et la petite se demandait si elle avait vraiment hâte de grandir pour y succomber.

Mais l'automobile reprenait déjà en cahotant le chemin qu'elle avait parcouru le matin. La petite se sentait fatiguée et elle se laissa bercer par le ronronnement du moteur. Cette fois, ils ne croisèrent pas de tombereau de betteraves, mais seulement le vicaire de la Touche-d'Erbray sur son vélocipède. C'était un spectacle assez comique : comme il était très grand et sa machine sans doute trop petite pour lui, il pédalait les genoux en dehors, sa soutane flottant derrière lui ; en outre, il ne tenait le guidon que d'une main, l'autre agrippant sa barrette qui menaçait d'être emportée par le vent de sa course zigzagante.

1. Don Juan.

La petite échangea avec monsieur Joseph un coup d'œil amusé, mais ils se gardèrent bien de faire le moindre commentaire : le vicaire en question était récemment passé devant le juge de paix pour avoir rossé un carrier qui s'était moqué de lui et de sa magnifique « bécane ». Ils se contentèrent donc de le saluer d'un petit coup de trompe amical. Le vicaire faillit tomber de son vélocipède en essayant de soulever son couvre-chef pour leur répondre et ils eurent du mal à contenir le fou rire qui les saisit à ce spectacle. Mais le sportif homme d'Eglise réussit à éviter la chute au prix d'une reprise en main vigoureuse du guidon et parvint in extremis à sauvegarder sa dignité.

La petite se surprit à le regretter : elle aurait tant aimé décrire au Pelot le plongeon du vicaire dans le fossé plein d'eau qui bordait la route ! Elle imaginait le sauve-qui-peut des grenouilles, la barrette dégoulinante, la soutane trempée et le vicaire à quatre pattes en train de repêcher sa machine boueuse. Se serait-il laissé aller à jurer ? Elle aurait été curieuse de l'entendre. Les jurons d'un homme d'Eglise étaient-ils différents de ceux dont les paysans du cru émaillaient leurs conversations ? Elle ne le saurait pas aujourd'hui. Tant pis !

Le grain qui s'annonçait depuis le matin avait éclaté sur la forêt pendant qu'elle était à la Martinière et les pierres de la route étaient glissantes sous les roues de l'automobile. Monsieur Joseph ne desserrait plus les dents, les mains rivées au volant pour éviter qu'une embardée ne les fît verser. La petite s'agrippa à la portière pour mieux résister aux cahots. Elle aimait le moment qui venait juste après la pluie. Les fougères mouillées paraissaient plus vertes, les troncs des grands chênes presque noirs. Les feuillages emperlés vibraient d'une lueur fauve qui éclatait sur le ciel couleur d'ardoise. Une odeur lourde de terre détrempée et de bois pourrissant montait à la tête. Le bruit du moteur dut effrayer un animal dans le sous-bois ; sa fuite invisible déclencha une cascade de gouttes qui vinrent battre le tambour sur les premières feuilles mortes tombées sur la mousse. Silencieux pendant l'averse, les oiseaux s'essayaient à nouveau à gazouiller, se répondant d'un arbre à l'autre. Elle en reconnut quelques-uns. Le Pierre, lui, aurait tous pu les lui nommer ; il savait même imiter leurs chants et l'hiver, quand la forêt se taisait sous sa couverture de neige, il transformait la maison de la Teillais en volière pour lui donner un avant-goût des beaux jours.

La cime noire du sapin émergea soudain par-dessus les frondaisons que l'automne auréolait de roux ; on approchait. Quelques tours de roues encore et le petit groupe de maisons du Pâtis apparaissait en éclaireur. Et toujours la flèche aiguë du sombre conifère en point de mire, de plus en plus grande, de plus en plus proche.

Lorsqu'elle aperçut la barrière de bois et les rosiers grimpants en arceaux qui menaient à la porte d'entrée de la maison du garde-chasse, la petite ressentit soudain une violente sensation d'abandon. C'était comme si on la dépouillait de tout ce qu'on lui avait donné pour la laisser seule et nue face à un vide béant. Elle serra très fort contre elle le corps de chiffon de sa poupée dont la tête de porcelaine dodelinait comme si elle aussi se lamentait de devoir revenir ici. Refoulant ses larmes, la petite remercia poliment monsieur Joseph et sauta à terre.

Le chauffeur porta deux doigts à sa casquette pour la saluer ; il savait que tous les yeux du hameau étaient braqués sur lui et tenait à se montrer sous son meilleur jour, le plus martial et le plus stylé. L'idée que ce soir, dans leurs lits, certaines jeunes filles du lieu, voire certaines femmes mariées, rêveraient de sa moustache conquérante et de ses mains qui savaient si bien dompter la machine était loin de lui déplaire.

Il surprit le regard peu amène du maréchal-ferrant posé sur lui. Le bonhomme au tablier de cuir roussi par endroits avait interrompu son geste au-dessus de l'enclume et tenait son lourd marteau levé à bout de bras aussi facilement que s'il eût été de plume. Sa mine farouche inclinait à penser que le laisser retomber sur la tête du conducteur de la voiture automobile ne lui aurait pas déplu. Monsieur Joseph se demanda si le maréchal-ferrant en avait après la machine qui en annonçait d'autres susceptibles de menacer le travail des chevaux et donc le sien, ou après l'homme qui tournait la tête à sa fille. Il redémarra en faisant vrombir le moteur plus que nécessaire.

La mère Tual paraissait contrariée. Bien sûr, elle passait ses journées à dagonner dans sa barbe, plus par habitude d'ailleurs que par réel mécontentement – elle craignait peut-être d'attirer le malheur en se montrant bêtement satisfaite de son sort et des autres –, si bien qu'on n'y prêtait plus guère attention. Cependant, à la ride profonde qui se creusait entre ses petits yeux gris et à ses lèvres pâles serrées tandis qu'elle se penchait au-dessus du pot de terre cuite émaillée posé dans la cendre du foyer pour savoir si son café était chaud, la petite comprit que, cette fois, elle était vraiment fâchée.

Elle referma tout doucement la porte derrière elle.

Une légère mousse blanche apparut à la surface du liquide noir qui fumait dans le coin de l'âtre : le « jus » était « à point ». La mère Tual souleva délicatement le pot, attentive à n'en pas renverser, et remplit précautionneusement son bol de faïence blanc à fleurettes bleues. Le café, c'était son plaisir, son seul luxe. Elle l'achetait en petits sacs odorants au chariot de l'Economique qui faisait le tour des villages et des hameaux environnants deux fois le mois, et elle ne laissait à personne le soin de broyer les grains bruns fendus dans le moulin qu'elle serrait solidement entre ses genoux : le parfum épicé qui s'en échappait lui faisait déjà anticiper le plaisir qu'elle aurait à le boire.

La mère Tual s'était laissée tomber lourdement sur le banc, les deux coudes sur la table. Elle savoura la première gorgée les yeux fermés, quasi religieusement. Ce n'est que lorsqu'elle les rouvrit qu'elle découvrit la petite et sa poupée, toutes deux pareillement silencieuses et immobiles à l'entrée de la pièce. Elle sursauta, comme prise en faute, mais son visage soucieux se détendit un peu et la petite, rassurée, comprit qu'elle n'était pas la cause de sa colère et qu'elle n'allait pas se faire attraper, du moins pas cette fois.

— Tiens, te v'là, toi. Tu tombes bien. Viens donc !

La mère Tual avait vivement reposé son bol pourtant encore aux trois quarts plein. Dédaignant son nectar favori dont le parfum puissant embaumait toute la pièce, chassant l'odeur de lard aux choux refroidi, elle se leva. Ce simple mouvement lui demandait un effort, vu sa corpulence, et elle dut s'aider de la main pour soulever son vaste postérieur du banc.

— Avec la pluie, le brigadier a dû ramener Monsieur le comte et ses invités au château...

Elle ne disait jamais « mon mari », encore moins « Louis », mais « le brigadier » comme tous les gens du voisinage. Sa casquette et sa veste à gros boutons dorés de chef garde-chasse primaient sur tout, même sur sa vie familiale et domestique.

— Ils ont réussi à porter jusque-là le chevreuil que le Gustave avait suité et qu'ils ont tiré ce tantôt, mais les lapins qu'ils ont tués ce matin sont restés dans la cabane où ils ont mangé à midi. Le Bériel, qui les a croisés, est venu prévenir : il faut aller les chercher. Seulement, le Pelot est introuvable. Ce p'tit fi' d'garce doit encore être en train de courir la guède[1] dans les taillis !

La mère Tual avait craché ces derniers mots avec colère. Ses joues molles se marbraient de rouge et elle haletait sous le coup de l'indignation, sa poitrine de nourrice se soulevant au rythme de sa respiration oppressée comme un bateau malmené par la houle. Elle paraissait sur le point d'éclater. En fait, c'était moins les premières bonnes fortunes supposées de son fils qui la

1. La gueuse, la fille facile.

préoccupaient – après tout, il fallait bien que jeunesse se passe et voir les garçons courir après les filles était dans l'ordre des choses ! – que son absence à ce moment crucial qui pouvait entacher la réputation jusqu'ici irréprochable du brigadier. Les lapins abandonnés risquaient d'attirer les fouines qui sauraient bien trouver un trou pour se faire un repas de la chasse de Monsieur le comte... sans oublier les braconniers. Le Bériel n'oserait pas, ayant été vu, mais il n'était pas le seul à rôder dans la forêt quand les gardes-chasse tournaient le dos.

Elle s'empara d'un panier posé en évidence sur le couvercle de bois ciré de la maie. Il était garni d'un torchon propre dont on voyait un coin dépasser du couvercle.

— Files-y donc. Le gibier est dans la cabane de la ligne des Grands Brûlants. Tu en as pour une demiheure tout au plus.

8

Au matin, Mélanie alla rendre visite aux dahlias. Elle avait passé une mauvaise nuit. Excitée par sa découverte, elle avait sombré dans un sommeil agité où les dragons de la Marne et les rebelles marocains menaient une sarabande grotesque sous un soleil incandescent au milieu des tirs d'obus. Dans son cauchemar, elle entendait la voix de son grand-oncle – ou du moins ce qu'elle imaginait avoir été sa voix – murmurer : « Priez pour moi. » Mais la voix se transformait, devenait plus aiguë, plus fluette. C'était maintenant celle d'une petite fille dont on ne voyait qu'une main et un œil accusateur. Puis, sans transition, elle avait entendu un rire frais et joyeux, et la petite était partie en courant. Ses nattes brunes tressautaient sur son dos et ses mollets ronds soulevaient le volant de sa robe à fines rayures bleues. Elle l'avait regardée s'en aller, impuissante, souhaitant de toutes ses forces qu'elle se retournât. Mais la petite s'était évanouie sans avoir montré son visage.

Mélanie s'était réveillée en sursaut, le cœur battant la chamade, un goût amer de frustration gâtant sa bouche. Elle avait mis longtemps à se rendormir. Même la complainte nostalgique de la pluie contre les volets et les feuillages du jardin, qui la berçait d'ordinaire, avait eu du mal à l'apaiser.

A son réveil, la tête lourde et les muscles raides, il ne pleuvait plus et le soleil brillant comme un sou neuf dans un ciel lavé par l'averse tentait de donner à l'automne de faux airs de printemps. Il faisait frais et elle avait enfilé un gros pull irlandais à torsades par-dessus son jean pour sortir se promener dans l'herbe mouillée. Marcher lui remettrait peut-être les idées en place et l'aiderait à analyser la situation au plus juste.

La grand-tante Jeanne-Marie vouait une passion exclusive aux dahlias. Ils étaient partout, en touffes, en massifs, en bordures. On aurait presque pu se croire à une exposition florale. La grand-tante avait surtout un faible pour les fleurs spectaculaires tant par leurs couleurs que par la sophistication de la superposition des ruches, fleurons alvéolés et collerettes qui les composaient. Elles occupaient le centre du jardin où elles faisaient naître des soleils chatoyants.

Mélanie avait tant de fois dû subir la « visite guidée » des plates-bandes qu'elle les connaissait toutes par leur petit nom. L'énorme fleur orangée autour de laquelle gravitaient les autres, c'était la « Andries Wonder ». A côté d'elle, la robe rouge vermillon pointée de blanc appartenait à la « Princesse Louise de Suède », le jaune abricot teinté de lilas à « l'Incandescent », sans oublier la flamme aux reflets d'or de « Vire ville martyre », un nom bien lourd à porter pour une fleur aussi gracieuse.

Un peu à l'écart se dressaient les têtes violettes bordées de blanc des « Deuil du roi Albert » dont la grand-tante fleurissait la chapelle familiale au cimetière.

Mélanie, peut-être par lassitude d'entendre leurs louanges, n'aimait guère ces prétentieuses « premières de la classe ». Elle préférait les dahlias cactus échevelés, rejetés au fond, à côté non pas du radiateur mais du mur de clôture, tels des cancres dissipés mais tellement attachants ! Elle envoya un baiser du bout des doigts au « Prince noir » qui jouait les beaux ténébreux dans son habit grenat si foncé qu'il semblait de jais avant de se glisser sous le laurier pour aller rendre visite à ses « chouchous », les petits pompons et les nains qu'on appelait si justement des « Mignons ». Ils se pressaient en un joyeux désordre, tels des enfants de la maternelle qui n'avaient pas encore appris à marcher en rang. Du jaune safran au magenta foncé en passant par le blanc et le rose lilas, il y avait là Bijou, Jenny, Philine, Violetta, Nelly, Anna-Maria, Christel et Rosalia… Tout un jardin d'enfants de fleurs !

Mélanie flatta d'une main caressante les minuscules corolles chiffonnées tout en exhortant à voix basse la Lilliput d'un mauve intense qu'on appelait « Ma Mère-Grand » à bien veiller sur cette turbulente jeunesse. A ce petit jeu, elle avait oublié son début de migraine.

L'humidité de l'herbe avait traversé la toile de ses baskets et ses pieds étaient mouillés, mais elle n'en poursuivit pas moins son exploration. Dans ce coin-là, le jardin faisait un angle saillant, comblé en partie par les ruines d'une ancienne bâtisse qui, lui avait-on dit, avait servi en son temps de resserre et même de garage, sans doute pour la célèbre De Dion-Bouton qui paniquait tant les chevaux des environs. En 1944, les bombes que les avions alliés avaient déversées sur la gare de Châteaubriant « tant que de bénédictions », comme aurait dit la vieille Françoise, avaient par miracle épargné la Martinière, mais pas ses dépendances, et le bâtiment n'était plus qu'un amas de pierres et de poutres à demi calcinées que le lierre avait peu à peu recouvert et transformé en un sombre tumulus dont on interdisait aux enfants de s'approcher de peur d'un éboulement. Pour les en dissuader tout à fait, on leur racontait que la légendaire Bête de Béré y guettait les désobéissants, tapie derrière le grand sapin qui poussait vers le ciel sa silhouette noire désolée.

Mélanie fut soudain prise d'une envie irrépressible de transgresser l'interdit, d'aller voir de plus près la ruine mystérieuse qui avait hanté ses cauchemars de petite fille, d'aller braver la Bête à corps de mouton et aux yeux rouges.

Elle s'approcha en prenant bien garde de ne pas faire craquer de brindilles sous ses pieds. Un ricanement la fit sursauter. Mais ce n'était pas la Bête mythique, juste une corneille qui devait avoir son nid dans le sapin et que sa venue dérangeait. Elle poussa malgré elle un soupir de soulagement.

— Si tu crois que tu me fais peur ! cria-t-elle à l'oiseau, pointant vers lui un doigt plein de défi.

Elle ne s'attira en retour qu'un claquement de bec indigné. Le volatile ne semblait guère impressionné.

Dédaignant ces interruptions « cornéliennes », Mélanie entreprit d'escalader le monticule couvert de lierre. La progression était difficile et elle se félicita d'avoir enfilé ses chaussures de sport. Elle avançait néanmoins avec prudence, assurant ses prises, testant la stabilité des pierres avant de se hisser plus haut. Ce n'était pas le moment de se casser une jambe.

Quand elle arriva à mi-pente, un tronçon de poutre attira son attention : malgré les pluies qui l'avaient délavé depuis plus de quarante ans, on pouvait encore distinguer des initiales gravées maladroitement, sans doute avec la pointe d'un couteau. T, à moins que ce ne fût un J, et H. Elle sourit : la resserre n'avait de toute évidence pas été fréquentée que par le jardinier. Elle poursuivit son ascension, les yeux au sol, cherchant d'autres témoignages d'amours défuntes.

Un coin de ce qu'elle prit pour un volet en bois l'arrêta. En fait, à y regarder de plus près, il s'agissait de la porte d'un meuble. Mélanie s'agenouilla et s'efforça de la dégager. Elle arracha les griffes du lierre, écarta les moellons auxquels elles s'agrippaient et se rendit compte qu'il devait s'agir d'une sorte de buffet bas dont le corps était complètement enseveli s'il n'avait pas été écrasé dans l'explosion du bâtiment.

Saisissant des deux mains le battant de bois vermoulu, elle tira de toutes ses forces. Il s'entrouvrit d'un petit centimètre. S'arc-boutant, elle tira encore plus fort et poussa un cri de douleur : ses paumes avaient glissé et elle s'était planté une écharde dans l'index. Mais l'ouverture s'était agrandie. Désormais, le battant bâillait de quatre ou cinq centimètres, assez en tout cas pour y passer le bras. Suçant son doigt où le sang perlait, elle introduisit prudemment son autre main dans le meuble. Elle savait qu'elle aurait dû aller chercher des gants à la cuisine pour se protéger, mais elle n'avait pas la patience d'attendre. Priant intérieurement pour qu'aucune bestiole n'ait élu domicile dans le buffet, elle tâta l'intérieur à l'aveuglette.

Elle sentit d'abord quelque chose de mou sous sa paume. On aurait dit du tissu. Elle tira et mit au jour un haillon de velours à moitié moisi qui lui fit plisser le nez de dégoût. Elle le rejeta au loin et replongea dans les entrailles du meuble. Elle en ressortit d'autres oripeaux feutrés par la crasse et l'humidité, quelques pièces de monnaie rouillées d'avant-guerre, une bougie à moitié fondue dans sa bobèche, un journal aux feuilles collées dont l'encre avait coulé, une bouteille Dieu merci intacte – sans cela elle aurait pu se couper – au fond de laquelle stagnait un liquide noirâtre, trouble et épais, fort peu ragoûtant.

Elle alignait ses « trouvailles » à côté d'elle sur le lierre en s'amusant de cet inventaire à la Prévert lorsqu'elle ramena à la surface une masse ronde et poilue. La retournant, elle vit qu'il s'agissait d'une tête de poupée en porcelaine. Elle avait perdu un œil et la saleté poissait les cheveux collés sur son crâne rond.

Mélanie resta un moment fascinée par cet œil unique qui la fixait comme dans son rêve. Elle se rendit compte que sa main tremblait et posa délicatement la tête sur les feuilles de peur, dans son émoi, de la laisser tomber. C'était un signe, elle n'en doutait pas. Elle « brûlait », comme disent les enfants en jouant à cache-tampon, ou plutôt à cache-andille, suivant l'expression en usage au pays de la Mée.

Le souffle court, elle enfonça son bras un peu plus loin, jusqu'au coude, pour tâter le fond du buffet. Ses doigts touchèrent ce qui ressemblait à une poignée. Elle tira et sentit une résistance. Tant pis pour sa blessure au doigt, elle y mit l'autre main pour dégager ce qui coinçait. Après quelques minutes d'effort, elle vit apparaître un petit cartable de cuir craquelé et éraflé. La fermeture était cassée et le rabat portait des traces de brûlure.

Elle résista à la tentation de l'ouvrir sur-le-champ. De petits objets pourraient s'échapper et se perdre sous le lierre. Sa position commençait à devenir inconfortable : les angles aigus des éclats de brique lui meurtrissaient les genoux à travers la toile épaisse de son jean. Elle ramassa donc précautionneusement la tête de poupée qui la regardait toujours de son œil unique et, serrant le cartable sur son cœur sans souci de salir son pull de laine écrue, elle redescendit le tumulus qui avait enfin livré son secret. Elle n'aurait plus jamais peur de la Bête de Béré.

Françoise eut un mouvement de recul effaré en voyant sa Nanou entrer dans la cuisine : son pantalon était plein de poussière, son pull parsemé de brindilles et de feuilles de lierre, elle avait les joues rouges d'excitation et son regard avait quelque chose d'halluciné. Qu'avait-elle encore inventé ? Voici maintenant qu'elle posait sur la toile cirée une tête de poupée sans corps et une vieille sacoche pleine de terre et de toiles d'araignée. Et ça la faisait rire, un rire triomphant qui résonnait dans la cuisine de façon presque inquiétante.

— N'aie pas peur, ma bonne Françoise, je ne suis pas devenue folle ! Mais je crois que je vais enfin résoudre l'énigme de la petite morte de trop. Ça ferait un bon titre de roman policier, tu ne trouves pas ? Je ne sais pas pourquoi, mais je sens que la clef du mystère se trouve dans ce vieux cartable.

La vieille domestique renonça à objecter. Quand sa Nanou avait les yeux tout ébraisillés[1] comme ça, elle n'écoutait personne. Françoise jeta un coup d'œil vers la sacoche avec une moue dégoûtée. Vraiment, quelle horreur ! Elle ôta de la table le plat où elle avait aligné les pommes de terre épluchées et près duquel Mélanie

1. Brillants comme de la braise.

venait de poser sa pitoyable relique. Il y avait peut-être des bestioles là-dedans.

— Attends un peu que je lui donne un coup d'éponge.

Elle se retourna vers l'évier pour en prendre une mais déjà Mélanie ouvrait le rabat pour vider le sac sur la table. Françoise renonça avec un soupir résigné. Allons, il fallait regarder, puisque c'était ce que voulait Nanou.

Le contenu de la sacoche était conforme à ce qu'on pouvait s'attendre à trouver dans un cartable d'écolière : un plumier de bois taché d'encre, un livre de lecture corné, un cahier à la couverture cartonnée et un mouchoir roulé en boule et noué.

Françoise fut presque déçue : à la façon dont Mélanie avait déboulé dans sa cuisine, elle augurait une trouvaille plus sensationnelle. Qu'est-ce qui pouvait bien exciter sa curiosité ?

La jeune femme défaisait à présent le nœud du mouchoir, les mains fébriles, et déroulait le petit carré de batiste déchiré. Il protégeait une bague ornée d'une petite pierre bleue. Le métal, sans doute de l'argent, avait noirci et la pierre ne paraissait guère avoir de valeur ; l'ensemble avait quelque chose d'exotique, rien en tout cas qu'on pût trouver dans les bijouteries de Châteaubriant.

Mélanie avait l'air hypnotisée : elle tournait et retournait la bague entre ses doigts, caressant les ciselures.

— Elle vient d'Afrique du Nord, souffla-t-elle, plus pour elle-même en vérité que pour Françoise dont elle semblait avoir oublié la présence. J'en ai vu de tout à fait semblables dans le Haut Atlas où j'étais allée couvrir un rallye automobile. Une seule personne a pu la rapporter à la Martinière.

Posant la bague à côté de la tête de poupée, elle s'empara du cahier comme si elle s'attendait à y trouver la réponse écrite en toutes lettres.

Malgré elle, Françoise se pencha pour mieux voir. Sur les feuillets lignés, une main malhabile s'était essayée à tracer l'alphabet, en minuscules d'abord, en majuscules ensuite, avec des pleins et des déliés comme on l'enseignait du temps de sa jeunesse. Il y en avait des pages. Certaines étaient collées et Nanou devait utiliser la lame d'un couteau pour les séparer. Elle paraissait très calme à présent, comme si elle avait la certitude d'être sur le bon chemin et de toucher au but.

A la huitième page, les lettres orphelines s'interrompaient et les premiers mots apparaissaient : terre, ciel, France, maison, chat, chien… L'écriture se raffermissait au fil des lignes. Les pâtés se faisaient plus rares. L'élève s'était donné beaucoup de mal.

Puis, sur une feuille distincte, des prénoms : deux lignes entières de « Louis » suivies de deux lignes d'« Amélie », puis d'un « Louis et Amélie » triomphant, éclatant au milieu de la page.

Comme un automate, Mélanie attira le livre de lecture à elle et l'ouvrit. Sur la page de garde, s'étalant en lettres soigneusement moulées cette fois, un nom en entier avait été écrit par la même main qui avait conquis de l'assurance : Amélie Le Gallois.

Mélanie leva un poing vainqueur en poussant un cri sauvage.

— Amélie, elle s'appelait Amélie ! J'ai trouvé, Françoise !

Riant aux anges, elle entraîna la vieille femme abasourdie dans un tour de valse rien moins qu'orthodoxe.

— J'avais raison. La petite morte faisait bien partie de la famille. Nathalie va faire une de ces têtes !

Françoise se libéra en bougonnant que tout cela était bel et bon mais que ses patates ne finiraient pas de s'éplucher toutes seules ; toutefois ses yeux qui pétillaient démentaient son ton bourru.

— Attends, je vais chercher la photo de l'antiquaire.

Comme Mélanie grimpait quatre à quatre l'escalier, le téléphone sonna dans le corridor. C'était Pascal.

— Je viens juste d'arriver. Je t'appelle de Roissy. A la radio, on m'a dit que tu étais encore à Châteaubriant. Qu'est-ce qui se passe ?

— C'est trop long à raconter au téléphone. D'ailleurs, j'ai terminé. Je rentre demain et je te dirai tout. Tu verras, c'est extraordinaire !

Elle éprouva un sentiment de gêne en prononçant ces derniers mots. Après tout, il ne s'agissait que d'une affaire de famille et elle parlait à quelqu'un qui rentrait du Proche-Orient. Il devait avoir des choses autrement plus passionnantes à lui rapporter. Dire qu'avec toute cette histoire, elle en avait presque oublié les risques qu'il courait !

— Le Liban, c'était comment ? s'ensuit-elle, bourrelée de remords.

— Comme d'habitude.

Pascal ressemblait un peu au grand-oncle Louis : contrairement à certains de ses confrères qui se précipitaient dès leur retour chez Castel, en gilet kaki de baroudeur, lunettes de soleil sur le nez, pour inonder tout Paris de leurs aventures, il ne se « la jouait » jamais.

Elle insista, peut-être pour se racheter de n'avoir guère pensé à lui ces derniers jours.

— Ce n'était pas trop « chaud » ?

— Comme d'habitude aussi. Un cameraman anglais a pris une balle perdue dans la cuisse et on a bouffé beaucoup de poussière, mais ça va.

— Il me tarde de t'embrasser. Juste une dernière visite à Viv pour lui rendre compte du résultat de mon enquête et demain je reprends la route. A bientôt, mon amour !

A cet endroit, la forêt formait comme une immense cathédrale végétale. La clairière où les souches décapitées des arbres coupés l'hiver précédent alignaient des rangées de sièges rustiques creusait une vaste nef entre les piliers vertigineux de la futaie. Les branches hautes des chênes et des hêtres se rejoignaient en ogive pour cacher le ciel, laissant filtrer, comme à travers un vitrail, une lumière vert et doré qui venait nimber la dentelle délicate des fougères où l'averse de l'après-midi avait accroché des perles de cristal.

Le tapis de mousse et de feuilles mortes étouffait le bruit des pas et elle faisait bien attention à ne pas écraser de ses sabots quelque branche de bois sec pour ne pas rompre le silence fragile et solennel à la fois.

La petite se hissa sur une énorme souche qui occupait le centre de cette nef naturelle. Vu sa circonférence impressionnante, l'arbre dont elle avait constitué l'assise avait dû être immense. Aux coups de hache qui avaient écorché le bois à plusieurs niveaux, on devinait que les bûcherons avaient eu le plus grand mal à l'abattre ; au lieu d'être bien plane, la coupe était irrégulière et un grand morceau d'écorce se dressait comme un dossier, donnant à la souche des allures de fauteuil, de trône plutôt.

La petite s'y installa, sabots sagement croisés, mains bien à plat sur son sarreau, comme à la messe. Elle avait vraiment la sensation d'être dans une cathédrale. Du moins ce qu'elle imaginait être une cathédrale, puisqu'elle n'en avait vu que dessinées dans un livre d'histoire qui traînait dans la salle d'étude de la Martinière, au chapitre Moyen Age. La seule grande église qu'elle connaissait et qui pouvait s'y comparer était celle de Saint-Nicolas à Châteaubriant. La famille Tual, qui fréquentait celle de Juigné-les-Moutiers les dimanches ordinaires, s'y rendait pour les grandes occasions : Pâques, la Fête-Dieu, Sainte-Anne, l'Assomption... ou la grande foire de Béré.

Même si elle ressemblait aux gravures reproduites dans le livre d'histoire, Saint-Nicolas ne datait pas du Moyen Age, contrairement à ce que la petite avait cru d'abord : la croix qui surmontait le clocher vertigineux veillant sur la ville tel un grand cierge blanc n'avait été posée qu'une quinzaine d'années plus tôt.

Un jour de grande lessive de printemps, alors qu'elle rangeait le linge bien propre et blanc au fond de son armoire, la mère Tual lui avait montré la carte-souvenir du baptême des cloches que lui avait donnée Monsieur le comte et qu'elle gardait précieusement sur l'étagère du haut, avec ses certificats de baptême et de mariage. On y voyait deux anges aux longs cheveux et aux grandes ailes blanches tenant chacun une cloche dans la main et l'inscription : « Souvenir du baptême des cloches de Saint-Nicolas de Châteaubriant, le 17 septembre 1895. Souvenir et une prière. » Au dos étaient écrits les noms donnés aux cinq cloches et ceux des généreux donateurs qui avaient permis leur fonte et leur installation. La petite avait constaté avec jubilation que la moins grosse – quatre cent cinquante kilos quand même –, offerte par « monseigneur le duc d'Aumale et la duchesse représentés par le marquis et la marquise de la Ferronnays », s'appelait Victorienne-Henriette, ce qui lui avait permis deux jours plus tard de clouer le bec à cette pécusse[1] de Victorienne, la fille du fermier du Puits Renaud, qui se donnait de grands airs sous prétexte qu'étant la septième de la famille, elle avait madame la comtesse pour marraine, en la traitant de « cloche fêlée » !

Elle ferma les yeux pour se laisser envahir par les bruits de la nature : le frésillement[2] des feuilles, les craquements mystérieux des sous-bois, le grignotement à peine perceptible d'un écureuil niché dans son chêne, le pépiement bavard des oiseaux, le bourdonnement solitaire d'une louette[3], l'eau de pluie gouttant dans une fondrière... L'orage était passé et avec lui ce grésillement énervant de l'air qui rendait fous les velins ; elle

1. Pimbêche.
2. Léger frémissement.
3. Insecte ailé vivant dans les fougères.

n'avait plus rien à redouter. Elle ne risquait guère que de rencontrer un orvet glissant paresseusement sur les feuilles mouillées.

Elle serait bien restée des heures ainsi, juste à écouter battre le cœur de la forêt, mais elle ne devait pas s'attarder si elle ne voulait pas se faire crier dessus par la mère Tual. Pourtant, pour aller plus vite, elle était passée directement par l'arrière de la maison du garde-chasse, par le sentier qui prenait naissance derrière l'enclos des chiens, entre le pailler et la soue du cochon. Elle avait troqué ses galoches contre de solides sabots qui ne craignaient pas la gadouille et elle avait pris en courant par les adresses.

Malheureusement, un des échaliers par lequel on franchissait les barrières avait été, comme le voulait la coutume, bourré de branches épineuses par les voisins des Colin, deux semaines auparavant, pour la noce de leur fille aînée ; il était d'usage de retarder ainsi le joyeux cortège escortant les mariés pour symboliser les obstacles qui les attendaient tout au long de leur vie commune. Embarrassée comme elle l'était par son grand panier, la petite avait dû faire un long détour pour le contourner. Et encore avait-elle eu le plus grand mal à se musser[1] à travers la haie qui clôturait le pré.

Tant pis, il lui faudrait courir jusqu'à la cabane pour rattraper le temps perdu !

Sitôt pensé, sitôt fait : elle sauta sur ses pieds, ôta de son mollet un bout de mousse qui s'était accroché à son bas de laine, ramassa son panier et détala sans se soucier davantage du calme religieux de l'endroit.

Elle parvint bientôt à la croisée qui voyait se rejoindre en étoile la ligne des Grands Brûlants et celles du Taillis de Ferrière et de Roche Ténier. Là, elle s'accorda un instant pour reprendre haleine et masser sa cheville douloureuse : elle se l'était tordue plusieurs fois sur les pierres traîtreusement dissimulées sous les

1. Se faufiler à travers un passage étroit, comme une souris.

feuilles mortes qui tapissaient le chemin. Heureusement, la maisonnette que le père Tual nommait pompeusement « le relais de chasse », et la mère Tual « la cabane », n'était plus très loin.

En fait, c'était un abri en pierre composé d'une pièce unique avec une cheminée. A l'extérieur, un puits permettait de s'abreuver et de nettoyer bottes et brodequins boueux. Une croix de pierre qui se dressait non loin de là, dans les fougères, lui donnait des allures d'ermitage, comme si quelque saint homme avait cherché refuge au fond de ces bois pour mieux y trouver Dieu.

Elle poussa le battant de bois. La porte n'était jamais fermée. Personne ici, pas même le Bériel, n'aurait osé dérober quelque chose, moins par respect pour celui à qui elle appartenait, ce duc de Caylus qu'on ne voyait quasiment jamais, que par crainte du brigadier et du fusil qu'il portait à l'épaule pour faire ses rondes. D'ailleurs, il n'y avait rien à voler : une table, deux bancs, quelques verres et assiettes, une marmite pour faire réchauffer le repas préparé par la mère Tual, une buie de terre qui gardait l'eau au frais... pas même de quoi tenter un chemineau.

L'hiver précédent, le chef garde-chasse avait eu la surprise de trouver à l'intérieur une biche venue chercher un refuge contre la neige emprisonnant la forêt et le gel pétrifiant les sources.

« Elle tremblait comme une feuille au vent d'automne, avait-il raconté à son retour. Elle avait peur et j'étais dans l'encadrement de la seule issue par laquelle elle pouvait sortir. Je me suis écarté tout doucement et elle a jailli comme une flèche. Elle a disparu du côté de la Ferrière. J'ai quand même mis un peu de foin et de grain sur la table au cas où elle reviendrait. »

La petite s'était vaguement demandé si le père Tual eût été aussi miséricordieux en trouvant quelque vagabond transi au lieu de la biche.

Les lapins ensanglantés étaient alignés sur la table, un morceau de papier avec le nom de celui qui avait tiré chacun d'eux glissé dans une oreille. La petite prit bien garde de ne pas les faire tomber en les posant un par un dans le grand panier, par-dessus le torchon qui se teinta de rouge sombre. Les invités de Monsieur le comte seraient sans doute incapables de reconnaître leur gibier, mais l'œil du père Tual était infaillible pour tout ce qui était à poil comme à plumes et il mettait un point d'honneur à donner à chacun ce qui lui était dû.

Elle rabattit le torchon sur les yeux vitreux qui la fixaient sans la voir. Le panier était lourd à son bras.

Elle repoussa la porte derrière elle et reprit le chemin du retour. Pas question cette fois d'espérer se faufiler par les voyettes, entre les fougères et les branches mortes, pour aller plus vite ; son fardeau l'obligeait à suivre sagement les lignes bien tracées. Penchée sur la gauche pour faire contrepoids, l'épaule déjetée à chaque pas, le bras douloureux, elle bifurqua vers l'est par la ligne de Roche Ténier, qui était le plus court chemin pour sortir de la forêt.

L'heure avançait et la lumière du jour déclinait. Déjà elle n'était plus assez forte pour percer les frondaisons encore épaisses en ce mois de septembre et le crépuscule comme l'eau qui monte noyait peu à peu d'ombre les sous-bois. Elle s'efforça de presser le pas vers la tache plus claire qu'elle apercevait devant elle, tout là-bas, au bout de la ligne, et qui marquait l'orée de la forêt.

Elle retrouva avec soulagement le ciel libre et les lueurs mauves du jour finissant. Elle n'avait plus qu'à tourner à droite et le chemin creux l'amènerait, entre les pâtures, jusqu'à l'entrée de la Teillais. Elle s'autorisa une pause pour reposer son bras endolori.

Les vaches qu'on rentrait pour la nuit meuglaient au passage des barrières, impatientes de regagner leur étable. On entendait les aboiements des chiens et les claquements de langue des vachers derrière la haie touffue qui la dominait d'une bonne tête.

Une cloche au loin sonna l'angélus.

— Te voilà bien lunaude[1], ma belotte !

La voix du Pelot dans son dos la fit sursauter. Pour un peu, on aurait dit que c'était elle qui était en faute, alors que c'était lui qui avait disparu tout ce tantôt.

Elle se retourna, furieuse.

Le Pelot sauta prestement par-dessus l'échalier. Il avait les cheveux ébouriffés et des taches d'herbe maculaient son pantalon à hauteur des genoux. Il avait l'air très content de lui.

— C'est à cette heure que tu arrives ? l'apostropha-t-elle. Ta mère est à la maison, à dégrigner comme une bique qui voit le loup. J'ai dû aller à la cabane chercher les lapins à ta place. Pendant ce temps, monsieur Pierre courait la guède !

Elle s'interrompit net devant la mine ahurie du Pelot. Il paraissait ne pas comprendre ce dont elle parlait. Il passa une main dans sa tignasse décoiffée, baissa les yeux vers son pantalon sali et partit soudain d'un grand éclat de rire.

— Sotte que tu es ! Va, aucun flon[2] n'a eu à craindre de moi aujourd'hui.

Elle se sentit rougir jusqu'à la racine de ses cheveux et détourna la tête, honteuse. Ses oreilles lui chauffaient et elle aurait voulu se cacher dans un trou de la haie, n'importe où du moment que le Pelot ne la voyait plus. Il savait qu'elle avait horreur de ces mots trop explicites – son côté « La Martinière », comme il disait – et il se faisait un malin plaisir de les lui asséner pour mieux l'embarrasser... lorsqu'il était sûr que les oreilles du père Tual, toujours aux aguets, ne risquaient pas de les entendre. Le brigadier estimait que son grade et sa

1. Rêveuse.
2. Pucelage.

qualité de représentant du duc de Caylus lui imposaient doublement de châtier quelque peu son langage et il bannissait les jurons trop imagés tout comme les mots trop crus de sa maison. Même le Gustave du bout de la forêt, grand jureur devant l'Eternel, s'était fait vertement reprendre par son chef.

Le Pierre, qu'une gifle magistrale de la large main paternelle ne tentait guère, se retenait donc au logis pour mieux se rattraper au-dehors. Et il y allait de bon cœur ! Il ne manquait jamais une occasion de faire étalage de son érudition en la matière lorsqu'il était en compagnie d'autres gars de son âge.

La petite avait ainsi pu, à sa grande confusion, constater toute l'étendue de son vocabulaire à la fin du mois d'août, lorsqu'une joute verbale avait opposé ceux de la Teillais et des environs aux Bas-Bretons venus comme tous les ans en pèlerinage à Saint-Julien-de-Vouvantes. Les jeunes gars de Vannes, Rochefort-en-Terre, Elven et Questembert avaient fêté à grandes gorgées de cidre et de muscadet la fin de la procession solennelle et avaient repris le chemin du retour, des rameaux d'if au chapeau et l'humeur belliqueuse.

Leurs chants avinés avaient sonné comme une provocation aux oreilles des jeunes coqs des villages qu'ils traversaient et le Pelot et ses amis leur avaient fait un brin de conduite sur la route de Moisdon en répondant par leurs propres refrains gaillards, qui auraient fait rougir un corps de garde au grand complet. La petite n'avait pas compris tous les détails anatomiques qui abondaient dans ces dranes[1] braillées à tue-tête mais elle en avait saisi assez pour s'enfuir, le feu aux joues et les nattes en bataille. A ce souvenir, elle sentait à nouveau son visage virer au cramoisi.

— Tu t'es encore fait des imaginations, la sermonna le Pelot en essuyant ses yeux que le rire avait empli de larmes d'un revers de main plein de terre. Tu ne

1. Rengaines.

devrais pas croire tout ce qu'on te raconte, grosse bête. Je suis seulement été jusqu'à l'étang pour pêcher des grenouilles avec les deux François.

Evidemment, elle aurait dû s'en douter : quand il y avait une sottise à faire, ces deux-là n'étaient jamais loin. Le grand échalas à la chevelure de paille hirsute qui semblait n'avoir jamais connu le peigne et le brun trapu au cou de taureau et aux petits yeux porcins étaient inséparables au point qu'on ne dissociait plus leurs noms. Quand par extraordinaire on en croisait un tout seul, on disait : « J'ai vu un des deux François », sans même prendre la peine de lui donner son patronyme. Même leurs parents respectifs avaient renoncé à « reprendre » le leur et les deux François mangeaient et dormaient dans l'une ou l'autre des fermes suivant leur humeur. Chacun y avait gagné une famille de plus et un refuge où venir se mettre à l'abri de la fureur paternelle et des coups de bâton suscités par leur dernier mauvais coup.

L'étang semblait les attirer particulièrement. Il n'y avait pas dix jours, ils avaient eu l'idée saugrenue d'essayer de le traverser dans un cuveau de bois en guise de bateau. Tous les drôles du voisinage, avertis de la tentative, s'étaient massés sur les berges boueuses, tendant le cou pour apercevoir entre les roseaux et les joncs les deux François, le col blanchi par l'effort, enfoncer leurs gaules de châtaignier dans la vase pour propulser leur esquif improvisé qui avait une fâcheuse tendance à tournoyer sur lui-même. La petite regardait aussi, au côté du Pelot qui avait jugé plus prudent de rester sur la rive.

Gênés par les maquiers qui enroulaient leurs tiges flottantes autour des perches, les deux François peinaient à avancer. Mais c'était le cuveau qui avait mis fin à leur traversée : le bois avait dû jouer et il avait commencé à prendre l'eau. Les deux François avaient eu beau lâcher les gaules pour essayer d'écoper de leurs mains en coupe, rien n'y faisait ; le baquet se remplissait inexorablement. Les deux marins d'eau douce qui ne savaient pas nager, comme la plupart des petits paysans de ce pays de la Mée si loin de l'océan, avaient poussé de grands cris d'effroi repris en un chœur épouvanté par leurs jeunes admirateurs impuissants.

Heureusement pour les naufragés, deux des « grands », le Pelot et le Renaud[1] du Pâtis, s'étaient précipités, le canif qui ne quittait jamais le fond de leur poche à la main, pour couper les plus grands roseaux qu'ils avaient pu trouver. Ils étaient entrés dans l'eau jusqu'à la taille pour tendre ces perches de salut à leurs camarades dont les bras s'agitaient dans tous les sens dans un grand jaillissement d'éclaboussures. Le cuveau avait coulé à pic mais dans un dernier sursaut, les deux François avaient réussi à se saisir des roseaux et on avait pu les tirer sur la berge, hoquetants, trempés mais sains et saufs.

La petite croisa plus étroitement son châle de laine tricotée sur sa poitrine mince. Voilà qu'il recommençait à mouillasser[2].

— Vous en avez attrapé, des grenouilles ? interrogea-t-elle.

— Pas guère. Seulement quatre, et encore, il y en avait une si petite qu'on l'a remise à l'eau. Les François ont fait rôtir les trois autres sur un petit feu de branchettes et les ont englouties comme s'ils n'avaient pas mangé depuis des semaines.

— Et toi, tu n'avais pas faim ?

— Moi, j'ai préféré manger les rillauds[3] que j'avais emportés ! ricana-t-il en tirant de sa chemise un vieux mouchoir à carreaux tout taché de graisse qu'il lui tendit pour l'inviter à prendre le dernier morceau qui restait.

---

1. René.
2. Bruiner.
3. Morceaux de porc cuit dans sa graisse.

Elle refusa d'un signe de tête. Avec un haussement d'épaules, il le prit lui-même et le croqua d'un coup de dent. Un clappement de langue de plaisir, puis il se pencha pour saisir le panier où les cadavres duveteux des lapins gisaient toujours sous leur torchon.

— Allez, viens-t'en, la belotte. Va falloir tricoter des sabots si on ne veut pas être trempés !

9

Cette fois, Mélanie ne perdit pas de temps à attendre que Viv vînt lui ouvrir ; elle entra directement. Elle avait trop hâte de lui annoncer la grande nouvelle !

La vieille dame était assise dans son fauteuil favori, la tête appuyée sur le napperon blanc qui protégeait la tapisserie élimée du dossier, et regardait les championnats du monde de cyclisme à la télévision. Mélanie s'était toujours étonnée de son engouement pour la « petite reine », comme Viv persistait à l'appeler. Elle parlait encore de Petit-Breton et de Louison Bobet comme s'ils avaient raccroché leurs vélos la veille et Mélanie se souvenait d'un après-midi de juillet où elle avait eu la mauvaise idée de venir lui rendre visite alors que se disputait la grande étape alpestre du Tour de France. Elle avait dû subir le récit détaillé des exploits de « ce petit Van Impe » qui grimpait si bien. Désormais, elle ne voyait plus le maillot à pois du meilleur grimpeur sans un gémissement intérieur. Mais celui dont Viv ne se lassait pas d'évoquer les exploits, c'était l'enfant du pays, « sa mère habite sur la route de Soudan, tu sais », Cyrille Guimard. Et comme, après sa carrière de coureur, il réussissait aussi bien si ce n'était mieux comme directeur sportif, la saga n'était pas près de s'arrêter.

Tant pis pour la course ! Mélanie avait trop de choses à raconter. Elle jubilait par anticipation à la pensée de la stupéfaction qui ne manquerait pas de saisir Viv.

Elle se planta donc sans plus de manières devant le poste de télévision allumé.

— Viv, ma fée, c'est à mon tour de faire de la magie. Figure-toi que je sais qui est la petite morte et qui était son père !

Elle ne fut pas déçue : les yeux de la vieille dame s'écarquillèrent derrière ses lunettes et sa bouche s'ouvrit en une exclamation muette.

Viv eut soudain l'impression que son cœur usé s'arrêtait dans sa poitrine. Etrangement, elle se sentait atterrée et soulagée à la fois. Ainsi, Mel avait trouvé toute seule. Et vite. Elle était décidément très douée.

— Comment as-tu fait ? s'enquit-elle, le souffle court.

— Tout était à la Martinière. J'ai trouvé des lettres, un cahier, une poupée, une bague...

Mélanie marqua un temps d'arrêt, la dévisageant avec insistance. Son trouble était-il donc si visible ? Il fallait absolument qu'elle lui cache à quel point elle était ébranlée.

D'enthousiaste, la jeune femme était à présent rouge de confusion. Elle se mordit la lèvre inférieure, bredouillant quelque chose au sujet des bouleversements que ses recherches pourraient entraîner dans le passé de sa grand-tante et le souvenir qu'elle voulait en garder. Fallait-il être stupide pour faire irruption ici sans ménagement !

Elle secouait la tête d'un air navré, consternée, dit-elle, par son « égoïsme monstrueux ». Levant la main, Viv coupa court à sa tirade d'autoflagellation. Il ne manquerait plus maintenant que Mel se sentît coupable ! La vieille dame inspira profondément pour apaiser le tumulte intérieur que reflétaient trop vivement ses prunelles délavées et ses joues que toute couleur avait quittées.

Elle enleva ses lunettes et, saisissant la télécommande d'une main qu'elle voulait ferme, éteignit la télévision.

— Raconte, demanda-t-elle en se carrant dans son fauteuil.

Encore furieuse contre elle-même d'avoir asséné sans crier gare une telle émotion à sa chère Viv, Mélanie se percha sur la chaise la plus proche et lui prit affectueusement la main. Elle s'obligea à modérer son exaltation, à réfréner son envie de crier son triomphe à tous les vents, et c'est d'une voix unie qu'elle commença son récit.

— J'ai découvert que le grand-oncle Louis avait passé sept ans aux colonies, en Afrique noire et au Maroc, comme par hasard de 1905 à 1912. Les lettres que j'ai trouvées laissent à penser qu'il s'était brouillé avec son père. Il n'est pas difficile d'imaginer pourquoi.

— Pourquoi, d'après toi ?

Viv paraissait avoir retrouvé ses esprits. Elle semblait même tout à fait détendue et son regard pétillait de malice.

— Mais à cause de cette naissance hors mariage, bien sûr ! rétorqua Mélanie, interloquée. L'Ancêtre a dû l'apprendre et n'a pas apprécié. Peut-être le grand-oncle Louis voulait-il épouser la mère, une femme qu'il trouvait indigne d'entrer dans le clan Le Gallois...

— Parce que tu crois qu'ils avaient besoin d'un événement aussi grave pour se disputer ?

— Ma foi, sur les photos ils paraissent si complices, ils se ressemblent tellement !

— Justement : trop. Ils avaient le même fichu caractère. Ton arrière-grand-père et son aîné passaient leur temps à s'affronter. Louis avait fait des études d'ingénieur pour prendre la succession de son père à l'usine, mais il n'avait pas les mêmes idées que lui pour la diriger. Ils étaient comme deux cerfs luttant, bois entremêlés... Le vieux dix-cors défié par le jeune daguet pour prendre la tête de la harde ! Il paraît qu'ils ont même réussi à se quereller le jour des fiançailles d'Yves avec ma sœur. J'étais trop jeune alors pour être admise au salon, mais Jeanne-Marie m'a raconté par la suite que le vieux Le Gallois écumait, furieux de voir son fils se rebeller contre lui. Ils ont échangé des mots très durs.

Quelques jours après, Louis partait s'embarquer à Saint-Nazaire et ton arrière-grand-père a pris Yves avec lui dans l'entreprise comme adjoint.

— Il a bien fallu qu'il s'en contente.

La moue dédaigneuse esquissée par Mélanie ne laissait aucun doute sur ce qu'elle pensait de son grand-oncle Yves. Elle ne l'avait pratiquement pas connu mais dans la famille, on le disait inutilement autoritaire, susceptible et manquant d'envergure.

Une ombre passa dans le regard de Viv.

— Ne le juge pas trop vite. Il n'a pas eu la vie facile, tu sais. Ça a été son drame : tout pour Louis, rien pour lui. Quand Louis est revenu d'Afrique, malade, ton arrière-grand-père l'a accueilli comme le fils prodigue des Ecritures. Il voulait lui redonner la place qui n'aurait jamais dû cesser d'être la sienne, disait-il : auprès de lui.

— Et Yves ?

— Renvoyé à un poste subalterne après sept ans de bons et loyaux services ! Pas pour longtemps, d'ailleurs. Ce qu'on pouvait prévoir est arrivé : très vite, le père et le fils aîné ont recommencé à se disputer et lorsque la mobilisation a été décrétée, à l'été 1914, Louis est allé s'engager sans même en avertir son père.

— Pourquoi Yves n'a-t-il pas fait de même ?

— Il aurait bien voulu, mais on le lui a interdit. Son père vieillissait et, Louis parti, on avait besoin de lui pour diriger l'usine. Elle avait été reconvertie pour produire de l'armement. Comme les hommes étaient mobilisés, c'étaient leurs femmes qui travaillaient à leur place pour fabriquer des obus. Yves avait proposé de prendre un réformé pour cause de santé comme régisseur afin de pouvoir partir lui aussi au front, mais ça lui a été refusé.

Mélanie ne se sentait pas très fière d'elle et de l'idée peu reluisante qu'elle s'était faite de son grand-oncle depuis des années. Finalement, toute la famille avait adopté sans discuter et transmis aux générations suivantes le jugement méprisant de l'Ancêtre sur son cadet. La personnalité du patriarche était-elle donc si écrasante ?

— Je ne comprends pas, insista-t-elle. S'ils s'entendaient si mal, pourquoi ces photos, ces médailles encadrées ? Pourquoi l'Ancêtre en a-t-il fait le Héros avec un grand H de la famille ? Par remords ?

— Peut-être. Disons que sa guerre irréprochable et sa mort héroïque au Chemin des Dames ont effacé les brouilles qui avaient précédé. Ton arrière-grand-père a voulu les oublier pour ne se souvenir que de sa fierté d'avoir eu un tel fils. Il l'a fait comme il faisait tout : en grand. Lorsqu'en 1922, le monument aux morts a été érigé à Châteaubriant, malgré son grand âge, il est allé en personne à la mairie exiger du conseil municipal que le nom de son aîné soit inscrit au sommet de la liste des enfants de la ville morts pour la France. Lors de l'inauguration, je m'en souviens comme si c'était hier, il était au premier rang, appuyé sur sa canne, les larmes aux yeux. Il est mort quelques mois après.

— Et le grand-oncle Yves ?

— Il a attendu en vain un mot de reconnaissance, un mot d'amour… La mort avait uni pour toujours son père et son frère aîné, et l'avait laissé de côté encore une fois. Crois-moi, s'il était aigri, il avait de bonnes raisons de l'être.

— Bon, d'accord, je me rends : le grand-oncle Yves ne méritait pas tout le mal que j'en ai pensé ; c'était un incompris. Et le grand-oncle Louis, c'était un vrai héros, au moins, ou c'est ce que l'Ancêtre a voulu faire croire ? s'impatienta Mélanie, amère.

— Un vrai, je t'assure. Un soldat de sa brigade qui avait perdu une jambe dans l'attaque où Louis avait été tué est venu à la Martinière quelques mois après. Il tenait à rapporter à la famille les quelques objets personnels qu'on avait pu récupérer sur son corps : un couteau et sa montre. Le verre était fendu et les aiguilles s'étaient arrêtées à 8 h 34, l'heure à laquelle l'obus a explosé.

La voix de la vieille dame tremblait à cette évocation. Son timbre était encore plus voilé que d'ordinaire, comme mouillé de larmes intérieures. Les yeux fixes, elle semblait revivre la scène, entendre encore la voix du poilu unijambiste racontant les derniers instants de son capitaine.

— Sais-tu ce que nous a raconté ce soldat ? Ton grand-oncle était de plus en plus révolté par l'incurie de l'état-major qui envoyait les troupes à la boucherie sans même une préparation d'artillerie correcte. Ses hommes commençaient à gronder. Dans d'autres sections, certains s'étaient mutinés, refusant de se faire tirer comme à la fête foraine, et il y avait eu des exécutions pour l'exemple. Longtemps, Louis s'était tu mais la veille de sa mort, c'était un dimanche, il s'est rendu au quartier général dans une tentative désespérée pour essayer de convaincre ses chefs d'arrêter ces attaques insensées et d'attendre les renforts américains qui allaient leur donner la supériorité numérique. C'est là qu'il a appris que l'assaut était pour le lendemain à l'aube. Il est aussitôt reparti vers sa position pour passer la dernière nuit avec ses hommes. Au matin, lorsque le clairon a sonné, il est sorti le premier de la tranchée.

Mélanie revit en pensée le post-scriptum ajouté au crayon sous la signature, dans sa dernière lettre : « Priez pour moi. » Louis savait que, cette fois, il ne reviendrait pas.

Viv la ramena à la réalité en scandant, véhémente :

— Crois-tu qu'un homme comme celui-là, qui a partagé jusqu'au bout le sort de ses soldats, aurait abandonné sa propre fille ? Allons donc ! Il serait parti aux colonies avec femme et enfant.

Mélanie resta un moment silencieuse, l'ongle de son pouce entre les dents, réfléchissant à tout ce qu'elle venait d'apprendre. Evidemment, vu sous cet angle... A moins que...

— Mais c'est peut-être justement ce qu'il a fait ! s'exclama-t-elle soudain en claquant des doigts. Nous savons que la petite a été inhumée à Châteaubriant, mais nous ignorons où elle est née et où elle a grandi. Dans la lettre où il annonçait son retour, Louis parlait d'une surprise. Il voulait peut-être présenter sa fille à sa famille ?

Viv eut une moue dubitative mais ne releva pas. Piquée au vif, Mélanie prit son sac, en tira la tête de poupée, la bague, le cahier et le livre qu'elle avait découverts dans les ruines de la resserre, et les posa sur la table.

— Regarde le nom qui est inscrit sur la page de garde du livre de lecture ; ouvre le cahier et lis ce qui y est écrit. Elle s'appelait Amélie.

Viv attira vivement à elle les deux fascicules cartonnés, comme fascinée.

— Où les as-tu trouvés ? interrogea-t-elle avec avidité.

— Sous les pierres de la bâtisse écroulée au fond du jardin, mais...

La vieille dame n'écoutait plus. Caressant d'une main tremblante les pages jaunies où l'encre délavée par le temps se distinguait à peine, elle murmura comme pour elle seule :

— Ainsi, c'est là qu'elle les avait cachés...

Mélanie eut un sursaut.

— Tu connaissais la petite fille ? s'étrangla-t-elle. Et tu m'as laissée chercher ?

— Je ne parle pas de la fillette, Mel... mais de la femme de ton grand-oncle Louis.

— Parce qu'il était marié ?

La jeune femme paraissait abasourdie, assommée. Cette fois, c'était à Viv de s'en vouloir. Pauvre Mel : elle accourait toute fière faire sa grande révélation et voilà que sa grand-tante lui en assénait une autre.

Mélanie haletait comme un poisson hors de l'eau. Elle ouvrit la bouche mais aucun son n'en sortit ; la stupéfaction lui ôtait la parole. Elle passa une main égarée sur ses yeux, luttant visiblement pour reprendre son sang-froid. La prenant en pitié, Viv poursuivit, la voix douce comme si elle parlait à un tout petit enfant :

— C'était elle, la « surprise » dont ton grand-oncle parlait lorsqu'il est revenu du Maroc : il avait épousé là-bas une indigène, la fille d'un chef local, à ce qu'il paraît. Elle était ravissante, les yeux languides, la taille souple, toute menue... une biche effarouchée par ce monde nouveau qu'elle découvrait. Elle s'appelait Amal. Mais ce prénom « païen », comme disait ton arrière-grand-mère, écorchait les oreilles très catholiques des Le Gallois. Ils ont décidé de l'appeler Amélie. C'était plus « civilisé » ! Ils ont aussi fait venir le curé dare-dare pour lui enseigner le catéchisme et la baptiser.

— Le grand-oncle Louis était d'accord ? émit Mélanie, la voix comme enrouée.

— Il n'était pas en état de s'opposer à quoi que ce soit. La fièvre l'a cloué au lit pendant des semaines et il était très affaibli. Qui l'eût vu alors, émacié et transpirant sur ses oreillers, n'aurait pas reconnu le fringant jeune homme qui en son temps faisait soupirer toutes les filles à marier de Châteaubriant lorsqu'il sortait pour sa partie de billard au café Danard, rue de la Barre. Quant à Amélie, elle était perdue, la pauvre enfant. Et tellement seule ! Louis était malade, elle parlait à peine le français, le climat humide et gris – du moins comparé au ciel marocain – la minait et on lui interdisait de sortir de la Martinière, et même d'apparaître quand il y avait une visite.

— Pourquoi la tenait-on prisonnière ?

— Dame, si en ville on avait su que le Louis avait épousé une moricaude, ça aurait jasé ! Ton arrière-grand-père tenait avant tout à sa respectabilité.

— Mais si on la cachait, comment l'as-tu connue ?

— Moi, je n'étais pas une étrangère, j'étais entrée dans la famille. On ne se gênait pas pour moi.

Elle feuilleta rêveusement le cahier, s'arrêtant ici et là sur un pâté, une lettre maladroitement formée.

— C'est moi qui ai essayé de lui apprendre à lire et à écrire lorsque je revenais pour les vacances.

Elle pointa le doigt sur une ligne où se bousculaient des « M » plus ou moins chancelants.

— J'écrivais la première lettre et elle s'efforçait de la reproduire de son mieux. Elle était si petite et si mince que j'avais l'impression de côtoyer une fille de mon âge et non une femme mariée. Il est vrai qu'elle était très jeune. Je n'ai jamais su exactement son âge, d'ailleurs elle-même ne le savait probablement pas, mais elle n'avait pas vingt ans, c'est sûr.

— Qu'est-elle devenue ?

— Franchement, je l'ignore. Après la mort de Louis au front, elle est restée encore quelques mois à la Martinière. Et puis un jour, elle a disparu.

— Que veux-tu dire ? Qu'elle s'est enfuie ou qu'elle est morte ?

— Je veux dire qu'elle n'était plus là. Ses affaires non plus. J'ai interrogé les uns et les autres, mais ton arrière-grand-père avait ordonné qu'on ne parle plus d'elle. On n'avait même plus le droit de prononcer son nom. J'ai longtemps pensé à Amélie. J'espère qu'elle est retournée vers un pays de soleil et qu'elle a retrouvé le sourire.

Mélanie posa ses coudes sur la table et son menton dans ses mains. Les yeux clos, elle essayait d'imaginer cette « grand-tante » aux yeux de biche et à la grâce exotique. Lorsqu'elle les rouvrit, il y avait une lueur de reproche dans son regard.

— Toi qui as bercé mon enfance de tes merveilleuses histoires, Viv, pourquoi ne m'as-tu pas raconté celle-là ?

La vieille dame secoua la tête doucement.

— Parce qu'elle est triste. Il ne faut pas raconter d'histoires tristes aux enfants, sinon ils ne voudraient plus grandir. Et puis je n'en connaissais pas la fin et une histoire sans fin, cela n'existe pas.

— Alors il vaut mieux leur mentir, n'est-ce pas ?

L'amertume qui perçait dans sa voix parut alarmer Viv qui ne put que répondre, embarrassée :

— Il y a des secrets dans toutes les familles.

— Mais la mienne détient tous les records ! explosa Mélanie. En quelques jours, j'ai découvert un grand-oncle décédé en bas âge, une mystérieuse petite morte et l'épouse cachée du héros du Chemin des Dames ! Avoue qu'il y a de quoi être déstabilisée. Tout ça par la faute de l'Ancêtre ! Pour sauvegarder l'image qu'il voulait donner de lui, il a, semble-t-il, élevé le mensonge et la dissimulation au rang de sport familial. Belle réussite ! Oh ! je le déteste, ce patriarche bien-pensant. Grâce à lui, je ne sais même plus ce que je dois croire dans ce que j'ai toujours tenu pour acquis depuis l'enfance. Je découvre que les fondations de ma vie, que je croyais saines et solides, sont en fait pleines de lézardes et de trous. Bien sûr que je suis ébranlée ! Comment veux-tu bâtir là-dessus ?

La vieille dame écarta les mains en un signe d'impuissance navrée. Que pouvait-elle ajouter ?

Mélanie remit rageusement dans le cartable les objets épars dont elle avait cru qu'ils lui donneraient la clef d'une belle histoire.

— J'en ai assez de ces secrets et de ces mensonges, de ces cadavres dans les placards ! Je rentre cet après-midi à Paris retrouver Pascal. Au moins il est vivant, lui.

Blottie sur son lit, sa belle poupée serrée contre son cœur, la petite est triste : les douleurs l'ont reprise, la maladie la terrasse à nouveau et elle ne peut plus aller à la Martinière.

10

Mélanie retrouva Pascal avec élan et la radio avec soulagement. Elle était revenue de Châteaubriant en colère. Contre l'Ancêtre, bien sûr, qui n'avait reculé devant aucun mensonge, aucune manœuvre pour gommer les aspérités gênantes et présenter aux yeux du monde une famille lisse et sans histoire. Contre elle-même aussi. Elle s'en voulait de s'être laissé aveugler. Elle se flattait d'être une bonne journaliste. Or, ne rien prendre pour argent comptant, vérifier et confronter les témoignages avant d'en faire état était le b.a.-ba de son métier. Qui sait après tout si l'inoffensive grand-mère aux cheveux bleutés qui arrosait ses géraniums derrière la barrière blanche de son jardinet n'avait pas une puissante raison d'en vouloir à ses voisins et donc de mentir ?

Mais pour sa famille, elle ne s'était même pas posé la question. Ils faisaient tous partie d'elle et douter d'eux, c'était comme se remettre elle-même en cause. Pourquoi lui mentiraient-ils ? Elle n'avait pas songé qu'ils pouvaient avoir voulu dissimuler la vérité à d'autres et y avoir si bien réussi que finalement elle était restée ignorée même de leurs descendants.

Il avait fallu à Mélanie trente ans pour se rendre compte que les divinités tutélaires qui peuplaient l'album de famille avaient été des êtres vivants ordinaires, avec des qualités et des défauts ordinaires, des actions dont ils étaient fiers et d'autres dont ils avaient honte. Pourquoi n'auraient-ils pas eu, eux aussi, quelque chose à cacher ?

Blottie contre la peau tiède et bronzée de Pascal, au milieu des draps chiffonnés et des vêtements jetés au hasard dans l'impatience fébrile du désir qui les avait précipités l'un contre l'autre dès la porte refermée, elle avait trouvé dans la dérision la force de faire son mea culpa, se moquant d'elle-même pour mieux prendre ses distances avec l'amertume de s'être découverte si naïve. Elle avait même réussi à se montrer drôle en racontant à son amant, avec force détails macabres, l'exhumation sous la pluie au petit matin, et aussi la tempête qu'elle avait fait souffler au salon lorsqu'elle avait annoncé la stupéfiante nouvelle au reste de la famille. Pascal avait ri de bon cœur en l'écoutant imiter les glapissements indignés de la cousine Nathalie.

Il en avait besoin, après la semaine de tension qu'il venait de vivre, et Mélanie avait ri avec lui. Après tout, ce ne devrait pas être si difficile de faire comme lui et de considérer ce qui s'était passé à Châteaubriant comme un simple incident drolatique qui, finalement, avait eu le mérite de pimenter l'enterrement, événement sinistre et sans surprise s'il en est.

A son retour dans son petit appartement parisien sis rue Ordener, à l'angle du pittoresque marché de la rue du Poteau, dans le XVIIIe « village », comme on disait, Mélanie avait trouvé sur son répondeur une avalanche de messages comme elle s'y attendait, dont plusieurs de sa famille, ce qui était plus inhabituel. La petite morte suscitait toujours autant de controverses.

Sa mère lui réitérait ses conseils de prudence, terminant par un « Tu prends les choses trop à cœur » qui avait fait bondir Mélanie. Elle entendait ce leitmotiv depuis l'enfance et il l'avait toujours fait vigoureusement réagir. « Ça prouve au moins qu'on en a un », avait-elle une fois de plus grommelé en laissant filer la bande magnétique.

Nathalie qui, Dieu sait, ne l'appelait pourtant jamais, n'avait pas non plus pu résister : dans son message, elle s'inquiétait, la voix doucereuse, de l'avancement de ses recherches. Mélanie l'effaça aussitôt. Tais-toi, vipère !

Sophie, la femme du cousin Bertrand, le médecin légiste, avait aussi essayé de la joindre. Elle était marseillaise et sa voix chantante enregistrée avait illuminé le salon comme si un rayon de soleil avait soudain percé le couvercle de nuages gris qui pesait sur Paris. Son débit était encore plus rapide qu'à l'ordinaire : « Bertrand m'a tout raconté, Mel. As-tu trouvé quelque chose ? Rappelle-moi vite. »

Mélanie avait aussitôt composé le numéro de sa salle de gym. Elle aimait bien Sophie ; c'était un petit bout de femme brune dont on se demandait où elle puisait l'énergie qu'elle dépensait du matin au soir sur les parquets du club de sport qu'elle avait ouvert dans un quartier neuf sur les hauteurs de Marseille. Lorsqu'elle décrocha, Mélanie dut d'ailleurs forcer le ton pour couvrir le brouhaha de voix et de musique qu'on entendait à l'autre bout du fil.

— Je te dérange, tu dois être en plein cours ? s'excusa-t-elle en consultant sa montre.

Evidemment, un samedi après-midi, la salle devait être pleine à craquer.

— Pas du tout, la rassura Sophie. J'ai animé le précédent et Sandra vient de prendre le relais. Je m'étais assise à mon bureau pour souffler un peu quand le téléphone a sonné. Je suis ravie de t'entendre.

Elle était sincère ; sa voix ne laissait aucun doute. Enfin quelqu'un sans calculs ni arrière-pensées !

— Tu ne voulais pas me reprocher d'attenter à ton héritage en essayant de découvrir qui était cette petite morte mystérieuse ?

Mélanie affectait un ton léger mais le timbre de sa voix, plus grinçant qu'elle ne l'aurait voulu, trahissait son amertume. Sophie pouffa.

— Au contraire, j'espère que tu vas réussir : rien ne pourrait me faire plus plaisir que de voir certains membres de la famille – tu vois de qui je veux parler –

perdre un peu de leur superbe. Finis les airs supérieurs et les moues dédaigneuses du genre « Nous sommes le sel de la terre et nous ne frayons pas avec le commun des mortels ». Il leur faudra bien admettre qu'un Le Gallois ne vaut ni mieux ni moins qu'une Navarro comme moi.

La cicatrice était encore sensible...

Mélanie, elle non plus, n'avait pas oublié ce réveillon du jour de l'An et la façon dont Nathalie avait présenté Sophie, la fiancée de son cousin, aux amis qu'elle avait invités : « Sophie Navarro, une petite du Sud que Bertrand a séduite... »

Et cet aparté dans la cuisine, entre filles : « Si seulement, ma chère, vous étiez homonyme d'un député ou d'un industriel de par chez vous, on aurait pu laisser croire... »

Ah ! cette légèreté mordante et ce ton méprisant avec lesquels elle disait « petite du Sud » et « par chez vous » comme s'il s'agissait d'un pays sous-développé dont on ne pouvait même pas prononcer le nom ! Sophie avait de cuisantes raisons d'en vouloir à certains Le Gallois, et par elle, Mélanie comprenait d'autant mieux le calvaire qu'avait dû subir la petite épouse « mauresque » du grand-oncle Louis !

— Alors, Mel, as-tu trouvé quelque chose ? s'impatientait la voix ensoleillée à l'autre bout du fil.

— Rien sur cette mystérieuse fillette, malheureusement. Mais j'ai levé un autre lièvre.

— Quelque chose de croustillant ?

La gourmandise qui perçait dans sa voix fit sourire Mélanie.

— A toi de juger : le grand-oncle Louis avait épousé une Marocaine durant son séjour aux colonies et l'avait ramenée à la Martinière.

Un sifflement prolongé dans le téléphone trahit la stupéfaction de Sophie.

— Eh bien ! Ça a dû faire du bruit dans Landerneau !

— Pas vraiment. L'Ancêtre s'est chargé d'étouffer l'affaire.

— Tu veux dire qu'il l'a fait disparaître ?

Mélanie s'imaginait Sophie échafaudant des hypothèses : « Le vieux Le Gallois, dans le salon, avec un chandelier », comme au Cluedo.

— Tu lis trop Agatha Christie, ma grande ! Quoique d'une certaine façon tu n'aies pas tort : il l'a fait disparaître aux yeux du monde en l'empêchant de franchir les murs de la Martinière. Personne, à part Viv et les domestiques, n'en a rien su. Il était redoutable d'efficacité, l'Ancêtre, et si je n'étais pas tombée par hasard sur un cahier d'écolier… S'il a imposé la même loi du silence pour la petite inconnue, je ne trouverai rien.

— Ne te décourage pas, le hasard t'aidera encore.

— Je ne sais même pas si j'en ai envie. Tous ces secrets, ces mystères m'écœurent. Françoise a raison : il ne faut pas remuer le fumier, ça pue. Je me sens salie !

Mélanie n'avait pas envie de s'éterniser sur le sujet ; elle sentait à nouveau la colère monter en elle. Coupant court, elle s'enquit du reste de la petite famille.

— Bertrand a accompagné les enfants à la plage. Depuis la rentrée, ils ne peuvent plus y aller tous les jours et je ne les tiens plus.

— Mais l'eau n'est pas trop froide ? s'inquiéta Mélanie en jetant un regard aux lourds nuages gris qui laissaient filtrer une froide lumière métallique par la fenêtre.

Sophie se mit à rire.

— C'est bien une réflexion de Parisienne ! Tu sais combien il fait sur le balcon ? Trente et un degrés ! Ça te ferait le plus grand bien d'émigrer sur la côte. Depuis le temps que je te dis de te faire engager à RMC !

— Ça ne me rapprocherait pas du bleu de la Méditerranée puisque sa rédaction est à Paris, rue Magellan.

Sophie la quitta sur la promesse d'être informée des prochaines découvertes. En raccrochant, Mélanie se fit la réflexion qu'elle risquait d'attendre son appel longtemps.

Puis le tourbillon avait repris : la dépêche qui tombe, le rédacteur en chef qui surgit, le départ en trombe, Nagra sur l'épaule, la moto qu'on enfourche, le taxi que l'on hèle pour rejoindre l'aéroport, l'adrénaline qui fait battre le cœur plus vite et les aiguilles de la montre qui s'emballent... La remise en liberté sous contrôle judiciaire d'Yves Chalier et la mise en accusation devant la Haute Cour de justice de Christian Nucci dans l'affaire du Carrefour du développement, le vaste coup de filet franco-espagnol contre l'ETA et l'arrestation de Santi Potros, la mort de Jean Anouilh, la démission du gouvernement Martens en Belgique, la tempête sur les côtes bretonnes et normandes, la disparition de Lino Ventura, et toujours les otages français au Liban, bien sûr... Cette sensation grisante de vivre au rythme du monde et de tourner en même temps que lui.

Et s'effondrer sur son lit à minuit, quatre heures du matin ou midi, peu importe, quand on en a fini avec le dernier papier et qu'on peut enfin rentrer. Déjeuner au café d'à côté avec Pascal, sur un coin de banquette, en se cachant derrière la plante verte pour s'embrasser, avoir deux heures de libres, s'éclipser pour s'aimer et crier au miracle, regretter de ne pas pouvoir aller au ciné voir le dernier Pialat avec Gérard Depardieu, acheter *La Nuit sacrée* de Tahar Ben Jelloun et se jurer de le lire, plus tard, quand on aurait le temps... Vivre tellement l'actualité, le présent qu'on n'arrive même plus à se projeter dans l'avenir et qu'on en oublie le passé... et ses fantômes.

Finalement, les autres avaient raison : elle s'était emballée sur un coup de tête, un coup de cœur pour une histoire depuis longtemps oubliée et qui ne concernait plus personne, la mort ayant renvoyé tous les protagonistes dos à dos. Même les analyses ADN que lui fit parvenir comme promis le cousin Bertrand ne lui arrachèrent qu'un haussement d'épaules : elle n'avait pas eu besoin d'elles pour deviner que la petite était bien de la famille. Maintenant, c'était établi, puisque la science en avait décidé ainsi. Et après ? Elle ne voulait plus entendre parler de cette histoire ; elle n'était pas d'humeur.

Novembre commençait et avec lui l'interminable traversée du long tunnel qui mènerait au printemps et aux beaux jours, et dont on n'émergerait au mieux qu'en avril. Mélanie détestait novembre.

D'ailleurs, toute la capitale semblait avoir le blues. Les Parisiens moroses sous leurs parapluies, le cou rentré dans les épaules, le col relevé, se pressaient sur les trottoirs luisants, dérapant sur les feuilles mortes que la pluie rendait molles et glissantes comme des algues brunes, sans un regard pour les vitrines où les étalagistes installaient les premières décorations de Noël.

Mais les fêtes de fin d'année semblaient si loin. Novembre se traînait.

Elle accueillit avec joie la proposition de son rédacteur en chef de couvrir le voyage du secrétaire d'Etat aux DOM-TOM à la Réunion. Un reportage au soleil qui ressemblait presque à des vacances. Pas de crise sur le point d'éclater, pas de secret d'Etat à déterrer, pas de menace d'inculpation dans l'air… juste tendre le micro pour recueillir les impressions du ministre qui s'efforcerait pendant trois jours de se pencher sur les problèmes de l'île, histoire de montrer aux natifs que, malgré les distances, Paris se souciait d'eux autant que des Bretons ou des Auvergnats. Avec un peu de chance et d'inspiration, elle trouverait même un angle original pour évoquer quelque particularité de la vie économique ou politique locale.

A l'idée de rejoindre, ne serait-ce que pour quelques jours, ce coin de paradis, son moral remontait en flèche.

— Pourquoi ne pas proposer à nos patrons de créer un poste de correspondant à Saint-Denis durant les mois d'hiver ? proposa, rigolard, son collègue de RTL en offrant son visage trop pâle aux rayons du soleil réunionnais.

— Je suis partante, acquiesça Mélanie en s'étirant paresseusement.

Le cirque de Cilaos était une splendeur mais la descente en car vers Saint-Leu et la côte ouest de l'île s'était avérée plutôt cahoteuse et cet arrêt à Stella Matutina, une ancienne sucrerie transformée en musée de l'agriculture réunionnaise, arrivait à point.

Elle s'ébroua en jaugeant du regard la bâtisse rénovée d'aspect futuriste, armature métallique et grandes baies vitrées. Les cimes vert tendre des cannes à sucre se balançaient en murmurant sous la brise légère. Le versant broussailleux du volcan dévalait jusqu'à la mer turquoise bordée du liseré blanc des plages. En plus, cet éden n'abritait aucun serpent caché. L'île était vierge de tout ophidien, lui avait-on assuré à sa descente d'avion. Que pouvait souhaiter de mieux une herpétophobe comme elle, qui ne pouvait même pas voir un de ces reptiles en photo sans frôler le malaise ? La Réunion était faite pour elle !

Elle s'engouffra avec les autres journalistes couvrant « l'événement » dans le musée, à la suite du cortège des officiels qui louvoyait déjà entre les fac-similés de gravures du XVIIIe siècle, les vieilles photos racontant le développement des plantations dans l'île depuis la Compagnie des Indes, les cabines où on pouvait humer les senteurs des différentes épices locales et les fragrances raffinées des orchidées, les ordinateurs interactifs et les jeux pédagogiques pour les enfants.

Mélanie se laissa quelque peu distancer pour s'imprégner du parfum incomparable de la vanille qui avait fait la célébrité de l'île du temps où elle s'appelait Bourbon. Comme la vie pouvait être douce !

Soudain, elle se figea. Au détour d'une immense plante en pot qui devait être une orchidée géante, son regard venait de tomber sur deux charrues dont les silhouettes familières se découpaient dans la lumière crue déversée par une des baies vitrées. La première, elle ne pouvait pas se tromper, était la célèbre KT de Huard. Quant à la seconde... Mélanie s'approcha en retenant son souffle. Elle se pencha sur le soc, sachant déjà ce qu'elle allait y voir gravé : les initiales LG enlacées des Le Gallois au-dessus du poinçon représentant l'Abeille travailleuse.

A Saint-Leu, il n'y avait pas d'hôtel digne de ce nom et on avait préféré les loger chez l'habitant. Mélanie s'était laissé guider vers une ravissante maison à la façade vert pistache et blanc couronnée de bardeaux de bois. Plongée dans ses pensées, elle avait à peine eu conscience du trajet depuis le musée. Ses confrères avaient respecté son silence, le mettant sans doute sur le compte de la fatigue. Elle s'était bien gardée de les détromper.

A présent, douchée, changée, elle était accoudée au balcon qui courait le long de la façade devant sa chambre. Un bougainvillier étoilé de pourpre montait à l'assaut du toit et dans le jardin, en bas, les hibiscus écarlates éclaboussaient de taches sanglantes les feuillages vert sombre. Le firmament d'un bleu intense, sans un nuage, rivalisait d'éclat avec l'eau du lagon. La veille, elle se serait enthousiasmée pour une telle palette qui eût inspiré Gauguin ; ce soir, cette débauche de couleurs flamboyantes agressait son regard, l'aveuglait.

Elle avait soudain la nostalgie des demi-teintes et des subtils dégradés du ciel castelbriantais où se côtoyaient au même instant le bleu pastel délicatement griffé de blanc, l'azur plus soutenu avec une petite pointe de pervenche, le gris duveteux des tourterelles, l'argent mat, l'ardoise minéral et le plomb menaçant, où les nuages savaient être mousseline laiteuse et cuirassés en marche, moutons dociles et forteresses vertigineuses.

La découverte de l'Abeille, cette charrue sortie quelque soixante ans auparavant de l'usine familiale, avait résonné dans sa tête comme un signe. Comme si cet engin n'avait été placé dans ce musée à des milliers de kilomètres de la Bretagne que dans la perspective de ce jour où elle viendrait le visiter, afin de lui rappeler sa mission inachevée.

Le soleil disparut dans l'océan en un ultime flamboiement, incendiant le ciel et l'eau d'or, de cuivre et de rouge comme par une coulée de métal en fusion. Ce bref feu d'artifice semblait sonner l'heure des adieux.

Elle devait terminer ce qu'elle avait commencé. Retourner à la Martinière. Le paradis n'était pas forcément là où on le croyait.

Déjà, les ombres de la nuit noyaient les petites maisons dispersées dans la végétation et un chapelet de lumières s'allumait le long de la plage et autour de l'hôtel de ville bâti en pierres volcaniques.

A Châteaubriant, l'après-midi commençait à peine.

La petite mordit à belles dents dans la tartine beurrée. Elle se sentait encore un peu dolente et n'avait guère d'appétit mais il fallait qu'elle mange pour se récaupir[1] et retrouver des forces, le docteur l'avait dit.

La crise avait été plus longue que d'habitude et, tout en se balançant pour essayer d'apprivoiser la douleur lancinante qui taraudait sans répit le creux de son dos, de la « bercer » pour qu'elle s'endorme au moins, elle avait bien cru que son martyre n'aurait jamais de fin. Alarmée, la mère Tual avait envoyé son fils chercher le Bériel dans sa cabane en lisière de forêt, où il faisait

1. Se remettre.

sécher les peaux des lapins qu'il avait pris au collet. Dans les brumes rouges dont la fièvre l'entourait, la petite avait vu sans plus de frayeur les yeux chassieux et la mâchoire édentée se pencher vers elle : pour en finir avec ce poignard qui fouaillait ses reins, elle aurait accepté l'aide du diable lui-même, Dieu la pardonne !

Mais le rebouteux avait secoué la tête ; cette maladie-là n'était pas du ressort de ses herbes. Lorsqu'elle avait entendu la porte se refermer derrière lui, un grand froid avait glacé son âme : cette fois, elle en était sûre, elle était perdue.

C'est alors que les Le Gallois, avertis par le père Tual, avaient envoyé le docteur Neret. Le médecin était célèbre à Châteaubriant et dans les environs pour sa moustache cirée, son chapeau melon et son automobile que le Pelot n'avait pas hésité à qualifier de « mirobolante » lorsqu'elle s'était garée devant le portail du jardin. Avec lui, la science était entrée dans la maison du garde-chasse et la petite avait repris espoir.

Il avait fait « hum, hum » en posant sur sa poitrine plate, par sa chemise ouverte, et dans son dos, une sorte de grosse bobine reliée à deux minces tuyaux qu'il s'était enfoncés dans les oreilles, et avait dit : « Il va falloir être courageuse, jeune fille. » Elle voulait bien tout ce qu'il voudrait pourvu qu'il la guérît. Pour montrer sa bonne volonté, elle s'était efforcée d'endurer sans un cri les cataplasmes qui brûlaient sa peau et d'avaler sans une grimace l'infâme potion qu'il lui avait tendue avant d'engloutir son lait chaud d'une seule gorgée pour en adoucir l'amertume.

Impressionnée, la mère Tual se tenait pour une fois coite, raide et compassée à côté du lit, ses deux mains épaisses croisées sur son tablier comme à la messe. Pour un peu, elle se serait signée lorsque le docteur s'était relevé, sa bobine à la main, la mine préoccupée. Elle l'avait ensuite suivi dans le couloir où il l'avait entretenue à voix basse. La petite n'avait pas voulu s'inquiéter de ces conciliabules ; elle était à l'écoute du miracle que la potion du docteur ne pouvait manquer d'accomplir dans son corps.

Et ce miracle avait eu lieu. La fièvre était tombée, puis la douleur s'était estompée, lui offrant enfin sa première vraie nuit depuis des semaines. Le docteur avait fait plusieurs allers et retours entre l'ancien hôtel de la Bothelière où il résidait à Châteaubriant et la maison du garde-chasse à la Teillais. Chaque fois, il écoutait les bruits de sa poitrine avec sa bobine et ceux-ci, peut-être aussi impressionnés que la mère Tual par le savoir du docteur qui était capable de les déchiffrer, s'estompèrent peu à peu. La petite avait pu reposer un pied par terre, puis les deux. Le Pelot avait sorti le fauteuil du brigadier qui ne quittait d'ordinaire pas le coin de l'âtre pour l'installer devant la porte afin qu'elle puisse profiter du pâle soleil d'octobre.

Tout en caressant le gros chien jaune à l'attache devant la maison qui la couvait de ses bons yeux affectueux, tout à la joie de la revoir, oublieux des airs féroces qu'il aimait à se donner pour soutenir sa réputation de gardien intraitable, elle avait enfin pu rire de son mal et du goût de vase de la potion qui l'avait guérie. Mais le docteur Neret n'avait cure des goûts et des dégoûts d'une fillette de huit ans ; il s'en moquait même comme de sa première piqûre.

L'expression était du père Tual mais elle lui avait tant plu qu'elle se l'était appropriée sans vergogne. Elle avait d'ailleurs fait grande impression sur la Lucienne qui en avait attrapé le hoquet à force de rire. Ses maigres tresses, qu'elle enroulait quand sa mère avait le dos tourné en un chignon plus maigre encore – ça faisait plus « femme » –, tressautant sur ses épaules anguleuses, elle avait proclamé que c'était là une « chic trouvaille ».

De la pointe de la langue, la petite lécha ses lèvres grasses de beurre. On sentait comme un petit goût de noisille poindre sous le sel, un régal. La mère Tual était allée chercher une nouvelle moche[1] bien jaune dans le cellier en l'invitant, de son ton rogue habituel, à en étaler une belle couche sur son pain. Elle ne s'était pas fait prier.

Elle trempa sa tartine dans son bol et des dizaines de petits yeux dorés s'ouvrirent comme des nénuphars à la surface de son café au lait. De sa petite cuillère, elle fit naître un tourbillon qui entraîna les fleurs de beurre dans une ronde vertigineuse. Elle goûtait profondément la paix de cette matinée d'automne, une paix qu'elle avait cru ne jamais retrouver.

Debout devant la fenêtre pour avoir une meilleure lumière, les yeux fixés, attentifs, sur son reflet captif du petit miroir rond pendu à la poignée, le père Tual caressait ses joues mousseuses de savon de la lame aiguisée de son coupe-chou. Un rayon de soleil faisait étinceler par moments le métal poli en un éclair aveuglant. Assise devant la maie sur laquelle elle avait posé ses épingles, la mère Tual attendait que son brigadier de mari libérât la place en brossant ses longues mèches striées de gris. Il était rare de la surprendre ainsi, les cheveux défaits lui tombant jusqu'à la taille, et la petite aimait ces moments de toilette prolongée qui ressuscitaient la féminité d'ordinaire bien enfouie de la femme du garde-chasse.

Les jours de semaine, la mère Tual était debout la première et lorsque la petite se risquait hors de son lit, elle la trouvait déjà habillée, le col haut boutonné et le fichu noué autour de la tête, le visage fermé, maussade. Mais pour aller à la messe, pas question d'arborer ce carré de cotonnade bleu passé qui avait pour vocation de la protéger de la poussière et de la saleté ; elle mettait sa belle coiffe amidonnée.

Tout à l'heure, quand le brigadier aurait fini de se raser, elle se camperait à son tour devant la petite glace ronde, épingles en bouche, et en trois gestes, pas plus,

1. Motte.

elle enroulerait prestement sa chevelure sur la nuque en un chignon serré. Elle n'aurait plus alors qu'à fixer dessus la gracieuse aile de tulle blanc et elle serait prête. Il ne lui faudrait pas plus de vingt secondes, le Pelot un jour s'était amusé à compter.

La petite reposa son bol pour ne pas manquer ce bref instant magique où la coiffure paraissait se faire toute seule sous les doigts experts de la mère Tual. Autant d'agilité dans ces mains carrées à la peau crevassée par l'eau lui semblait tenir carrément du miracle.

Le Pelot fit une entrée renfrognée dans la pièce : il avait essayé d'aplatir avec un peu d'eau l'épi rebelle qui s'obstinait à pointer sur le côté de sa tête, ce qui lui donnait l'air d'un chat mouillé ; en plus, son costume du dimanche était devenu trop petit pour lui : les jambes du pantalon noir dévoilaient ses chevilles osseuses et les manches de la veste s'arrêtaient à la moitié de son avant-bras. On aurait dit qu'il avait échangé ses vêtements avec son petit cousin Jan.

— Jésus, Marie, Joseph ! s'exclama la mère Tual qui venait de mettre la dernière épingle à sa coiffe en se retournant vers lui, cet animal ne cessera donc jamais de grandir. Regardez-moi ce grand échalas, il va encore falloir lui acheter un costume ! Pourtant, celui-ci aurait encore pu faire de l'usage, ajouta-t-elle en tâtant avec un soupir l'étoffe que le Pelot n'avait pas eu le temps d'user. C'est-y pas malheureux ! Il va nous ruiner en hannes[1], pire qu'une fille, je vous le dis.

Et comme la petite pouffait de rire, le nez dans son bol de café au lait :

— Toi, tu ferais mieux de finir de t'habiller plutôt que de glousser comme la petite dinde que tu es. La grand-messe est à dix heures et monsieur le curé ne va pas nous attendre. Allez, ouste !

Le père Tual attelait déjà Princesse à la voiture qui devait les amener à Juigné-les-Moutiers. A travers les

1. Vêtements.

rideaux de dentelle blanche qui voilaient la fenêtre, le soleil semait des reflets roux sur la robe moirée de la jument alezane. Le garde-chasse en était fier et la brossait toujours longuement avant de la sortir de l'écurie afin qu'elle apparût dans toute sa splendeur racée et écrasât de son élégance les lourds percherons des fermes avoisinantes.

Princesse était son cheval de fonction, la monture affectée par le duc de Caylus au chef de ses gardes-chasse. Mais le brigadier préférait faire ses rondes à pied pour mieux surprendre gibier et... braconniers ! Il ne montait donc Princesse que deux ou trois fois l'an, lorsque Monsieur le duc venait chasser à courre dans ses bois avec ses invités. Le reste du temps, pour accompagner Monsieur le comte qui, en l'absence du duc et à sa demande, se chargeait d'écumer la forêt, ses jambes suffisaient. Aussi la jument attendait-elle la sortie dominicale pour aller à la messe avec impatience.

Profitant de ce que la mère Tual avait le dos tourné, la petite avait expédié sa toilette, se contentant de se passer un coin de serviette mouillée sur le bout du museau et de refaire le nœud du ruban qui attachait ses gazennes. Elle boutonna à la hâte sur sa robe bleue la veste de laine blanche que la mère de la grande Lucienne lui avait tricotée. Surtout, ne pas oublier le missel écorné.

— Dépêche-toi un peu, la belotte ! la houspilla la mère Tual, revenue du cellier où elle était allée prendre son grand parapluie noir.

Il faisait grand beau ce matin-là mais quelques nuages moutonnaient vers le couchant et il n'était pas dit qu'on finirait la matinée sans une averse. De toute façon, la femme du brigadier ne sortait jamais sans le vénérable pépin dont les plis avaient verdi sous les assauts alternés de la pluie et du soleil, car elle s'en servait aussi à l'occasion comme d'une ombrelle.

La petite dévala les deux marches du perron non sans jeter un regard envieux au beau chapelet en perles de jais qui pendait à la ceinture de la mère Tual. Aujourd'hui plus encore que les autres dimanches, elle aurait aimé en avoir un enroulé autour de son poignet tandis qu'à genoux, elle remercierait Dieu de l'avoir guérie. Elle avait l'impression que sa prière aurait eu plus d'éclat, donnant à l'Eternel la pleine mesure de sa reconnaissance : non seulement elle ne souffrait plus, mais elle pourrait retourner bientôt à la Martinière. Il lui tardait de faire sa petite communion pour recevoir à son tour un chapelet en présent.

Pendant ce temps, ignorant les aboiements frustrés des chiens de la meute enfermés dans leur enclos, le père Tual avait sorti l'attelage de la cour ; devant le portail ouvert, il tendait la main à la Marie pour l'aider à hisser son pesant derrière dans la voiture. La femme du maréchal-ferrant n'avait rien à envier à la mère Tual quant à la corpulence et il fallait bien prendre garde à les faire asseoir chacune d'un côté du banc pour éviter de déséquilibrer la charrette.

La grande Lucienne profita elle aussi du bras du garde-chasse, bien qu'elle n'eût guère besoin d'un appui, étant tout en os. Mais elle ne manquait jamais une occasion de jouer à la dame. Une fois assise, elle rajusta coquettement son chapeau tout en jetant ce qu'elle prétendait être une « œillade assassine » – elle avait lu cette expression une fois dans le feuilleton publié par le *Journal de Châteaubriant* et la replaçait à la moindre occasion – au Pierre encore plus emprunté que d'ordinaire dans son costume trop petit. Il l'ignora superbement, plus préoccupé sans doute de l'effet désastreux que son grotesque accoutrement ne manquerait point de faire sur la Louisette de la Croix-Jarry, qu'il couvait du regard tous les dimanches à l'église.

La petite sentit l'hilarité la gagner mais comme elle ne voulait pas peiner davantage le Pelot, qui était déjà assez embarrassé comme ça, elle dissimula le fou rire qui gonflait ses joues sous une quinte de toux. Le père Tual, qui rassemblait ses rênes, lui jeta un regard inquiet de sous la visière de sa casquette. Zut, s'il la croyait encore malade, il l'empêcherait de retourner à la Martinière ! Elle devait se surveiller.

Heureusement, l'attention du garde-chasse fut détournée par les deux plus jeunes frères de la grande Lucienne, deux drôles de cinq et sept ans, le nez toujours morveux, qui se poursuivaient en piaillant autour de la voiture, faisant broncher Princesse.

— Paix là, les queneaux[1], ou vous tâterez de mon fouet ! menaça le brigadier de sa voix la plus intimidante. Hop ! grimpez donc. Toi aussi, la belotte !

Elle ne se fit pas prier et se glissa près du Pelot qui fixait le bout de ses beaux souliers du dimanche, la mine boudeuse. Les deux garnements, matés, s'assirent sur le bord du plateau, les jambes ballantes, et le père Tual donna le signal du départ à la jument d'un clappement de langue.

Assis sur une chaise devant sa forge, les jambes écartées et le *Journal de Châteaubriant* étalé sur les genoux, le maréchal-ferrant regarda s'éloigner l'attelage. Ce géant barbu aux mains larges comme des battoirs et aux épaules musculeuses se revendiquait socialiste et internationaliste, deux mots que la petite avait découverts pour l'occasion et qu'elle n'était pas sûre de bien comprendre, mais qui apparemment l'empêchaient d'aller à la messe et même, simplement, d'amener lui-même sa famille à l'église.

Il ne faisait pas mystère du mépris que lui inspirait l'hypocrisie de certains paysans du cru qui laissaient leur femme devant le porche et allaient s'installer devant une bolée de cidre ou un verre de muscadet au café, de l'autre côté de la place, pour échanger des plaisanteries grasses et « bouffer » du curé en attendant la fin de l'office. Lui, le dimanche, « jour de repos hebdomadaire de tous les travailleurs depuis la loi de 1906 », aimait-il à rappeler, il restait ouvertement chez lui à lire

1. Enfants.

le détail des comptes rendus des débats à l'Assemblée nationale à Paris ou le récit des exploits de ces fous du sport qui avalaient des centaines de kilomètres au volant de leurs bolides à moteur ou à la force du jarret, sur leurs vélocipèdes.

Son épouse, que la politique laissait de marbre et qui craignait plus les remontrances du recteur que le capitalisme bourgeois, profitait donc avec leurs enfants de la charrette et de la jument des Tual pour s'en aller accomplir à Juigné-les-Moutiers son devoir de bonne chrétienne.

Coincée sur le banc entre la mère Tual et le Pelot, la petite essayait d'ignorer les grimaces que lui adressait la grande Lucienne ; aujourd'hui, elle serait un modèle de dévotion, le bon Dieu l'avait bien mérité. Elle se signa au passage devant la croix de la Chartrie tandis que Princesse prenait le trot en entrant dans la forêt.

Demain, elle irait par la ligne des Moustiers jusqu'à la tombe des Frambroyeux enfoncer dans la terre meuble une croisette de branchettes fendues en ex-voto. Ce calvaire commémorant le martyre de sept valets de ferme, enlevés par une bande armée alors qu'ils nettoyaient les écuries de la métairie de la Jonchère et fusillés dans cette clairière durant la grande Révolution, était le lieu de pèlerinage le plus proche de la Teillais et elle pourrait, en prenant son temps pour ne point se fatiguer inutilement, y aller à pied.

11

Elle avait dépassé Craon. L'élégante silhouette XVIIIe du château des comtes de Guébriant rapetissait peu à peu dans son rétroviseur. La route était vallonnée mais presque droite et Mélanie savait qu'elle garderait en point de mire pendant au moins six kilomètres le rectangle clair de la façade en pierres blanches de la Loire se détachant sur son écrin de verdure.

La radio déversait un flot de musique dans l'habitacle ; Guesch Patti feulait des encouragements lascifs à son « Etienne ». Mélanie fredonnait avec entrain tout en avalant les derniers kilomètres qui la séparaient de Châteaubriant. Elle ressentait la même impatience joyeuse que lors des vacances de son enfance, quand elle comptait chaque tour de roue de la voiture familiale qui la rapprochait de la Martinière, et elle égrenait à voix basse un compte à rebours très personnel dont chaque chiffre était figuré par une ville ou un village.

Elle avait quitté Paris en fin de matinée par l'autoroute de l'ouest. La circulation était fluide en ce lundi et une heure après être sortie du périph, les tours emblématiques de la cathédrale de Chartres s'étaient profilées sur sa droite. Une heure encore et le panneau autoroutier marron et blanc rappelant le rendez-vous annuel des Vingt-Quatre Heures avait annoncé Le Mans. Une heure de plus et elle avait laissé le long ruban monotone de l'autoroute à Laval pour prendre la nationale 171 avec la délicieuse impression d'arriver chez elle, de pousser la porte d'un grand jardin dont elle connaissait chaque prairie enclose de haies, chaque clocher pointu, chaque toit d'ardoise...

Une bourrasque de pluie l'avait obligée à mettre en marche ses essuie-glaces juste avant Cossé-le-Vivien. Chaque fois qu'elle découvrait le panneau annonçant de façon pour le moins énigmatique son musée de l'Etrange, elle se promettait d'y faire une halte, un jour, la prochaine fois... Mais comme d'habitude elle avait passé son chemin. Elle avait trop hâte d'arriver pour s'arrêter, ne fût-ce que pour manger ; mordant à belles dents dans la pomme qui constituait son frugal déjeuner, elle avait contourné Craon pour prendre la magnifique perspective qui partait du château droit vers le sud-ouest.

Elle leva le pied pour la traversée, brève, de Saint-Martin-du-Limet tandis que les gouttes s'espaçaient.

Ensuite ce serait Renazé, la patrie des frères Madiot, et puis Pouancé, et la petite maison de Viv derrière l'église. La vieille dame serait sans doute surprise de la voir revenir après son coup de colère, mais elle la connaissait bien : elle ne montrerait pas son étonnement.

Pascal n'avait pas été aussi compréhensif lorsqu'à son retour de La Réunion, elle lui avait annoncé son intention de repartir à Châteaubriant poursuivre son enquête.

« Mais tu ne voulais plus entendre parler de cette histoire ! » s'était-il récrié en ébouriffant nerveusement ses cheveux blonds au-dessus de son front en un geste qu'elle lui connaissait bien : il commençait à s'impatienter.

« De toute façon, il n'y a rien à en tirer. Un de tes grands-oncles a fauté et s'en est mordu les doigts ? La belle affaire ! Là où il est actuellement, cela ne le tourmente plus depuis longtemps. Pourquoi cette fixation sur ce secret de famille somme toute banal ? Je ne te reconnais pas : d'habitude tu es rationnelle, tu n'as pas ton pareil pour jauger les situations et décider celles qui présentent réellement un intérêt. Pourquoi t'acharner sur celle-là, qui n'en a manifestement pas ? Si encore le grand-oncle en question avait été un personnage connu, homme politique, industriel, artiste, pourquoi pas ? Mais enfin, soit dit sans te vexer, aucun membre de ta famille n'avait une telle envergure ! D'ailleurs, c'était bien ce que tu pensais lorsque tu es partie pour ce petit voyage "touristico-journalistique" à La Réunion ! Qu'est-ce qui t'a fait changer d'avis ? »

Elle l'avait regardé sans répondre tirer avec irritation son briquet de sa poche pour allumer une cigarette. Il avait inspiré profondément la fumée en s'efforçant de retrouver son calme tandis que les volutes bleutées voilaient l'éclat exaspéré de ses prunelles vertes, qui faisaient se pâmer toutes les stagiaires de la rédaction. Qui aurait pu deviner, en le voyant, qu'il était né à Ascain et qu'un de ses cousins – dont il évitait de parler, les RG étaient peut-être à l'écoute – était sympathisant de l'ETA ? Il avait d'ailleurs travaillé pour chasser de sa voix cet accent du Sud-Ouest que les rédacteurs en chef n'appréciaient guère, sauf quand il s'agissait de commenter des matchs de rugby. Mais une oreille attentive pouvait l'entendre affleurer lorsque la colère menaçait de lui faire perdre le contrôle de lui-même... comme c'était le cas à ce moment.

Il faut dire qu'il s'était donné beaucoup de mal pour faire coïncider enfin quelques jours de congés avec ceux de Mélanie. Il imaginait déjà une escapade sportive sur la côte basque pour goûter les dernières belles journées de l'été de la Saint-Martin, parlait d'escalader la Rhune pour observer les pottoks[1] et de prendre la vague en surf à Biarritz... lorsqu'elle avait douché son bel enthousiasme en lui annonçant sa décision de repartir en Bretagne finir ce qu'elle avait commencé.

Elle aurait tant voulu qu'il comprenne ! Mais comment lui expliquer le choc qu'elle avait ressenti en

1. Petits chevaux sauvages.

découvrant l'Abeille dans ce musée du bout du monde ? Il y a peu encore, elle-même aurait rejeté cette idée comme absurde, mais elle devait admettre qu'elle y avait vu un signe. Elle avait senti résonner au plus profond d'elle-même comme un appel impérieux. Une voix venue de très loin dans le passé. Une prière. C'était ridicule, bien sûr, mais... elle ne savait plus que croire.

« Tu peux venir avec moi, si tu veux, avait-elle risqué d'une toute petite voix qu'elle avait eu du mal à reconnaître.

— Pour passer mes vacances à farfouiller dans de vieux papiers pleins de poussière ? Merci bien ! J'ai mieux à faire du peu de temps libre dont je dispose.

— C'est très important pour moi, tu sais.

— Oh ! mais j'ai très bien compris : mademoiselle se sent investie d'une sorte de mission sacrée ou je ne sais quelle bêtise. »

Bien sûr que tout cela paraissait fou. Pourtant, s'il avait su à quel point il était proche de la vérité !

« J'irai donc seule », s'était-elle résignée en continuant à touiller son café déjà froid. Elle aussi avait froid, soudain. Pourquoi n'accompagnait-elle pas tout simplement Pascal au soleil du Pays basque ? La raison le voulait. L'amour aussi. Mais quelque chose dont elle ne connaissait pas le nom l'en empêchait. Quelque chose ou quelqu'un.

Raflant son sac sur la banquette, elle s'était levée.

« J'essaierai de faire vite. Si je peux boucler définitivement cette affaire en deux ou trois jours, je sauterai dans le premier train pour venir te rejoindre, d'accord ? »

Il avait cédé. S'efforçant de faire contre mauvaise fortune bon cœur, il avait grimacé un sourire en saisissant le revers de sa veste de velours pour l'attirer à lui et poser un baiser sur ses lèvres.

« Tâche de te dépêcher. Je ne suis guère patient ! »

A la radio, le filet de voix princier de « Steph' de Monac » s'épuisait dans « L'Ouragan », mais après Renazé le bitume était sec. Mélanie dut ralentir pour laisser passer un tracteur tirant tout un train de charrues. Des mottes de terre noire et grasse adhéraient encore aux socs de métal luisant. Les labours battaient leur plein. Il y avait dans l'air cette odeur âcre et lourde de glèbe retournée avant le long sommeil de l'hiver.

Un vent de galerne gonflé de pluie retroussait les nuages bas, dépouillant les arbres de leurs dernières feuilles. Les sous-bois devaient foisonner de champignons. Ici, novembre n'était pas triste. Il ne sentait pas la mort. C'était plutôt comme si la vie se ramassait sur elle-même pour mieux bondir au printemps.

Le tracteur vira à droite vers Chazé-Henry et elle aperçut les premières maisons de Pouancé. Elle n'avait pas le temps de s'y arrêter aujourd'hui. Elle se contenta donc d'un petit signe de la main en passant à hauteur de l'église pour un salut que Viv ne verrait pas.

Les 44 étaient de plus en plus nombreux sur la route, on approchait de la « frontière » de la Loire-Atlantique. D'ailleurs, le panneau familier se profilait déjà sur la droite, le long d'une haie : « Vous entrez en Bretagne. » Elle avait aidé Yann et ses amis à le peindre il y avait de cela de nombreux étés. Ils étaient allés le planter, de nuit, au bord de la nationale, à la limite exacte entre les deux départements, comme un défi à l'Administration qui les avait exclus de leur pays breton pour les rejeter dans les Pays de la Loire.

« Mort aux vaches ! » avait crié Hervé, un grand costaud passablement éméché, en pissant au milieu de la chaussée. Les autres garçons l'avaient imité.

Mélanie sourit en doublant le panneau défraîchi aux lettres noires malhabilement tracées. L'Administration, bonne fille pas rancunière, l'avait laissé là et le défi des jeunes Castelbriantais, devenus désormais trentenaires et assagis, se dressait toujours au bord du fossé, quelques centaines de mètres avant la Clef des champs, la discothèque où ils avaient passé tant de folles nuits.

Elle secoua la tête tout en appuyant sur l'accélérateur : était-ce d'avoir cru reconnaître Yann dans la foule des obsèques qui faisait remonter tous ces souvenirs à la surface ? Ou était-ce de replonger dans le passé de sa famille qui ravivait le sien ? Il fallait qu'elle se concentre sur son enquête, sinon elle n'aurait jamais terminé à temps pour rejoindre Pascal à Ascain.

Alors qu'elle atteignait la Sablière, les nuées se déchirèrent et quelques pâles rayons d'un soleil blanc semblèrent tomber des cieux ouverts sur la Carrière des fusillés, qui se retrouva comme auréolée d'une lumière céleste. Mélanie arrêta sa voiture sur le gravier du bas-côté pour contempler un instant cette vision digne des vieux chromos qu'affectionnent les dévotes. La grand-tante Jeanne-Marie aurait adoré.

Elle ouvrit la portière et fit quelques pas dans l'herbe mouillée, se laissant gagner par la paix de l'endroit. Elle n'avait que cinq ans lorsque ses parents l'avaient amenée pour la première fois à la Carrière, mais combien de touristes passaient sur cette nationale sans savoir qui étaient ces fusillés ? Les forêts alentour regorgeaient de croix plantées au pied d'un arbre ou au carrefour de deux chemins de terre en mémoire de résistants tombés sous les balles allemandes, alors, un mémorial de plus ou de moins ! Et ces Parisiens pressés qui se bousculaient dans les couloirs des stations de métro portant le nom de certains des vingt-sept otages, sans rien savoir de leur exécution en octobre 1941 ? Seul le benjamin, Guy Môquet, échappait à cet anonymat, mais c'était surtout dû à la photo où éclatait sa juvénile beauté à la Rimbaud. Elle attirait irrésistiblement les regards de ceux qui attendaient la prochaine rame au bord du quai.

Pas de photo à la station Charles Michels, près du front de Seine, dans le XVe, qu'elle avait fréquentée tous les jours pendant les deux ans et demi où elle avait travaillé à France-Inter, à sa sortie de l'école de journalisme. Souvent, alors qu'elle gravissait les marches qui la ramenaient à la surface, elle s'était fait la réflexion qu'elle était peut-être la seule voyageuse à cet instant à connaître le député communiste de Paris mort à trente-huit ans en criant « Vive la France ! », attaché comme ses compagnons à un poteau dressé par les Allemands devant les ajoncs qui tapissaient le fond de la carrière. Dans ces moments-là, bien que née à Paris, elle se sentait terriblement, viscéralement castelbriantaise.

Elle redémarra en murmurant pour elle-même les derniers mots que Guy Môquet avait écrits à ses parents avec toute la fougue idéaliste de ses dix-sept ans et demi, prêt au sacrifice suprême : « Vous tous qui restez, soyez dignes de nous, les vingt-sept qui allons mourir. » Les générations suivantes avaient-elles exaucé le vœu du jeune condamné de la Sablière ? Elle en doutait.

Toute à ses pensées, elle n'avait pas vu défiler les derniers kilomètres sous ses roues et sursauta en voyant se dresser devant elle le passage à niveau qui marquait la fin des faubourgs et l'entrée dans la vieille ville de Châteaubriant. La barrière était levée, comme la plupart du temps maintenant : la ligne qui assurait la transversale Nantes-Rennes, si fréquentée autrefois, était progressivement désaffectée par la SNCF, au grand dam des habitants du pays de la Mée qui, le déclin industriel aidant, se sentaient de plus en plus laissés pour compte.

Mue par une impulsion soudaine, elle alla garer sa voiture devant le château au lieu de tourner tout de suite à gauche vers la gare et la Martinière. La place forte médiévale, rénovée à la Renaissance par Jean de Laval et son épouse Françoise de Foix, une des favorites du roi François Ier, dressait ses impressionnantes murailles de granit brun au-dessus des douves engazonnées et fleuries, ce qui donnait à l'ancienne forteresse, gardienne inébranlable en son temps des marches de

Bretagne, l'air un peu ridicule de ces caniches toilettés et enrubannés pour satisfaire les caprices de leur maîtresse.

Relevant le col de son caban bleu marine, car le vent avait forci, Mélanie longea d'un pas vif le bâtiment qui abritait désormais la bibliothèque municipale vers l'esplanade des Terrasses. Les enfants étaient encore en classe et les balançoires étaient désertes derrière le kiosque à musique Belle Epoque qui constituait le principal ornement de la promenade. Elle se souvint du programme du concert donné par l'orphéon trouvé dans le carton à chapeau de la grand-tante Jeanne-Marie. Il avait dû lui laisser un souvenir durable pour qu'elle eût pieusement conservé le bout de papier décoré de savantes arabesques dans sa « boîte aux souvenirs ».

Mais aujourd'hui, ce n'était pas le kiosque qui l'intéressait.

Les poings dans les poches, Mélanie alla se camper devant le monument aux morts. Les gerbes du 11 Novembre achevaient de se faner aux pieds d'un poilu héroïque qui levait les yeux au ciel tout en serrant les plis de bronze du drapeau français sur son cœur.

Du regard, elle parcourut l'impressionnante liste des Castelbriantais tombés pour la France durant la Première Guerre mondiale – LA guerre, dirait Françoise – gravée sur le piédestal. Elle n'avait jamais pris la peine de la détailler et elle avait eu tort : de Allard Pierre à Voner Claude, tous les poilus tués étaient cités par ordre alphabétique. Tous sauf un : « Le Gallois Louis » venait en premier, de façon tout à fait incongrue pour qui ignorait la manœuvre de l'Ancêtre.

Après ce que Mélanie avait lu dans ses lettres, elle était sûre que cette initiative paternelle aurait profondément déplu au grand-oncle Louis. Lui qui était retourné dans sa tranchée la veille de l'offensive fatale pour rester aux côtés de ses hommes n'aurait pas apprécié d'être ainsi sorti du rang, singularisé, alors que tous avaient vécu le même enfer. Mais il n'était plus là pour se rebeller et l'Ancêtre en avait profité. Par-delà la mort, il s'était réapproprié son fils.

Les yeux fixés sur ce « Le Gallois Louis » si indécent qu'il paraissait brûler la pierre, Mélanie apostropha son bisaïeul à voix basse.

— Je découvrirai toutes tes saloperies, tout ce que tu as voulu cacher, tu peux compter sur moi, Jean-Marie Le Gallois ! Je suis aussi têtue que tu l'étais ! J'abattrai cet échafaudage de faux-semblants et la vérité apparaîtra, aussi crue et cruelle soit-elle. Je ne m'arrêterai pas avant d'avoir donné un visage et un nom à cette enfant que tu as voulu rayer du monde des morts comme de celui des vivants, j'en fais le serment !

L'insulte avait sifflé à ses oreilles comme une pierre pointue lancée par une fronde experte.

Sur le coup, la petite n'avait pas compris. Elle sortait toute fiérote de l'église, serrant contre son cœur le chapelet que monsieur le curé venait de lui offrir après l'avoir béni. Auparavant, il avait invité tous ses fidèles à rendre grâce pour sa guérison et la petite n'avait pu s'empêcher de ressentir une pointe de vanité en voyant toutes ces têtes penchées sur ces mains jointes. Elle avait aussitôt fait son mea culpa – comme il est facile de tomber dans le péché, même dans la maison du Seigneur ! – mais c'était le pas léger et le cœur content qu'elle avait retrouvé la place qu'un beau soleil d'automne parait de couleurs vives et pimpantes.

C'est alors qu'elle avait senti la rude poussée d'une chaise au creux de ses reins et que l'injure avait sifflé : « Sale bâtarde ! »

La petite eut comme un hoquet. Pendant une brève seconde, elle balança, incrédule : non, ce ne pouvait pas être elle qui était visée par ce trait venimeux ; une autre voix allait s'élever pour riposter vertement. Une brève seconde avant de prendre l'évidence en plein cœur.

Rien ne vint, bien sûr. Elle vacilla. Relevant la tête, elle se heurta au regard mauvais et au visage ravagé de la Rosalie Jeanbu.

Quand on parlait d'elle dans le canton, c'était comme d'une vieille femme, mais l'était-elle vraiment ? Sans doute pas, cependant il était bien difficile de lui donner un âge : elle souffrait d'une maladie de peau qui couvrait sa joue et son cou de verrues molles et aplaties jusqu'à noyer ses traits, si bien que la moitié gauche de son visage semblait couler comme la cire d'une bougie qu'on aurait laissée brûler toute la nuit.

Entre les plis de sa peau boursouflée, deux petits yeux noirs et cruels la fixaient fielleusement. Appuyée des deux mains au dossier de la chaise qu'elle avait apportée de chez elle pour être assurée d'avoir une place assise à l'église, la Rosalie attendait les réactions que le pavé qu'elle venait de lancer dans la mare allait provoquer.

La petite recula d'un pas et sentit le bras du Pelot entourer ses épaules.

— Espèce de vieille bouaine[1] ! l'entendit-elle siffler entre ses dents, la voix blanche.

Mais il n'osa pas parler plus haut. Se serait-il fait moucher, le morveux !

L'écho de l'insulte lancée par la Rosalie semblait encore vibrer dans l'air, figeant les gens autour d'eux dans une sorte de stupeur réprobatrice dont elle ne savait pas si elle s'adressait à elle ou à la mégère. Du coin de l'œil, elle aperçut le père Tual en grande conversation avec monsieur le curé sous le porche ; le recteur faisait toujours grand cas du représentant de Monsieur le duc et le garde-chasse le remerciait sans doute d'avoir associé dans ses prières monseigneur et la petite. Il n'avait rien entendu.

---

1. Méchante femme.

Un rictus de triomphe commençait déjà à soulever le coin des lèvres de la Rosalie quand soudain, un rugissement fit éclater le tonnerre sur sa tête.

— Répète un peu ce que tu viens de dire, vipère !

Fendant les rangs des badauds, la mère Tual fonça vers elle dans un élan irrésistible. Une tornade balayant tout sur son passage. Ses yeux lançaient des éclairs destinés à foudroyer l'impudente. Elle se campa devant la Rosalie, brandissant son parapluie sous son nez comme une épée. La méselle[1] parut se tasser sur elle-même. La femme du garde-chasse avait deux têtes et cent livres au moins de plus qu'elle, et la colère la faisait paraître encore plus imposante.

— T'as pas honte de t'en prendre à une gamine sans défense ? Pour sûr, celui qui te coupera la langue rendra un fier service à tout le canton !

Elle écumait.

La petite était abasourdie : la mère Tual avait toujours eu le caractère vif et ses coups de gueule ne se comptaient plus, mais jamais, au grand jamais, elle ne l'avait vue dans une telle fureur. Et c'était pour la défendre, elle !

La pointe du parapluie n'était plus qu'à un centimètre du nez de la Marie-Poganne[2] soudainement devenue muette. Les spectateurs se taisaient aussi, retenant leur souffle.

— Ce n'est pas croyable, une telle méchanceté ! éructait la femme du brigadier.

Elle était déchaînée, les plumes ébouriffées comme une poule défendant son poussin.

— Ça a-t-y du sens de reprocher à un enfant sa naissance ? En plus, t'es plutôt mal placée pour donner des leçons aux autres, ma pauvre Rosalie. Ton ivrogne de père était fin saoul à longueur de temps, si bien qu'on le voyait plus souvent à quatre pattes que sur ses deux

1. Personne souffrant d'une maladie de peau.
2. Femme qui se mêle de ce qui ne la regarde pas.

jambes ! Quant à ta mère, c'est sur le dos qu'elle passait ses journées, c'te guédille. Le premier couillard venu pouvait la culbuter au revers du fossé !

Le visage de la Rosalie vira au rouge brique, ce qui la rendait encore plus laide, si c'était possible. Elle ouvrit la bouche pour protester mais la mère Tual ne lui en laissa pas le temps. Sans même reprendre son souffle, elle lâcha :

— Ecoute-moi bien, la Rosalie : comparée à toi, la petite n'a pas à rougir de ses parents. Que ce soit clair pour tout le monde !

Le tout ponctué d'un dernier moulinet menaçant de son parapluie.

La Rosalie ne demanda pas son reste et, reprenant sa chaise sous son bras, s'enfuit en trébuchant sous les rires. La mère Tual restait maîtresse de la place. Elle demeura un instant, haletante, son parapluie désormais inutile à la main, presque désappointée de devoir interrompre sa harangue passionnée alors qu'elle était si bien lancée.

— Et toi, brigadier, tu ne pouvais pas dire quelque chose ?

La femme du garde-chasse avait un reste de colère à déverser : la Rosalie ayant disparu, ce fut son mari qui prit le paquet. Après en avoir terminé avec le curé, il s'était glissé au premier rang des badauds d'où il avait assisté à la scène, les bras croisés sur sa poitrine, la moustache ironique, se gardant d'intervenir. Sa véhémente moitié y suffirait bien toute seule.

Apostrophé, il haussa les épaules, enfonça un peu plus sa casquette sur ses yeux et énonça sentencieusement :

— A paroles d'imbécile, point de réponse.

Un murmure approbateur accueillit le proverbe. En quelques mots, le brigadier venait « d'enterrer » la Rosalie et ses insultes.

Les paroissiens commencèrent à se disperser par petits groupes bavards, commentant sans doute l'incident dont ils se feraient l'écho jusque dans leurs hameaux et leurs fermes. La petite se laissa entraîner par le Pelot vers la charrette où attendait déjà la grande Lucienne, qui s'était juchée sur le plateau pour mieux jouir du spectacle. Oubliant pour une fois de jouer à la dame, elle battait des mains en répétant d'une voix que l'excitation faisait monter dans les aigus :

— Ça, c'est envoyé ! On lui a cloué le bec, à c'te pie dénigée !

Sa mère la fit taire d'une bourrade et l'obligea à s'asseoir sur le banc, mais elle continua à jubiler à voix basse et à chanter les louanges de la mère Tual.

La femme du garde-chasse mit quelque temps à se dégager du cercle d'admirateurs venus la féliciter de son intervention. La petite, toujours pétrifiée, vit la maîtresse de l'école des filles, mademoiselle Blais, s'approcher, les larmes aux yeux. Elle tendit la main à la mère Tual qui rougit de confusion, à la fois embarrassée et contente, semblait-il. La petite n'entendit pas ce que l'institutrice murmurait mais elle crut lire sur ses lèvres : « Merci. »

C'était comme si, soudain, un épais brouillard avait envahi la place de l'église, noyant le clocher carré en pierres taillées de la carrière du Fertais. Les conversations se fondaient en un brouhaha confus dominé par la pulsation sourde et lancinante du sang qui battait à ses oreilles. Ses jambes ne la portaient plus et elle serait tombée si le père Tual ne l'eût enlevée dans ses bras puissants pour la hisser à son tour dans la voiture.

Le Pierre, inquiet de sa pâleur, essaya de la réconforter avec une sollicitude toute fraternelle, lui assurant qu'elle ne devait pas s'en faire, que la Rosalie n'était qu'une vieille folle bonne à enfermer... Elle secoua la tête sans mot dire.

Non, la Rosalie ne perdait pas la tête, elle le savait. La mère Tual non plus, qui avait affirmé qu'elle n'avait pas à avoir honte de ses parents. Ni la maîtresse d'école, qui n'avait pu cacher son émotion. Ces trois femmes au moins connaissaient le secret de sa naissance.

La charrette gémit lorsque la mère Tual, enfin libérée de sa cour d'admirateurs, grimpa à son tour sur le marchepied. Son parapluie la gênait et on dut l'aider à monter. Elle se laissa tomber sur le banc, en face de la femme du maréchal-ferrant, avec un soupir. Des gouttelettes de sueur perlaient à la racine de ses cheveux et elle sortit un grand mouchoir à carreaux pour essuyer son front. Cette altercation lui avait fouetté le sang ; malgré la fraîcheur automnale, elle avait chaud.

Le père Tual donna à Princesse le signal du départ et la jument s'ébranla, indifférente au tumulte qui agitait encore les occupants de la voiture.

La petite attendit sagement qu'on eût quitté Juigné et laissé derrière les petits groupes de fidèles qui s'en revenaient chez eux et avaient salué leur passage par des acclamations pour poser à la mère Tual la question qui lui brûlait les lèvres.

— Ainsi donc, vous savez qui sont mes parents ?

Elle eut du mal à reconnaître sa voix tant elle tremblait. La femme du garde-chasse sursauta.

— Qu'est-ce qui te fait croire ça, la belotte ?

— Vous avez dit tout à l'heure que je n'avais pas à rougir d'eux...

Elle sentait une grosse envie de pleurer lui nouer la gorge. S'arrachant chaque mot dans un souffle douloureux, elle insista :

— C'est donc que vous les connaissiez.

En face d'elle, le Pelot la fixait, les yeux écarquillés. La grande Lucienne se pencha, bouche bée, et cette fois sa mère l'imita.

La mère Tual émit un grognement embarrassé, s'essuya le cou avec son mouchoir, cherchant du regard du secours auprès de son époux. Mais le brigadier lui tournait le dos, occupé à contourner une fondrière que

Princesse s'obstinait à vouloir traverser ; rien à espérer de ce côté.

Elle prit tout son temps pour ranger son mouchoir au plus profond de la poche de sa jupe, histoire de réfléchir. Finalement, elle haussa les épaules.

— Mais que vas-tu donc imaginer ? J'ai dit ça pour clouer le bec à la Rosalie, c'est tout. Elle n'aime pas qu'on lui rappelle qui étaient ses parents.

Un petit rire fit tressauter ses joues molles.

— D'ailleurs, ça a marché, non ?

Et tout le monde de s'esclaffer au souvenir de la déroute de l'affreuse mégère.

La petite se rencoigna contre le dossier. Les larmes piquaient ses yeux. La mère Tual ne lui dirait rien.

Une main saisit la sienne. Elle leva un regard embué vers le Pierre qui lui sourit. Lui au moins comprenait sa déception.

Le sourire qu'elle lui rendit était bien pâle, mais il parut le rassurer.

12

Les cannelures se creusaient régulièrement sur le cône évasé du pavillon, au-dessous des onze trous bien ronds de taille croissante du haut vers le bas ; le chalumeau avait presque déjà sa forme définitive. Yann souffla doucement pour ôter la fine sciure et le prit tendrement dans sa main. Le buis tourné était lisse et onctueux sous ses doigts. Il éprouvait un plaisir sensuel à le caresser, à poser son index, son majeur sur les trous, mimant les notes d'une musique qu'il était le seul à entendre. Il lui tardait de pouvoir l'essayer pour goûter véritablement sa sonorité puissante et profonde, qui n'avait rien à voir avec le crincrin aigrelet de son cousin le biniou. La veuze[1] sonnait entre une quinte et une octave au-dessous, et cela faisait toute la différence.

Il jeta un coup d'œil d'envie vers l'anche qu'il avait amoureusement façonnée avec un bout de roseau rapporté de ses vacances dans le Var. Lorsque le chalumeau serait terminé, il lui suffirait d'insérer l'anche à son extrémité et la magie opérerait.

C'est ainsi qu'il avait appris à sonner : d'abord la flûte à bec puis le chalumeau seul, avant de passer à la veuze entière. Il n'aurait pas besoin d'attendre que l'instrument soit complet avec son bourdon, son porte-vent, ses cuivrets et son sac, il saurait déjà s'il avait réussi son pari.

1. Cornemuse des pays nantais, guérandais et castelbriantais, ainsi que du marais breton vendéen.

Yann reposa le chalumeau sur l'établi, les mains frémissantes d'excitation ; c'est que cette veuze qui naissait sous ses doigts habiles jour après jour n'était pas comme la demi-douzaine d'autres qu'il avait déjà fabriquées : c'était une réplique exacte de la vénérable « veuze Halgand », une véritable légende pour tous les sonneurs bretons. Elle avait appartenu à un pêcheur en Brière du début du siècle qui sonnait dans les noces et les pardons. Les amateurs encore nombreux de musique traditionnelle de Haute Bretagne avaient longtemps cru qu'elle était la seule à avoir résisté à l'épreuve du temps et son nom était toujours prononcé avec respect.

Ses cotes avaient été pieusement relevées et Yann les avait respectées au dixième de millimètre près. Ce serait son chef-d'œuvre, à n'en pas douter.

Il repositionna le chalumeau dans le tour à bois qu'il s'était bricolé et reprit son ciseau pour terminer les cannelures. La lame mordait le bois avec un bruit de soie. C'était plus agréable à entendre que la scie stridente de sa roulette de dentiste, qui mettait à vif les nerfs de ses patients !

Il n'aurait jamais dû se laisser convaincre par ses parents. A quinze ans, il sonnait dans un bagad et ne ratait pas un fest-noz. C'était le début des années soixante-dix et la musique bretonne était revenue à la mode avec la harpe celtique d'Alan Stivell. Pourquoi avait-il cru son père lorsqu'il lui avait dit que comme toutes les modes, celle-ci passerait, qu'il lui faudrait grandir un jour et que sonneur, « ce n'était pas un métier » ? Il avait fait dentaire comme certains font du droit, rien d'autre ne l'inspirait, puis s'était établi à Fontenay-le-Comte en Vendée où il avait épousé Muriel.

Jusqu'au jour où il en avait eu assez et du mariage et du regard paniqué que ses patients jetaient sur lui et ses instruments de torture dès leur entrée dans le cabinet. Il avait tout plaqué, épouse et métier, en même temps. Il était revenu s'installer dans la région de Châteaubriant sans trop savoir ce qu'il allait faire de sa vie. Reprenant sa bombarde[1], il avait rencontré d'autres passionnés de musique bretonne, découvert la veuze qu'ils essayaient de remettre au goût du jour, et tout s'était enchaîné : il s'était mis à sonner avec eux, s'était découvert des talents de bricoleur qu'il ne soupçonnait pas, lancé dans la fabrication d'instruments anciens...

A présent, dans son vieux pull trop grand et son jean élimé, le pied actionnant la pédale du tour à l'ancienne, la main aux ongles cassés guidant avec précision le ciseau dans la douce lumière prodiguée par la bougie allumée sur l'établi – il trouvait la lumière électrique trop crue, trop clinique... trop « cabinet de dentiste » –, il se sentait bien.

Il gagnait sans doute moins bien sa vie que comme dentiste, mais il était à sa place.

Cependant, que de temps perdu par faiblesse ! Mélanie, elle, avait toujours su ce qu'elle voulait. A quatorze ans, elle avait décrété qu'elle serait journaliste et elle l'était devenue.

Yann revit en pensée le mince visage aux traits tirés penché sur la vieille dame au chapeau noir qui s'accrochait à son bras. Il avait eu un choc en la voyant. C'est idiot, mais il n'avait pas pensé qu'elle serait là. Pourtant c'était sa grand-tante qu'on enterrait et il était évident, la connaissant, qu'elle ferait le déplacement.

Sur la place de l'église, il avait eu la fugace impression qu'elle l'avait reconnu elle aussi et son cœur s'était remis à cogner fort dans sa poitrine comme durant leurs vacances d'adolescents, lorsqu'ils se revoyaient après une année scolaire de séparation. Mais il avait préféré s'éclipser discrètement : il ne se voyait pas courir vers elle à travers sa famille en deuil pour lui rappeler les radieux souvenirs de leurs jeunes années. Ce n'était ni l'heure ni l'endroit.

1. Hautbois breton.

Et puis il n'était pas fier de la façon dont il l'avait quittée douze ans plus tôt, sans explication, parce qu'il savait que s'il lui parlait, elle l'aurait fait changer d'avis.

Avait-il donc encore peur d'elle, de la pureté de son regard bleu, sans concession, de la passion qu'elle ne montrait pas mais qui irradiait d'elle et vous faisait paraître bien terne et gris à côté ?

Elle était allée voir Véronique Cottrel. Yann s'était rendu à La Forge l'avant-veille pour livrer la veuze en do qu'il avait fabriquée pour un touriste anglais amateur de cornemuse, et désireux de comparer les deux instruments. L'antiquaire lui avait relaté la conversation qu'elles avaient eue.

Il était en train d'admirer une nouvelle fois la coiffe castelbriantaise qui trônait au milieu de la boutique, tandis qu'elle finissait de servir un client, lorsqu'elle lui avait expliqué que « la jeune mademoiselle Le Gallois » avait elle aussi été fascinée par la délicate aile de dentelle qui lui venait de sa grand-mère.

Elle avait bien sûr remarqué la façon dont il avait sursauté au nom de Mélanie et s'était étonnée : « Vous la connaissez ? »

Il avait vaguement bafouillé qu'ils avaient le même âge et qu'ils s'étaient rencontrés durant leurs vacances, quinze ans plus tôt. Mais sa voix sonnait faux et ses oreilles, brûlantes, devaient être écarlates. N'importe qui aurait vu qu'il était mal à l'aise.

Véronique avait souri d'un air entendu, une lueur malicieuse dans le regard, mais n'avait fait aucun commentaire. Il lui en avait été reconnaissant.

Tout en buvant un café dans l'arrière-boutique, elle lui avait alors rapporté l'étrange quête de Mélanie au sujet de la mystérieuse petite fille enterrée dans le caveau des Le Gallois. Yann n'en avait pas été autrement surpris. Mel détestait les demi-vérités, les dérobades, les non-dits ; il en savait quelque chose. Décidément, elle n'avait pas changé.

La reconnaître aussi précisément à travers le récit de l'antiquaire lui avait fait un drôle d'effet. C'était comme s'il l'avait quittée la veille. Et lui, était-il resté le même ?

Il se leva avec impatience et alla se planter devant la fenêtre de son atelier qui découpait un rectangle de ciel gris mouillé dans la pénombre. La silhouette majestueuse du sapin se détachait en noir sur l'arrière-plan des frondaisons de la forêt qui se diluaient dans la brume cotonneuse des nuages bas. Le ciel s'abuonnait[1] vers le couchant.

Il n'avait pas besoin de voir les gouttes perler sur les feuilles rougeâtres des rosiers pour savoir qu'il pleuvait. Le crachin chuchotait sa complainte feutrée, apaisante comme une berceuse, sur le jardin.

Le lendemain mardi, il devait faire un saut à La Garnache, où l'Association des sonneurs de veuze terminait l'enregistrement de son album dans le cadre pittoresque de la grange des Petites Raillères. Thierry Lahais devait sonner des « en avant-deux » du pays de la Mée et Yann ne voulait rater cela sous aucun prétexte. Mais pour le mercredi, il n'avait rien de prévu. Il irait faire un tour au marché de Châteaubriant et en profiterait pour pousser jusqu'à la Martinière. Si elle lui avait enfin pardonné le chagrin qu'il avait fait douze ans plus tôt à sa Nanou, la vieille Françoise lui dirait peut-être si Mélanie comptait revenir bientôt. Il n'aurait pas trop de tout son courage pour affronter le dragon.

Il se remit à l'ouvrage en fredonnant entre ses dents, comme pour se préparer déjà à cette épreuve.

— Accourez donc teurtous chez nous
« J'avons la veuze, j'avons la veuze
« Accourez donc teurtous chez nous
« J'avons la veuze et le veuzou...

1. Se couvrait de brouillard, de brume.

— Petit grain de froment,
« Que tu danses donc bien, déligère bergère,
« Petit grain de froment
« Que tu danses donc bien déligèrement...

Au milieu du cercle, le veuzou s'époumonait, ranimant l'enthousiasme des danseurs quand il menaçait de faiblir. Les joues gonflées sous son chapeau noir à large bord, il mimait les pas de l'« en avant-deux » pour les encourager et les jeunes gens, garçons et filles alternés, se croisaient, saluaient et balançaient en cadence.

La petite marquait le rythme du talon. Ses genoux tressautaient tout seuls sous sa robe et ses pieds impatients esquissaient des pointés et des glissés tandis qu'elle marchait au côté du père Tual. Ils avaient laissé la voiture avec les autres près de la gare et approchaient de la place des Terrasses.

La musique entraînante avait un effet magique auquel personne ne résistait. Même les commères qui dépibottaient[1], leur panier sur la hanche, ne pouvaient s'empêcher de quetiner sur place en dodant de la tête... sans perdre pour autant le fil de leur conversation.

Le sac de cuir de son instrument coincé sous son bras, les doigts agiles courant sur le chalumeau, le responsable de cette frénésie accéléra encore la cadence. Autour de lui, les garçons bondirent et les filles firent claquer leurs jupes, comme aiguillonnés par quelque diable. Le sonneur de veuze était de Saint-Julien-de-Vouvantes et la petite l'avait déjà vu à l'œuvre à la noce de la fille Colin : il pouvait tenir des heures pourvu qu'on remplît régulièrement son verre de cidre ou de muscadet.

— Dure donc tranquille, la belotte !

La musique laissait le père Tual froid. Ce qui l'intéressait se trouvait de l'autre côté de la place, juste en face du château : la foire aux poulains qui se tenait là une fois l'an, début novembre. De là où elle était, la

1. Parlaient d'abondance, avec agitation.

petite n'apercevait qu'un moutonnement de croupes sombres sur lesquelles se détachaient quelques queues et crinières blondes, des yeux humides sous des oreilles inquiètes et, naviguant entre les bêtes, tâtant les flancs ou examinant les dents, des casquettes et des chapeaux ronds. Car vendre et acheter des chevaux était affaire d'homme.

Le père Tual la laissa donc au bord de l'enclos en lui jurant de faire le plus vite possible : il lui avait promis de l'amener à la Martinière montrer sa bonne santé retrouvée et s'enquérir de la reprise de ses leçons. Mais d'abord, il devait s'acquitter de la tâche que lui avait confiée Monsieur le duc lors de sa dernière visite : choisir deux ou trois poulains de monte que les palefreniers du château se chargeraient de débourrer et de dresser pour le prochain automne de chasse. Le père Tual, qui avait un sens strict de la hiérarchie et le respect des attributions de chacun, avait objecté que c'était plutôt au chef des écuries de faire ce choix, mais Monsieur le duc avait affirmé – le Pierre l'avait-il répété avec assez de fierté aux garnements du coin, comme si le compliment fait à son père rejaillissait sur lui ! – qu'il ne se fiait qu'à l'œil du brigadier. Le père Tual entendait bien être digne de cette confiance.

La petite grimpa donc sur une des bornes de pierre dans lesquelles venaient s'encastrer les perches de bois auxquelles les fermiers attachaient la bride de leurs poulains. De là, elle verrait tout sans risquer de se faire bousculer.

Une pouliche aux prunelles ombrées de longs cils – des cils de fille, dirait le Pelot – vint glisser sa tête fine sous sa main, en quête d'une caresse. La petite flatta délicatement le chanfrein doux comme du satin. L'animal hennit doucement. Si ses jambes étaient encore graciles comme celles d'une gamine grandie trop vite, la croupe s'arrondissait déjà, laissant préfigurer une jument féconde. La petite aimait ce mélange de fragilité émouvante et de force qui ne demandait qu'à s'épanouir.

Son propriétaire détacha la pouliche, l'écartant de la main caressante, pour la faire tourner et la montrer sous son meilleur jour à un acheteur intéressé. L'homme à la face rougeaude et au regard matois sous son chapeau rond venait du Finistère ; cela s'entendait à son accent et se voyait à sa façon de porter sous son ample veste grise plusieurs portefeuilles bourrés de billets accrochés par des chaînettes à son gilet pour éviter de se les faire voler. Lourdement appuyé sur sa canne à bout ferré, il se baissa autant que le lui permettait son gros bineau[1] pour tâter les boulets de la bête puis, apparemment satisfait, tapa dans la main du fermier : l'affaire était conclue.

Un coup d'œil au père Tual : la casquette à galon doré du garde-chasse était en grande discussion avec le propriétaire d'un poulain à balzanes blanches ; il n'était pas près d'avoir fini. Après un dernier regard à la pouliche, la petite se laissa glisser au bas de la borne. Elle finirait de l'attendre en admirant les danseurs.

— Il est venu dimanche au soir,

« Il avait pourtant ses beaux habits noirs,

« Il est venu dimanche midi,

« Il avait pourtant ses beaux habits gris...

Ce n'était plus le veuzou de Saint-Julien-de-Vouvantes qui donnait la cadence ; sans doute était-il allé reprendre quelques forces à l'auberge. Un vieil homme sec comme un coup de trique mais dont le nez rubicond trahissait le penchant pour la dive bouteille avait pris le relais. N'étant pas sonneur, il menait la danse au son de la goule[2], gavottant les airs avec force claquements de langue ponctués d'« en avant-deux » pleins d'entrain. Les danseurs, à bout de souffle, le front mouillé de transpiration, avaient ralenti le rythme et certains même cédaient leur place, le temps de reprendre haleine ou de vider une moque de cidre.

---

1. Ventre.
2. En chantant a cappella.

L'attention de la petite fut attirée par le manège d'un couple qui se « mangeait » véritablement des yeux. Le garçon quitta la danse et s'en fut sans se retourner. Deux minutes plus tard, la fille qui était restée à regarder, en tapant du pied comme une qui meurt d'envie qu'on l'invite à y retourner, s'éloigna à son tour en jetant des regards furtifs derrière elle.

Sans même réfléchir, la petite lui emboîta le pas à distance. Elle n'aurait su dire ce qui la poussait à céder à la curiosité, elle avait même la sensation de commettre une sottise – et pas seulement parce qu'elle risquait de se faire attraper par le père Tual – mais ce qu'elle avait lu sur les visages des deux jeunes gens la fascinait.

La fille avançait à petits pas, faisant mine de s'intéresser aux charrettes parquées à la file sur leur béquille le long de l'avenue de la gare, tout en rajustant d'une main sa coiffe qui avait glissé légèrement de côté dans l'ardeur de la danse. Sans un regard pour l'hôtel Terminus qui ouvrait ses fenêtres comme une invite, elle prit à gauche vers les voies. La petite la vit se glisser entre deux planches déclouées de la palissade et disparaître en relevant sa jupe pour éviter de la maculer de boue.

Elle attendit quelques secondes puis se faufila à sa suite.

Elle fut surprise de ne voir personne, juste un terrain vague couvert d'une méchante herbe rase parsemé de flaques et de monticules de ballast noir qui courait jusqu'au nœud de voies ferrées. A part un échafaudage de traverses, aucun obstacle pour arrêter le regard ; elle aurait dû voir la silhouette furtive de la fille qui n'avait certainement pas eu le temps d'aller très loin. Mais hormis un cheminot en blouse bleue sale qui s'activait là-bas, sur un aiguillage, il n'y avait pas âme qui vive. C'était comme si la danseuse s'était volatilisée.

Déçue, la petite s'apprêtait à rebrousser chemin vers la foire où, elle l'espérait, le garde-chasse marchandait encore, lorsqu'un bruit l'arrêta. Un grognement plutôt. Un animal blessé peut-être ?

Elle s'avança, l'oreille aux aguets. Le bruit provenait d'un appentis en planches disjointes où les ouvriers de la voie devaient serrer leurs outils. La porte était légèrement entrebâillée et elle risqua un œil à l'intérieur.

D'abord elle ne vit rien mais le grognement étouffé reprit, plus proche. Puis ses prunelles s'accoutumèrent à l'obscurité. Elle discerna une ombre monstrueuse agitée de soubresauts grotesques, une mêlée confuse qui dévoilait brièvement par instants le blanc d'une épaule, la cambrure d'un rein... Stupidement, sa première pensée fut que deux personnes étaient en train de se battre, que la fille de tout à l'heure se défendait contre un agresseur inconnu. Mais une voix de femme s'éleva, chuchotant, impérative : « Viens ! » et la lutte sauvage reprit, au rythme des halètements et des gloussements de plaisir.

La petite avait déjà entendu parler de ces choses-là. A la Teillais, on appelait un chat un chat et comme de ferme en maison tout se savait, les commentaires, dégoûtés, réprobateurs ou gourmands, ne manquaient point. En bonne petite paysanne, elle avait également assisté de loin à des saillies d'étalons ou de taureaux dans les prés avoisinants : le mâle en rut montait la femelle passive dans un élan bref et puissant qui ne laissait pas place à l'émotion... rien en tout cas qui ressemblât à cette empoignade frénétique.

Elle aurait voulu partir, fuir cette étreinte obscène qui se poursuivait dans le secret des ténèbres, mais elle restait là, pétrifiée, une boule de chaleur au creux du ventre.

Etait-ce ainsi que le Pelot s'ébattait avec les filles du voisinage dans les paillers ou à l'abri d'une haie ? Etait-ce ainsi que ses propres parents s'étaient pris et l'avaient conçue ?

Cette pensée soudaine, affolante dans sa crudité, l'arracha à sa fascination malsaine. Retrouvant ses jambes, elle partit en courant, le cœur au bord des lèvres et l'âme en déroute.

Lorsqu'elle revint auprès de lui, hors d'haleine, le visage blanc comme la craie, le père Tual ne se rendit compte de rien. Le garde-chasse se frottait les mains, apparemment satisfait de l'issue de ses tractations. Tout à sa bonne humeur, il se laissa même aller à ébouriffer d'une main maladroite les cheveux de la fillette. Elle eut un mouvement de recul involontaire. Se méprenant sur ses lèvres pincées et ses yeux humides, il tenta quelques excuses bourrues.

— Bon, d'accord, ça m'a pris plus de temps que je le pensais. Mais ce qui est promis est promis : je t'emmène à la Martinière, et tant pis si la mère Tual houinche un peu de nous voir revenir si tard. Je lui dirai que c'est de ma faute !

Pour une fois, la perspective de se rendre à la grande maison Le Gallois ne fit pas bondir la petite de joie. Avec son innocence, avait-elle aussi perdu ses rêves ?

13

Françoise poussa de hauts cris quand elle apprit que sa Nanou n'avait croqué pour son repas de midi qu'une pomme verte. Qu'est-ce que c'était que cette couleur, d'abord ? Des colorants, sans doute. On n'avait jamais vu un tel fruit dans les pommiers bretons. Avait-on idée, je vous le demande !

Faisant au sens propre la sourde oreille aux protestations de Mélanie qui lui assurait qu'elle n'avait pas faim, merci, la vieille domestique eut tôt fait de poser sur la toile cirée à petits carreaux rouges et blancs une miche de bon pain blanc et un bol de chocolat crémeux et fumant. Puis, avec des airs de conspiratrice, elle grimpa sur un petit banc de bois pour aller cueillir sur la plus haute étagère du buffet de la cuisine un pot de confiture coiffé de papier blanc.

— Ta confiture de cerises ! s'exclama Mélanie, en ouvrant de grands yeux ravis de petite fille gourmande. Il t'en reste ?

Françoise rit malicieusement dans sa barbe.

— Pour toi, ma Nanou, il en restera toujours.

Mélanie décapuchonna avec dévotion le pot couvert de poussière. Qui aurait cru qu'il contenait de la simple confiture serait passé à côté d'un pur délice, une symphonie pour les papilles, un vrai poème. D'abord les cerises, de petites griottes qu'un vieil arbre au fond du jardin s'entêtait encore à produire chaque été, étaient non pas défaites par la cuisson mais entières. Certaines même, les meilleures à son avis, avaient encore leur noyau. Elles étaient confites et baignaient dans un sirop épais, presque noir, qui coulait dans la gorge comme du miel.

Quatre générations de Le Gallois avaient déjà savouré ce trésor de gourmandise dont Françoise gardait farouchement le secret et qu'elle distribuait avec parcimonie, proportionnellement à l'affection qu'elle portait à celui qui venait mendier une portion, une cuillère, de quoi tartiner un bout de pain ou remplir le fond d'une coupelle en porcelaine délicate suivant ses goûts. Nathalie n'avait pas dû en sentir souvent le parfum sur sa langue.

Ces cerises étaient pour Mélanie ce qu'était la madeleine pour Proust, toute son enfance qui remontait dans sa bouche et de là dans son cœur.

L'estomac enfin convenablement calé et les papilles encore frémissantes de la dégustation de la confiture, elle décida de faire le tour de la maison : elle était sûre que la clef du mystère se trouvait là, bien cachée quelque part, et avant d'entreprendre cette fois une fouille systématique de la bâtisse, elle voulait s'imprégner de son ambiance, de sa respiration, entendre ce que la Martinière avait à lui dire.

Elle grimpa l'escalier de l'office les yeux clos, l'oreille aux aguets, attentive à tous les craquements, tous les frôlements qui faisaient de la maison un être bien vivant. Le bois ciré de la rampe vibrait doucement sous ses doigts chaque fois que son pied se posait sur une nouvelle marche. Combien de mains avaient-elles touché cet endroit précis avant la sienne ? Elle imaginait les doigts menus de la petite inconnue sur le chêne sombre.

Au premier étage, elle erra un moment de pièce en pièce, sans but précis, laissant vagabonder son esprit au gré des senteurs qui flottaient, des bibelots disséminés sur les étagères et les guéridons, du bruit de ses pas, sonore sur le parquet ou étouffé sur les tapis… Dans le grand salon, le portrait de famille l'envisageait toujours avec les mêmes regards énigmatiques. Plongeant le sien dans celui de l'Ancêtre, elle crut y lire une lueur de défi.

— Tu crois avoir gagné, n'est-ce pas ? l'apostropha-t-elle à haute voix. Ne te réjouis pas trop vite.

Elle s'approcha pour regarder de plus près les visages figés. Si on admettait que le grand-oncle Louis était hors de cause, il ne restait plus qu'Yves, le cadet frustré, Auguste le futur curé et Thérèse, la « malheureuse Thérèse »...

Elle caressa d'un index distrait le tissu à rinceaux vert et or façon Empire tendu sur les murs ; quelque chose au fond d'elle-même lui disait que jamais la petite n'avait été admise ici. Dans ce salon on recevait et, connaissant désormais mieux le caractère de son bisaïeul, elle pouvait supposer que dans sa volonté de dissimuler l'existence de cette enfant, il l'avait cantonnée aux communs, la cuisine, les chambres des domestiques peut-être. En tout cas, elle n'avait guère dû faire d'incursion à l'étage, hormis en cachette peut-être.

Pouvait-il encore rester des traces du passage de la petite au rez-de-chaussée ? C'était peu probable. Françoise se servait quotidiennement de sa chambre et de la cuisine depuis des décennies. Il y avait bien l'autre chambre, qui avait été celle de madame Marie, l'imposante cuisinière, mais depuis son départ elle avait été transformée en buanderie. Pour installer le lave-linge, la planche à repasser et tous les produits d'entretien rangés sur des étagères, il avait fallu la vider de son contenu et s'il y avait quelque chose à découvrir, cela se trouvait à présent...

En quelques enjambées elle fut au bout du couloir, les yeux levés vers l'escalier qui menait au grenier. Il grimpait en tournant sur lui-même jusqu'aux combles où ses dernières marches se perdaient dans la pénombre. Mélanie appuya sur l'interrupteur mais l'ampoule devait être grillée et l'étroite cage d'escalier resta plongée dans l'obscurité. Prenant une grande inspiration pour chasser les terreurs enfantines que cette plongée dans le passé faisait remonter à la surface, Mélanie entreprit de monter à tâtons. Une sensation de froid et d'humidité la fit frissonner. Ça sentait la poussière et l'encaustique, et une vague odeur de moisi dans les coins.

Heureusement, la clef était toujours à sa place, accrochée à son clou près du chambranle. Elle l'introduisit dans la serrure, tourna. La porte, gonflée par l'humidité, résista. Mélanie s'appuya de l'épaule dessus et le battant céda enfin dans un grincement qu'elle ne put trouver que sinistre.

Le grenier qui couvrait la totalité de l'étage était immense. D'innombrables malles, caisses, valises et cartons en tout genre l'encombraient, empilés les uns sur les autres comme dans le hall d'un aéroport. En explorer le contenu serait un travail de titan.

Un jour lugubre réussissait difficilement à traverser les vitres crasseuses des deux lucarnes que personne ne nettoyait plus depuis longtemps et l'ampoule nue qui pendait au bout de son fil au plafond diffusait une lumière chiche et jaunâtre, bien insuffisante pour éclairer tous les recoins. Il lui faudrait apporter une lampe plus puissante si elle voulait y voir quelque chose. Et revêtir le vieux survêtement qu'elle mettait toujours au fond de sa valise, au cas où elle aurait le courage de faire un jogging, et qui ne craignait plus rien.

Une épaisse couche de poussière pelucheuse recouvrait en effet le sol et tous les objets, leur donnant une teinte uniformément grise. De minuscules crottes dans les coins attestaient la présence de petits rongeurs. Heureusement qu'elle n'avait pas peur des souris. Une araignée téméraire avait même jeté sa toile entre la hanche recouverte de tissu d'un mannequin de couture sans tête et l'angle d'un pupitre d'écolier bancal. Un sérieux coup de balai s'imposait.

Dire qu'à Paris, elle détestait faire le ménage ! Pourtant, son studio n'était pas grand.

Le lendemain matin, elle partit à l'assaut du grenier équipée comme pour une opération commando : enroulée dans un grand tablier de toile bleue de Françoise, les cheveux protégés par un vieux foulard trouvé au bas d'une armoire, armée de chiffons, d'un balai, d'une pelle et d'un grand sac-poubelle.

Elle avait pouffé de rire en se voyant dans le miroir du couloir.

— On ne fait pas plus sexy ! Une vraie caricature de la ménagère de moins de cinquante ans version années soixante… Si Pascal me voyait, il prendrait ses jambes à son cou.

Ayant entrebâillé les lucarnes – bloquées par la rouille, elles refusaient de s'ouvrir davantage – pour éviter d'avaler trop de poussière, elle passa la matinée à nettoyer, ramasser, empiler pour essayer d'y voir un peu plus clair. Lorsque la vieille Françoise, montée à l'étage malgré ses rhumatismes, l'appela du bas de l'escalier et qu'elle découvrit avec surprise qu'il était déjà midi, le grenier avait pris un aspect un peu plus avenant et surtout était prêt à être exploré.

L'après-midi, munie d'un lampadaire halogène que Françoise, à qui elle en avait fait cadeau, avait mis au rancart dans la buanderie – elle en trouvait la lumière trop forte pour ses yeux usés et refusait d'apprendre à se servir d'un variateur –, Mélanie entama ses recherches, le cœur plein d'espoir.

Pendant plus d'une heure, elle tria tout ce qui pouvait se rapporter à la période qui l'intéressait. Elle écarta les caisses pleines de vaisselle plus ou moins ébréchée, les tapis roulés, les guirlandes de papier doré oubliées depuis tant de Noëls sans sapin, jeta un regard distrait sur quelques tableaux bucoliques, trop académiques à son goût, reporta à plus tard l'examen minutieux des livres de comptes de l'usine qui n'était alors qu'une « fabrique », à en croire les étiquettes à peine lisibles, s'attendrit sur une collection de soldats de plomb et un jeu de construction en bois ayant appartenu à son grand-père, fouilla dans des malles pleines de vêtements démodés puant la naphtaline, de lingerie jaunie finement brodée et d'ombrelles graciles aux baleines cassées, rassembla livres de distribution des prix et cahiers d'écolier...

Finalement, elle eut devant elle un étalage hétéroclite qui n'eût pas déparé les puces de Saint-Ouen : il y avait là, posés à même le plancher, un tas de cartes postales et lettres diverses, une pile de livres pour enfants, quelques gros volumes traitant d'anatomie et de techniques chirurgicales dépassées, des cahiers cartonnés suivant de classe en classe les jeunes Le Gallois et une toilette de bal défraîchie mais néanmoins ravissante.

Mélanie plaqua la robe contre elle et se planta devant une psyché au miroir fendu et piqué. La soie pêche, quoiqu'un peu passée, seyait merveilleusement à son teint pâle et faisait ressortir le châtain profond de ses cheveux. Elle aurait pu être faite pour elle !

Elle fronça les sourcils, interrogeant son reflet du regard : à qui avait-elle appartenu ? Sa ligne évoquait la Belle Epoque : large décolleté, mancherons de dentelle, taille très ajustée, tournure soulevant l'arrière de la jupe qui se terminait par une petite traîne.

Il faudrait qu'elle vérifie auprès de Véronique Cottrel, la sympathique antiquaire de La Forge, mais elle était presque sûre de ne pas se tromper. Elle jaugea sa silhouette dans le miroir : le bas de la robe recouvrait ses baskets ; celle qui l'avait portée, avec sans doute des chaussures à talon, devait avoir à peu près la même taille qu'elle. Ce ne pouvait donc être l'exotique Amal, qui était au dire de Viv fort petite. La grand-tante Jeanne-Marie était à l'inverse trop grande et d'ailleurs cette toilette évoquait plutôt une jeune fille à son premier bal qu'une femme mariée.

Le vieux Le Gallois avait-il tenu à offrir cette robe à « la malheureuse Thérèse » pour qu'elle pût malgré sa maladie s'en parer comme les autres demoiselles de son âge ?

Mélanie tournoya sur elle-même dans un envol d'étoffe légère ; si c'était le cas, l'Ancêtre avait bon goût.

Elle replia à regret la robe dans le papier de soie dont elle était enveloppée et qui l'avait protégée jusqu'ici des outrages du temps, et s'empara des bouquins de médecine. Ce n'était pas le moment de jouer à la princesse, elle avait une enquête à mener.

Elle feuilleta rapidement les planches colorées représentant les divers organes, vaisseaux et muscles du corps humain pour s'assurer que rien n'avait été intercalé entre les pages et s'arrêta, surprise, sur la page de garde. Le propriétaire de l'ouvrage y avait écrit son nom en belle ronde : Auguste Le Gallois. Le grand-oncle curé avait-il hésité entre la chirurgie et l'appel de Dieu ? Encore une chose qu'elle ignorait. Il faudrait qu'elle interroge Viv à ce sujet.

Les autres livres aux pages souvent cornées, ponctuées d'annotations de diverses écritures dans les marges, étaient visiblement passés entre les mains de tous les enfants Le Gallois. Plusieurs d'entre eux, signés « Gyp », mettaient en scène un certain « P'tit Bob », gamin effronté qui traversait l'actualité de son époque en la commentant à sa façon. La couverture promettait même « des images coloriées par Bob lui-même ».

A voir le nombre d'éditions indiquées sur la page de garde des différents volumes, ce « Gyp » avait dû être un auteur à succès. Etrange qu'elle n'en eût jamais entendu parler. Amusée, Mélanie parcourut les dialogues émaillés d'argot et ponctués de points d'exclamation. Le jeune Bob n'appréciait visiblement pas la IIIe République et son régime parlementaire, il préférait un général car « un gouvernement qui ne monte pas à ch'val, c'est pas un gouvernement ! », la tour Eiffel toute neuve lui donnait des boutons... C'était incisif, très politique, trop sans doute pour des enfants, mais vraiment drôle.

Mélanie s'installa sur un bout de tapis élimé, le dos calé contre une malle en osier pour poursuivre plus confortablement sa lecture vagabonde. Au moins, là-dedans, elle ne risquait pas de nouvelles révélations désagréables sur sa famille.

Elle ouvrit *En balade*, prête à savourer les aventures annoncées d'une bande de personnages historiques venus à Paris voir le tsar en visite. Mais son sourire se figea très vite : la joyeuse balade en question passait par un quartier juif peuplé d'enfants aux doigts crochus et aux cheveux crépus que n'auraient pas reniés les dessinateurs de propagande nazie. Etouffant un juron, elle feuilleta la suite du livre... Les Juifs aux silhouettes contrefaites et grotesques agrippaient des sacs d'or à chaque page que les mots « youtre » et « crapulerie juive » souillaient comme autant de crachats.

Elle parcourut en diagonale les autres ouvrages : partout les mêmes insanités antisémites. Les « héros » israélites s'appelaient « MacChabé », « Schlemmerai », c'est-à-dire « crapulerie » si Mélanie n'avait pas oublié son allemand, ou « Judasküss », qu'on pouvait traduire par « baiser de Judas ». Comment pouvait-on écrire des histoires aussi répugnantes pour les enfants ? Etait-ce ainsi que l'Ancêtre entendait élever sa progéniture ? Bouleversée, Mélanie jeta loin d'elle le *Journal d'un grinchu* qui racontait pas à pas toute l'affaire Dreyfus... dans sa version violemment antidreyfusarde, bien sûr ! Elle avait l'impression que le contact de ces pages infamantes la brûlait. En tombant, le livre laissa échapper de vieux papiers jaunis : des coupures de journaux.

Précautionneusement, elle les saisit entre deux doigts pour les examiner. Elle devinait qu'elle n'allait pas en aimer le contenu, mais elle ne devait rien négliger, rien laisser de côté : qui sait si quelqu'un ne s'était pas servi de ces torchons antisémites comme cachette pour des documents qu'il voulait que personne ne trouve ?

Une main anonyme qui, vu la date et le choix du livre, ne pouvait être que celle du grand-oncle Louis ou de son cadet Yves, avait pieusement collecté les articles parus dans la presse locale sur l'affaire Dreyfus. *Le Courrier de Châteaubriant*, conservateur, reproduisait le texte du projet de loi déposé par le député local au début de l'année 1895, quelques semaines donc seulement après la condamnation du « traître juif » : le comte de Pontbriand proposait d'interdire toute fonction militaire et politique à tous ceux qui n'étaient pas français depuis au moins trois générations.

Bien que républicain, le *Journal de Châteaubriant* ne s'en indignait pas moins des demandes de révision du procès. Le « J'accuse » de Zola soulevait un tollé d'indignation aussi bien chez l'un que chez l'autre et au fil des éditoriaux, « Zola » devenait une insulte « au même titre que Judas ». Le maire d'une petite commune du Morbihan adressait une lettre ouverte à l'écrivain : « En mon nom et au nom de tous mes administrés sans exception, je crache à votre ignoble face de rastaquouère et de maudit le flot de mon profond dégoût » !

Partout dans la région, on manifestait, on voulait « casser du Juif ». A Nantes, on avait même saccagé le bureau de poste dont le receveur avait le malheur de s'appeler Dreyfus ! Mélanie n'avait cependant pas envie de rire. Plutôt de vomir. Nantes se vantait d'être la ville la plus antisémite de France après Paris. La Loire-Inférieure se faisait une gloire d'avoir élu au Sénat le général Mercier, un des accusateurs de Dreyfus. Le comte de Pontbriand, qui présidait la Ligue patriotique antisémite locale, était réélu triomphalement à la Chambre. « Sus aux Juifs », « Vive l'armée » et « La France aux Français » revenaient comme un leitmotiv dans chacun des articles relatant les débats de la seconde cour martiale qui avait à nouveau condamné Dreyfus, mais avec des circonstances atténuantes, à Rennes.

La main juvénile qui avait joué des ciseaux pendant toutes ces années avait rageusement souligné à l'encre rouge les titres annonçant la grâce présidentielle, puis la réhabilitation du capitaine Alfred Dreyfus par la Cour de cassation.

— Nanou ! appela la voix étouffée de Françoise sur le palier, un étage plus bas. Ta grand-tante Suzanne au téléphone !

La main de Mélanie tremblait encore d'indignation en prenant le combiné. Elle laissa à peine le temps à Viv de s'enquérir des raisons de son retour avant d'exploser.

— Ma famille, ma chair, mon sang cassait du Juif, le savais-tu ? On était antisémite dès le berceau chez les Le Gallois ! J'ai trouvé dans le grenier des livres pour enfants immondes commis par un certain Gyp. Ce type écrivait des horreurs !

— Pas un type, une femme, corrigea la vieille dame. Gyp était en fait le nom de plume d'une comtesse : Sibylle de Martel-Mirabeau, la dernière des Mirabeau.

La voix de Viv, qu'elle attendait horrifiée comme la sienne, était étonnamment calme. Amusée même.

— Eh bien ! Il n'y a pas de quoi s'en vanter. Ne me dis pas que tu lisais aussi ces torchons étant petite !

— J'adorais ce petit monstre de Bob, convint la vieille dame avec un rire rouillé. Surtout son vocabulaire, tous ces mots qu'il m'était strictement interdit de prononcer à la maison !

Mélanie n'en revenait pas. L'argot de P'tit Bob, c'était tout ce que sa grand-tante avait retenu ! Viv dut sentir sa réprobation muette.

— Ne t'emballe pas, Mel. Ne condamne pas sans savoir, hors du contexte. A l'époque, après Sedan et la perte de l'Alsace et de la Lorraine, tout le monde avait le patriotisme à fleur de peau. Malheur à celui qui attaquait l'armée, malheur à l'étranger... et donc aux Juifs. L'affaire Dreyfus conjuguait les deux. Comme le procès en appel s'est tenu à Rennes, tu penses comme les esprits étaient échauffés ici ! Remarque que mon père, lui, en voulait aux Américains. Dieu sait pourquoi !

— Je veux bien, mais ces émeutes, ces appels au meurtre...

Il y eut un silence. C'était comme si elle « entendait » Viv hausser les épaules à l'autre bout du fil.

— De l'agitation, un vent de folie. A Ancenis, des collégiens étaient descendus dans la rue pour brûler la synagogue. Seulement, il n'y a jamais eu de synagogue à Ancenis ! Quant à Châteaubriant, les deux ou trois familles juives qui y vivaient ont été laissées en paix. Les excités s'en sont pris à la place aux protestants et aux francs-maçons. La « Belle Epoque » n'avait pas une belle mentalité, je te l'accorde, mais n'en rends pas P'tit Bob responsable. D'ailleurs, as-tu remarqué chez quel éditeur ont été publiées bon nombre de ses aventures ? Calmann-Lévy, un Juif !

— Alors c'était normal ?

— En tout cas de ce point de vue-là, la Martinière n'était pas un repaire d'odieux antisémites ni ton arrière-grand-père un « bouffeur de Juifs ». Il y a sans doute beaucoup à lui reprocher, mais pas cela.

Mélanie n'était néanmoins pas tout à fait convaincue en remontant l'escalier. Elle se sentait glacée. Certes, le soir tombait et la température ne devait pas à présent dépasser les 8 à 9° dans le grenier, mais c'était surtout au fond d'elle-même qu'il faisait froid.

Elle remit en pile les livres qu'elle avait jetés loin d'elle avec dégoût et rangea machinalement les lettres et cartes postales qui traînaient sur le tapis dans une vieille boîte à chaussures. Il est étrange, le destin de ces boîtes de carton, se dit-elle en cherchant le couvercle du regard. On ne les utilise que pour emballer des chaussures neuves, à l'achat ; mais leur véritable et inévitable mission est de servir à ranger tous ces vieux papiers dont, on le sait, on n'aura jamais besoin mais qu'on répugne à jeter.

Elle s'apprêtait à refermer la boîte quand ses yeux tombèrent sur la carte du dessus de la pile : elle représentait une chaise à porteurs recouverte d'une structure de toile rayée, utilisée dans les stations thermales d'antan afin de transporter les curistes trop faibles pour marcher jusqu'aux sources bienfaisantes.

Celui qui l'occupait sur le cliché ne paraissait guère ravi d'être ainsi immortalisé : il jetait un regard noir au photographe par l'ouverture. La légende indiquait : « En route vers la fontaine d'eau chaude de Bourbon-l'Archambault (Allier) ».

Qui donc était allé prendre les eaux dans le Bourbonnais ?

— Tu *afais* donc hâte de *refenir* reprendre tes leçons ?

Les F bousculaient plus que jamais les V et le bonnet de tulle empesé tremblait sur le chignon d'or pâle de la blonde Alsacienne, plus émue qu'elle ne voulait le laisser paraître. La *fraulein* tira machinalement de sa manche le mouchoir que son rhume perpétuel l'obligeait à avoir toujours à portée de main et s'en tamponna le coin de l'œil.

Une main dodue glissa devant la petite deux morceaux de sucre sur une tartine de pain généreusement beurrée de la taille d'une assiette ou peu s'en fallait ; madame Marie, peu encline aux effusions, n'avait trouvé que ce moyen pour montrer à la gamine le plaisir qu'elle avait de la voir de retour sans tomber dans une sentimentalité qui eût à coup sûr entamé l'autorité qu'elle avait mis des années à asseoir dans cette maison.

Elle qui ne connaîtrait jamais sans doute le bonheur d'être mère et dont l'opulente poitrine de nourrice, inutile, resterait pour toujours aride détaillait avec un soulagement tout maternel pourtant le teint à nouveau frais et rose, les yeux brillants et le clair sourire qui lui faisaient face de l'autre côté de la table.

Alphonsine, elle, n'avait pas de ces pudeurs de vieille fille en mal de maternité. Avec son impétuosité coutumière, elle alla se planter à côté de la petite occupée à dévorer sa tartine à belles dents et, lui prenant le menton du bout des doigts, elle l'obligea à lever la tête pour mieux l'examiner.

— Pour le coup, je te préfère comme ça. Si tu avais vu comme tu étais faillie[1] la dernière fois ! La Sainte Vierge en soit remerciée, te revoilà vive comme un gardon... et déjà beurrée pour la casserole, conclut-elle en lui ôtant d'une pichenette une miette grasse restée accrochée à la commissure des lèvres.

Madame Marie cacha un sourire derrière son torchon et la *fraulein*, qui était pourtant difficile à dérider, pouffa comme une écolière. Même la morose petite Marie, qui équeutait des haricots à carbicarbaud[2] sur un petit banc, s'autorisa un rictus de plaisir à cette saillie qui d'un coup venait d'alléger l'atmosphère, pesante à force d'émotion, et de rendre la cuisine à son ambiance cancanière habituelle.

Laissant la petite à sa tartine qu'elle savourait lentement et la jeune aide à la triste figure à ses légumes, les trois femmes s'installèrent autour d'un café au lait, madame Marie entre Alphonsine et la *fraulein*, la femme de chambre gardant encore une dent à la préceptrice des regards transis de monsieur Joseph.

Tout en croquant avec gourmandise la croûte dorée qu'elle avait gardée pour la bonne bouche, la petite se

1. Tu avais mauvaise mine.
2. A califourchon.

laissa submerger avec bonheur par le flot de bavardages futiles et de commentaires acides échangés par les domestiques entre deux gorgées. Si elle l'avait pu, elle aurait ronronné comme un chaton. Après tant de jours à désespérer, elle était enfin de retour à la Martinière.

Etait-ce le bourdonnement étouffé des voix ou la fatigue – elle n'était pas encore bien vaillante et il lui fallait reprendre des forces –, la petite sentait ses paupières s'alourdir et ses pensées s'engourdir en une bienheureuse béatitude lorsqu'un claquement de talons dans l'escalier de service fit cesser brusquement les conversations et lever les têtes.

On vit d'abord apparaître deux fines bottines de chevreau gris puis, au ras des chevilles, se balançant au rythme des pas, l'ourlet d'une jupe de serge bleu marine. Le reste de la silhouette suivit marche après marche.

Mademoiselle Thérèse tenait une boîte de carton brun entre les mains. Sans paraître remarquer l'effet produit par son apparition inattendue, elle s'arrêta sur la dernière marche, tapota d'une main légère son chignon souple lové au creux de sa nuque flexible et se racla la gorge comme si elle s'apprêtait, de cette estrade improvisée d'où elle dominait le petit peuple de la cuisine levé à son approche, à faire une déclaration solennelle.

Le silence, dont on n'aurait su dire s'il était dû au respect ou au saisissement, se fit encore plus lourd, plus compact. Le temps sembla se figer malgré la pendule posée sur la dernière étagère du dressoir, qui s'obstinait à l'égrener à petits coups secs et tressautants.

La joue gonflée de sa dernière bouchée de pain, la petite retenait son souffle, s'obligeant à l'immobilité parfaite comme si le moindre mouvement, en rompant le garde-à-vous ancillaire, eût pu attirer sur sa tête quelque sentence capitale, d'autant plus effrayante qu'elle en ignorait tout.

Finalement, mademoiselle Thérèse prit la parole de sa belle voix un peu grave aux intonations mélodieuses. Contrairement aux autres membres de sa famille, qui avaient comme tous les gens d'ici un parler précipité au point de manger dans leur élan certains mots qui s'en trouvaient singulièrement raccourcis et donnaient à leur discours une sécheresse de ton heurtant parfois les gens du sud de la Loire, la demoiselle Le Gallois avait une diction parfaite, articulée avec soin mais sans affectation pourtant. Cela conférait à sa voix une musique qui n'appartenait qu'à elle.

— L'enfant est-elle arrivée ? interrogea-t-elle comme si elle ne voyait pas la petite assise à la table qui fixait sur elle des yeux ronds.

Alphonsine fut comme d'habitude la plus prompte à réagir : saisissant la gamine pétrifiée par le bras, elle la fit lever tout en lui soufflant à l'oreille :

— Salue donc, nigaude, et tâche d'être bien polie au moins.

La petite dégringola précipitamment de sa chaise et, pinçant sa robe de chaque côté de ses genoux, esquissa une révérence maladroite ainsi que la mère Tual lui avait appris à la faire pour saluer Monsieur le duc ou Monsieur le comte lorsqu'elle aidait à servir les grands repas de chasse. Elle profita de ce court instant de répit pour déglutir à la hâte le bout de croûte qu'elle avait gardé sur la langue jusqu'à ce que, sucé avec délectation comme un bonbon, il devînt mou et spongieux. Puis, les yeux toujours au plancher, elle articula d'une petite voix aiguë qu'elle ne reconnut pas :

— Je suis là, mademoiselle.

— Eh bien ! Approche, je ne vais pas te manger.

La main d'Alphonsine la poussa énergiquement dans le bas du dos et elle se retrouva toute rougissante aux pieds de la demoiselle Le Gallois, restée sur la dernière marche, et qu'elle n'osait toujours pas regarder.

Elle savait que la jeune femme vivait de plus en plus cloîtrée dans sa chambre ; qu'elle fût sortie de sa retraite pour descendre à la cuisine juste pour elle rendait la petite encore plus mal à l'aise.

Même si elle ne les voyait pas, elle sentait les beaux yeux bleus de porcelaine posés sur elle avec insistance et, mentalement, refaisait son examen de conscience pour trouver ce qu'elle avait bien pu faire de mal. Mademoiselle Thérèse ne pouvait quand même pas déjà savoir pour l'étreinte surprise dans l'appentis de la gare !

— Aurais-tu perdu ta langue ? Toi qu'on dit si intelligente !

La main d'Alphonsine derechef dans les reins, impérieuse. La petite sursauta, sentit son cœur s'emballer, bredouilla quelques mots sans suite qu'elle ne comprit pas elle-même et finalement se força à relever la tête.

Les yeux bleus la fixaient toujours d'un air absent comme si mademoiselle Thérèse voyait quelque chose à travers elle, au-delà des murs de la Martinière.

Sa taille était très mince, plus même encore que dans ses souvenirs, et sa peau blanche comme un rayon de lune. La jupe droite et le corsage empesé qu'elle portait ne rendaient pas justice à sa beauté diaphane ; des voiles de mousseline eussent mieux convenu à sa silhouette de nymphe éthérée.

Toute à ses réflexions esthétiques, la petite n'avait pas remarqué que les prunelles de porcelaine avaient perdu de leur fixité et l'envisageaient à présent pour de bon. Mademoiselle Thérèse reprenait pied dans la réalité et s'intéressait à nouveau à ce qui se passait dans la cuisine.

Elle lui tendit la boîte en carton.

— Tiens, c'est pour toi.

Sans laisser à la petite ni le temps de remercier ni celui de s'interroger sur le contenu du mystérieux paquet, elle ôta le couvercle de carton, découvrant dans un fouillis de papier de soie une paire de bottines d'enfant toutes neuves, lacées haut sur la cheville.

Jamais la petite n'avait vu plus belles bottines. Pour elle ? Elle n'osait y croire. Jamais encore elle n'avait eu de chaussures neuves. La grande Lucienne allait en faire une maladie.

Elle avança une main tremblante pour caresser le cuir ; elle avait besoin de le sentir sous ses doigts pour se convaincre de la réalité du présent. Comme il était souple et brillant !

Elle n'entendit que d'une oreille distraite mademoiselle Thérèse expliquer :

— Mon frère l'abbé a appris que tu étais rétablie et il me les a fait porter pour que je te les remette en témoignage du plaisir que nous avons tous à te savoir de retour. Il t'estime beaucoup, tu sais.

Tandis qu'Alphonsine et madame Marie s'extasiaient bruyamment sur la générosité jamais démentie de celui qu'elles appelaient toujours « monsieur Auguste », la *fraulein*, trop heureuse de mettre son élève et partant son travail en valeur, renchérit en redressant d'une main experte le ruban bleu qui retenait les cheveux de la petite plongée dans la contemplation de ses bottines.

— Elle *afait* hâte de reprendre ses leçons. Elle est douée pour les études, *fous* savez, mademoiselle...

— Comme sa mère. Bon sang ne saurait mentir.

Le commentaire de mademoiselle Thérèse, prononcé d'un ton uni, sans même y penser, troua la bonne humeur ambiante comme une pierre la surface lisse d'un étang. Ses paroles restèrent suspendues un instant dans le silence qui s'était refermé sur la cuisine. La petite en ressentait les vibrations jusqu'au plus profond de son être. Les précieuses bottines serrées sur son cœur comme un talisman, elle attendit la suite, le sang tambourinant follement à ses tempes.

Mais de suite, il n'y en eut pas.

Apparemment inconsciente du trouble qu'elle venait de jeter et du regard enfantin douloureusement fixé sur elle – sans parler de ceux, intrigués, des domestiques –, mademoiselle Thérèse faisait déjà demi-tour sur un « Eh bien ! Continue sur cette bonne voie ! » qui se voulait sans doute encourageant mais qui n'en sonnait pas moins le glas des espoirs de la fillette de connaître enfin ses origines.

Accrochée à ses bottines comme une noyée à sa planche, la petite vit, les larmes aux yeux, la jupe bleu marine disparaître dans l'escalier. La porte du palier du premier étage se referma avec un bruit sec qui la fit sursauter.

Jamais elle ne s'était sentie aussi malheureuse. Elle avait été si près de savoir ! Le désespoir pesait sur ses épaules comme les sacs de grain sur celles des moissonneurs après le battage, l'empêchant d'esquisser le moindre geste. Elle laissa retomber sa tête, accablée.

La main d'Alphonsine se posa doucement sur sa nuque.

— Elle a dû confondre, souffla la femme de chambre à son oreille, cela fait si longtemps qu'elle n'est pas sortie...

Madame Marie était moins encline à l'indulgence. Elle ôta les miettes de la table d'un coup de torchon rageur en bougonnant « Ce n'est pas une raison pour faire du mal à une pauvre innocente ! » tandis que la *fraulein*, son éternel mouchoir à la main, demandait d'une voix aiguë « L'une de *fous* peut-elle m'expliquer ? Qu'a-t-elle *foulu* dire ? » sans obtenir de réponse.

Mais la petite n'avait pas envie d'être consolée, d'entendre ces mots censés adoucir la peine et qui ne font en fait que la raviver. Retenant désespérément les sanglots qui montaient au fond de sa gorge et au bord de ses yeux, elle prit congé dans un murmure. Tournant la poignée d'une main fébrile, elle bondit dans le jardin.

Elle n'avait qu'une envie : fuir ces regards apitoyés, fuir cette cuisine... fuir la Martinière !

Alphonsine voulut la rattraper pour lui donner la boîte en carton qui avait contenu ses belles bottines, mais elle suspendit son geste. A quoi bon ? La gamine avait subi un choc qui aurait fait vaciller plus âgé et plus solide qu'elle. Elle-même, Alphonsine, avait été abasourdie. Mieux valait laisser le temps faire son œuvre.

Se dressant sur la pointe des pieds, elle posa la boîte sur le haut du buffet. Elle était à la petite et personne d'autre ne se l'approprierait. Sait-on jamais, une fois sa déception surmontée, elle la réclamerait peut-être lors d'une prochaine visite ?

Dans sa hâte de partir, la petite ne se donna même pas la peine de refermer le portail de la Martinière. Prenant ses jambes à son cou, elle courut vers la gare où le père Tual devait l'attendre près de la carriole, priant silencieusement pour qu'il ne fût point en grande conversation avec un fermier de sa connaissance.

Dieu merci, le garde-chasse était seul. La pipe vissée au bec sous sa moustache, lâchant de temps à autre un petit nuage de fumée bleue qui allait s'accrocher à la visière de sa casquette à galon doré, il attendait patiemment le retour de sa protégée tout en surveillant du coin de l'œil les deux poulains qu'il venait d'acheter pour Monsieur le duc, attachés à l'arrière.

Elle grimpa derrière lui sans un mot.

Si le père Tual avait remarqué la mine chiffonnée de la petite, il n'en laissa rien paraître. Il prit le temps d'ôter posément sa pipe de ses lèvres, d'en tapoter le fourneau contre le bois du banc pour faire tomber la cendre et de la ranger au fond de la poche de sa veste, à côté du couteau et de la blague à tabac, avant de se retourner vers elle, le sourcil levé avec malice.

— Mais dis donc, qu'est-ce que tu tiens là ? Tu en as de belles bottines !

La petite, interloquée, regarda ses mains toujours crispées sur le cuir souple. Elle avait oublié le cadeau de l'abbé Le Gallois.

14

Yann balaya d'un regard distrait l'étal couvert de cassettes disposées en rangs serrés dans des casiers de bois portant, écrites au feutre noir, les mentions « variété française », « rock » ou encore « chansons enfantines ». On aurait en vain cherché les dernières nouveautés mais enfin, ce n'était pas la vocation d'un marchand forain, il existait des magasins de musique spécialisés pour cela.

A tout prendre, il y en avait pour tous les goûts et chacun pouvait y trouver son bonheur en fouillant un peu.

Le casier « musique celtique » qui occupait tout le côté gauche de l'étal était abondamment fourni. Du doigt, Yann parcourut les titres inscrits sur les tranches des cassettes. Comme il s'y attendait, il trouva tous les albums de ces bons vieux Tri Yann et, à la place d'honneur, l'inamovible Alan Stivell avec sa harpe celtique. Cela faisait déjà plus de dix ans que le barde à l'abondante chevelure avait tiré la musique bretonne de l'oubli dans lequel la tenait l'Hexagone, mais la relève tardait et il restait la référence.

Un ado en jean usé et pull informe s'empara fiévreusement de la pochette aux couleurs psychédéliques de *Dix ans, dix filles*[1]. Yann lui jeta un regard amusé : hormis les cheveux, courts et ébouriffés, ç'aurait pu être lui quinze ans plus tôt. Il entendait encore la voix

1. De Tri Yann.

moqueuse de Mélanie : « Qu'est-ce que tu espères à farfouiller dans ces disques ? Tu les as déjà tous ! » Et son rire en cascade… Elle avait raison bien sûr, comme d'habitude, et neuf fois sur dix il repartait bredouille. Mais quelle excitation, quelle fierté quand, au détour d'une pile de vieux vinyles d'accordéon, il tombait sur l'enregistrement rare, le live introuvable…

Ce souvenir faisait encore courir plus vite le sang dans ses veines. Il s'éloigna en sifflotant.

— Y a trente-six filles dans l'bourg d'Redon

« Qui tapent du pied quand l'amour les prend…

La place de l'église était noire de monde en ce jour de marché, d'autant qu'un soleil frileux réchauffait le ciel de novembre, avivant les couleurs des étals et faisant briller les ardoises des toits de la vieille ville. Il avait plu ces derniers jours mais ce mercredi matin le ciel, lavé et délavé, se risquait au bleu.

Et s'il apportait des galettes à la vieille Françoise ? Mel lui en achetait toujours, c'était son régal. Ce serait une bonne façon d'amadouer la vieille domestique si jamais elle avait encore une dent contre lui.

Tout en traversant la place à grandes enjambées vers la camionnette le long du mur de l'église où on voyait la galettoire fumer avec un grésillement des plus appétissants, il se fit la réflexion que ce serait une chouette idée, à sa sortie, de venir présenter l'album des sonneurs de veuze sur le parvis un jour de marché. Il mettait au défi les pieds des Castelbriantais de résister aux rythmes entraînants des bals paludiers et des « en avant-deux ».

Il prit sa place dans la file d'attente ; il était onze heures passées et les ménagères étaient nombreuses, comme tous les mercredis, à avoir prévu un repas de galettes de blé noir.

Enfin ce fut son tour. Posant les pièces qu'il avait préparées sur le comptoir vitré, il commanda trois galettes au beurre – une pour lui, deux pour la vieille Françoise – tout en se demandant à qui il faudrait demander l'autorisation de tenir ce petit concert « promotionnel » à la mairie, quand une exclamation étouffée le tira de ses réflexions.

— Yann !

Cette fois, elle ne pouvait plus douter. Ce n'était pas juste une ressemblance, c'était lui : ses yeux le lui disaient et son cœur aussi.

Il se retourna et ses prunelles s'agrandirent. Ses lèvres formèrent silencieusement son prénom et ce fut soudain comme si les douze dernières années n'avaient jamais existé. Au cinéma, on trouve romantiques ces flash-back qui viennent se superposer aux images du présent, mais on n'imagine pas une seconde que cela puisse arriver dans la vie réelle. Pourtant... Mélanie n'aurait pas été surprise de voir les aiguilles de l'horloge de Saint-Nicolas se mettre à tourner à l'envers et remonter le temps, minute après minute, comme sa grand-mère défaisait ses tricots maille après maille parce qu'elle avait grandi et qu'il fallait de la laine pour rallonger ses pulls d'écolière.

Ils se sourirent, intimidés, n'osant pas faire un geste vers l'autre de peur de rompre le charme, l'illusion, qui sait. Et si la vision surgie du fond de leur adolescence allait éclater en mille gouttelettes irisées comme une bulle de savon, les laissant désemparés, vieux soudain ?

Ce fut la vendeuse de galettes qui les ramena à la réalité et au temps présent.

— Monsieur, votre paquet... attention, c'est chaud.

Yann avait tendu la main sans regarder et l'avertissement vint trop tard. Il grimaça de douleur en retirant ses doigts du papier brûlant – sans toutefois lâcher un instant Mélanie du regard.

— Ça va ? interrogea-t-elle en s'emparant des galettes que la vendeuse, compatissante, avait enveloppées à la hâte de plusieurs épaisseurs de papier absorbant. Allons boire un café pour nous remettre de nos émotions. Tu en profiteras pour te passer la main sous l'eau.

Ils se glissèrent sur la banquette de skaï marron – « tabac » disait le patron, qui ne voulait pas qu'on confonde son établissement avec une vulgaire gargote – derrière la table du coin, juste au bord de la vitrine d'où on pouvait voir toute la place de la Motte où les badauds se pressaient encore nombreux.

Sans se consulter, sans même y réfléchir tant la chose allait de soi, leurs pas les avaient menés vers « leur » café, celui qui avait vu leurs amours débutantes, doigts enlacés, entendu leurs confidences à mi-voix et leurs débats passionnés quand ils refaisaient le monde encore et encore, veillé même sur la solitude désespérée de celle qui s'était retrouvée seule à la table quand l'autre ne venait plus…

Ils restèrent un moment sans rien dire, troublés de l'évidence d'être à nouveau côte à côte, ébranlés de ne ressentir aucune gêne, aucun décalage. Le serveur qui vint leur apporter leurs cafés, étendu d'un peu d'eau pour Mélanie, noir et sans sucre pour Yann, n'était pas là quinze ans auparavant et ne les reconnut donc pas. Sa politesse indifférente dissipa l'étrange impression de « déjà-vécu », de bégaiement du temps.

— Je n'arrive pas encore à réaliser, s'étonna Mélanie en reposant sa tasse. Jamais je n'aurais pensé te revoir ici.

— Après ma fuite piteuse, j'ai mis longtemps à oser revenir. J'ai été au-dessous de tout. Tu m'en veux encore ?

— Après tant de temps ? s'étrangla-t-elle, le rire au bord des lèvres. Il y a prescription, tu ne crois pas ?

Il s'inclina, la main sur le cœur.

— Toujours la même, incapable de la moindre rancœur mesquine. Je ne te méritais pas, Mel.

Elle balaya son acte de contrition d'un haussement d'épaules.

— Tu m'as toujours vue meilleure que je ne suis. Et si tu me racontais plutôt ce que tu as fait depuis notre dernière rencontre ?

Elle rajusta une mèche derrière son oreille, croisa ses mains sous son menton et attendit.

Prenant son élan, il lâcha tout d'une traite : ses études de dentiste, son mariage et son divorce, son retour « au pays » et à la musique, les veuzes qu'il restaurait, celles qu'il fabriquait, pièce par pièce.

Elle ne l'interrompit pas une seule fois. Lorsqu'il en eut terminé, haletant et un peu anxieux de voir sa réaction, elle lui adressa un beau sourire dans lequel il crut lire comme de la fierté et lança simplement :

— Bravo.

Yann prit une profonde inspiration, savourant l'approbation sans réserve contenue dans ces deux brèves syllabes. Ça paraissait stupide, mais à elles seules elles venaient de donner un sens au tour qu'avait pris sa vie au fil des ans, un objet à sa quête. N'avait-il voulu se retrouver lui-même que pour retrouver Mel ?

— Et moi, tu ne me demandes pas ce que je suis devenue ?

— Je n'ai eu qu'à allumer la radio pour le savoir. Je n'ai pas été surpris : je savais que tu y arriverais.

Il jeta un coup d'œil à la main gauche de la jeune femme. Elle ne portait pas d'alliance.

— Tu n'es pas mariée, je vois. Ton métier n'est guère compatible avec une vie de famille, forcément. Bah, tu as bien le temps !

Pourquoi hésitait-elle à prononcer le nom de Pascal ? Qu'est-ce qui la retenait de dire à Yann que quelque part au soleil de la côte basque, loin du ciel breton en demi-teintes, il devait maintenant s'impatienter de ne recevoir aucune nouvelle ?

Elle repoussa loin de son esprit cette question embarrassante. D'ailleurs Yann, qui avait pris pour du regret le voile qui avait assombri le bleu de ses yeux, changeait déjà de conversation.

— Je me suis laissé dire que tu étais sur la trace d'une mystérieuse petite fille.

Là, pour le coup, il la cueillit à froid. Elle le dévisagea, stupéfaite : comment diable avait-il pu savoir ?

Yann prit l'air inspiré d'un mage extralucide avant d'éclater de rire.

— Ne me regarde pas comme ça. Je ne verse pas dans la sorcellerie ; je tiens tout simplement cette information de Véronique Cottrel.

— L'antiquaire de La Forge ?

— Elle-même. Ta visite lui a fait forte impression et quand je lui ai dit que je te connaissais, elle m'a tout raconté. Enfin, le peu qu'elle savait ! En as-tu appris davantage ? Cela semble tellement excitant… redonner un nom et un visage à cette enfant, c'est un peu lui rendre la vie qu'on lui a volée, non ?

Mélanie l'aurait embrassé : Yann, lui, comprenait. Mieux même, il se passionnait autant qu'elle. Ça tenait du miracle et en même temps, elle n'était pas étonnée. Ils avaient toujours été sur la même longueur d'ondes.

Elle se leva d'un bond.

— Viens avec moi jusqu'à la Martinière, je vais te montrer ce que je viens de trouver. N'oublie pas tes galettes pour Françoise.

Du plat de la main, Mélanie étala les cartes postales sur la nappe sous l'œil revêche de Françoise ; la vieille domestique se méfiait encore, par habitude : elle pardonnait difficilement à ceux qui avaient fait du mal à sa Nanou, c'était comme ça. Dans le même temps, voir les deux jeunes gens penchés au-dessus de la table l'attendrissait. Elle aussi avait l'impression de rajeunir de quinze ans et à son âge, c'était rudement agréable.

Yann examina d'un œil songeur les clichés en noir et blanc. Vues classiques d'une ville d'eaux : les curistes buvant à la source ou se promenant dans les allées ombragées d'un parc tranquille, la façade claire d'un hôtel avec la traditionnelle croix à l'encre indiquant la fenêtre de la chambre de l'expéditeur, un couple en costume régional, des pêcheurs en chapeau au bord d'une rivière paisible, l'église de Bourbon-l'Archambault... Rien de très original en somme.

Il leva vers Mélanie un regard déçu et interrogateur : qu'avaient donc ces photos de particulier ?

Réprimant difficilement un sourire triomphant, elle retourna un à un les rectangles de carton à la façon d'une cartomancienne s'apprêtant à lire l'avenir dans ses tarots et souffla :

— Lis !

Dès les premières lignes tracées à l'encre violette, encore très lisibles malgré quelques tournures vieillottes, il comprit la raison de son excitation.

A haute voix, pour permettre à Françoise qui s'était rapprochée sans avoir l'air d'y toucher d'entendre, il déchiffra quelques phrases.

— « Notre pauvre Thérèse est toujours prostrée... Elle refuse de manger ce qu'on lui sert... Pourtant le personnel est très gentil avec elle, mais elle se cache dès qu'elle voit un homme... Je désespère et je prie... »

Puis, insensiblement, au fil des cartes, le ton changeait.

— « Thérèse va chaque jour de mieux en mieux... Elle ne parle plus de ce qui est arrivé... Le temps et l'oubli sont les meilleurs des remèdes... »

Enfin, la dernière, datée de la fin de l'été 1904 :

— « Nous reprenons le train demain. J'ai hâte de te revoir, mon cher époux, ainsi que mes garçons qui m'ont bien manqué... »

Elle était signée, comme toutes les autres, Rose Le Gallois.

Yann siffla doucement entre ses dents. Il se carra contre le dossier de sa chaise, laissant ce qu'il venait de lire faire son chemin dans son esprit. Impatiente, Mélanie le pressa.

— Penses-tu la même chose que moi ?

— Ma foi, il semble difficile d'en tirer une autre conclusion, admit-il.

Caressant d'un doigt machinal la fine moustache qui ombrait sa lèvre supérieure, il récapitula pour achever de mettre de l'ordre dans ses pensées :

— Ainsi donc ta malheureuse grand-tante Thérèse aurait été séduite ou violée – peu importe, dans son cas il n'y a pas grande différence – par un individu que les scrupules n'étouffaient pas et qui l'aurait mise enceinte...

— Et l'arrière-grand-mère Rose l'a menée discrètement faire ses couches loin de Châteaubriant, compléta Mélanie qui ne pouvait plus se taire. L'enfant, la mystérieuse fillette du caveau, j'en suis sûre, a ensuite été placée en nourrice et quelques semaines plus tard, Thérèse avait déjà oublié qu'elle avait été mère.

— Ça semble se tenir. Une chose me gêne cependant : si c'est bien la même enfant qui figure sur la photo avec les domestiques de la Martinière, n'était-ce pas risqué de la faire revenir si près de sa mère ?

Mais Mélanie n'était pas disposée à se laisser démonter aussi facilement.

— Si Thérèse sombrait de plus en plus profondément dans la folie, le risque n'était pas bien grand. Et puis la petite était malgré tout une Le Gallois et sa place se trouvait à la Martinière... même si c'était à l'office.

— Tu dois avoir raison, capitula Yann. Après tout, il s'agit de ta famille, tu la connais mieux que moi.

Mélanie se retint de répondre qu'avec ce qu'elle avait découvert depuis l'enterrement de la grand-tante Jeanne-Marie, elle n'en était plus si sûre.

Rassemblant les cartes éparses sur la table, Yann montra la vieille boîte à chaussures du menton.

— Là-dedans, il n'y a rien d'autre qui pourrait nous donner plus de précisions ?

Mélanie haussa les épaules.

— Vœux pour la nouvelle année, dessins humoristiques pour le 1er avril, Joyeuses Pâques et tout un tas de bons souvenirs de parents ou de relations en voyage, égrena-t-elle en faisant glisser les cartes sur la toile cirée en une pile de guingois où des vues terriblement académiques de divers monuments français voisinaient avec des jeunes filles mièvres serrant contre leurs joues trop roses des bouquets peints aux couleurs artificielles. Tiens, il y en a une qui est restée coincée au fond du carton. J'espère qu'elle n'est pas collée.

Elle dut utiliser un couteau pour arriver à déloger ce qui s'avéra n'être qu'un grand bristol vierge découpé aux dimensions exactes de la boîte. Mais lorsqu'elle parvint enfin à l'extirper, une mince liasse de feuillets, un ruban bleu défraîchi et un bouton de rose séché roulèrent hors de leur mausolée de carton.

— Mais qu'est-ce que... balbutia Mélanie en les prenant au creux de ses mains.

— Un amour oublié sorti de la naphtaline, si tu veux mon avis, hasarda Yann en humant délicatement la fleur fanée. Idylle d'un été ou passion défunte ?

— Ne nous fais donc pas tant languir, Nanou, ouvre !

Même Françoise, qui s'était cantonnée jusqu'ici dans une réserve prudente autant que silencieuse, en oubliait qu'elle s'était promis de ne point intervenir. Posant le torchon avec lequel elle s'obstinait à déloger une poussière imaginaire, la vieille domestique avança une chaise et s'assit carrément à la droite de Yann.

— Lis donc, te dis-je, insista-t-elle.

Mélanie déplia fébrilement les feuillets. L'écriture, fine et penchée, lui sembla familière. Elle l'avait déjà vue quelque part. Les lettres du grand-oncle Yves à celle qui allait devenir sa femme. Etait-il aussi l'auteur de ces pages ? Il est vrai qu'à l'époque les écoliers formés à une stricte calligraphie devaient manquer d'originalité quant à leur écriture une fois grands. Inutile de conclure trop vite.

La jeune femme lissa la première feuille de papier avec application afin de ne pas être gênée par les plis, prit une grande inspiration et commença sa lecture.

— « O jour merveilleux entre tous ! O apparition divine ! O révélation éblouissante qui plongea mon cœur en extase dans l'instant et l'y maintient depuis heure après heure... » L'auteur n'est avare ni d'emphase ni de points d'exclamation, commença-t-elle mais elle fut aussitôt interrompue par un double « chut » impérieux.

Françoise et Yann, coude à coude, toute rancœur oubliée, étaient pendus à ses lèvres et exigeaient d'entendre la suite. Elle s'exécuta sans discuter.

— « Il me faut absolument coucher sur le papier le récit de ce qui s'est passé aujourd'hui sans cela, demain, je pourrais croire qu'il ne s'agissait que d'un rêve. C'en était un en fait, mais un de ceux qu'on fait éveillé et qui change pour toujours le cours d'une existence. J'étais loin de me douter qu'un tel séisme allait survenir lorsque j'ai pris la De Dion ce matin. Je voulais juste profiter de la fraîcheur et de la solitude des premières heures du jour. Le moteur ronronnait comme un gros chat. Le vent de la vitesse me grisait. J'ai quitté la grand-route pour prendre une allée cavalière à travers la forêt de Juigné ; je crois que c'était la ligne de Rohan. C'est alors qu'elle est apparue, telle Diane chasseresse au détour d'un grand chêne, intrépidement penchée sur l'encolure de sa jument baie. Son costume d'amazone en velours vert sombre et son petit chapeau noir faisaient ressortir la pâleur délicate de sa carnation, blanche et pure comme la neige. Elle était d'une beauté à couper le souffle. Nous n'avons pas échangé un mot. Nos regards se sont juste croisés et dans le même élan fougueux, elle a talonné sa monture et j'ai appuyé sur la pédale d'accélération de la voiture. Pendant quelques minutes enivrantes nous avons « galopé » côte à côte, cheval animal contre cheval mécanique. Puis l'allée est venue se heurter à une barrière. Ma divine amazone s'est envolée d'un bond au-dessus et ma machine, rendue à la pesanteur après ce trop court instant de grâce, est restée clouée au sol comme un cloporte. La belle a disparu, me laissant le cœur à feu et à sang, transporté du bonheur de cette apparition et transpercé du désespoir de l'avoir perdue. Depuis, son image ne quitte plus mes pensées et je soupire. Ah ! quand goûterai-je à nouveau la joie ineffable de revoir celle qui a emporté mon amour avec elle ! Si seulement je pouvais parler d'elle à mon cher Auguste, lui sans doute comprendrait mon émoi... Mais il est au Mans pour la semaine et je n'ai que ce méchant bout de papier pour m'épancher. O Dieu, remettez-nous en présence, juste une fois... »

Au bas de la dernière page, la main amoureuse avait griffonné avec exaltation, sans doute quelques jours plus tard : « Dieu a exaucé mes prières. J'ai revu ma mystérieuse amazone et cette fois j'ai réussi à lui arracher son nom : Herminie de la Boissière. Herminie, ma blanche hermine, je ne vis que dans l'attente de vous revoir... »

Le texte s'arrêtait là. Mélanie reposa les feuillets sur la table sans un mot, bouleversée. Elle n'était pas la seule. Françoise, les yeux fermés, ses mains parcheminées croisées sur la nappe, semblait se recueillir.

Yann secoua la tête et souffla comme pour dissiper l'émotion qui flottait encore sur leurs têtes.

— Eh bien ! Nous revoici au point de départ. Si une telle passion a été contrariée, elle a fort bien pu donner naissance à une enfant illégitime. Pour qui votez-vous ? La pauvre Thérèse ou l'amoureux transi anonyme ?

— Il n'est pas difficile de lui donner un nom : si on écarte Louis qui n'aurait laissé personne se mettre en travers de son amour, et Auguste, cité dans le récit, il ne reste qu'Yves.

Il pleuvait comme vache qui pisse. L'expression n'était pas d'elle mais du père Tual lorsqu'il était rentré, l'eau coulant en rigoles le long de la visière de sa belle casquette à galon doré jusque sur son menton. Il s'était débarrassé de sa vareuse trempée et de ses bottes crottées dans l'entrée en criant au Pelot qu'il ferait bien de courir au pré derrière le Puits Renaud, où les vaches étaient à paître. Parti comme c'était parti, la pluie n'allait pas s'arrêter aujourd'hui, autant rentrer les bêtes à l'étable avant de les retrouver embourbées jusqu'aux cornes. Le garde-chasse parlait peu mais lorsqu'il se laissait aller à prononcer plus de deux phrases – ce qui était déjà long pour lui, presque un discours ! – il affectionnait les images frappantes sans reculer devant aucune exagération.

Le Pierre avait aussitôt passé sa vieille pèlerine d'écolier devenue bien trop courte pour lui par-dessus son tricot, enfilé ses sabots ferrés et rouvert la porte sur le déluge qui noyait la Teillais.

La petite avait aussitôt proposé de l'accompagner.

« On ira bien plus vite à deux ! »

La mère Tual n'était pas vraiment d'accord – la pluie de novembre était froide et la gamine n'était pas sortie d'affaire depuis si longtemps – mais l'enfant avait insisté et elle avait fini par céder.

« Après tout, c'est l'eau du bon Dieu. »

Elle lui avait tendu son grand parapluie noir, celui-là même avec lequel elle avait menacé la Rosalie Jeanbu à la sortie de l'église, mais la petite avait refusé : vu sa taille, il n'aurait fait que l'embarrasser et il lui fallait avoir les mains libres si d'aventure elle devait courir après une vache récalcitrante.

« C'est frappé au coin du bon sens. Te voilà devenue une vraie petite paysanne ! » l'avait félicitée le garde-chasse en poussant devant la cheminée la chaise sur laquelle il avait disposé la chemise humide qu'il venait d'ôter, et elle avait été heureuse de ce que pour une fois elle considérait comme un compliment.

Comme elle n'avait pas de pèlerine, la mère Tual l'avait alors coiffée d'un grand sac de jute qui formait comme un capuchon pointu de moine protégeant son visage et battait ses mollets, et elle avait rejoint le Pelot sur le seuil.

Voilà pourquoi tous deux pataugeaient à présent dans les flaques sous une pluie diluvienne qui formait un rideau si épais qu'on n'y voyait pas à dix pas. Même la forêt, dénudée par les vents d'automne, avait disparu, naufragée.

La petite devait trotter pour ne pas se laisser distancer par le Pierre qui avançait à grandes enjambées rageuses, maugréant dans ses poils de barbe naissante, s'en prenant au « père » sur tous les tons sans qu'elle sût bien s'il s'agissait de celui qui était resté bien au chaud à la maison ou de celui du ciel qui leur ouvrait grandes les vannes sur la tête. Elle lui agrippait néanmoins la main de toutes ses forces. C'est qu'elle avait failli tomber tout à l'heure, en posant le pied sur une pierre plate rendue glissante par la pluie.

Le long des haies, le chemin se transformait sous leurs pas en un bourbier collant et ils devaient faire un effort pour arracher leurs sabots à la glaise, avec un bruit de succion répugnant. Les gouttes, drues, serrées, frappaient le tissu rugueux qui lui servait d'abri avec un bruit mat, continu comme un roulement de tambour, et elle commençait à regretter d'avoir voulu faire la fière.

Evidemment, les deux normandes qui faisaient la fierté du père Tual s'étaient réfugiées à l'autre bout du pré, sous un arbre dont les branches nues pourtant ne pouvaient guère leur offrir qu'une protection illusoire et, après avoir ouvert la barrière, ils durent tout traverser dans l'herbe mouillée pour aller les chercher. La petite s'efforçait de ne pas penser à ses bas de laine que l'eau alourdissait, glaçant ses mollets.

S'emparant d'un bout de bois mort arraché à une branche cassée, le Pelot frappa, fermement mais sans méchanceté, la croupe des vaches pour les inciter à quitter leur précaire abri. Elles tournèrent vers lui un regard vide sans bouger d'un centimètre.

— Hop là ! les bestiaux, faudrait voir à vous remuer si vous ne voulez pas prendre racine ! les encouragea-t-il en tapant du plat de la main sur leurs flancs dégoulinants.

— Hop là ! répéta la petite d'une voix bêlante.

Ça y est, voilà que les dents lui claquaient. Vite, sortir de ces marécages et retrouver la tiédeur accueillante de la maison !

— Allez-vous bouger, sales couères[1] ! s'emporta le Pierre en brandissant derechef son bâton, la mine menaçante.

Cette fois, les vaches se mirent en route, sans hâte, comme à regret.

Ce n'était pas la première fois que la petite allait chercher les bêtes au pré, mais jamais celles-ci ne lui avaient paru marcher aussi lentement. D'ordinaire, quand il ne pleuvait pas ou du moins pas trop, elle ne se plaignait pas de leur pas cadencé et nonchalant et goûtait pleinement la balade en rêvassant, un œil sur les vaches, l'autre se perdant dans le lointain, vers cet horizon qu'on ne rattrapait jamais, comme le lui avait dit la *fraulein* ; mais là, aujourd'hui, elle les aurait vues avec reconnaissance prendre le grand galop pour arriver plus vite.

En vain. Déluge ou pas, les normandes marchaient toujours au même pas, imperturbables, et la petite grelottait de plus en plus fort sous son sac de jute si imbibé d'eau qu'il lui paraissait peser une tonne sur ses frêles épaules.

— Jésus, Marie, Joseph ! Comme te voilà faillie !

La mère Tual, les bras au ciel, l'envisageait avec une inquiétude qui n'était pas feinte et la petite se sentit encore plus pitoyable, debout sur le seuil de la maison, toute dégoulinante, une mare se formant à ses pieds sur le beau carrelage rouge jalousement entretenu par la

1. Vieilles vaches qui ne peuvent plus vêler.

femme du garde-chasse. Un peu coupable aussi. Elle aurait pu rester tranquillement au sec, le Pelot n'avait pas besoin d'elle.

D'ailleurs, pour ce qu'elle lui avait été utile ! Elle avait plutôt été une gêne pour lui. Pourquoi avait-elle tant tenu à sortir du nid pour aller dehors affronter le froid et la pluie ? Le curé de Juigné-les-Moutiers qui l'avait entendue en confession l'avait mise en garde contre cette « rage de mortification » qui lui faisait rechercher les épreuves depuis une semaine. Elle n'avait pas vraiment compris ce que cela voulait dire mais le terme l'avait impressionnée, peut-être à cause du mot « rage » qui évoquait pour elle des chiens aux babines retroussées et des gueules bavantes sorties tout droit de l'enfer. Elle avait senti les flammes de la damnation lui lécher les pieds et le prêtre s'était inquiété de sa pâleur soudaine.

« Quel grave péché une gentille gamine comme toi peut-elle avoir à expier ? Laisse ces exercices aux saints, lui avait-il demandé en lui faisant promettre de ne plus martyriser son pauvre corps. Tu sais bien que tu es de santé fragile. Cela pourrait te tuer. »

Voilà qu'elle avait recommencé. Monsieur le curé avait raison : de quoi voulait-elle se punir ?

Lorsque le Pelot, tout aussi trempé qu'elle, rentra à son tour après avoir mis les vaches à l'étable, il la trouva en chemise devant la cheminée, emmitouflée jusqu'aux chevilles dans un châle en laine tricoté de la mère Tual, ses vêtements mouillés en piles-pattes[1] par terre.

— Mais qu'as-tu donc dans la tête, galopiot ! Tu ne pouvais pas nous la renvoyer quand tu l'as vue dans cet état ? Et si elle allait à nouveau nous tomber malade ?

L'anxiété rendait la femme du garde-chasse injuste et le visage du Pierre vira au rouge brique sous le coup de la colère.

1. Eparpillés dans tous les sens.

— Moi, tout le monde s'en fout si j'attrape la mort ! éructa-t-il en tordant le bas de ses pantalons.

Mais sa mère ne l'entendait pas, déjà repartie près de l'âtre apporter une tisane brûlante à la petite toute somnolente à présent dans le fauteuil que le père Tual lui avait cédé afin qu'elle fût installée plus confortablement.

Les paupières mi-closes, les doigts serrés autour du bol qui fumait entre ses mains, elle se laissa bercer par la danse amicale des flammes rougeoyantes sur les bûches de chêne bien sec que le garde-chasse avait ajoutées dans la cheminée. Parfois l'une d'elles s'effondrait entre les chenets dans une gerbe d'étincelles et les langues de feu repartaient à l'assaut de son cadavre noirci.

Elle avait très chaud à présent. Les joues lui brûlaient. Les voix s'estompaient dans un brouillard cotonneux. Dans l'âtre, les braises incandescentes étaient devenues presque blanches avec par endroits des points si lumineux qu'ils lui blessaient les yeux. Devenir un de ces points, jeter tous ses feux et s'éteindre ensuite... Ne plus chercher d'où on vient et quelle place est la sienne en ce monde... Faire taire toutes les questions dansant la sarabande dans son crâne douloureux... Briller très fort et mourir...

Du fin fond du brouillard, la voix du père Tual lui parvint.

— Cette pluie va durer plusieurs jours, c'est sûr. Pas question que la petite aille à la Martinière demain. Les ruisseaux vont déborder et la route sera coupée. La voiture automobile ne pourra pas passer.

15

Véronique Cottrel avait tiré, non sans effort, le coffre ancien contenant les papiers qui lui restaient de sa grand-mère sur le tapis afghan qui recouvrait le plancher de son salon. C'est fou ce que les souvenirs pouvaient peser lourd. Plus que le présent souvent, ce qui n'était de toute évidence pas bon signe. Sauf peut-être pour une antiquaire, tenta-t-elle de se rassurer sans grande conviction. Elle devait reconnaître que depuis son veuvage et malgré les activités qu'elle accumulait pour ne pas avoir à contempler le vide de son existence, les jours lui semblaient bien ternes et le passé, par contraste, paré de couleurs infiniment plus vives et plus chatoyantes. Elle s'y réfugiait plus souvent qu'elle ne l'aurait voulu et certainement beaucoup plus que son métier ne l'y obligeait. Mais cette fois, elle avait une bonne excuse : elle avait promis à la jeune Le Gallois de chercher si elle ne possédait pas sans le savoir un renseignement qui pourrait lui être utile et elle n'avait que trop tardé à s'y mettre.

Elle se redressa avec une grimace, en se tenant les reins. Décidément, ce genre d'exercice n'était pas conseillé à son âge. Elle s'empara d'un des coussins jacquard dans les tons violet et rouge qui réchauffaient son canapé blanc et le posa sur le plancher avant de se laisser tomber dessus. Au moins épargner son postérieur.

Ainsi à peu près confortablement installée, elle repoussa le couvercle doublé d'un tissu vert moiré fané et entreprit d'examiner le contenu du coffre à la lueur de sa précieuse lampe « Moulin rouge », principal ornement de la table basse du salon. Le pied en avait été façonné avec une de ces bottines qui faisaient aux dames de la Belle Epoque la démarche si élégante. L'artisan qui avait créé la lampe à sa demande avait si habilement mis en valeur la chaussure qu'on aurait cru voir le petit pied cambré d'une danseuse sur le point de s'élancer pour le cancan.

La grand-mère Alphonsine n'était pas du genre à consigner ses états d'âme dans un journal ; sa préférence allait plutôt aux livres de comptes qu'elle avait impeccablement tenus pendant des années à la quincaillerie. Elle avait davantage été une femme de chiffres que de lettres. Ce qui intéressait le plus sa petite-fille, c'était la correspondance qu'elle avait pu recevoir : quelqu'un avait peut-être laissé échapper une allusion à un secret partagé ou fait part de son étonnement suite à un événement. Cela tombait bien : la grand-mère Alphonsine avait gardé toutes les cartes de vœux envoyées au fil des nouvelles années par la famille et les relations. C'était son côté sentimental !

Son métier d'antiquaire avait appris à Véronique Cottrel à trier rapidement ce qui pouvait être intéressant de ce qui ne l'était pas, ainsi qu'à déchiffrer sans difficulté les écritures surannées des générations passées, même quand l'encre avait pâli jusqu'à apparaître en gris clair.

Aux signatures et aux tournures de politesse employées, elle n'eut guère de mal à identifier la plupart des expéditeurs. Ne resta bientôt, en pile sur le plancher à côté du coussin sur lequel elle était assise, qu'une série de cartes signées curieusement « la petite Marie ». Les cachets de la poste s'étalaient sur une bonne vingtaine d'années et il était évident que la Marie en question avait dû grandir, mais elle continuait à employer ce surnom comme si la grand-mère Alphonsine ne l'eût point reconnue autrement.

Songeuse, l'antiquaire disposa les cartes de « la petite Marie » sur la table basse, sous la lumière dispensée par l'abat-jour de parchemin. Elle n'avait pas encore fermé les volets de bois plein et, par la fenêtre, le paysage, mangé par la nuit, s'effaçait peu à peu. Des lambeaux de brume échappés de l'étang s'accrochaient aux bruyères de la lande ; la marée montante des ténèbres noyait inexorablement La Forge, sans bruit. Ne restaient plus que ce rond de lumière et, dedans, ces quelques phrases laconiques.

Au bout d'une vingtaine de minutes, Véronique Cottrel ôta les lunettes qu'elle ne chaussait que pour lire et se laissa aller en soupirant, le dos contre le canapé. Elle était certaine maintenant que la « petite Marie » avait été domestique à la Martinière. La mystérieuse correspondante se souvenait en effet, non sans une certaine amertume, des corvées dont elle avait dû s'acquitter et du peu de considération qu'on lui témoignait. Elle se plaignait en particulier des récriminations perpétuelles de madame Marie à son égard. Le surnom de « petite Marie » devenait du coup évident : il s'agissait de ne pas la confondre avec la plantureuse cuisinière.

Il semblait tout aussi évident que le service avait pesé à la plus jeune des Marie et qu'elle l'avait accompli de mauvaise grâce. Sur une des cartes, elle se félicitait d'ailleurs d'avoir échappé à la condition de domestique et d'être désormais son « maître », ainsi qu'elle le proclamait fièrement, en ajoutant « comme vous ». La raison de cette correspondance suivie d'année en année s'éclairait d'un jour nouveau : si la « petite Marie » avait gardé rancune au personnel de la Martinière, elle en exemptait la grand-mère Alphonsine qui, comme elle, avait repris son indépendance. On sentait dans le « nous » qu'elle employait parfois un besoin quasi obsessionnel de marquer leur différence commune : elles étaient toutes deux de la même « race », celle qui n'avait pas vocation à servir.

Son portrait se dessinait : entrée en condition à la Martinière jeune, d'où son surnom de « petite » Marie, elle n'y était guère restée, en tout cas pas après la Grande Guerre, vu les dates. Il s'agissait sans doute de l'aide qui avait précédé Françoise chez les Le Gallois. Elle s'y trouvait en même temps que la fillette inconnue.

Véronique Cottrel savait qu'elle aurait dû fermer ses volets pour éviter au froid de la nuit de s'insinuer dans sa maison, mais ses pensées continuaient à courir sur les traces de cette « petite Marie » qui était peut-être le chaînon manquant à Mélanie Le Gallois pour élucider le mystère qui lui tenait tant à cœur.

Etait-elle encore en vie ? Et si oui, comment la trouver ? Quel était son véritable nom ?

Prise d'une subite inspiration, l'antiquaire replongea les mains dans le coffre resté ouvert à côté d'elle. La grand-mère Alphonsine avait un goût prononcé pour les registres bien tenus, les alignements de noms et de chiffres. Même ses listes de courses étaient des chefs-d'œuvre soigneusement calligraphiés. Elle collectionnait aussi les carnets d'adresses, méticuleusement recopiés au fil du temps quand ils étaient trop pleins ou que les déménagements et les décès avaient entraîné de trop nombreuses ratures. Véronique les dénicha dans le fond, soigneusement rangés par ordre chronologique et maintenus ensemble par un élastique qu'elle fit glisser avec précaution. Elle se saisit du dernier, celui que sa grand-mère utilisait encore à sa mort, et le feuilleta, guettant les « Marie » mentionnées en espérant qu'elles ne seraient pas trop nombreuses.

Elle n'eut pas à chercher trop longtemps.

— Grand-mère, tu étais parfaite ! fit-elle dans un soupir. La petite Le Gallois te devra bien une prière... et moi aussi d'ailleurs.

Son index à l'ongle net, coupé court, soulignait la mention qu'elle venait de découvrir entre Malard et Michalon : Marie, suivie d'une parenthèse : (la petite). La grand-mère Alphonsine avait trouvé plus commode de noter son diminutif, peut-être par habitude, peut-être parce qu'elle ne connaissait pas le nom de famille de la jeune fille. Dessous, elle avait rajouté avec application : épouse Hervé, La Guiberdais.

Véronique Cottrel connaissait ce hameau en bordure de la forêt de Teillay[1], au nord-ouest du département, presque à la frontière avec l'Ille-et-Vilaine, pour y avoir été chercher une vieille armoire au fronton sculpté qui « dormait » dans le grenier d'une ferme.

Prenant appui sur la table basse en chêne clair, elle se releva en réprimant un gémissement. Son genou, trop longtemps replié, était douloureux – privilège de l'âge et du poids, ironisa-t-elle en son for intérieur.

L'annuaire était sur une étagère du comptoir de la boutique, au rez-de-chaussée. Elle l'ouvrit à la page de Ruffigné, commune dont dépendait La Guiberdais, et trouva aussitôt le nom qu'elle cherchait : Hervé Marie. La « petite Marie » était toujours en vie.

L'antiquaire prit la carte de visite qu'elle avait laissée en évidence sur le comptoir pour ne pas oublier sa promesse et décrocha le téléphone.

Ça n'avait pas manqué, sa sortie sous la pluie pour aller chercher les vaches s'était soldée par un refroidissement sérieux. Mais la petite ne se plaignait pas : d'abord les douleurs étaient moindres que la fois précédente, juste quelques courbatures, ensuite c'était entièrement de sa faute si elle se retrouvait à nouveau clouée au lit par la fièvre. Elle éprouvait même un sombre plaisir à suer sous l'édredon jaune en avalant les infâmes mixtures concoctées par la mère Tual sur les indications du Bériel. Qu'avait dit monsieur le curé ? « Rage de mortification », oui, c'était ça.

1. Ne pas confondre avec la Teillais, en forêt de Juigné.

16

Le manoir de la Boisserie était un bâtiment bas et trapu en schiste rougeâtre coiffé d'ardoise auquel une tour carrée dominant un petit étang donnait un air médiéval qui ne devait pas être sans charme par beau temps, mais qui paraissait singulièrement sinistre sous le crachin mouillant ce jour-là les prés environnants. Ça tombait bien, Mélanie n'était pas d'humeur très joyeuse. Pourtant, les retrouvailles avec Yann suivies du coup de fil de Véronique Cottrel, la veille au soir, l'avaient comblée d'aise, et elle s'apprêtait à passer une nuit paisible peuplée de rêves agréables quand le téléphone avait sonné une seconde fois.

C'était Pascal. Un Pascal habité d'une colère froide qui l'avait plus impressionnée qu'une explosion de reproches. Il lui avait sèchement demandé si elle se souvenait encore de lui et des vacances prévues au Pays basque, et elle s'était rendu compte avec effarement qu'elle ne l'avait pas appelé depuis son arrivée.

Elle avait bredouillé quelques vagues excuses, mal à l'aise.

Elle aurait dû se sentir coupable, elle le savait, mais en fait, elle était plutôt irritée de ce ton de « propriétaire » et de ce qu'il ne lui eût même pas demandé si son enquête avançait. Avec une parfaite mauvaise foi, elle avait rétorqué sur le même ton qu'elle avait encore du « travail à faire » et qu'il n'avait qu'à profiter de ses vacances en attendant. Seul le silence lui avait répondu, au point qu'elle avait cru un moment que la ligne avait été coupée. Puis, au bout de plusieurs secondes interminables, la voix de Pascal avait résonné dans l'écouteur, sourde, un peu étranglée : « Prends garde, Mel, que le passé ne te fasse pas oublier le présent. Tu pourrais te retrouver seule avec tes fantômes. » Il avait raccroché sans attendre sa réponse.

Elle l'avait blessé. Tant pis pour lui ! Pourquoi n'essayait-il pas de comprendre ?

Cependant, elle avait très mal dormi et ses rêves qui s'annonçaient si beaux avaient été gâchés par sa mauvaise conscience.

Elle se sentait encore les nerfs à vif en stoppant sa petite Renault devant le manoir où vivait toujours la famille d'Herminie de la Boissière, la belle amazone dont le grand-oncle Yves était tombé si follement amoureux.

Henri de la Boissière l'attendait en haut du perron. Elle avait pris rendez-vous avec lui par téléphone un peu plus tôt dans la matinée. Elle était restée vague sur le motif qui la poussait à vouloir le rencontrer, se contentant d'évoquer des recherches généalogiques, ce qui somme toute était la vérité.

Le châtelain de la Boisserie descendit les marches à sa rencontre. Sa casquette de velours marron, son gilet en shetland et ses pantalons rentrés dans ses bottes de cheval sentaient bon le hobereau campagnard comme il en existait encore dans ces contrées. Sa moustache grise trahissait son âge, mais il se tenait très droit avec ce port reconnaissable entre tous des cavaliers de l'armée.

Henri de la Boissière s'inclina avec raideur pour lui baiser la main, très « vieille France » ou plutôt très « gentilhomme breton tenant aux usages ».

— Soyez la bienvenue sur mon domaine, mademoiselle Le Gallois, et permettez-moi de vous renouveler mes condoléances pour la disparition de votre chère grand-tante, que mon épouse et moi-même appréciions beaucoup. Elle était de la « vieille école » comme nous, une « école » qui tend à se perdre.

Mélanie se souvint à temps que la grand-tante Jeanne-Marie, tout comme Viv, était née Dufresne de la Ferrière. Monsieur de la Boissière n'aurait sans doute pas montré la même déférence pour un Le Gallois ; même riche et respectée pour ce qu'elle avait apporté à la région, sa famille restait roturière et leurs mondes, s'ils se toléraient voire se jalousaient parfois, ne se rejoignaient que rarement.

Elle le remercia néanmoins de ses pensées pour la défunte ; cet homme, raide dans ses bottes, qui voyait disparaître peu à peu ce qui avait fait toute sa vie lui inspirait plus de pitié que de mépris.

Il l'introduisit dans ce qui devait être le salon de réception du manoir. Dans l'immense cheminée armoriée où ses ancêtres avaient dû faire rôtir des quartiers de bœuf et des chevreuils entiers brûlait un petit feu ridicule qui ne parvenait pas à réchauffer la pièce. Mélanie nota d'un coup d'œil les rectangles plus clairs sur les murs trahissant les tableaux, les tapisseries vendus à des antiquaires comme Véronique Cottrel pour financer la réfection d'un toit, d'un escalier ou simplement éponger les dettes accumulées par des générations impécunieuses. A moins de se résigner à travailler ou à ouvrir ses demeures aux visiteurs moyennant finances, la petite noblesse de province avait bien du mal à conserver l'héritage familial.

Quelques beaux meubles cependant avaient pu être sauvés et Mélanie soupçonna qu'on les avait rassemblés dans ce salon pour tenter, si cela était encore possible, de sauver les apparences. Elle remarqua notamment une gracieuse console Louis XV dominée par le seul tableau qui avait échappé à la mise à l'encan : un portrait d'un général vendéen en qui son œil exercé crut reconnaître Louis-Marie de Lescure, surnommé « le saint du Poitou » et cousin d'Henri de la Rochejaquelein.

Monsieur de la Boissière, qui avait suivi son regard, confirma : il était lui-même apparenté à l'épouse de monsieur de Lescure. Mélanie acquiesça sans faire de commentaire ; les bois des environs étaient remplis de tombes et de calvaires à la mémoire de combattants chouans et il n'y avait pas un aristocrate local qui ne se vantât point d'avoir un des chefs de la rébellion royaliste dans ses ancêtres. Curieusement, à l'époque, la ville de Châteaubriant était restée, elle, farouchement républicaine : un îlot bleu perdu au milieu de la mer blanche des campagnes.

Le châtelain guida la jeune femme jusqu'à une élégante bergère tournant le dos à la cheminée – ce qui n'avait guère de conséquence vu le peu de chaleur qu'elle dispensait – mais faisant face à une haute fenêtre à petits carreaux plombés qui donnait sur le parc. Refusant d'un geste le porto qu'il lui offrait – à dix heures et demie du matin ! – elle s'installa confortablement, bien résolue à sacrifier à toutes les règles de la bienséance pour l'amener en douceur au sujet qui l'intéressait.

Elle attendit donc qu'il se servît lui-même un verre et s'installât dans la bergère jumelle de la sienne, avant de débiter les banalités habituelles sur le temps et bien sûr les obsèques de la grand-tante Jeanne-Marie.

Au bout d'un moment, jugeant qu'elle avait consacré assez de temps au bavardage de politesse, elle décida de passer à l'attaque.

Justement, Henri de la Boissière s'enquérait :

— Vous vous êtes lancée dans des recherches généalogiques, m'avez-vous dit ?

Elle saisit la balle au bond.

— Exactement. Savez-vous qui j'ai trouvé mentionné à plusieurs reprises dans les archives familiales ? Une de vos parentes, prénommée Herminie. Pouvez-vous me dire quels liens elle entretenait avec les Le Gallois ?

Mélanie n'aurait pu le jurer, mais elle eut l'impression que le visage du châtelain s'était fermé à la seule mention du prénom d'Herminie. Il sut néanmoins suffisamment se dominer pour répondre d'un ton égal et apparemment indifférent :

— Que voulez-vous que je vous réponde, ma chère ? Je n'en sais pas plus que vous.

Elle insista.

— Vous étiez sans doute trop jeune alors, mais votre père a dû vous en parler. C'était sa cousine germaine, à ce qu'on m'a dit.

Cette fois, ce n'était plus une impression : la bouche aristocratique s'était crispée et un tic nerveux agitait le coin de la paupière de son hôte. Une tension certaine perçait dans sa voix tandis qu'il s'efforçait de mettre un point final à cette conversation qui avait débuté fort agréablement, mais dont il n'aimait visiblement pas la tournure qu'elle avait prise.

— Il ne parlait jamais d'elle et je ne lui en parlais pas davantage. Voyez-vous, jeune demoiselle, je suis d'une génération qui respectait ses parents et n'exigeait point d'eux de justifier leurs choix. S'ils avaient décidé de se taire, c'est qu'ils avaient sans doute de bonnes raisons pour cela, que je n'avais pas à connaître.

C'était une fin de non-recevoir, mais Mélanie fit mine de ne pas s'en apercevoir. Elle poursuivit, bien résolue à tout tenter pour essayer de lui arracher le secret qu'il entendait à toute force protéger. Une attaque frontale le déstabiliserait peut-être suffisamment pour qu'il laisse échapper l'aveu qu'elle espérait.

— Pour tout vous dire, cher monsieur, j'ai cru comprendre qu'un membre de ma famille avait éprouvé une folle passion pour votre cousine.

Cette fois, les joues du châtelain virèrent au cramoisi et elle put constater que son visage était couperosé. Abus de porto, sans doute.

Il se leva de son siège, encore plus raide qu'à son arrivée.

— Je n'ai aucune lumière à vous fournir à ce sujet. Maintenant, si vous le permettez, j'ai à faire. J'ai été ravi de faire votre connaissance et de converser avec vous.

Il mentait, bien sûr, mais Mélanie ne pouvait décemment l'accuser de mensonge dans sa propre demeure. Elle se leva à son tour et prit congé.

Elle retrouva sa voiture encore plus perplexe qu'à son arrivée. Cette fois elle en était sûre : il s'était bien passé quelque chose autour de la belle Herminie. Un scandale, sans doute, au vu de la réaction du châtelain. Mais lequel ? Elle trouvait le déni catégorique d'Henri de la Boissière bien excessif : les mentalités avaient évolué et une enfant née hors mariage ne choquait plus personne de nos jours. Y avait-il eu plus grave ? Herminie s'était-elle suicidée après avoir mis au monde la petite « bâtarde » ? En tout cas, ce n'était pas à la Boisserie qu'elle trouverait les réponses à ses questions.

Mélanie mit en marche les essuie-glaces pour évacuer les gouttes d'eau qui constellaient encore son pare-brise. Le crachin avait cessé et le ciel s'éclaircissait par l'ouest. Elle démarra dans un crissement de pneus sur le gravier mouillé. Une visite à La Guiberdais s'imposait… en espérant que la « petite Marie » ne soit pas devenue sénile.

La pluie dégoulinait toujours sur les carreaux avec une morne régularité, battant la terre gorgée du jardin qui se couvrait de flaques grises, courbant les tiges des rosiers et diluant la cime du sapin dans une brume opaque. Le mauvais temps perdurait depuis une semaine et c'était à se demander si le soleil n'avait pas choisi de prendre définitivement ses quartiers d'hiver ailleurs.

La mouillasse[1] n'arrangeait pas l'humeur déjà d'ordinaire peu avenante de la mère Tual. Elle se plaignait que l'humidité faisait moisir le pain et gondoler sa coiffe amidonnée et tournait en rond dans sa cuisine, prenant tout le monde à témoin, la miche à la main.

Le Pelot n'était pas non plus à prendre avec des pincettes : il ne sortait de la maison que pour aller nourrir les bêtes à l'étable ou à l'écurie, donner leur pâtée aux chiens, et ne pouvait s'échapper comme il en avait pris l'habitude pour aller rejoindre la Louisette de la Croix-Jarry dans les chemins creux. C'est qu'il était maintenant bien accroché, et la petite riait sous cape en l'entendant soupirer, le nez penché sur la canne qu'il sculptait avec son couteau.

Même le père Tual faisait grise mine. Pourtant, Monsieur le duc l'avait félicité pour les poulains qu'il avait achetés au marché de Châteaubriant ; s'était-il assez rengorgé du « Bien joué, brigadier ! » et de la tape dans le dos qui avaient marqué son approbation ! Mais depuis, le garde-chasse rongeait son frein : une semaine sans courir ses bois, le fusil sous le bras, sans surveiller les déplacements du gibier et sans mener la battue était un supplice pour lui.

Finalement, la seule que ce déluge arrangeait, c'était la petite. La pluie lui donnait le temps de se remettre doucement de son refroidissement. La crise avait été beaucoup moins sévère qu'on aurait pu le craindre et elle serait sur pied dans quelques jours, avait promis le Bériel. Cette fois, on n'avait pas eu besoin de faire venir le docteur Neret et lorsque l'eau s'arrêterait de tomber et que les routes seraient à nouveau praticables, elle retournerait à la Martinière sans avoir besoin de faire état de sa maladie. Elle n'avait nulle envie pour l'instant de revoir mademoiselle Thérèse descendre à la cuisine.

---

1. Humidité causée par la pluie ou la brume.

Passé le premier choc, le souvenir de cette scène pénible lui laissait encore une impression douce-amère : douce, réflexion faite, la certitude que mademoiselle Thérèse, elle aussi, savait qui était sa mère, mais amère l'indifférence avec laquelle elle avait lâché cette révélation à la face de la fillette figée devant elle, comme si tout cela n'avait au fond guère d'importance, comme si ce n'était pas toute sa vie qui se jouait.

Installée bien au chaud dans le fauteuil que le brigadier lui avait cédé jusqu'à ce qu'elle aille mieux, sa chère poupée serrée sur son cœur, la petite jeta un coup d'œil complaisant à la paire de bottines neuves qui trônait sur un petit banc à côté d'elle afin que, même assise, elle pût les voir. Qu'elles étaient belles ! Elle ne se lassait pas de les contempler. La grande Lucienne, invitée à les admirer, n'avait pas eu trop de « ah ! » et de « oh ! » tandis qu'elle caressait le cuir souple.

C'était chic de la part de monsieur Auguste d'avoir fait un tel cadeau à une petite fille qui ne lui était rien. C'était lui déjà qui lui avait offert la poupée. Il était gentil, monsieur Auguste. Il était un peu impressionnant dans sa soutane mais il n'était pas, comme monsieur le curé, sévère et distant. D'abord, lui, il était jeune, et puis il souriait toujours. Quand il séjournait pour quelques jours à la Martinière, il profitait des leçons de la *fraulein* pour venir lui parler ; il lui demandait comment elle allait, si elle avait encore mal au dos, si elle avait de la fièvre...

Madame Marie lui avait dit qu'avant d'entrer au séminaire, il avait voulu être docteur. Il paraît qu'il ne rêvait que d'être l'élève d'un grand chirurgien dont elle avait oublié le nom[1] et qui avait une clinique au Mans. C'était sans doute pour cela qu'il s'intéressait à sa maladie. N'empêche que c'était rudement gentil de sa

1. Henry Delagénière.

part. Après tout, elle n'était qu'une petite orpheline dont sa famille s'occupait par charité.

Ce n'était pas comme monsieur Yves. Quand par hasard il descendait à la cuisine alors qu'elle s'y trouvait, il faisait semblant de ne pas la voir. Quant à son épouse, une mademoiselle « de Quelque Chose », elle ne se serait jamais abaissée à frayer avec la domesticité. Le grand monsieur Le Gallois, lui non plus, ne venait jamais. Lorsqu'il voulait féliciter Marie pour son dîner ou tancer une des femmes de chambre, il les convoquait au premier. La seule fois où elle l'avait entrevu, c'était dans la rue : elle attendait le retour du père Tual, près de la gare, et un homme avait traversé vers l'usine, sans hâte, comme si le quartier, la ville peut-être, lui appartenait. Il devait être vieux puisque sa moustache et ses favoris étaient blancs, pourtant il se tenait très droit et on aurait pu croire qu'il s'appuyait sur sa canne à pommeau d'argent plus par coquetterie que par réelle nécessité. Les passants se découvraient avec déférence sur son passage et au murmure qui courait de bouche en bouche, elle avait compris qu'il s'agissait du « patron Le Gallois ».

La « grande Madame », on ne la voyait guère non plus à l'office, hormis lorsqu'elle venait chercher en cachette les mystérieuse lettres que madame Marie lui mettait de côté. C'était comme s'ils vivaient dans un autre monde que le sien.

Monsieur Auguste était bien le seul à passer de l'un à l'autre, avec mademoiselle Thérèse aussi parfois, lorsqu'elle fuyait son père. Elle était belle, mademoiselle Thérèse et jusqu'à présent, la petite avait guetté ses apparitions avec ravissement en rêvant que plus tard, quand elle serait grande, elle lui ressemblerait. Mais maintenant, elle n'était plus très sûre d'avoir encore envie de la revoir.

La mère Tual, toujours dagonnant, passa en tempête devant le fauteuil où la petite était perdue dans ses songes, bousculant au passage le Pelot, penché sur sa canne, rêveur. Se hissant sur la pointe des pieds, elle coupa trois échalotes pour la soupe dans la botte qui pendait près de la cheminée et s'en retourna à ses épluchures dans le même mouvement.

Les paupières mi-closes, la petite fixa intensément les liassées d'oignons soigneusement attachées auxquelles les flammes du foyer arrachaient des reflets d'or rouge ou jaune, luisant comme autant de petits soleils contre le mur. Seraient-ils assez forts pour chasser la pluie ? Le beau temps reviendrait-il bientôt ?

17

Marie Hervé aimait sa maison. La petite bâtisse aux parements de brique se dressait à l'écart du hameau, au fond d'un chemin étroit et malcommode, et il arrivait à la vieille femme de ne pas voir âme qui vive pendant plusieurs jours. Tant mieux : Marie n'aimait pas la compagnie des gens ; elle leur préférait de loin son chat, ses deux chiens, ses poules, ses lapins et même les oiseaux des bois.

Certains la disaient sauvage ; Marie préférait dire « indépendante ». Elle n'avait besoin de personne et depuis la mort de son mari, vingt ans auparavant, personne n'avait besoin d'elle. C'était peut-être cela, la liberté ?

En tout cas, la solitude lui convenait et elle entendait que personne ne vînt la troubler.

Elle finissait de touiller la pâtée de Cléo et Titou, deux bâtards mal foutus qui ne ressemblaient à rien mais qu'elle n'aurait échangés contre aucune bestiole à pedigree, lorsqu'un bruit de moteur lui fit lever la tête. Elle se figea. Le bruit régulier se rapprochait. Le visage ridé de la vieille solitaire se crispa de contrariété : quelqu'un venait.

Marie jeta un coup d'œil belliqueux par la fenêtre au-dessus de la gazinière. Les vapeurs graisseuses de ses casseroles avaient posé sur les vitres une pellicule poisseuse et elle n'avait pas une vue très nette du chemin encombré d'herbes folles qui menait à son portail. Elle parvint néanmoins à distinguer une petite voiture qui approchait en cahotant. Elle stoppa à quelques mètres du jardin et une jeune femme en descendit. Des cheveux bruns mi-longs, une veste cintrée sur un jean étroit. Encore une assistante sociale, Marie aurait pu le jurer ; elle avait l'œil pour ça.

Elle lâcha un juron : ne pouvait-on pas la laisser tranquille ! A deux reprises déjà, une demoiselle du même genre s'était présentée chez elle, la mine à la fois compatissante et réprobatrice. Elle avait sermonné Marie comme si elle était une enfant de six ans : « Voyons, madame Hervé, vivre seule à votre âge et dans un endroit aussi reculé, est-ce raisonnable ? Et s'il vous arrivait quelque chose ? »

Marie l'avait chaque fois mise prestement à la porte en lui disant que justement, à son âge, elle avait gagné le droit de mourir où et comment elle le voulait. Mais voilà que l'Administration lui en envoyait une autre. Elle allait être bien reçue, foi de Marie ! La vieille femme ouvrit la porte d'un geste brusque, prête au combat.

La nouvelle venue se débattait avec le portail en planches qui branlait sur ses gonds.

— Poussez-le un bon coup ! aboya Marie, les poings aux hanches mais sans faire un pas pour aller aider l'intruse. Ayez pas peur, ça tient plus que par oraison[1] et un jour il restera par terre.

L'assistante sociale parut interloquée mais obtempéra d'un coup de genou. Il fallait croire que le jour où le portail s'effondrerait n'était pas encore venu puisqu'il s'ouvrit, non sans un grincement de protestation. La jeune femme se fraya un chemin vers la maison entre les épaves de toutes sortes qui encombraient le jardin. Cléo et Titou manquèrent la faire trébucher en lui faisant fête. Décidément, ces corniauds étaient prêts à n'importe quelle bassesse pour une caresse.

1. Par miracle.

Finalement, la demoiselle parvint devant la porte d'entrée où Marie se tenait toujours, bien décidée à ne pas la laisser pénétrer dans sa maison.

Ignorant l'air revêche de la maîtresse des lieux, elle lui tendit la main en souriant.

— Bonjour, Marie. Je suis Mélanie Le Gallois.

Nom de Dieu ! Voilà maintenant que même ces fichus Le Gallois s'en mêlaient ! L'Administration ne reculait devant rien pour envoyer une vieille femme à l'hospice.

— Votre famille n'a donc plus du tout d'argent que vous soyez devenue assistante sociale ? l'apostropha-t-elle, pleine de rancœur.

La jeune femme parut ne pas comprendre.

— Assistante sociale ? Non, pas du tout. Je viens juste vous rendre une petite visite amicale.

— Une visite amicale, ça m'étonnerait : je n'ai pas d'ami.

Pour qui se prenait-elle ? Parce qu'elle était la petite-fille – l'arrière-petite-fille, plutôt, vu son âge – du grand monsieur Le Gallois, elle se croyait autorisée à venir jouer les dames patronnesses ? Une visite amicale, je t'en foutrais… Si Marie avait voulu des amis, elle ne les aurait certainement pas choisis dans la famille de ses anciens maîtres.

La demoiselle luttait pour ne pas perdre pied. Elle n'était pas habituée à un tel accueil.

— Je suis désolée que vous n'ayez pas d'ami, hasarda-t-elle.

— Pas moi. Je suis bien mieux toute seule. Je tiens à ma tranquillité.

Marie avait souligné le mot « tranquillité » d'un regard appuyé et carrément accusateur pour que son interlocutrice se sentît coupable de venir la troubler.

La jeune femme rougit et parut hésiter à poursuivre. Marie la vit rajuster d'un doigt nerveux une mèche de cheveux qui n'en avait nul besoin, tirer sur le col roulé de son pull pour se donner un peu d'air ou simplement une contenance. Elle en profita pour la planter là.

Décrochant le châle de laine mauve tricoté pendu derrière la porte, elle l'enfila par-dessus sa robe-tablier délavée, ramassa un sac en plastique et une vieille boîte de conserve réservée à cet usage, et prit à pas tranquilles le chemin de la forêt. Avec tout ça, elle allait oublier de ramasser le crottin ! Elle avait vu passer des cavaliers ce matin par la fenêtre de derrière, et il ne fallait pas tarder, sinon la Madeleine Pouchard allait faire place nette. Le crottin était un sacré bon engrais pour le jardin, gratuit en plus. Dans ses jeunes années, quand tous les fermiers possédaient des percherons, il n'y avait qu'à se baisser pour le ramasser le long des chemins ; mais depuis que les tracteurs avaient remplacé les chevaux, il fallait se lever de bonne heure pour en trouver… et guetter les bourgeois désœuvrés qui montaient dans la forêt pour « s'oxygéner », comme s'était extasiée devant elle une fausse blonde qui aurait mieux fait de ne pas porter un pantalon moulant, vu le postérieur qu'elle avait. Malheureusement, le ridicule ne tuait pas.

Au moins les citadins se rendaient-ils un peu utiles en laissant leurs montures semer au long de leur promenade ces boules d'engrais tout chaud qui faisaient bien l'affaire de ses fleurs.

Malgré son âge, la vieille femme marchait d'un bon pas. Profitant du moment où elle laissait le chemin pour prendre l'allée cavalière à main gauche, elle jeta un coup d'œil par-dessus son épaule : la demoiselle Le Gallois allait-elle la suivre ? Elle ne s'était pas aventurée jusqu'ici juste pour dire bonjour ; quel était le but de sa visite ?

— Qui m'aime me suive ! marmonna-t-elle en voyant la jeune femme se décider et se mettre à courir pour la rattraper.

— Madame Hervé, s'il vous plaît !

La voix derrière elle était essoufflée. Cette jeunesse n'avait pas d'endurance.

— En fait, j'étais venue vous demander quelques renseignements.

— Ah ! tout de même ! Je savais bien que vous n'étiez pas là par pure bonté d'âme. Je sais par expérience que lorsqu'un Le Gallois adresse la parole à quelqu'un comme moi, c'est qu'il a un service à lui demander.

— Vous ne paraissez guère aimer ma famille.

A quoi voyait-elle cela, la petite futée ?

— Un de mes parents vous aurait-il fait du tort ?

Une belle nappe de crottin, au beau milieu de l'allée, donna à Marie un répit avant de répondre. Elle se baissa, non sans difficulté, et à l'aide de la boîte de conserve fit glisser précautionneusement les excréments bien moulés dans le sac en plastique.

— Pas à proprement parler, admit-elle finalement en se relevant. Mais ils étaient les maîtres et moi l'esclave.

— Etiez-vous à ce point maltraitée à la Martinière ? se récria la jeune femme, sceptique.

Gênée, la vieille femme se remit en marche de son pas pesant.

— Disons que c'était plutôt une question de caractère. Que voulez-vous, les autres, ça ne les gênait pas d'être aux ordres, mais moi, je ne supportais pas !

— Je vois, opina la demoiselle qui n'avait pas l'air de voir du tout. C'est pour cela que vous n'êtes pas restée très longtemps.

— Encore trop à mon goût. Je suis entrée en condition en 1910, je n'avais que douze ans, et j'y suis restée jusqu'à la mort de monsieur Louis au Chemin des Dames. La famille a pris le grand deuil et réduit le train de vie de la maison. On m'a « remerciée », comme on dit, mais c'est moi qui avais envie de dire merci en partant. J'étais enfin libre !

— Pendant ces sept années de service, poursuivit la jeune femme qui visiblement avait son idée, vous avez peut-être rencontré à la Martinière une petite fille d'environ sept ans ?

Tu parles qu'elle l'avait rencontrée, cette mijaurée ! C'était quoi, cette question ?

— En quoi cette gamine vous intéresse-t-elle ? questionna Marie d'un ton rogue.

— Je pense qu'elle avait en fait un lien de parenté avec ma famille.

— Tiens donc !

La conversation commençait à devenir sacrément intéressante. On lavait enfin le linge sale de la famille chez les Le Gallois ?

— Vous souvenez-vous d'elle ? insista la demoiselle.

— Pourquoi vous le dirais-je ?

Le ton était carrément agressif, mais la jeune femme ne cilla pas. Elle l'avait suivie jusqu'ici, maintenant elle ne lâcherait pas le morceau.

— Pour lui redonner une identité, une existence, la vie qu'on lui a volée, lever l'oubli dans lequel on l'a ensevelie, lâcha-t-elle d'un trait.

— Croyez-moi, c'est parfois mieux comme ça.

Un pâle soleil, se frayant un chemin entre les branches nues, vint éclabousser d'or pâle les feuilles mortes qui tapissaient l'allée. On apercevait entre les branches les taches colorées des oripeaux suspendus dans les taillis autour de la Tombe à la Fille[1]. Des ex-voto – on aurait plutôt dit un campement de romanos !

La vieille femme fit demi-tour sans un mot. Elle était allée suffisamment loin pour aujourd'hui.

— Vous ne voulez vraiment pas m'aider ?

Décidément, la jeune Le Gallois n'était pas du genre à renoncer facilement. Tout le portrait de son arrière-grand-père.

— Que voulez-vous savoir exactement ?

— De qui elle était la fille.

1. Sépulture d'une jeune fille des environs violée, torturée et exécutée par les chouans durant la Terreur, devenue un lieu de pèlerinage.

— Apparemment, vous en avez déjà une petite idée, je me trompe ?

— Deux, en fait, et j'ai besoin de vous pour savoir laquelle des deux est la bonne.

Marie n'avait nulle envie d'aider une Le Gallois, mais la curiosité la démangeait de savoir ce que la jeune génération avait pu exhumer.

— Dites toujours, acquiesça-t-elle prudemment.

La jeune femme ne perdit pas de temps à se demander s'il était bien correct de déballer les turpitudes de sa famille devant une inconnue. Tenant pour acquis que la domesticité est toujours la première à les connaître, elle alla directement à l'essentiel.

— D'un côté, j'ai découvert que mon grand-oncle Yves avait vécu une folle passion secrète avant son mariage, de l'autre qu'un individu aurait profité de la candeur de la malheureuse grand-tante Thérèse et l'aurait mise enceinte.

— La « candeur » !

Marie s'en étranglait presque.

— Ce n'est pas le mot que j'aurais employé.

— Disons qu'il aurait profité de sa faiblesse psychologique…

— « Faiblesse psychologique » ! De mieux en mieux.

Elle eut un ricanement bref. Elle s'amusait décidément beaucoup.

La jeune Le Gallois se reprit patiemment.

— Qu'elle était un peu folle, si vous préférez.

— Folle à lier, dame, oui ! Mais certainement pas comme vous l'entendez.

— Que voulez-vous dire ?

Elles étaient revenues devant la maison de Marie. Midi sonnait au clocher de Ruffigné. Il était temps de mettre un terme à la conversation.

— Je veux dire que vous risquez d'avoir des surprises.

— Pourquoi ?

— A vous de le découvrir !

Elle lui referma la porte au nez en riant sous cape. Voilà qui allait donner du grain à moudre à cette petite curieuse !

Résistant à la tentation de jeter un coup d'œil par la fenêtre pour ne pas se montrer, Marie tendit l'oreille. Des raclements de chaussures sur la marche du perron. La demoiselle hésitait sur la conduite à tenir. Puis des pas qui s'éloignaient. Le grincement du portail branlant. Une portière qui claquait. Un moteur qu'on démarrait. Elle était partie...

Tant mieux.

Marie retourna à ses casseroles en secouant la tête : mais qu'est-ce qu'on avait bien pu lui raconter sur sa famille, à cette pauvre gamine ? Comment s'appelait-elle, déjà ? Mélanie. Quelle drôle d'idée de lui donner ce prénom !

Rues inondées, canalisations éventrées, paillasses trempées mises à sécher sur les clôtures ou aux fenêtres, meubles sortis dans les cours ou sur le pas des portes pour être nettoyés... C'est un véritable spectacle de désolation que découvrit la petite lorsque la voiture automobile conduite par monsieur Joseph passa la voie ferrée pour entrer dans la vieille ville.

Cette semaine de pluies continuelles avait fait une nouvelle fois déborder le Rollard[1] et tout Châteaubriant pataugeait dans la boue et les flaques. On avait même disposé des planches en travers de certaines rues transformées en cloaques pour pouvoir passer à pied sec.

Un mur s'était effondré dans l'avenue de la gare et les moellons encombraient encore une partie de la chaussée ; des ouvriers s'affairaient à les dégager et à les charger dans un tombereau. Une vieille femme en fichu s'approcha pour leur proposer du vin qu'elle transpor-

1. Affluent de la Chère qui traverse Châteaubriant.

tait dans un petit chariot tiré par un grand chien à longs poils.

Monsieur Joseph les évita avec habileté mais ne put empêcher la roue de l'automobile, en passant dans un nid-de-poule, de faire gicler de l'eau sale jusque sur la jupe de la vieille et les pantalons d'un des hommes qui s'était arrêté un instant pour boire une gorgée à la bouteille qu'il venait de lui acheter.

Celui-ci se redressa, furieux, prêt à l'invective, mais monsieur Joseph porta poliment deux doigts à la visière de sa casquette.

— Faites excuse, je ne l'ai pas fait exprès.

L'homme se remit au labeur avec un haussement d'épaules mais la vieille leur lança un regard venimeux qui fit frissonner la petite, rencoignée contre le haut dossier de cuir de la banquette arrière, sa belle poupée assise à côté d'elle.

Passé les hauts murs qui protégeaient le jardin de la Martinière, on entrait dans un autre monde. La propriété avait déjà pansé ses plaies, séché ses larmes. Derrière la maison, le vieux Ferdinand mettait le feu aux branches brisées et aux feuilles mortes qu'il avait amassées d'un râteau paresseux. Les feuilles encore humides brûlaient mal ; on ne voyait pas de flammes mais des petits tas s'élevait une fumée gris bleuté qui s'enroulait telle une légère écharpe de mousseline autour du grand sapin.

Mademoiselle Thérèse en possédait une exactement de la même teinte qu'elle nouait autour de son menton pour maintenir le chapeau de paille d'Italie à large bord qu'elle portait en été. La petite secoua la tête : elle ne voulait pas penser à mademoiselle Thérèse. Pourvu qu'il ne lui prenne pas la fantaisie de descendre à nouveau à la cuisine !

Il y avait bien quelqu'un dans la cuisine, mais ce n'était pas mademoiselle Thérèse. La petite tressaillit de plaisir en reconnaissant, les coudes sur la table, se gavant de flan aux œufs, le visage amical du jeune monsieur Jean. Madame Marie, Alphonsine et même la *fraulein* s'empressaient autour de lui comme des poules autour d'un poussin, le couvant du regard, devançant ses moindres désirs, et le benjamin de la famille Le Gallois se laissait faire avec complaisance. On a beau jouer les durs à l'école, il est parfois fort agréable de se faire mignonner.

Il accueillit la nouvelle venue avec un grand sourire barbouillé de caramel.

— Viens donc t'asseoir pour déguster ce chef-d'œuvre ! Ça vous fond sur la langue et vous coule dans la gorge, un vrai délice. Madame Marie s'est surpassée. Et comme elle en a fait pour un escadron…

L'imposante cuisinière fit mine de s'indigner.

— N'en rajoutez pas dans la flatterie, jeune homme, ou je vous enlève le plat !

Mais à la rougeur qui marbrait ses joues et à la façon dont elle tortillait son torchon, on sentait qu'elle buvait du petit-lait.

La petite s'approcha prudemment en guettant d'un œil inquiet la réaction de la *fraulein*. Mais l'Alsacienne était en grande conversation avec Alphonsine et ne parut pas lui prêter attention.

— Allez, approche donc, petite sotte. Elle ne te dira rien, souffla monsieur Jean à son oreille. Mère a dit qu'il ne fallait pas me contrarier alors je peux demander ce que je veux, tout le monde dit amen !

La petite s'assit sur une chaise en face de lui, mais d'une fesse seulement.

— Comment se fait-il que vous ne soyez pas à l'école, monsieur Jean ? interrogea-t-elle à voix basse.

Tout en relevant furtivement sa manche pour exhiber le grain de beauté en forme de cœur qui leur servait de « signe de reconnaissance », il fit glisser vers elle une énorme part de flan dans une petite assiette. Le caramel brun tremblotait au ras du liseré doré qui en soulignait le tour.

— Avec ce sale temps, j'ai attrapé un vilain rhume qui m'est retombé sur la poitrine. Je toussais comme si j'allais cracher mes poumons. On m'a fourré au lit dare-dare avec un cataplasme brûlant qui m'a presque arraché la peau et on a fait appeler le docteur Neret comme si j'étais à l'article de la mort. T'aurais vu le tintouin ! Ce bon docteur m'a fait avaler une horrible potion pour faire tomber la fièvre mais comme c'est un homme raisonnable, il a aussi recommandé qu'on me nourrisse de miel, de lait sucré, de crème et de flan pour ménager ma gorge irritée. Depuis, je ne vis que de desserts. Le paradis, je te dis !

— Mais vous êtes encore malade ?

Il lui décocha un clin d'œil malicieux.

— Penses-tu ! Seulement, comme le docteur a dit qu'il valait mieux me garder à la maison tant que je ne serais pas tout à fait rétabli, je me plains de maux de gorge imaginaires et je prends une mine dolente pour gratter quelques jours. Tu parles, on vient de commencer les compositions de fin de trimestre. Si au moins je pouvais éviter celle d'algèbre !

La petite étouffa son envie de rire avec une grosse cuillerée de flan. Monsieur Jean avait raison, il était fameux.

— Et toi, comment ça se fait qu'on ne t'ait pas vue depuis dix jours ?

— Les prés étaient noyés, les ruisseaux ont débordé et on ne pouvait plus passer par la route. Mais comme j'ai été un petit peu malade aussi, ce n'était pas très grave.

Quelque chose la poussait à minimiser son mal, comme si lui donner trop d'importance l'aurait aggravé. C'était quand même sa faute si elle avait rechuté, alors mieux valait ne pas trop en parler.

— La collation est finie, jeune fille. Il est temps de se remettre aux études.

La *fraulein* tapait dans ses mains, mais sans trop d'impatience ; elle n'était visiblement pas pressée d'abandonner les joies du bavardage pour se remettre au labeur.

La petite se leva, docile. Elle tendit sa poupée à Alphonsine qui avait consigne de la percher sur le buffet en attendant le retour de sa jeune maîtresse, et se dirigea vers l'escalier. Monsieur Jean sauta alors de sa chaise en affirmant qu'il devait récupérer un livre dans la salle de cours et qu'il les accompagnait. L'Alsacienne ne fit aucun commentaire et commença à monter les marches, les deux enfants sur ses talons.

— Qu'est-ce que ça veut dire, « rage de mortification » ?

La petite parlait bas pour éviter que la *fraulein* ne l'entende, tout en ralentissant le pas pour se laisser distancer. Il fallait qu'elle sache.

— Où as-tu entendu ça ? C'est la *fraulein* qui te donne des lectures aussi édifiantes ?

Monsieur Jean la dévisageait dans la pénombre, surpris. Elle dut tout lui raconter : la visite de mademoiselle Thérèse, les bottines, la phrase lâchée en partant, et son obstination depuis à subir le froid et la pluie.

— Vous croyez que c'est grave ?

Il y avait comme un sanglot dans son filet de voix que le jeune garçon devait se pencher pour percevoir.

— Grave ? Pourquoi ?

— Je ne sais pas, moi. La rage, ça fait peur, non ?

Elle en bafouillait, subitement paniquée.

— Peuh ! Plus maintenant, la rassura-t-il. Tu n'as pas entendu parler de monsieur Pasteur ?

— Qui est-ce ?

— Le maître nous en a parlé à l'école et mon frère Auguste m'a montré un article dans une revue qu'il reçoit où il était question de lui : c'est un grand savant qui a trouvé comment empêcher les gens de tomber malades quand un animal enragé les mord. Dans le journal, ils appelaient ça un « vaccin ». Donc, tu vois, tu n'as rien à craindre puisque maintenant ça se soigne.

De toute façon, je ne crois pas que ton curé avait voulu parler de cette rage-là.

— Eh bien ! Jeune fille, je *fous* attends.

La *fraulein* était déjà entrée dans la salle d'étude. On l'entendait s'affairer à effacer le tableau noir à grands coups de chiffon énergiques, déplacer une chaise, feuilleter un livre... Les talons de ses bottines claquaient sur le plancher avec un petit bruit sec qui semblait dire : « Allons, vite, vite, vite ! » Elle avait toléré leur aparté le temps de faire ses préparatifs mais à présent, elle ne pouvait plus attendre.

Ils pressèrent le pas. La petite se glissa à sa place habituelle, les yeux baissés pour éviter de rencontrer ceux, courroucés peut-être, de la *fraulein* tandis que monsieur Jean s'en allait de l'autre côté de la pièce farfouiller dans la bibliothèque à la recherche de l'ouvrage prétendument oublié.

La petite eut bien du mal à conserver son attention fixée sur la leçon du jour. Pourtant c'était de l'histoire et d'ordinaire, l'épopée de Christophe Colomb découvrant un continent inconnu, même relatée avec l'accent alsacien, eût dû la captiver. Mais aujourd'hui la *Pinta*, la *Niña* et la *Santa María* se heurtaient dans leur progression vers l'ouest à des obstacles plus sournois que la tempête ou le manque de vent : les manigances de monsieur Jean, qui ne savait plus qu'inventer pour rester dans la salle. C'est ainsi qu'après avoir bouleversé de fond en comble les rayonnages de la bibliothèque sans trouver, et pour cause, le livre « oublié », il s'était lancé à la recherche d'une boîte de crayons de couleur dont il assurait avoir un pressant besoin, avant pour finir de faire mine de s'assoupir dans le fauteuil placé près du poêle à charbon qui ronronnait devant la cheminée.

La *fraulein* s'interrompit un instant pour jeter un coup d'œil attendri au jeune « malade » qui reposait, la joue sur sa main. La petite elle-même n'était plus très sûre qu'il jouât la comédie et s'efforçait de ne pas faire de bruit pour ne pas le réveiller.

C'est alors que, abandonnant Colomb, ses Indiens et ses perroquets aux sarcasmes de la cour d'Espagne, la blonde Alsacienne sortit de la pièce pour aller quérir comme à son habitude un mouchoir propre dans sa chambre.

Sautant sur ses deux pieds comme un diable jaillissant de sa boîte, monsieur Jean se précipita aussitôt vers sa petite camarade, l'air ma foi parfaitement éveillé.

— J'ai bien réfléchi à ce que tu m'as dit tout à l'heure sur ta « rage de mortification ». En fait, c'est comme si tu t'imposais des épreuves pour « mériter » un jour de savoir qui sont tes parents. Comme si tu pensais qu'on te le cachait pour l'instant parce que tu n'en étais pas encore « digne ». Je me trompe ?

La petite regarda le garçon, impressionnée. Tandis qu'elle le croyait somnolent, il avait rudement fait marcher sa tête. Maintenant qu'il le disait, tout paraissait tellement évident !

— Non, vous avez raison. On me cache des choses, c'est sûr, au moins sur ma mère. Si j'en crois votre sœur, elle aurait fait des études.

Un œil sur la porte, guettant le retour de la *fraulein*, monsieur Jean esquissa une grimace.

— Ne te fie pas trop à ce que dit Thérèse ; rester cloîtrée la rend folle et il lui arrive de ne plus discerner le rêve de la réalité. D'ailleurs, depuis le temps, elle a peut-être confondu avec quelqu'un d'autre.

La petite secoua la tête avec obstination.

— Mais elle n'est pas la seule à en parler ainsi : en voulant clouer le bec à cette mégère de Rosalie Jeanbu, la mère Tual a dit que mes parents valaient mieux que les siens, et la maîtresse d'école de Juigné-les-Moutiers est allée la remercier ensuite, les larmes aux yeux, d'avoir parlé de la sorte. Elle connaissait ma mère, j'en suis sûre.

— Pourquoi ne vas-tu pas le lui demander ?

— Elle se taira, comme les autres.

Elle s'interrompit, frappée d'une idée subite.

— Et si votre sœur, l'institutrice et ma mère avaient été à l'école ensemble ? Elles pourraient avoir à peu près le même âge.

— C'est possible après tout, acquiesça monsieur Jean, songeur. Mais si ta mère a poursuivi ses études avec elles, elle n'a pas dû épouser un simple ouvrier comme on le croyait jusqu'ici.

— Un contremaître, peut-être.

— Ou un ingénieur, qui sait. Mon père en a fait venir de Nantes et même de Paris quand il a fait construire la nouvelle usine.

Il s'apprêtait à ajouter quelque chose mais se ravisa et, la plantant là sans un mot d'explication, courut se pelotonner à nouveau dans le fauteuil près du poêle. Son oreille exercée avait perçu avant elle le pas de la *fraulein* sur le tapis du couloir.

La petite se replongea dans son livre d'histoire avec toutes les apparences de l'application mais son imagination, boudant les malheurs de Colomb, s'envolait bien au-delà des murs de la salle d'étude, vers un monde où enfin les questions trouveraient des réponses.

Elle était encore perdue dans ses réflexions, debout devant le portail de la Martinière où monsieur Joseph lui avait demandé d'attendre avant de retourner s'escrimer sur la manivelle pour essayer de faire démarrer le moteur récalcitrant de la De Dion-Bouton, quand une voix qui hésitait encore entre les graves et les aigus aboya son prénom derrière elle. La petite se retourna et vit le Mataud de la Grenouillère courir vers elle en faisant de grands signes.

— La locomotive du 5 h 20 pour Rennes va passer à la barrière. Viens-tu ?

Le Mataud ne parlait jamais de « train » ; il n'avait que faire des wagons. Seule la grosse locomotive rutilante qui lâchait sa vapeur dans un feulement strident de grand fauve l'intéressait. Il la vénérait et dès qu'il pouvait s'échapper de l'école ou de chez lui, il courait jusqu'à la gare, escaladant les barrières pour voir de plus près l'objet de son adoration. La petite l'apercevait sur son perchoir presque chaque fois qu'elle venait chez les Le Gallois. Son enthousiasme juvénile aurait sûrement beaucoup fâché le curé de Saint-Nicolas : il fulminait régulièrement en chaire contre cette machine du diable qui déversait sur Châteaubriant des flots d'ouvriers communistes, des ennemis de Dieu ! A l'entendre, le chemin de fer n'était qu'un nouveau tour inventé par le Malin pour perdre les âmes des bons chrétiens et il n'hésitait pas à confondre la loi de séparation[1] et le progrès ferroviaire dans le même anathème.

— Allez, viens donc, criait le Mataud, tu n'vas pas rater ça !

Elle hésita. Dans le jardin, on entendait monsieur Joseph ahaner sur sa manivelle. Il était de fort méchante humeur et si jamais il ne la trouvait pas à sa place lorsqu'il aurait enfin réussi à dompter son fier coursier mécanique, il serait furieux.

Mais le Mataud insistait. Il trépignait en montrant du doigt le passage à niveau qui se refermait. Pas question de manquer ce spectacle auquel il rêvait toute la journée, prisonnier des murs de l'école, en attendant la cloche de la sortie.

Elle se laissa tenter. Ce ne serait pas long et, en courant, elle serait vite de retour.

Elle rejoignit, tout essoufflée, le Mataud déjà suspendu à la barrière blanche en compagnie d'autres drôles de son âge. Il joua des coudes pour lui faire une place près de lui, sans se soucier des commentaires égrillards de son voisin, un garnement en sabots qui exhibait fièrement un œil gonflé dont l'enflure commençait à virer au violet. Se tenant d'une main à la barrière, l'autre agrippant fermement la belle poupée qu'elle avait

1. De l'Eglise et de l'Etat.

reprise dans la cuisine avant de partir, elle les entendit se vanter en riant de la raclée qu'ils avaient passée à ces calotins de « Saint-Jo », le matin même, sur l'esplanade des Terrasses.

— Ah ! fallait les voir courir, les bougres ! Vont en avoir des choses à raconter samedi à confesse, ricanaient-ils en se poussant du coude.

Un petit blondinet dont la blouse avait été déchirée dans la bagarre s'inquiéta d'une voix fluette de la tournée que son père ne manquerait pas de lui mettre en rentrant mais le Mataud, qui faisait le faraud devant la petite, le rassura d'une voix mâle.

— T'as qu'à lui dire que t'as défendu l'honneur de la laïque. Ton paternel est un « bleu », il te félicitera, tu peux m'en croire.

Le blondinet ne paraissait guère convaincu, pensant sans doute que si le père ne lui tirait pas les oreilles, la mère qui s'usait à raccommoder les fonds de culottes et les chemises de toute sa nichée s'en chargerait bien, mais il n'eut pas le temps de répondre.

Faisant vibrer la barrière sur laquelle les gamins étaient perchés telle une volée de moineaux, la loco passa dans un grand hurlement en crachant feu et flammes.

La petite se cacha le visage dans son châle ; la machine la terrifiait plus encore que la Bête de Béré dont le Pelot se plaisait à lui conter les méfaits le soir à la veillée. Mais cette fois, elle se força à la regarder sans détourner ses yeux irrités par la fumée noire que crachait la cheminée. Etait-ce une locomotive comme celle-là qui avait un jour amené son père à Châteaubriant ?

18

Cette fois, aucun roucoulement amical et tendre n'accueillit Mélanie à son arrivée devant la porte de la petite maison derrière l'église. L'appui de la fenêtre était vide ; par ce temps froid, gris et mouillasseux – un vrai temps de novembre – Viv avait dû rentrer la cage pour mettre la tourterelle à l'abri à l'intérieur. Cette fenêtre muette et nue sous la bruine lui sembla tout à coup le comble de la désolation et elle sentit son cœur se serrer encore un peu plus.

L'échec de ses visites à monsieur de la Boissière et à la « petite Marie », venant après l'ultimatum de Pascal, l'avait plus affectée qu'elle ne l'aurait cru. Pourtant, ce n'était pas la première fois qu'au cours d'une enquête elle rencontrait des témoins récalcitrants, il était même arrivé qu'on lui fermât la porte au nez, voire qu'on l'injuriât, et la rigidité orgueilleuse du châtelain de la Boisserie comme la méchanceté sarcastique de l'ancienne servante aigrie n'étaient pas le pire qu'elle ait eu à subir. Or jamais elle ne s'était laissé abattre. Mieux même : d'ordinaire, ces obstacles semés sur sa route vers la vérité la stimulaient, renforçaient sa pugnacité et attisaient sa soif de savoir. Pourquoi cette fois-ci était-ce différent ? Pourquoi se sentait-elle personnellement rejetée à chaque refus ? Ce n'était pas elle qui gênait, mais le souvenir d'événements passés depuis longtemps, elle le savait. Lesquels ?

Elle avait beau s'exhorter à réagir, elle restait là, immobile devant la porte close, les cheveux de plus en plus mouillés dégoulinant dans le col de son caban de laine bleu marine, seule, misérable.

Un coup de klaxon, dans la grand-rue qui traversait Pouancé de l'autre côté de l'église, la tira finalement de sa torpeur. Remontant son col trempé dans une vaine et tardive tentative pour protéger son cou, elle frappa à la porte, s'étonnant à part elle que Viv ne l'eût pas entendue arriver et qu'elle ne lui eût point déjà ouvert sa maison, un grand sourire illuminant son visage délicatement ridé. Etait-elle absente ? Quelle bêtise de n'avoir pas téléphoné avant de venir ! Après tout, Viv n'était pas à sa disposition.

Mélanie tendit l'oreille.

Des sons étouffés lui parvinrent, sans doute en provenance de la chambre de derrière. Donc, elle était là. Les bruits se précisaient : des pas lents et traînants. Ce n'était pas dans les habitudes de Viv de se déplacer comme « une vieillarde courbée par les ans », selon sa propre expression. Elle était plutôt « trotte-menu », vive et toujours en mouvement. Mélanie fronça les sourcils, prise d'une inquiétude soudaine.

Le battant de la porte s'ouvrit lentement. Il faisait une chaleur de four dans le salon et pourtant Viv paraissait transie. Elle avait enfilé deux gilets en tricot l'un par-dessus l'autre et ne cessait de se frotter les mains comme si elle avait besoin de les réchauffer. Mélanie remarqua aussitôt ses yeux brillants et se demanda si elle avait de la fièvre ; cette humidité transperçait les corps, comme disait Françoise, et il n'y avait rien d'étonnant à ce que Viv eût attrapé un rhume.

Cependant, la vieille dame sembla se ranimer en la découvrant sur son seuil. Son dos se redressa, ses mains cessèrent leur fébrile manège et le plaisir se peignit sur ses traits fatigués.

— Le voici, le meilleur remède qu'on puisse me donner : ta visite. Entre, ma chérie.

Mélanie s'exécuta, un peu rassurée. Elle voyait décidément tout en noir aujourd'hui. Viv avait juste un rhume ; malgré tous ses efforts pour le faire oublier, elle était désormais une personne âgée, Mel devrait s'y faire.

Viv alla se rasseoir dans son fauteuil près du magnifique poêle Godin noir et or qui trônait à l'angle du salon. Elle prit le temps de rajuster le napperon de dentelle qui protégeait la tapisserie élimée, de retaper le coussin dont les faux plis écrasés montraient qu'elle avait dû passer dessus une bonne partie de la journée, assoupie peut-être, et de recouvrir ses genoux d'un plaid écossais avant d'entamer la conversation.

— Alors, dis-moi, quelles sont les dernières nouvelles ?

— Par lesquelles veux-tu que je commence : les bonnes ou les mauvaises ?

— Oh ! mon Dieu, par les bonnes. Avec un temps pareil, nous en avons bien besoin, n'est-ce pas ?

— Ouvre grandes tes oreilles, alors : j'ai retrouvé Yann !

La vieille dame marqua un temps, dubitative.

— Et c'est une bonne nouvelle ?

Mélanie réprima un sourire : après Françoise, Viv ; la vieille garde avait la mémoire longue et la dent dure.

— En tout cas, ça m'a fait plaisir. C'est fou, il n'a pas changé ! J'ai eu l'impression de l'avoir quitté la veille.

— Il me semblait pourtant que c'était lui qui t'avait quittée.

— Bah, nous n'étions que des gamins. Je ne vais pas le lui reprocher toute ma vie !

— De toute évidence, tu n'en as pas l'intention.

Mélanie préféra ignorer l'insinuation.

— Figure-toi qu'après son divorce, il a abandonné son cabinet de dentiste à Fontenay-le-Comte pour revenir au pays. Il s'est installé à la Teillais.

Etait-ce son imagination ou Viv avait-elle réellement sursauté ? Pas un haut-le-corps, juste un hoquet, une crispation à peine perceptible. Savoir Yann si près de

Pouancé – combien, huit kilomètres ? – la gênait-elle à ce point ?

— Il fabrique maintenant des instruments de musique traditionnels et il sonne de la veuze. Un retour aux sources, en quelque sorte.

— Et à ses premières amours…

Le regard faussement innocent que Viv posait sur elle mit Mélanie mal à l'aise. Elle se défendit avec une véhémence qu'elle-même trouva suspecte.

— Viv, tu es incorrigible : il faut toujours que tu fasses des romans de tout ! Tomber un jour nez à nez avec son premier amour est une expérience qui arrive à beaucoup de monde sans qu'il y ait de quoi fouetter un chat. C'est juste agréable de retrouver, ne serait-ce que pour quelques instants, les illusions de ses quinze ans.

Viv pointa un doigt osseux.

— Méfie-toi quand même de la nostalgie. Elle ment comme elle respire. Nous la croyons parce que ça nous fait du bien… sur le moment.

Mélanie haussa les épaules, peu convaincue.

— D'accord, d'accord. Et si nous laissions Yann où il est maintenant ? Tu n'as pas envie de connaître les autres nouvelles ?

Viv se carra confortablement dans son fauteuil, glissa ses mains qui s'obstinaient à rester glacées sous la couverture et lui fit signe du menton de poursuivre : elle était prête à l'écouter.

— Il s'agit de la petite inconnue : j'ai découvert deux nouvelles pistes.

Elle posa sur la table une carte de Bourbon-l'Archambault et se lança dans le récit enflammé de la rencontre avec la belle et mystérieuse Herminie.

— Seulement, ces deux pistes mènent dans deux directions différentes : une grossesse non désirée de la grand-tante Thérèse ou l'amour secret du grand-oncle Yves. J'ai essayé d'en savoir plus, mais je me suis heurtée à des fins de non-recevoir catégoriques.

— Qui es-tu allée voir ?

— J'ai interrogé le comte de la Boissière sans succès. C'est à croire qu'Herminie ne faisait pas partie de sa famille ! Ensuite, grâce aux indications de la petite-fille d'Alphonsine...

— La marchande de « vieilleries », comme dirait Françoise.

— Celle-là même. Au milieu de ses « vieilleries », elle a retrouvé dans un carnet d'adresses la trace de la « petite Marie ».

— La petite Marie, Seigneur ! Elle vit encore ?

— Oh ! pour ça, elle a bon pied bon œil. Les mauvaises herbes ont la vie dure.

— Je me souviens d'une gamine au visage fermé et au regard hostile.

— Elle n'a pas changé... sauf que maintenant c'est une vieille femme revêche qui vit presque en ermite à La Guiberdais, une vraie sorcière.

— Tu as pu en tirer quelque chose ?

— Rien, hormis qu'elle déteste la famille Le Gallois et que la grand-tante Thérèse était folle à lier mais, a-t-elle précisé, « pas comme je l'imagine », et elle m'a promis une surprise. Faut-il être mauvaise pour se moquer d'une malade mentale, d'une simple d'esprit...

Mélanie s'interrompit net : Viv venait de rejeter d'un geste brusque la couverture qui lui réchauffait les jambes pour se dresser, les narines pincées et le visage blanc comme la craie. Ses lèvres crispées marmonnaient des mots sans suite.

— Je n'en peux plus... Cette fois, je n'en peux plus...

Alarmée, Mélanie se précipita.

— Mon Dieu, Viv ! Tu te sens mal ?

Elle essaya de la faire rasseoir mais la vieille dame la repoussa d'une main qu'elle ne pouvait empêcher de trembler.

— C'est de ma faute, se lamentait Mélanie. J'ai bien vu que tu étais fiévreuse et il a fallu que je vienne te fatiguer avec mes histoires ! J'appelle le médecin.

Elle formait déjà le numéro sur le cadran démodé du vieux téléphone noir lorsque la voix de Viv résonna dans son dos, parfaitement distincte cette fois.

— Inutile d'appeler le docteur. Cesse de t'en vouloir : tu n'y es pour rien. Je suis la seule fautive. Cela fait trop longtemps que je laisse dire et aujourd'hui je n'en peux plus, c'est tout.

Elle eut un petit rire nerveux et sans joie.

— Cela fait combien maintenant ? Trois quarts de siècle ! Trois quarts de siècle de silence et de lâcheté. Finalement, je ne vaux pas mieux que les autres.

Elle avait jeté ces derniers mots dans un cri désespéré qui transperça Mélanie jusqu'au cœur. Elle porta ses deux mains à son visage livide comme pour le cacher, comme si la honte l'obligeait à se dérober même aux regards de ceux qui l'aimaient.

Mélanie resta là, interdite, désarmée, saisie d'une crainte enfantine face à cette violente détresse de vieille femme, incapable de trouver les mots, les gestes...

Enfin, lentement, très lentement, Viv abaissa ses mains-paravent, découvrant des joues que les rides plissaient horizontalement, entaillées d'un sillon humide comme la croix que l'on trace au dos du pain de la pointe d'un couteau.

— Mais maintenant, je vais parler.

Cette résolution énoncée à haute voix parut la rasséréner quelque peu. Ses lèvres frémissantes de larmes contenues se raffermirent et elle répéta, en fixant un point derrière l'épaule de la jeune femme comme si elle s'adressait à un fantôme qu'elle était la seule à voir :

— Oui, maintenant je vais tout dire.

Elle se rassit, la mine décidée, et fit signe à Mélanie qui n'osait bouger de s'approcher.

— De quoi veux-tu me parler, Viv ?

Sa question prudente, appliquée, un rien formaliste, la surprit ; on aurait dit celle d'une écolière intimidée que le maître venait d'appeler au tableau alors qu'elle ne s'y attendait pas. Elle redoutait ce que Viv allait dire et plus encore de voir sa chère fée s'effondrer sous ses yeux, de l'entendre perdre cette lucidité amusée qui lui avait permis jusqu'ici de garder intact son jugement aiguisé, de sentir que Viv n'était plus Viv...

Mais la voix de la vieille dame avait retrouvé son assurance.

— Je veux te parler de ta grand-tante Thérèse. Puisse-t-elle me pardonner d'avoir tant tardé !

— Qu'y a-t-il à dire sur une malheureuse qui n'avait pas toute sa tête, s'étonna Mel, hormis que c'est bien triste ?

— Sa tête allait très bien, merci !

La réplique avait fusé, sèche. Mélanie sursauta comme cinglée par la lanière d'un fouet, mais déjà Viv poursuivait, pressée de libérer ces mots qu'elle avait gardés si longtemps pour elle.

— Elle était passionnée sans doute, excessive peut-être, un peu exaltée même, mais folle, certainement pas !

Voilà, c'était sorti, et la tension qui raidissait les épaules et le cou de la vieille dame se relâcha d'un coup.

Ebranlée, Mélanie farfouilla dans son sac à la recherche des photos qui ne la quittaient jamais. Elle ne mit que quelques secondes à trouver celle qu'elle cherchait, celle qu'elle avait surnommée pour elle-même « la belle absente ». Elle posa le cliché sur la table.

— Enfin Viv, vois toi-même, protesta-t-elle. Il est évident qu'elle n'est pas normale.

La vieille dame souleva du bout du doigt le rectangle de carton aux tons sépia, perdue dans ses pensées. Lorsqu'elle parla, Mélanie n'eut pas l'impression qu'elle répondait à sa question – qu'elle semblait d'ailleurs n'avoir pas entendue – mais plutôt qu'elle dévidait ses souvenirs à haute voix, pour elle-même.

— Elle rêvait de devenir comédienne... une grande tragédienne, une nouvelle Sarah Bernhardt !

Et, tapotant de l'index le visage figé aux yeux morts :

— Quand je vois cette photographie, je me dis qu'elle avait vraiment beaucoup de talent et qu'elle aurait pu devenir une « vedette », comme on dit maintenant.

Un sourire malicieux étira ses lèvres devant la mine perplexe de Mélanie... à moins que ce sourire ne s'adressât aux images du passé que ce cliché faisait ressurgir en foule dans sa mémoire.

— Elle détestait ce qu'elle appelait « les portraits de cour », consentit-elle à expliquer. Je dois reconnaître que ces séances de pose étaient de véritables épreuves : il fallait rester immobile de longs, très longs moments, en prenant bien garde de ne pas déranger les plis de la belle robe, les boucles savamment disposées... En plus, le photographe jouait les artistes et n'était jamais satisfait : il vous faisait asseoir puis vous relever, changer de place pour les portraits de groupe, tourner la tête suivant un meilleur angle, poser le chapeau plus en arrière ou le tenir à la main... sans parler du choix de ses plaques et de la préparation du magnésium. Au fil des minutes, les sourires se figeaient, les épaules s'ankylosaient, les fourmis montaient à l'assaut des jambes et tout le monde était bien soulagé quand le photographe mettait fin au supplice en annonçant : « C'est dans la boîte ! » Ta grand-tante, elle, refusait ces « singeries » où, selon sa propre expression, « une tribu de macaques s'efforçait de donner l'apparence de la famille bourgeoise idéale ». Au grand désespoir de sa mère, et à la grande fureur de son père, elle s'arrangeait toujours pour loucher, grimacer ou, quand on l'eut menacée de l'envoyer au couvent, s'extraire par la pensée de cette corvée fastidieuse, ce qui lui donnait cette physionomie qui t'a si fort impressionnée. C'était un jeu pour elle, une sorte de pied de nez aux conventions sociales et aux diktats familiaux... Mais du coup, aucune de ces photos ne lui rend justice. Attends, tu vas voir.

Sans quitter son fauteuil, elle tendit le bras pour saisir une boîte à bijoux rectangulaire en vieil argent que Mélanie avait toujours vue à cette même place, sur le bureau en marqueterie, un des derniers vestiges de l'héritage des Dufresne de la Ferrière, et dans laquelle Viv conservait les images bénites rapportées de ses divers pèlerinages à Lourdes ou à Lisieux.

— Tu vois, commenta-t-elle d'une voix étranglée par l'émotion, elle n'a jamais été loin de moi.

Elle extirpa de sous les pieux souvenirs deux photographies aux bords blancs dentelés qu'elle posa par-dessus celle que Mélanie avait apportée. La jeune femme se pencha avec avidité, le souffle court.

C'était bien là la grand-tante Thérèse et pourtant, elle avait du mal à la reconnaître.

Sur la première, couronnée de feuillages et de reines-marguerites, elle tournoyait en riant dans un jardin qui devait être celui de la Martinière puisqu'on devinait un sapin à l'arrière-plan, mais beaucoup plus petit qu'il ne l'était à présent. Les rayons du soleil qui filtraient entre les branches faisaient comme un halo autour de sa tête, sanctifiant ses dix-huit ans resplendissants. Sur l'autre, enroulée dans un tapis ou un rideau à franges, la main sur le cœur et la bouche ouverte, elle semblait déclamer.

— « Œnone, qui l'eût cru ? j'avais une rivale », cita Viv à mi-voix. Elle connaissait *Phèdre* par cœur.

Mélanie ne releva pas, fascinée par cette Thérèse inconnue. C'étaient pourtant les mêmes yeux clairs, les mêmes traits délicatement ciselés, le même châtain soyeux de la chevelure, la même taille mince et flexible ; mais c'était une autre, pleine de gaieté, de charme, de vie...

— Ton grand-oncle Auguste était passionné de photographie ; c'est lui qui a pris ces clichés. Il préférait saisir les gens dans leur naturel, sur le vif, et sa sœur était son sujet favori.

— Serait-ce lui également qui a photographié les domestiques devant la Martinière ? interrogea machinalement Mélanie qui ne pouvait détacher son regard de cette bouche aux courbes sensuelles, de cette lumière ardente qui faisait étinceler ses prunelles, de ce rose qu'on devinait, malgré le noir et blanc, sous l'ivoire de la peau comme si le sang de la jeune fille courait trop vite dans ses veines, impétueux.

— C'est possible, admit Viv, mais je n'avais jamais vu cette photo auparavant. Peut-être Auguste l'a-t-il prise à leur demande et pour leur faire plaisir. En tout cas, lorsqu'il était à la maison, il ne quittait guère son gros boîtier de bois verni et son trépied... sauf pour dormir, et encore !

Mélanie releva soudain la tête, frappée par l'évidence.

— Mais si Thérèse était parfaitement saine d'esprit, pourquoi l'a-t-on fait passer pour folle ?

Pour toute réponse, Viv s'empara des feuillets retraçant la rencontre avec Herminie de la Boissière que Mélanie avait repoussés sur un coin de la table.

— A cause de ça !

Mélanie secoua la tête, complètement perdue. Quel rapport pouvait-il y avoir ?

— Tu as toujours cru que ces phrases enflammées étaient l'œuvre de ton grand-oncle Yves – comme si cela lui ressemblait ! –, d'un homme du moins. En fait, elles sont de la main de Thérèse. Elle était tombée passionnément amoureuse d'une autre femme, et c'était un crime capital. On tolérait les tendres amitiés entre filles au pensionnat – au moins, elles arrivaient vierges au mariage ! –, on s'ébaudissait du vent qui soufflait de Lesbos dans les salons mondains à Paris, mais ici, dans les ruelles étroites d'une sous-préfecture de province à l'esprit tout aussi étroit, c'était impensable. D'autant que ta grand-tante n'entendait pas taire cette passion qui la dévorait.

— Que s'est-il passé ?

— On lui a fait faire son entrée dans le monde en espérant la marier dare-dare, mais elle repoussait violemment tous les prétendants qu'on lui présentait ; alors ton arrière-grand-père a décidé de l'éloigner. Elle est donc partie dans une ville d'eaux du Massif central, sous prétexte d'anémie, avec sa mère... qui tenait par cartes postales interposées son époux au courant de l'évolution de l'état d'esprit de leur fille. Finalement, au bout de trois mois, Thérèse en a eu assez ; pour obtenir son retour, elle a feint d'avoir oublié cette histoire. Quand je te disais qu'elle était bonne comédienne ! Mais à peine revenue à la Martinière, elle s'est enfuie pour rejoindre sa bien-aimée. C'était la nuit et dans le noir, elle a raté un virage. La De Dion-Bouton s'est retrouvée dans le fossé. On a ramené Thérèse, légèrement blessée au bras et au genou, à la maison et son père n'a désormais eu d'autre solution que de la tenir enfermée derrière les hauts murs de la Martinière en prétendant qu'une fièvre infectieuse lui avait fait perdre la raison.

— Comment ça, pas « d'autre solution » ? Mais c'est ignoble !

— Vu de maintenant, sans aucun doute. Mais à l'époque, ton arrière-grand-père avait-il le choix ?

— Il ne fallait pas salir la réputation de la famille, n'est-ce pas ?

Mélanie avait craché le mot « famille » avec tout le venin qui lui était monté peu à peu à la gorge depuis le début de cette histoire, incapable de dissimuler plus longtemps son dégoût. Encore une dont l'Ancêtre avait purement et simplement gommé l'existence parce qu'elle faisait tache dans son paysage ! Combien d'autres fantômes peuplaient l'histoire familiale ?

Elle se leva pour mieux laisser exploser son indignation.

— C'est écœurant ! Et tout le monde s'est fait le complice de cette infamie en la répercutant. Moi aussi, on me l'a fait croire !

— Etait-ce vraiment un mensonge, si on y réfléchit ? Ecoute, avant de t'emporter : comment les honnêtes gens bien-pensants de l'époque pouvaient-ils comprendre cette passion « contre nature » si ce n'est comme un égarement de l'esprit ? Ma propre sœur – Dieu ait son âme – a toujours considéré en toute bonne foi qu'un tel penchant ne pouvait qu'effectivement être le produit d'un esprit dérangé. D'autres auraient été moins charitables : ils auraient crié au péché mortel, y auraient vu, qui sait, la marque du diable… Imagine le déchaînement que cela aurait été ! Quel avenir ces deux femmes avaient-elles ?

— Tu oses parler d'avenir ? Mais Thérèse en est morte, de cette réclusion ! Tombée du toit… quoique, maintenant, je ne sais plus que croire. Quelqu'un l'a peut-être poussée ?

Viv ferma les yeux sous ce déferlement d'amertume. Elle paraissait épuisée. Mais Mélanie passa outre : maintenant que la vérité avait commencé à apparaître, elle voulait la connaître tout entière, sans plus aucune ombre pour la déformer.

— Réponds-moi, Viv : sais-tu ce qui est arrivé ce jour-là ?

La vieille dame acquiesça douloureusement. Les yeux toujours clos, elle raconta :

— Ce qui s'était passé avec Herminie, je ne l'ai su qu'ensuite, mais l'après-midi où Thérèse est tombée, j'étais là et j'ai tout vu. On n'était qu'en mai, mais il faisait déjà chaud. Nous prenions des rafraîchissements au jardin. Thérèse s'était retirée en disant qu'elle avait besoin de dormir un peu. Soudain, nous avons entendu sa voix qui venait d'en haut, bien au-dessus de nos têtes. Elle était sur le toit. Avec sa chemise de nuit blanche, on aurait dit un spectre, une Ophélie sortie de l'eau. Mais c'était d'autres vers qu'elle déclamait : du Racine, un extrait d'*Andromaque*. La tirade d'Oreste après la mort d'Hermione. Je m'en souviens encore, mot à mot.

Le visage crispé, la voix rauque, Viv se mit à réciter et Mélanie qui avait elle aussi fermé les yeux n'avait aucune peine à imaginer la scène : la jeune fille encore amaigrie par sa détention forcée, si frêle dans sa chemise virginale, ses yeux clairs levés vers les cieux qu'elle invectivait...

— « Oui, je te loue, ô ciel, de ta persévérance
« Appliqué sans relâche au soin de me punir,
« Au comble des douleurs, tu m'as fait parvenir. » Elle avançait lentement, pieds nus, vers le bord du toit...
« Ta haine a pris plaisir à former ma misère ;
« J'étais né pour servir d'exemple à ta colère,
« Pour être du malheur un modèle accompli.
« Hé bien ! je meurs content, et mon sort est rempli. »
Et elle est tombée, conclut Viv.

— Elle s'est jetée dans le vide ? haleta Mélanie qui « voyait » le corps pantelant à terre, les cheveux répandus et la tache rouge qui s'élargissait sur le fin tissu blanc.

Viv, que la même vision hantait sans doute, soupira.

— Peut-être a-t-elle voulu mettre un terme à cette existence qui n'avait plus de sens, ou peut-être a-t-elle simplement glissé sur les ardoises humides ; il avait plu le matin. Ou peut-être s'est-elle laissé emporter par sa réplique et l'a-t-elle jouée jusqu'au bout. Nul ne le saura jamais.

Mélanie s'était rassise, hagarde, encore sous le coup de cette mort qu'elle venait de vivre au travers des années, effondrée devant ce gâchis tragique qui avait trouvé sa conclusion dans le huis clos de la Martinière.

Le silence s'appesantit sur le salon surchauffé de la petite maison de Pouancé. Dehors, ailleurs, le clocher égrena quatre coups. Les deux femmes se taisaient toujours, la tête basse, comme en prière, veillant le corps de cette jeune morte de vingt-quatre ans dont la seule faute était d'avoir trop ardemment aimé.

Au bout d'un long moment, Mélanie demanda d'une voix enrouée par l'émotion :

— Et Herminie, qu'est-il advenu d'elle ? A-t-elle bien sagement repris le « droit chemin » ou a-t-on dû l'enfermer elle aussi ?

— Ils n'y sont pas arrivés. Elle non plus n'a jamais oublié. Après le drame, son père a cru pouvoir profiter de son chagrin pour la marier. Elle a plaqué son fiancé au pied de l'autel et elle a sauté dans le premier train pour Paris. Là-bas, à ce qu'il paraît, elle a fréquenté le demi-monde, friand à l'époque des mêmes attachements qu'elle. On dit même qu'elle a un moment disputé le cœur de la célèbre Liane de Pougy à une Américaine, Nathalie Barney. Pour vivre, elle a aussi posé pour des peintres, à Montparnasse et à Montmartre. Elle serait morte dans la misère, d'une pneumonie, entre les deux guerres. La Boisserie est passée à une branche cadette qui ne tient pas, pour des raisons évidentes, à garder son souvenir.

— D'où l'accueil glacé de monsieur de la Boissière. La « petite Marie » avait raison : c'est une sacrée surprise !

Mélanie se leva avec difficulté, comme si soudain elle était devenue très vieille, ployant sous le poids de ces trois quarts de siècle de mensonges dont elle venait d'endosser le fardeau. Sans un mot, elle vint déposer un baiser sur le front pâle de la vieille dame et sortit.

Viv ne chercha pas à la retenir. Parler avait été une épreuve. Elle se sentait vidée, mais tellement plus légère à présent ! Et puis Mélanie avait besoin de temps pour savoir ce qu'elle allait faire d'un tel secret.

Le ciel bas de décembre avait saupoudré le jardin de la Martinière d'un grésil froid et coupant, et une fine couche blanche recouvrait les allées. Monsieur Joseph, qui avait une course à faire au bourg, l'avait laissée devant le portail principal et la petite avançait à pas précautionneux ; ses sabots que le père Tual avait garnis de paille pour lui tenir les pieds au chaud glissaient sur la terre gelée. Elle aurait préféré mettre ses belles bottines, mais elle aurait alors risqué de les abîmer et cela, elle ne le voulait pour rien au monde. Toutefois, ses semelles de bois mouillées n'avaient aucune prise sur le verglas et elle devait se raidir à chaque pas pour ne pas tomber. Ses muscles noués lui faisaient mal et comme la douleur au creux de ses reins s'était réveillée depuis quelques jours, elle avait hâte d'arriver devant la porte de la cuisine.

Elle n'avait dit à personne le poignard qui lui déchirait à nouveau le dos ; il ne le faisait pas en permanence et elle espérait qu'en se taisant, las d'être ignoré, il s'en irait de lui-même. Allons, encore un pas...

Elle tournait l'angle de la maison lorsqu'elle entendit une voix résonner dans l'air brumeux. Elle reconnut dans un frisson la diction musicale de mademoiselle Thérèse qui prenait dans le froid une ampleur nouvelle, comme sous la voûte d'une église. Que faisait la demoiselle dehors par un temps pareil ? A qui parlait-elle dans le jardin ?

La petite savait qu'elle ferait mieux d'entrer au plus vite, que les discussions des maîtres Le Gallois ne la regardaient pas, mais la tentation était trop forte. Depuis qu'elle était venue la voir dans la cuisine, mademoiselle Thérèse exerçait sur elle une étrange fascination ; elle redoutait une nouvelle rencontre et la désirait à la fois.

Elle jeta un coup d'œil vers la porte de l'office : elle était hermétiquement close sur la douce chaleur du poêle en fonte et personne ne guettait son arrivée. Elle se glissa derrière un buisson de lauriers qui avaient la bonne idée de garder leurs feuilles même en hiver. Le grésil avait posé dessus un voile blanc de mariée qui arrivait juste à hauteur de son front. C'est bien, on ne la verrait pas.

Mademoiselle Thérèse était seule. La tête recouverte d'un grand châle, elle marchait de long en large, un livre ouvert à la main. Pourtant elle ne regardait pas les pages que les minuscules aiguilles de glace mouillaient mollement : elle parlait à haute voix, interpellant les ombres noires des arbres, apostrophant la silhouette massive de la maison, prenant à témoin le ciel de coton grisâtre.

— « Dois-je les oublier, s'il ne s'en souvient plus ?

« Dois-je oublier Hector privé de funérailles,

« Et traîné sans honneur autour de nos murailles ? »

Elle se détourna brusquement, montrant du doigt le banc de pierre.

— « Dois-je oublier son père à mes pieds renversé,

« Ensanglantant l'autel qu'il tenait embrassé ? »

Et levant un regard farouche vers le firmament qui faisait pleuvoir sur elle une poudre aux reflets argentés :

— « Songe, songe, Céphise, à cette nuit cruelle,

« Qui fut pour tout un peuple une nuit éternelle[1]. »

Mais de quoi parlait-elle ? Et à qui ? Mademoiselle Thérèse était décidément bien étrange. Pourtant ses paroles, pour insensées qu'elles fussent, avaient des accents magnifiques, douloureux et mélodieux à la fois. C'était comme une musique qui, vague par vague, vous emportait toujours plus haut et la petite se laissait bercer, fascinée. Même le curé de Saint-Nicolas n'avait pas une telle emprise sur ses paroissiens quand il faisait son sermon du haut de la chaire sculptée qui surplombait la nef.

La petite fit un mouvement pour chasser la lourdeur qui pesait sur ses reins et son sabot glissa sur l'herbe raidie par le gel. Elle se rattrapa à une branche de laurier pour ne pas tomber, faisant chanceler le buisson avec elle.

Mademoiselle Thérèse interrompit net sa harangue enflammée et tourna vers elle un regard d'oiseau effarouché.

La petite retint sa respiration. Si seulement la demoiselle pouvait croire au passage d'un chat en maraude !

La silhouette déformée par le châle épais se baissa pour scruter le feuillage sombre poudré à frimas. Le cœur de la petite battait à se rompre. Surtout pas un

1. *Andromaque*, Racine.

bruit, pas un geste… Oh ! mon Dieu, faites qu'elle ne me voie pas !

Mais Dieu avait décidé d'ignorer sa prière muette. La voix bien timbrée de mademoiselle Thérèse résonna à nouveau dans le jardin, tout près, juste de l'autre côté de son pauvre écran de verdure.

— « Qui es-tu, toi qui, ainsi caché par la nuit, viens te heurter à mon secret[1] ? »

La petite sortit de sa cachette, penaude d'avoir été découverte. Le grésil avait blanchi le capuchon pointu de la pèlerine du Pelot que la mère Tual avait posée d'autorité sur ses épaules avant qu'elle parte ; on aurait dit un de ces lutins des forêts qu'on appelle korrigans et qui aiment à égarer les voyageurs.

La demoiselle s'approcha un peu plus pour mieux voir le visage de celle qui l'avait surprise dans sa déclamation solitaire.

— Mais c'est toi ! s'exclama-t-elle. Que fais-tu donc ici ? Ne dirait-on pas que tu m'espionnais ?

Mais la petite était trop effrayée pour percevoir la note amusée qui tempérait le ton faussement inquisiteur. Paniquée par l'accusation, elle se défendit avec l'énergie du désespoir.

— Oh ! non, mademoiselle, je n'oserais jamais. Mais ce que vous disiez était si beau !

Mademoiselle Thérèse eut un sourire étonné.

— Ainsi donc, tu es sensible à la tragédie classique ! Pourtant, tu n'as pas dû en entendre beaucoup dans ta campagne. Décidément, tu es tout le portrait de ta mère.

La petite pâlit. Encore sa mère ! Cette fois, elle devait saisir l'occasion et l'obliger à parler. Elle déglutit avec peine tant sa gorge était nouée et se lança, la voix tremblante.

— Vous connaissiez ma mère, mademoiselle ?

---

1. *Roméo et Juliette*, Shakespeare.

La jeune femme posa sur elle un regard où la gêne le disputait à l'attendrissement. La petite insista.

— Que pouvez-vous me dire d'elle ? S'il vous plaît…

La demoiselle s'assit sur le banc de pierre et lui fit signe d'approcher.

— Voyons, voyons… Que sais-tu de tes parents ?

— Rien, on n'a jamais rien voulu me dire.

— Crois-moi, c'est bien mieux comme ça. On n'a pas toujours à se louer de ses parents… et je parle par expérience. Regarde où j'en suis réduite !

— Mais j'ai besoin de savoir. Juste un nom, un visage à chérir dans mes rêves… Je vous en prie.

Mademoiselle Thérèse s'essuya les yeux du revers de la main, peut-être pour ôter les fines particules de glace qui s'accrochaient à ses longs cils, peut-être pour effacer la larme qui embuait son regard. Elle secoua la tête en signe de dénégation.

— Non, je n'ai pas le droit de t'en parler. J'ai promis de me taire… pour ton bien, petite.

— Parce que vous avez l'impression que cela me fait du bien ?

La question avait fusé, rageuse, sous le trop-plein du désespoir qui secouait l'enfant comme une bourrasque et la faisait trembler sous sa pèlerine. Elle n'avait même plus peur. Mademoiselle Thérèse n'était pas si redoutable au fond, elle paraissait même vraiment navrée. Il n'y avait plus de riche demoiselle Le Gallois et de petite paysanne en sabots, il y avait seulement une adulte qui savait et une enfant qui clamait son droit de savoir enfin.

— Savoir te ferait sans doute plus de mal encore.

— Qu'est-ce que ma mère a fait de si honteux pour que même son nom ne puisse pas être prononcé ?

Mademoiselle Thérèse sursauta et cette fois, la larme coula sur sa joue glacée sans qu'elle songeât à l'écraser. Impulsivement, elle entoura les frêles épaules de la petite de ses bras et la serra sur son cœur.

— Non, non. Il ne faut pas croire cela. Oh ! mon Dieu, elle n'a rien fait de mal, la malheureuse. Et elle a tellement souffert...

Blottie dans le nid chaud et parfumé des bras de la demoiselle en un embrassement maternel qu'elle n'avait jamais connu, la petite s'abandonna aux pleurs avec délice, hoquetant entre deux sanglots :

— Ma maman, ma pauvre maman...

Elles mêlaient leurs larmes de gamines abandonnées, la grande et la petite enlacées sous le grésil qui se transformait peu à peu en flocons ouatés, comme des caresses légères sur leur peau.

La porte de la cuisine que quelqu'un ouvrait avec peine, le battant étant gonflé par l'humidité, les tira de leur extase amère. Une voix appela la petite.

— La *fraulein* ! gémit-elle. Je vais me faire gronder.

Mademoiselle Thérèse la lâcha comme à regret.

— Allez, va. Je t'ai mise en retard. Tu as la chance de pouvoir apprendre, profites-en !

— Que m'importent l'histoire et la géographie, si je ne sais pas d'où je viens !

La demoiselle fixa la maison comme si elle cherchait dans sa façade régulière la réponse à ses questions. Puis, très vite, elle murmura :

— Ta mère était institutrice et elle est morte en te donnant le jour. Voilà tout ce que je peux te dire. Maintenant, file !

— Mais pourquoi votre famille prend-elle soin de moi ?

— Ah ! c'est justement ce qui ne peut être dit ! s'exclama-t-elle en se levant.

Devant le petit visage cruellement désappointé, elle essaya néanmoins d'adoucir le caractère irrévocable de la sentence.

— Peut-être plus tard. Mon père vieillit, il va bientôt être à nouveau grand-père, peut-être se laissera-t-il attendrir. Prends patience, tu as tout le temps.

— Et si je ne l'avais pas, ce temps ?

— Mais a-t-on idée de parler ainsi à ton âge ? Tu as toute la vie devant toi. Si tu veux un conseil, étudie, deviens institutrice comme ta mère et pars très loin des Le Gallois et de Châteaubriant.

Sa voix se cassa et elle termina dans un souffle :

— C'est ce que j'aurais dû faire moi-même si j'avais été plus sensée. Maintenant, c'est trop tard. Alors, pars, toi, puisque tu es libre.

La voix de la *fraulein* se fit à nouveau entendre, répercutée en écho par celles d'Alphonsine et de madame Marie, inquiètes.

— File donc, te dis-je !

Mademoiselle Thérèse tourna les talons et disparut derrière le tronc du sapin, son précieux livre à la main.

19

Yann était à la cuisine, en train de se servir une tasse de café, lorsqu'on sonna à sa porte. Qui diable pouvait venir à cette heure et par ce temps ? Il était occupé dans son atelier à façonner une pièce très délicate qui lui résistait depuis des heures et n'avait nulle envie d'être dérangé.

Posant sa tasse sur la grande table de chêne qui avait dû accueillir bien des joyeux convives pour des repas de chasse ou de fin de moissons, il alla ouvrir à contrecœur.

Il s'attendait à découvrir quelque voisin importun ou un représentant perdu dans la campagne, mais certainement pas à voir s'encadrer dans l'embrasure de sa porte d'entrée la silhouette trempée de Mélanie. Son caban était couvert de perles de pluie et ses cheveux dégoulinaient comme une touffe d'algues brunes abandonnée sur le sable par l'océan. Elle se tenait debout, immobile, le regard hébété telle une naufragée qui, même revenue sur la terre ferme, n'arrive pas encore à croire qu'elle est hors de danger.

Quelque chose n'allait pas, c'était sûr, mais Yann ne posa aucune question. Il fit ce qu'on doit faire lorsqu'on recueille sur la grève une demi-noyée : sans égard pour son parquet qui après tout en avait vu d'autres, il la débarrassa de son manteau et, l'enveloppant de son bras, la mena jusqu'à la cuisine.

Elle se laissa tomber sur une chaise sans un mot. Ses cheveux gouttaient sur son pull et sur le bois ciré de la table en étoiles sombres. Yann remplit une autre tasse de café brûlant et s'en fut dans la salle de bains chercher une serviette de toilette. Mel s'abandonna en fermant les yeux à ses mains qui, patiemment, lui épongeaient le front, les tempes et le cou, enroulaient la serviette autour de sa tête. Yann vit avec satisfaction sa nuque crispée se détendre et la ride verticale entre ses paupières closes s'estomper. Mais il ne dit toujours rien ; il fallait laisser à la chaleur de la maison le temps de pénétrer les membres engourdis et l'esprit tourmenté de Mélanie. Il alla jusqu'à la cheminée attiser le feu et remettre une bûche dans l'âtre tout en surveillant du coin de l'œil le fin profil penché sur la tasse fumante que les longs doigts nerveux serraient comme pour y puiser force et réconfort.

— Ainsi, c'est là ton antre ?

Le ton se voulait dégagé mais la voix, un peu éraillée, était encore mouillée de pleurs. Yann n'était pas musicien pour rien ; il était sensible aux moindres bémols et soupirs. Pourtant, le temps n'était pas encore venu de poser des questions. Il s'obligea à répondre avec légèreté.

— Eh oui ! Voilà la tanière du vieil ours solitaire. Un peu vieillotte, un peu sommaire, mais je m'y sens bien.

Elle se leva, la tasse de café à la main, et entreprit de faire le tour de la pièce à pas lents.

— C'est une bâtisse ancienne, apprécia-t-elle en examinant les poutres noircies du plafond et les carreaux de terre rouge vernissée du sol. Plutôt curieuse d'ailleurs : trop « riche » pour de simples paysans, trop petite et simple pour des notables...

— Bien analysé ! Elle appartenait au duc de Caylus qui y logeait, m'a-t-on dit, son garde-chasse en chef. Certains anciens se souviennent encore du brigadier, une figure ! Il était investi d'une autorité certaine pour un hameau entouré de forêts et il fallait que cela se voie. La maison devait marquer son grade : elle bénéficiait d'un certain confort pour l'époque, et même d'un jardin d'agrément.

Mélanie jeta un coup d'œil par la fenêtre garnie de rideaux en coton blanc crocheté à l'ancienne. La pluie était en train de se calmer. Avant de fuir à l'autre bout du ciel, les nuages secouaient leurs dernières gouttes ; lourdes, espacées comme de grosses larmes, elles faisaient tressaillir les feuilles rougeâtres des rosiers en arceaux enjambant l'allée par laquelle elle était arrivée jusqu'à la porte d'entrée. Une gouttière battait le glas sur une surface métallique, un vieux seau peut-être, quelque part derrière la maison. Un immense sapin, contemporain sans doute de celui de la Martinière, vu sa taille, élevait sa cime effilée bien au-dessus du toit en ardoise, masquant l'horizon vers le couchant.

— La forêt de Juigné n'est qu'à quelques centaines de mètres par les traverses, commenta Yann, penché sur son épaule. J'y fais souvent de grandes balades, jusqu'à la Blisière même.

— Tu t'y baignes encore à l'occasion ? Quelles belles après-midi nous y avons passées ! J'espère que l'étang n'a pas trop changé.

— Pas trop, non. Le pavillon en bois où on dansait a brûlé, mais l'eau est toujours aussi délicieusement fraîche à la saison chaude.

Abandonnant la fenêtre, Mélanie promena un regard appréciateur sur l'agencement de la cuisine. Bien que seul, Yann ne se contentait visiblement pas de plats surgelés. La batterie de casseroles en cuivre, les pots de condiments alignés au garde-à-vous sur une petite étagère et la série en poupées russes des bocaux de faïence portant les inscriptions « farine », « pâtes », « sucre », « riz », « café » soulignées d'une guirlande fleurie montraient que non seulement il se préparait de vrais repas, mais qu'en plus il aimait œuvrer aux fourneaux.

— La maison était déjà dans cet état quand tu l'as achetée ?

Yann eut un sourire en coin.

— Pas vraiment. Elle était encore « dans son jus », selon l'expression de ce coquin d'agent immobilier. C'est dire qu'il y avait pas mal de travaux à faire. Mais bon, j'ai eu le coup de foudre et j'ai plongé. Tu veux visiter ?

Ravi de voir un peu de rose monter aux joues trop pâles de Mélanie tandis qu'elle acquiesçait, il se lança dans une visite guidée volubile.

— A l'origine, la maison ne comportait que deux vastes pièces où cohabitaient lits, armoires et tables, séparées par le couloir central allant de la porte d'entrée à un petit escalier très raide qui grimpe jusqu'au grenier. J'ai fait scinder les pièces en deux par une cloison. Ici, j'ai installé la cuisine et à côté mon atelier, où je passe le plus clair de mon temps. Je te montrerai ma collection de veuzes, mais plus tard, ça demande une visite particulière.

Tout en traversant le couloir, il désigna d'un coup de menton l'escalier effectivement très raide, à peine moins qu'une échelle.

— En haut, j'ai aménagé une chambre d'amis... exclusivement réservée aux amis qui n'ont pas peur de l'escalade et voyagent léger, car je ne me vois pas y hisser une grosse valise. En dessous, j'ai fait installer la salle de bains et les commodités. Les anciens occupants se contentaient de l'eau du puits dans le jardin pour se laver et allaient se soulager dans une petite cabane, près de l'étable, qui communiquait directement avec le tas de fumier. Rationnel, mais tout de même un peu trop rustique pour moi !

Puis, poussant une porte qui s'ouvrait en vis-à-vis de celle de la cuisine :

— Et ici, ma chambre et un petit salon-bureau.

Toujours les mêmes rideaux de dentelle blanche. Une maie transformée en bar. Deux vieux fauteuils confortables en cuir craquelé disposés de part et d'autre de la cheminée. Une jolie table aux pieds tournés recouverte de paperasse et de dessins, supportant un ordinateur. L'ensemble, sans bibelots ni coussins ni fleurs dans un vase, était résolument masculin.

La cloison qui séparait la chambre du bureau était constituée de rayonnages abritant la bibliothèque du propriétaire. Mélanie s'approcha et parcourut les titres inscrits sur les tranches des livres d'un index curieux.

— Pagnol, Merle, Eco, Irving, cita-t-elle à voix haute. Je vois que tu as toujours les mêmes saines lectures.

Elle s'immobilisa devant une série d'ouvrages à la couverture blanche rehaussée de filets rouges.

— Soljenitsyne, murmura-t-elle. *Le Pavillon des cancéreux*, *Une journée d'Ivan Denissovitch*, *L'Archipel du goulag*...

Elle prit le dernier volume d'une main dont elle ne pouvait maîtriser le tremblement. Yann entendait presque le tumulte qui agitait son esprit. Il retint son souffle. Le moment qu'il guettait depuis l'arrivée de noyée de Mel était arrivé. Le moment où elle allait parler.

Elle lui tournait le dos et il ne voyait d'elle que sa nuque sur laquelle bouclait une mèche encore humide, échappée de la serviette-éponge. Il refréna l'envie qui lui montait dans les doigts de caresser la peau si blanche, la racine des cheveux en pointe douce mourant dans le cou en un léger duvet comme l'écume sur une plage. Il n'était pas temps. Pas encore. D'abord, la laisser raconter.

Les épaules de Mélanie se soulevèrent comme si elle exhalait un long et douloureux soupir puis sa voix s'éleva, sourde, contrainte.

— Te souviens-tu de notre indignation lorsque nous avons appris comment le pouvoir soviétique enfermait les opposants au régime dans des hôpitaux psychiatriques en assimilant leur « déviance politique » à de la schizophrénie ?

Il ne répondit pas. D'ailleurs, elle n'attendait pas de réponse. A présent, les mots se bousculaient en un torrent libérateur. Il fallait le laisser s'écouler. Mel poursuivait déjà, débordante d'amertume :

— Figure-toi que Moscou n'avait rien inventé. Mon arrière-grand-père utilisait déjà le même procédé au début du siècle, et contre sa propre famille encore !

Son accusation lâchée, elle se retourna d'un bloc, les lèvres serrées, la respiration oppressée, le défiant du regard de répliquer.

— L'Ancêtre ? put-il seulement balbutier. Mais de quoi veux-tu parler ?

Elle ne pouvait pas s'arrêter là-dessus. Il fallait qu'elle continue. L'abcès venait de crever mais il fallait à présent que tout le pus s'évacue.

— Si tu m'expliquais ? proposa-t-il, plus calmement.

Le souffle nerveux qui soulevait sa poitrine à petits coups précipités parut se calmer un peu. Elle prit une grande inspiration et lâcha d'un trait :

— Tu te rappelles ce que nous avons trouvé dans la boîte à chaussures du grenier ? Les confidences enflammées de l'amoureux transi de la belle amazone ? Eh bien ! nous avons fait fausse route en concluant trop vite que c'était un homme qui les avait écrites. La plume qui soupirait après Herminie de la Boissière était en fait celle de ma grand-tante Thérèse. C'est une surprise, n'est-ce pas ? Et surtout un scandale, à l'époque ! Quelques mois dans une ville d'eaux du Bourbonnais avec sa mère ne l'ayant pas fait changer de sentiments, l'Ancêtre a réglé le problème en décrétant officiellement sa fille folle et en la maintenant enfermée à la Martinière. Personne n'a protesté et tout le monde a fait semblant de le croire. Cette « folie » était si commode ! Moi-même, je l'ai acceptée sans discuter, sans me poser la moindre question.

Elle reposa brutalement *L'Archipel* sur la table dont le bois gémit comme pour protester. Mais Yann n'y prit point garde ; il n'avait d'yeux que pour la jeune femme dressée face à lui, les yeux fiévreux, les poings serrés, tout son corps tendu à se rompre, terriblement fragile et redoutable à la fois, victime expiatoire et furie vengeresse du crime de son bisaïeul.

— Qu'avais-je besoin d'aller chercher si loin mes indignations, quand elles nichaient dans mon sang, dans mes gènes !

Elle avait martelé ces derniers mots en se frappant violemment la poitrine et Yann lui saisit le poignet au vol pour l'empêcher de se faire mal. Elle resta un instant à regarder son poing prisonnier, hébétée, puis, avec un gémissement rauque, elle s'écroula contre lui.

Yann la laissa pleurer un moment, à longs sanglots frémissants, émerveillé de sentir les courbes de son corps épouser les siennes comme avant, avec une évidence qui ne le surprenait même pas. Sa peau douce et chaude avait sous ses lèvres le goût des chagrins d'enfant et la moiteur des fièvres de femme.

La bouche contre son oreille, il lui murmurait des mots de tendresse et de réconfort. Il ne savait même plus ce qu'il disait à la fin tant il avait l'esprit en feu, mais peu lui importait le sens des mots ; c'était une mélopée, une berceuse pour endormir sa peine et son dégoût, une incantation pour qu'elle reste au creux de ses bras, pour que ce moment de grâce parfaite dure et dure encore...

La serviette de toilette qui enserrait ses cheveux glissa sur les épaules de Mélanie et quand leurs souffles se mêlèrent, quand leurs mains fébriles éparpillèrent leurs vêtements sur les carreaux rouges vernissés, le temps, passé comme présent, n'eut plus d'importance... On leur faisait cadeau d'un petit bout d'éternité.

Le soleil au zénith écrasait les ombres des arbres. Il y avait dans l'air surchauffé une odeur de poussière et d'herbe piétinée. Dans le champ, le mouvement de balancier des faucilles commençait à ralentir.

Les moissonneurs s'arrêtaient de plus en plus souvent pour sortir d'une main leur grand mouchoir à carreaux de leur poche et essuyer leur front mouillé, tout en hélant de l'autre les jeunes filles qui attendaient, une cruche à la main, pour les désaltérer.

La grande Lucienne faisait partie pour la première fois de ces porteuses d'eau qui allaient de l'un à l'autre, la jupe retroussée sur ses pieds nus dans ses sabots et les joues rougies par la chaleur et les plaisanteries lestes que les gars de leur âge leur glissaient à l'oreille en passant. Mais il en fallait plus pour faire rougir la fille du maréchal-ferrant. La Lucienne leur répondait hardiment tout en dégrafant un bouton de sa blouse au prétexte de la canicule.

Sa mère qui, bien que penchée avec les autres femmes à ramasser les épis coupés, n'avait pas les yeux dans sa poche, mit fin à son impudent manège d'une gifle magistrale qui obligea la grande Lucienne à battre en retraite en se tenant la joue. Tant qu'elle y était, la matrone, en allant reprendre sa place dans la file des ramasseuses, gratifia ses deux plus jeunes fils d'une calotte. Les deux morveux protestèrent à grands cris qu'ils n'avaient rien fait, mais elle les fit taire en rétorquant que c'était pour les fois où ils avaient fait et où elle ne les avait pas vus.

Sur ce, elle se remit à la besogne tandis que ses queneaux rejoignaient en courant les autres enfants du hameau occupés à aligner consciencieusement par terre les liens sur lesquels les femmes venaient les unes après les autres poser leurs brassées d'épis. Le Renaud du Pâtis, qui avait pris de la carrure ces derniers mois, liait alors les gerbes, en mettant le genou pour bien les serrer, et avec le Pelot il les montait en meules qu'on appelait dans la région des quintelets. La chemise ouverte sur son torse encore imberbe, le fils Tual maniait le broc[1] avec dextérité pour confectionner le troisième étage des gerbes, épis vers le milieu. A ce rythme-là, lui aussi aurait des muscles à la fin des moissons.

1. Fourche à long manche.

Un clocher sonna enfin midi dans le lointain et le travail s'arrêta aussitôt. Les femmes allèrent chercher les grands paniers du repas qui attendaient au pied d'une haie, à l'ombre. Les enfants se précipitèrent comme une volée de moineaux en se jetant de la paille à la tête.

Pourquoi n'était-elle pas avec eux ? Les étés passés, elle s'était beaucoup amusée à distribuer les liens avec les autres. Ce travail ne demandait aucune force physique et elle avait enfin l'impression de se rendre utile. Et puis, c'était si joyeux ! Les filles se tressaient des couronnes de paille et de coquelicots et tout le monde chantait pour se donner du cœur à l'ouvrage. Pourquoi ne voulait-on pas d'elle cette fois ?

Sa maman lui souriait, debout près d'elle. Elle ne pouvait pas la voir, mais elle savait que c'était elle. Sa mère l'institutrice. Elle sentait sa main dans la sienne. Elle respirait son parfum léger. Elle entendait le souffle de la brise soulever les fins cheveux échappés de son chignon. Etait-ce elle qui l'empêchait de rejoindre les autres ?

Tout le monde était maintenant assis, ici et là, à l'ombre courte des meules, à manger les rillauds sur de larges tranches de pain que le père d'un des François – bien malin qui eût pu dire lequel – tranchait généreusement dans la miche. Les bouteilles de vin passaient de main en main et les langues s'activaient autant que les mâchoires. Elle entendait les rires saluant les saillies du père Colin – lorsqu'il ne faisait pas des enfants, il excellait à raconter des histoires drôles.

Comme ils s'amusaient sans elle ! Qu'il devait faire bon s'allonger dans la paille pour une petite mérienne[1], une fois le repas terminé !

La petite repoussa le lourd édredon qui la faisait transpirer et gémit dans son sommeil. Si seulement elle n'avait pas si mal au dos ! C'était sûrement pour cela

1. Sieste de la mi-journée.

qu'elle ne participait pas à la moisson. Elle se retourna sur son oreiller trempé de sueur. Il faisait si chaud !

Dehors, la neige couvrait le jardin de petits baisers mouillés et le grand sapin s'emmitouflait d'un douillet manteau blanc. Dans le ciel d'un noir d'encre, une seule étoile brillait entre deux nuages. Dans quatre jours, ce serait Noël.

20

Mélanie renifla le sweat avec délice. Il sentait Yann, cette odeur subtile qu'elle serait bien en peine de décrire mais qu'elle aurait reconnue n'importe où sans hésiter, les yeux fermés, comme ses mains avaient reconnu le grain de sa peau, ses lèvres la soie délicatement piquante de sa moustache et son ventre ses muscles longs et fermes de sportif. Et même lorsque son sexe avait pénétré jusqu'au plus profond d'elle-même, leur jouissance avait célébré moins une révélation que des retrouvailles intimes, si longtemps attendues et espérées.

Pourtant c'était la première fois qu'ils faisaient l'amour. A quinze ans, ils n'étaient pas allés aussi loin, peut-être parce qu'ils n'étaient pas prêts – elle du moins ne l'était pas, c'était sûr –, peut-être aussi parce qu'à cet âge on pense avoir tout le temps devant soi, si bien que la rupture intervient comme une surprise brutale, un élan brisé.

Leur amour adolescent avait été plus romantique, voire cérébral, que sensuel et elle s'étonnait d'autant plus d'avoir gardé imprimés dans sa mémoire – pas celle que les scientifiques situent dans un lobe du cerveau ni même celle du cœur, mais dans celle de son corps – tous les détails de celui de Yann. C'était comme les pièces d'un puzzle qui se rassemblaient soudain pour venir combler ce vide insondable qu'il avait laissé, sans qu'elle s'en fût aperçue, dans sa vie. Elle comprenait soudain, de toutes les fibres de son être, pourquoi le mot « plénitude » dérivait de « plein ». Elle se sentait « remplie », complète enfin.

Lorsqu'elle avait murmuré « Je t'aime » à son oreille, elle qui le disait si rarement, ce n'était certes pas pour lui avouer ce qu'il savait déjà ; elle n'avait pu retenir ce cri de gratitude venu de très loin, de très profond, de très longtemps.

Au fond du couloir, derrière la porte de la salle de bains, la douche crépitait avec un doux chuintement. Mélanie aimait sentir Yann là, tout près, mais sans le voir, juste l'imaginer, le caresser encore en pensée tandis que l'eau chaude ruisselait sur sa peau nue. Elle enserra ses bras de ses deux mains et enfouit son visage dans le tissu pelucheux à force d'avoir été lavé et relavé. Il avait perdu jusqu'à sa couleur d'origine pour un gris légèrement bleuté sur lequel on pouvait distinguer avec beaucoup d'effort les traces du sigle d'une université américaine. Lorsqu'elle avait voulu se rhabiller, elle n'avait pu se résoudre à remettre son pull et son jean encore humides et Yann lui avait lancé ce sweat usé mais soigneusement repassé qu'il affectionnait sans doute particulièrement. Il était trop grand pour elle et lui descendait jusqu'à mi-cuisse, mais elle ne l'aurait échangé contre aucun des vêtements de marque que la mode imposait à sa génération.

En chaussettes, elle alla jusqu'à la cuisine. Dieu merci, il restait un peu de café au fond de la cafetière en métal émaillé noir et blanc à l'ancienne ; elle le versa dans une petite casserole pour le réchauffer et rinça les tasses dont Yann s'était servi à son arrivée dans le vieil évier en grès.

Le parfum puissant et corsé du café lui fit tourner la tête. Elle appuya son front au carreau froid de la fenêtre. La nuit tombait sur la Teillais et à travers la buée qui montait de la casserole, on voyait les lumières du hameau s'allumer une à une dans la pénombre. Tout était paisible et silencieux. Une fin de jour digne d'un tableau de Millet, si loin de l'agitation et du vacarme parisiens.

Yann se glissa derrière elle sans bruit. Il sentait le propre et l'eau de toilette. Ses lèvres encore mouillées glissèrent dans son cou.

— Je me sens bien ici, soupira-t-elle. D'abord parce que tu es là, bien sûr, mais il y a autre chose... Une sensation familière, l'impression d'être à ma place... d'être de retour.

Elle soupira derechef.

— Je n'ai pas envie de repartir.

Il fit remonter ses lèvres jusqu'à ses cheveux et inspira profondément leur parfum, en essayant de calmer le tumulte de son cœur.

— Alors, reste.

— Si seulement c'était aussi facile ! J'ai mon métier, la radio ; je ne peux pas tout abandonner comme ça.

— Pourquoi pas ? Je l'ai bien fait, moi !

Elle ne répondit pas, songeuse. Il la sentait tentée. Surtout ne pas la brusquer. Elle pourrait regretter une décision trop hâtive prise au sortir de ses bras, alors que sa peau pouvait encore sentir la caresse de ses doigts. Si Mélanie devait venir à lui, ce serait en toute connaissance de cause et parce qu'elle le voulait vraiment.

— Nous nous sommes perdus trop longtemps pour nous séparer encore, reprit-il, en s'efforçant de ne pas se laisser emporter. Tu sais que mon rêve est de te garder pour toujours auprès de moi. Mais rien ne presse. Tu as tout le temps d'y penser. De toute façon tu avais prévu de rester encore, non ? Tu as une enquête à finir.

Elle haussa les épaules. Son doigt dessinait des vagues molles sur la vitre embuée, indécises comme elle.

— Je ne sais pas si j'ai vraiment envie de continuer. Personne ne veut me dire quoi que ce soit et quand je parviens quand même à avancer, je ne trouve que mensonges et désillusions. Dire que Maurice Caron avait parlé de « chasse au trésor » ! Si cela continue, je vais finir par douter de ma naissance. Je devrais peut-être demander une fiche d'état civil pour m'assurer que je suis bien la fille de mes parents.

Elle faisait semblant de plaisanter mais son rire était grinçant, amer. Yann n'aimait pas la sentir désabusée.

— Mais il y a une petite fille qui attend qu'on lui redonne une existence, un nom…

Mélanie effaça ses vagues d'une paume rageuse.

— Comme c'est parti, elle peut encore attendre longtemps ! J'ai fouillé la Martinière jusqu'au grenier, posé des dizaines de questions et qu'est-ce que j'ai trouvé ? La moitié d'un petit visage intimidé et une main qui s'accroche à la jupe d'une préceptrice alsacienne. Je sais que la petite n'est pas la fille du grand-oncle Louis, ni de la grand-tante Thérèse. Si on écarte mon grand-père, trop jeune à l'époque, il reste Yves, mais j'ai franchement du mal à l'imaginer en amoureux passionné prêt à braver les convenances et les foudres de son père ; je le verrais à la rigueur imprudent, effrayé par les conséquences d'un instant de folie et se soumettant au plan de l'Ancêtre pour sauver son beau mariage à venir… à la rigueur, oui. Reste aussi le grand-oncle Auguste, il ne faut pas l'oublier. Il n'a pas été prêtre toute sa vie. Il rêvait d'être chirurgien, pourquoi a-t-il subitement renoncé à sa vocation ? A chacun son chemin de Damas, me diras-tu, et tu auras certainement raison. Mon Dieu, je vais finir par voir le mal partout avec cette histoire !

— Et si tu restais ce soir, histoire de te… changer les idées ?

Cette fois, son éclat de rire fut franc et la lumière qui dansait dans ses yeux lorsqu'elle se retourna vers lui avait chassé les ombres.

— Oh ! je suis sûre que je peux compter sur toi pour me « changer les idées » ! D'accord, je reste. Je vais juste téléphoner à Françoise pour qu'elle ne s'inquiète pas.

Mélanie souriait malicieusement en raccrochant. La vieille domestique restait égale à elle-même et c'était très bien comme ça. Finalement, Mel aurait été déçue qu'elle réagît autrement. Bien sûr, apprendre que sa Nanou allait passer la nuit sous le toit d'un « monsieur » – tiens, là, elle ne l'appelait plus Yann ! – lui avait fait pousser de hauts cris. Une demoiselle « comme il faut » ne se comportait pas ainsi. C'était peut-être bon à Paris, mais pas ici.

Mélanie l'avait laissée maugréer tout ce qu'elle savait jusqu'à ce qu'elle s'arrêtât d'elle-même, puis elle lui avait souhaité le bonsoir en lui promettant de revenir à la Martinière le lendemain pour midi.

Après une seconde d'hésitation, elle décrocha à nouveau le combiné. Elle avait laissé Viv bouleversée et fatiguée ; elle voulait prendre de ses nouvelles avant de se « changer les idées ».

En fait de nouvelles, c'est Viv qui lui en demanda dès qu'elle fut au bout du fil. Mélanie était dans un tel état en la quittant que la savoir en voiture sur les routes rendues glissantes par la pluie l'avait beaucoup inquiétée. Mais elle n'avait pas voulu appeler à la Martinière pour la laisser digérer en paix ses révélations. Elle avait donc rongé son frein jusqu'à la sonnerie libératrice du téléphone.

Mélanie s'en voulut de ne pas avoir pensé plus tôt à la rassurer. Elle aurait dû savoir que Viv se faisait toujours plus de souci pour les autres que pour elle-même.

— Ne t'inquiète plus ; je suis bien au chaud chez Yann, à la Teillais, et je vais y rester toute la nuit.

— Tu penses que ça me tranquillise ? Fais bien attention, Mel, à ne pas tout confondre. Où est ta vie à présent, le sais-tu ? Tu t'es tellement plongée dans le passé que tu risques de t'y noyer. Remonte vite à la surface pour retrouver la réalité.

— Mais qu'est-ce que tu racontes ? Yann est tout ce qu'il y a de plus réel !

— Crois-tu ? Ne remplace pas tes illusions perdues par d'autres rêves.

Sa voix n'était plus qu'un souffle. Mélanie l'imaginait rassemblant ses forces, agrippée au combiné, pour essayer de la convaincre. Il fallait vraiment qu'elle se repose.

— Nous en reparlerons, promit-elle, mais plus tard, quand tu te sentiras mieux. Occupe-toi un peu de toi pour changer, tu en as besoin. Je suis une grande fille maintenant et je sais ce que j'ai à faire. Et puis rêver, ce n'est pas une mauvaise chose. La fée Viviane renierait-elle les enchantements de Brocéliande ?

Penché au-dessus des flammes du foyer, le maréchal-ferrant s'usait les yeux à déchiffrer les articles en petits caractères d'un journal dont elle ne pouvait voir le titre. Sans doute une de ces « foutues feuilles socialistes », comme disait le brigadier qui respectait trop Monsieur le duc pour rêver d'une nouvelle révolution. Le facteur les apportait toutes les semaines à la forge.

Le père de Lucienne lisait beaucoup. Quand il n'était pas penché sur les sabots d'un percheron, dans une puissante odeur de corne brûlée, il s'asseyait sur un banc devant sa porte, au coin de la cheminée, sur une borne de pierre le long du chemin, n'importe où à vrai dire où il pouvait échapper aux criailleries permanentes de sa maisonnée, chaussait ses lunettes rondes cerclées de fer et tirait précautionneusement de la poche de sa veste un de ses journaux ou une quelconque brochure achetée à un colporteur. Il dépliait les feuilles, les lissait avec soin sur sa cuisse puis se plongeait dans sa lecture et rien, pas même le passage houleux et mugissant d'un troupeau allant au pré ou les récriminations de sa femme appelant à tous les échos leurs turbulents rejetons, ne pouvait l'en distraire.

Il ne levait pas les yeux avant d'avoir tout lu, du titre principal à la plus petite nouvelle reléguée en deux lignes au bas d'une page, et parfois même lisait deux fois le même article. Lorsqu'il avait enfin terminé, il ne découpait pas les feuilles de papier, comme tout le monde, pour pouvoir s'en torcher le derrière aux cabinets ; non, lui les rangeait dans le bas de l'armoire où parfois il lui arrivait, des semaines plus tard, d'aller repêcher un numéro afin de raviver sa mémoire défaillante.

La grande Lucienne lui avait un jour montré les piles bien alignées, en dessous des étagères que se partageaient draps et chemises. La petite qui aimait les livres par-dessus tout n'en respectait que plus le géant barbu aux larges épaules.

Elle tâtonna à la recherche de sa poupée sur l'édredon. Le mouvement de sa main fit aussitôt lever les yeux du maréchal-ferrant. Abandonnant sa lecture, il s'approcha du lit.

— Tu as mal, ma belotte ?

Sa sollicitude était touchante et elle sentit les larmes lui monter aux yeux. C'était le soir de Noël et il s'était porté volontaire pour veiller sur elle pendant que les autres seraient à la messe de minuit à Juigné-les-Moutiers.

« De toute façon, avait-il rétorqué à la mère Tual qui le remerciait, ces bondieuseries ne sont pas pour moi ; ne comptez pas sur moi pour m'agenouiller devant un léchon[1] en plâtre. La petite et moi nous tiendrons compagnie en attendant votre retour. »

La femme du garde-chasse avait refermé la porte en promettant de leur rapporter un morceau de pain bénit à chacun. Puis on avait entendu Princesse hennir et la charrette que le Pelot avait briquée tout ce tantôt s'ébranler à la suite des autres voitures du hameau. Il gelait à pierre fendre en cette nuit divine, mais la lune, presque pleine, illuminait de sa froide clarté un ciel sans nuages. Ils n'auraient pas besoin de lanterne pour éclairer leur chemin.

1. Enfant choyé par sa mère.

— Tu as soif, peut-être ?

Elle inclina la tête. Un peu de lait chaud lui ferait du bien. Elle entendit le maréchal-ferrant farfouiller dans les casseroles de la mère Tual puis s'affairer au-dessus du trépied posé au milieu des braises de la cheminée. Il revint enfin près d'elle, tenant délicatement un bol fumant qui paraissait minuscule entre ses gros doigts poilus aux ongles ébréchés. Il lui souleva la tête pour qu'elle pût boire et lui tendit le lait avec un bon sourire, l'encourageant du regard à tout avaler jusqu'à la dernière goutte.

La première gorgée du liquide brûlant lui fit presque mal tant sa bouche était sèche, mais le reste fut plus aisé à avaler. L'effort qu'elle avait fourni l'avait épuisée ; elle reposa sa tête sur la large paume qui soutenait toujours sa nuque et contempla un instant le bol que ses doigts affaiblis avaient du mal à tenir.

Il était blanc avec une guirlande de fleurs et de papillons bleus tout autour. Elle se souvenait du jour où le colporteur était venu présenter ses modèles à la Teillais. C'était au printemps précédent, et le beau temps retrouvé donnait à chacun des envies de neuf. Le marchand ambulant, qui avait flairé un terrain favorable, avait frappé à toutes les portes du hameau. C'était un de ces jolis cœurs à la prunelle éloquente et à la langue bien pendue, qui profitait de son passage de ferme en ferme pour séduire les filles en mal de romance. Il avait fait forte impression sur la Lucienne qui était restée à glousser sur le pas de la porte tandis qu'il poursuivait son chemin. Mais ici, dans la maison du garde-chasse, il en avait été pour ses frais.

Insensible à son bagout, la mère Tual lui avait fait déballer toute sa marchandise et elle hésitait, un bol dans chaque main. Alors le brigadier était intervenu : « Laisse donc la petite choisir. » Elle s'était avancée, toute fiérote mais un peu inquiète quand même de cette responsabilité : décider dans quels bols la famille prendrait désormais tous les matins son café et son lait n'était pas une mince affaire. Le modèle avec les papillons était fabriqué en trois couleurs. Le vert et le rouge étaient jolis, mais elle avait pointé son index vers le bleu. « Parce que c'est la couleur du ciel », avait-elle expliqué maladroitement. Dix jours plus tard, le colporteur était revenu avec les quatre bols blanc et bleu qui trônaient depuis sur le buffet.

Le maréchal-ferrant lui enleva le sien des mains avec une douceur qu'on n'eût pas attendue d'un colosse habitué à battre le fer. Il aperçut la larme qui coulait sur sa joue.

— Tu es triste parce que tu n'as pas pu aller à la messe de minuit avec les autres ? se méprit-il. Va, ne t'inquiète pas, le petit Jésus ne t'oubliera pas.

Il semblait avoir oublié ses idées anticléricales et ce qu'il avait dit du léchon en plâtre un peu plus tôt dans la soirée. Reposant la tête trempée de sueur de la gamine sur l'oreiller, il se pencha pour prendre les petits sabots rangés au pied du lit.

— Tiens, regarde. Je vais les mettre tout de suite devant la cheminée et je suis sûr que demain matin, tu trouveras dedans une belle orange bien juteuse, ronde comme un soleil !

La petite le retint par la manche.

— S'il vous plaît, implora-t-elle dans un souffle, mettez plutôt mes belles bottines.

21

Le cercueil remontait lentement l'allée centrale du chœur, porté par les employés des pompes funèbres, suivi par des dizaines d'yeux attristés, solennels ou simplement curieux.

« L'église était trop petite... » Le poncif éculé, qui ne manquait jamais de susciter des ricanements à la rédaction à chaque compte rendu de funérailles médiatisées, ne la faisait pas rire aujourd'hui. Oui, l'église était pleine, et pourtant elle ne voyait personne. Elle avait l'impression de vivre un mauvais rêve, de ceux dont on ne se réveille jamais, les pires. Cette atroce certitude la rongeait ; le cauchemar avait pris la place de la réalité, pour toujours.

Mademoiselle Labbé faisait vrombir les grandes orgues avec ferveur comme elle le faisait depuis plus de quarante-cinq ans. La jeune organiste toute rougissante, qui s'était emparée du clavier à dix-huit ans à peine, était désormais allègrement sexagénaire. Elle ne s'était jamais mariée ; sa vie, c'étaient les orgues, et l'église. Quel était son prénom déjà ? Viv le lui avait dit... Ah ! oui, Madeleine, « comme au moins le quart des filles du village de cette génération », avait-elle précisé.

L'église de Pouancé était placée sous la protection de sainte Marie-Madeleine dont la statue aux longs cheveux dénoués de pécheresse repentie veillait à droite de l'autel, appuyée au premier pilier, juste devant la silhouette martiale de légionnaire romain de saint Maurice qui paraissait la garder de près.

Le regard égaré de Mélanie naviguait de l'un à l'autre de ces repères familiers dont elle connaissait le moindre détail, comme si elle les voyait pour la première fois.

Debout à côté d'elle au premier rang, raide dans son manteau gris anthracite, son père lui souffla discrètement que c'était le moment. Il ne la soutenait pas, ne la touchait même pas ; elle ne l'aurait pas supporté. Comme un automate, elle s'avança pour allumer les quatre cierges dressés autour du grand cierge pascal qu'on avait placé selon la coutume à droite du cercueil. En passant, elle effleura en une caresse furtive le chêne luisant.

Pardon, Viv...

Ses yeux, secs d'avoir trop pleuré, brûlaient comme si elle n'avait pas dormi depuis trois jours, ce qui était d'ailleurs le cas, et ses oreilles bourdonnaient, l'isolant de la liturgie qui suivait son cours. Elle ne pouvait chasser de son esprit l'image de Françoise se précipitant à sa rencontre au retour de sa nuit à la Teillais, livide. Elle entendait résonner encore et encore sa voix qui trébuchait sur les mots tant elle était bouleversée : « Oh ! ma Nanou ! Un grand malheur... ta grand-tante Suzanne ! »

Sur le coup, elle n'avait pas compris. Quelle Suzanne ? La fille du grand-oncle Yves ? Peut-être son instinct s'efforçait-il d'éloigner le coup terrible qu'elle pressentait déjà, une seconde encore. Et puis la clarté s'était faite en elle, éblouissante, crue, impitoyable. Viv ! Avait-elle vraiment crié ou le hurlement d'angoisse et de désespoir n'avait-il éclaté que dans sa tête ?

Son corps encore brûlant des baisers de Yann était soudain devenu glacé et elle avait dû s'agripper à la vigne vierge qui couvrait les murs de la Martinière pour ne pas tomber.

« Elle est malade ? A l'hôpital ? » avait-elle murmuré sans conviction ; au regard de Françoise, elle avait déjà compris que le pire était arrivé.

Les voisins, inquiets de voir les volets de la petite maison à côté de l'église encore fermés à onze heures, avaient alerté le curé de Pouancé. Viv, qui n'aimait guère l'idée de savoir que quelqu'un pouvait pénétrer chez elle sans y être invité, avait choisi de lui confier le double de ses clefs. Ils l'avaient trouvée dans son lit, les mains sagement croisées sur le drap brodé au monogramme de sa famille, le visage paisible, déjà froide. Elle était morte durant son sommeil. « Sans s'en apercevoir », lui avait affirmé le prêtre à son arrivée, croyant sans doute la réconforter.

Mélanie avait secoué la tête en signe de dénégation : bien sûr que Viv l'avait vue venir, la camarde !

Ses paroles au téléphone la veille au soir, ce message qu'elle avait voulu lui transmettre malgré l'épuisement qui la gagnait. Et ces draps qu'elle conservait à l'abri dans son armoire, entre deux sachets de lavande, et qu'elle n'utilisait jamais de peur de les abîmer. Elle savait que le lendemain, sa chambre serait envahie par tout un tas de gens, famille, voisins, prêtre, médecin appelé pour constater officiellement ce que tout le monde savait déjà, et elle s'y était préparée. Elle avait même rempli la mangeoire et l'abreuvoir de la cage à oiseaux, au cas où on tarderait à la découvrir. La tourterelle roucoulait en sourdine, effrayée par ce remue-ménage.

S'ils avaient connu Viv comme elle, ils auraient su que personne, pas même la mort, n'aurait pu la surprendre. Viv l'avait vue venir, peut-être même l'avait-elle appelée, et elle l'avait accueillie en grande dame qu'elle était, comme sa mère jadis faisait les honneurs du château de la Ferrière aux visiteurs.

Mélanie avait repris machinalement sa place tandis que l'assemblée entonnait le « Oh ! Seigneur, je viens vers Toi ». Elle se demanda stupidement si Viv n'aurait pas préféré « Dieu nous accueille en Sa maison » tout en comptant les chaises qu'il avait fallu enlever pour faire de la place au cercueil. Huit. Quatre de chaque côté.

Devenait-elle folle pour s'attacher à de si futiles détails ?

Elle s'efforça de fixer son attention sur l'immense gerbe aux teintes mordorées qui recouvrait la bière. Des dahlias et des lys, les fleurs préférées de Viv. La fleuriste n'avait pas caché son étonnement mais Mélanie avait été ferme : sa fée n'aimait pas les roses. Elle les trouvait prétentieuses et surfaites, et leur parfum commun. Pas de roses donc.

Elle avait tenu à être présente pendant que la fleuriste arrangeait le bouquet ; elle voulait que tout fût comme Viv l'aurait voulu... comme si cette fidélité quasi fanatique à sa mémoire pouvait atténuer le terrible sentiment de culpabilité qui la rongeait.

Debout au pied du cercueil, le prêtre, son étole violette par-dessus son aube blanche, faisait l'éloge de « mademoiselle Dufresne, si respectée dans toute notre communauté » et dont « nous espérions tous qu'elle resterait encore parmi nous de longues années ». Les commerçants de Pouancé, qui avaient fermé leur boutique le temps de la cérémonie, acquiescèrent inconsciemment avec un ensemble touchant et la boulangère qui ne lui garderait plus sa ficelle quotidienne essuya une larme.

Mélanie étouffa un sanglot. « Si elle n'est pas restée parmi vous tous, c'est par ma faute ! eut-elle envie de crier. Si seulement je n'avais pas voulu à toute force ressusciter le passé, si je n'avais pas mis au jour les secrets enfouis, ravivé les blessures mal cicatrisées mais avec lesquelles, bon an, mal an, elle s'arrangeait, Viv serait encore là. »

L'office touchait déjà à sa fin. Une cérémonie simple, loin des fastes qui avaient présidé aux funérailles de la grand-tante Jeanne-Marie à Châteaubriant ; les deux sœurs se ressemblaient si peu ! Le curé avait béni le cercueil de son goupillon et invité ceux qui le souhaitaient à faire de même. Il avait les gestes amples et autoritaires d'un entraîneur sportif. C'était un colosse à la carrure impressionnante ; il dépassait ses ouailles les plus grandes d'une bonne tête. Fou de vitesse, il était connu de tous les gendarmes et garagistes du canton et chacun se mettait prudemment à l'abri en entendant le rugissement de sa voiture. Viv disait qu'il n'avait pas besoin de s'annoncer quand il arrivait devant l'église, le crissement de ses freins le faisait pour lui.

L'abbé Talmont brassa l'air d'un grand signe de croix et la foule des fidèles commença à refluer. Mélanie sentit sur son coude la discrète pression des doigts de son père : il était temps d'aller s'aligner sur le parvis pour les condoléances.

La tante Suzanne, filleule de Viv dont elle portait le prénom, n'avait pu faire le déplacement, sa santé se dégradant de jour en jour. Son fils, Xavier, menait le deuil en tant que plus proche parent de la défunte. Cette fois, Nathalie n'avait pas accompagné « mon mari le dentiste », sans doute parce qu'elle savait n'avoir rien à espérer côté héritage ; elle était restée avec leurs enfants dans leur maison de l'Essonne et personne ne s'en plaignait. La cousine Anne était venue de Bain-de-Bretagne et discutait à voix basse avec ses parents.

Son frère, Bertrand, le médecin légiste, n'avait pu se libérer, « victime » d'un règlement de compte sur le Vieux Port qui avait amené la veille au soir à la morgue trois cadavres copieusement plombés à autopsier d'urgence. Sa femme, Sophie, le représentait. La pétulante Méridionale évitait autant que possible les réunions de famille, ne supportant pas l'arrogance rassise et le snobisme de certains Le Gallois ; mais pour Viv, elle avait fait une exception. La « chère vieille bique », comme elle l'appelait affectueusement, était la seule à trouver grâce à ses yeux et elle avait pris le premier avion Marseille-Nantes sur lequel elle avait pu trouver une place pour lui rendre un dernier hommage.

Habituée au soleil de la Méditerranée, elle grelottait sous son manteau rouge que certaines bigotes lorgnaient avec réprobation, quand elle se glissa auprès de

Mélanie occupée à serrer des mains et remercier des gens qu'elle n'avait jamais vus de sa vie et qui défilaient devant elle en une file ininterrompue.

— Tiens bon, ma vieille, lui souffla-t-elle avec son accent chantant qui réussissait à faire souffler une petite brise d'allégresse même dans les moments les plus dramatiques. Arrête de culpabiliser, ta grand-tante n'aurait pas aimé ça.

Mélanie haussa les épaules avec lassitude. Viv était toujours trop indulgente à son égard et voilà où ça l'avait menée. Elle ne se le pardonnerait jamais.

— Sophie a raison, tu sais.

A présent son père s'y mettait ! Mais que comprenaient-ils tous à ce remords qui la hantait, à ce dégoût d'elle-même et de son stupide orgueil ?

Elle s'était prise pour la main de la Justice, le doigt du Destin, l'ange de la Vérité dans sa robe de pureté étincelante comme celle du saint Gabriel du vitrail imité de Chartres qui faisait la fierté de l'église de Pouancé. Quelle idiote ! Elle n'avait rien trouvé et Viv était morte.

— C'était une génération trop tard, c'est tout, poursuivit son père. Si seulement j'avais su alors que mes parents étaient encore en vie, tu n'aurais eu aucun mystère à élucider : mon père avait sûrement connu cette petite ; il n'avait que quatre ou cinq ans de plus qu'elle. Alors, au lieu d'un secret de famille, ce serait devenu une belle histoire à raconter aux enfants avant qu'ils s'endorment.

— Viv disait qu'on ne doit pas raconter aux enfants d'histoires qui se terminent mal, se souvint-elle, à nouveau au bord des larmes.

A quelques mètres de là, Véronique Cottrel lui adressa un petit signe. Mais l'antiquaire ne s'approcha pas et Mélanie lui en fut reconnaissante : elle ne voulait plus qu'on lui rappelle sa quête absurde.

Les employés des pompes funèbres chargeaient le cercueil dans le fourgon. L'un d'eux attendait, la belle gerbe de lys et de dahlias pendant au bout de son bras comme le bouquet du vainqueur à celui du coureur cycliste fatigué. Viv ne regarderait plus jamais le Tour de France.

Mélanie se détourna. Elle aurait besoin de toutes ses forces pour affronter l'épreuve du cimetière, même si ce n'était pas pour les mêmes raisons qu'il y a deux mois. Mais auparavant, elle avait quelque chose à régler.

Un peu à l'écart, à une distance respectable l'un de l'autre et affectant de ne pas se voir, Yann et Pascal piétinaient sur le pavé gelé de la place. Elle avait déjà parlé avec Yann avant la cérémonie. Maintenant, Pascal devait savoir.

Les mains dans les poches, la tête baissée, il la regarda approcher à travers sa frange blonde en bataille. Il se mordait la lèvre et paraissait tendu, incertain. Il semblait loin, le grand reporter que même un pays en guerre n'impressionnait pas.

— Merci d'être venu jusqu'ici, commença-t-elle, tout aussi nerveuse que lui.

— J'aurais dû venir plus tôt, se récria-t-il. Pardonne-moi, je n'avais pas compris. Je me suis stupidement entêté. C'est mon sang basque qui m'a joué des tours, je suppose, tenta-t-il de plaisanter. Je suis navré pour ta grand-tante ; je sais à quel point tu l'aimais. Tu as dû vivre de sales moments. Mais demain, je t'emmène. Nous irons où tu voudras. Tu as besoin de te changer les idées.

Il leva vers elle ses prunelles vertes chargées d'espoir. Elle s'en voulut de lui faire du mal, mais elle n'avait pas le choix.

— Non, Pascal, je ne t'accompagnerai pas, ni maintenant ni jamais.

Il accusa le coup.

— Tu restes à cause de lui ?

Il avait accompagné sa phrase d'un mouvement de tête pour désigner Yann. Il ignorait le nom de son rival et n'avait aucune envie de le connaître.

— Non ! D'ailleurs, je ne reste pas. J'ai bouclé la boucle, accompli ce qui était demeuré en suspens, mais Viv avait raison : le passé doit rester le passé. Désormais, tu en fais partie toi aussi. Je suis désolée. Je ne peux plus me réfugier dans mes rêves d'adolescente, pas plus que je ne veux poursuivre la vie de dingue qui est la mienne à Paris. Je me demande même comment j'ai pu tenir aussi longtemps. En fait, je crois que c'était une façon de m'étourdir : j'avais peur de me regarder en face et de m'interroger vraiment sur ce que j'attendais de la vie. Il est grand temps que je me pose ces questions-là et que j'arrête de fuir pour me construire un avenir.

Il ne répondit pas. Même s'ils n'avaient jamais été aussi proches qu'il l'aurait parfois souhaité, il la connaissait assez pour savoir que c'était inutile.

Mélanie rejoignit sa famille à pas lents, fendant sans les voir les rangs des anciens qui ne souhaitaient pas se rendre au cimetière et se dirigeaient par petits groupes bavards vers les cafés de la rue de la Libération où ils allaient, comme le voulait la coutume, vider quelques verres à la mémoire de la défunte. L'alcool aidant, on évoquerait des souvenirs d'abord, puis on passerait aux anecdotes croustillantes, aux histoires drôles et, dans moins d'une heure, les plus en forme reprendraient en chœur de vieux refrains en patois – la mort, c'est aussi la vie qui continue et on doit à ceux qui partent de poursuivre le chemin avec entrain, nom de Dieu !

Pourquoi y a-t-il tant de monde dans la pièce ? Pourquoi ces mines graves et ces voix étouffées ?

Le docteur Neret est là qui essuie ses mains avec un torchon propre. Il discute à voix basse avec le père Tual qui l'écoute en tirant nerveusement sur sa moustache. Elle n'arrive pas à entendre ce qu'ils se disent. Sans doute discutent-ils de sa maladie.

Et cette grande ombre noire derrière eux ? C'est monsieur Auguste. Il a revêtu son surplis par-dessus sa soutane et l'étole violette pend autour de son cou. Ses lèvres bougent. Il prie, c'est sûr ; c'est son rôle de prêtre.

A présent il s'approche. Il pose sa main sur son front. Comme elle est fraîche et apaisante ! Il murmure encore, mais ce ne sont pas des oraisons.

— Pauvre petite, ma pauvre petite, répète-t-il seulement.

Par-dessus son épaule sombre, elle aperçoit le visage très pâle du Pelot, comme une lune blafarde se levant derrière la hanche d'une colline. La mère Tual passe devant lui, affairée, les yeux rouges. Dans le fond, là-bas, près de la porte, n'est-ce pas monsieur Joseph ? Ce n'est pourtant pas son habitude d'entrer dans la maison ; d'ordinaire il préfère rester dehors, près de la De Dion.

Mais peut-être se trompe-t-elle. Elle a du mal à distinguer les visages.

Pourquoi fait-il si sombre ?

Elle a si mal au dos ! Elle voudrait parler, mais aucun son ne parvient plus à passer sa gorge douloureuse. Elle a soif.

Mais elle n'a plus peur.

Maman, papa, je vais enfin vous retrouver...

Epilogue

Quinze jours après l'enterrement, Mélanie était à son ordinateur, mettant un point final à un reportage qui l'avait fort à propos distraite de ses sombres pensées, quand on sonna à sa porte. C'était le facteur, porteur d'un pli recommandé. Mélanie signa le reçu en se demandant ce que pouvait bien lui envoyer le cabinet de maître Rambaud, le notaire de Viv. Il ne pouvait s'agir du testament : il avait été ouvert dès le lendemain des obsèques et Viv lui laissait tout.

La grande enveloppe de papier kraft contenait un mot laconique de l'homme de loi indiquant qu'il se conformait aux dernières volontés de la défunte et une enveloppe plus petite, d'un beau papier ivoire, épais et doux au toucher, sur laquelle elle reconnut avec un serrement de cœur l'écriture fine et élégante de Viv : « A remettre à Mélanie après ma mort ».

La gorge nouée, elle se rassit à son bureau, prit une grande inspiration et l'ouvrit, découvrant plusieurs feuillets couverts de la même écriture serrée.

« Ma très chère Mélanie,

« Si maître Rambaud a bien fait son travail – et il n'y a pas de raison que ce ne soit pas le cas, il a toujours été scrupuleux –, tu dois recevoir cette lettre deux semaines après m'avoir accompagnée à ma dernière demeure. Tu as donc surmonté le premier choc.

« Tu dois te dire : ma bonne fée Viviane ne pouvait pas me quitter sans une ultime facétie ! Pourtant cette lettre posthume – c'est étrange d'écrire ce mot-là de son vivant ! – est tout sauf un caprice. Plutôt une impérieuse nécessité, si je veux partir l'esprit en paix.

« Tout à l'heure, tu m'as quittée bouleversée d'avoir appris la vérité sur Thérèse. Ta révolte est compréhensible, mais elle s'atténuera avec le temps, je ne me fais pas trop de souci. Moi, je me sens plus légère que je l'ai jamais été, sauf durant ma prime enfance, et pourtant je ne suis pas encore tout à fait libérée.

« C'est pour cela que je prends la plume, pour finir de faire tomber les masques et larguer les dernières amarres qui retiennent mon âme dans cet abîme de mensonges. Après, je me sentirai bien, en règle avec ma conscience. Enfin.

« J'ai en effet un aveu à te faire : je sais depuis longtemps qui était la petite inconnue du caveau et qui étaient ses parents. J'ai failli plusieurs fois tout te dire, mais cela m'était interdit.

« Heureusement, tu ne m'as jamais posé directement la question, sinon j'aurais été confrontée à un terrible cas de conscience : trahir mon serment ou te mentir. Dieu a été assez bon pour m'éviter d'avoir à choisir entre deux péchés.

« Comme je l'avais promis, j'ai gardé le secret “ma vie durant” et maintenant que celle-ci est terminée ou peu s'en faut, je peux tout te raconter.

« Lorsque ton grand-oncle Auguste était encore un jeune homme rêvant de faire des études de médecine, il est tombé follement amoureux d'une amie de sa sœur Thérèse, Adrienne Guérineau. C'était une jeune fille brillante, institutrice nouvellement nommée à Châteaubriant et ardente militante de la laïcité.

« Dès que le vieux Jean-Marie Le Gallois a eu vent de l'idylle, il a poussé des hauts cris : pas de Jules Ferry en jupon dans la famille, surtout au moment où toute la Bretagne était secouée par la séparation de l'Eglise et de l'Etat et le départ forcé des congrégations ! Ton arrière-grand-père n'était pas une grenouille de bénitier, mais il ne voulait pas se mettre à dos la population. Sais-tu que certains Castelbriantais s'étaient à l'époque retranchés dans Saint-Nicolas pour résister, les armes à la main ? L'ambiance était explosive.

« Voyant que malgré ses sermons et ses menaces, Auguste tenait toujours à son Adrienne, il a pris les choses en main : profitant d'un voyage à Paris de son fils qui rêvait toujours d'être chirurgien, il a obtenu la mutation express de la jeune maîtresse d'école loin de Châteaubriant. Il a fait pire encore : quand, au reçu de la lettre lui ordonnant de se présenter dès le lendemain à sa nouvelle affectation, Adrienne s'est précipitée à la Martinière, le vieux Le Gallois lui a fermé la porte au nez en lui affirmant que son fils ne voulait plus la voir.

« Elle l'a cru. Peut-être les deux amoureux s'étaient-ils disputés juste avant le départ d'Auguste, à moins que la jeune fille eût trouvé impensable un tel mensonge de la part du patron Le Gallois. Quoi qu'il en soit, elle est partie le jour même sans laisser d'adresse. Lorsque Auguste est revenu, il a remué ciel et terre pour la retrouver mais son père avait passé la consigne et personne n'a voulu le renseigner. Désespéré, il a décidé d'entrer au séminaire.

« Je sais, tu vas dire que c'était une réaction plutôt "romantique" et qu'il a choisi d'être prêtre pour de mauvaises raisons. Mais c'était une autre époque et l'important n'est-il pas qu'il soit ensuite devenu un bon prêtre ? Un très bon même, puisqu'il a finalement réussi à pardonner à son père.

« Ce que tout le monde, à commencer par elle-même, ignorait, c'est qu'à son départ de Châteaubriant, Adrienne était enceinte. Huit mois plus tard, Thérèse a reçu une lettre d'un médecin de Lanester, près de Lorient. Il écrivait que la jeune femme qui venait d'accoucher était au plus mal et qu'elle avait demandé à ce qu'on prévînt le père de son enfant.

« Alerté par sa sœur, Auguste a aussitôt accouru, mais il est arrivé trop tard : Adrienne était morte des suites de ses couches, sans doute de septicémie. Il s'est retrouvé, jeune séminariste, avec dans les bras un nourrisson sans mère. Il l'a ramené en cachette à la Martinière, ne sachant qu'en faire. C'est Thérèse qui lui a soufflé le meilleur parti à prendre. Auguste est allé trouver leur père pour lui mettre le marché en main : il continuait ses études au séminaire et devenait prêtre comme le souhaitait la famille mais en échange, celle-ci se chargeait de l'entretien et de l'éducation de la petite fille.

« Le vieux Le Gallois a accepté, à condition que personne ne soit au courant qu'Auguste était le père, pas même la petite. Ton arrière-grand-mère a alors trouvé un couple de gardes-chasse de la forêt de Juigné qui acceptait d'élever la fillette. Ils avaient un garçon mais la femme ne pouvait plus avoir d'enfants. Ta petite "inconnue" a grandi dans une maison de la Teillais, celle-là même où s'est installé ton Yann. Le destin a parfois de ces ironies !

« De santé délicate, elle venait régulièrement à la Martinière où la nurse de Jean, ton grand-père, lui donnait des cours, mais sans qu'elle fût autorisée à frayer avec la famille, sa famille en fait. Puis elle est tombée gravement malade. On a diagnostiqué une tuberculose osseuse à un stade avancé ; il n'y avait plus rien à faire. Ton grand-oncle Auguste a vu dans sa mort un châtiment divin : la petite "bâtarde" était partie au ciel rejoindre sa mère et lui restait sur terre pour expier sa faute de jeunesse jusqu'à la fin de ses jours.

« Il s'est néanmoins, semble-t-il, arrangé pour que la petite reposât dans le caveau familial. Tu aurais d'ailleurs pu deviner qu'un prêtre était le mieux placé pour procéder à une inhumation discrète. Souhaitait-il confusément que quelqu'un la trouvât ou avait-il prévu de se faire inhumer dans le même emplacement, le jour venu, près de celle qui n'avait jamais su qu'elle était sa fille ? Nul ne le saura jamais puisqu'il est mort soudainement, d'une crise cardiaque que rien ne laissait présager.

« Je n'ai connu cette pitoyable histoire que fort tard, dans les années trente, quand ton grand-oncle Auguste a atteint la quarantaine. Son secret devenait trop lourd à porter seul. Thérèse, sa confidente, n'était plus depuis de longues années, il m'a choisie pour lui succéder. Peut-être parce que je ne faisais pas vraiment partie de cette famille, complice du silence qui s'était refermé sur sa paternité. Ce jour-là, en me faisant jurer de me taire, il m'a légué son fardeau et la seule photo qu'il avait prise de sa fille, quelques mois avant sa mort, unique témoignage de son existence.

« Voilà, maintenant tu sais tout. J'espère que tu ne m'en voudras pas de ne pas avoir parlé plus tôt.

« Pense à moi sans rancune. Tu as toujours été ma préférée.

« Et suis mon conseil : laisse maintenant le passé derrière toi et sois heureuse.

« Ta Viv. »

Mélanie saisit du bout de ses doigts tremblants la photo carrée aux angles cornés qui avait glissé sur son bureau. On y voyait une petite fille aux yeux aussi clairs que les siens et ceux de la grand-tante Thérèse, aux longues boucles brunes retenues par un ruban au sommet de sa tête, debout dans un jardin, celui de la Martinière sans doute. Elle serrait, comme pour se rassurer, la main de sa poupée installée sur une chaise à côté d'elle. Trop intimidée par l'objectif pour sourire, elle posait un regard grave sur le photographe dont elle ne savait pas qu'il était son père.

Au dos, à l'encre violette pâlie, juste un prénom et une date : Mélanie, 21 mai 1911.

PRODUCTION JEANNINE BALLAND

Romans « Terres de France »

Jean Anglade
Un parrain de cendre
Le Jardin de Mercure
Y a pas d'bon Dieu
La Soupe à la fourchette
Un lit d'aubépine
La Maîtresse au piquet
Le Saintier
Le Grillon vert
La Fille aux orages
Un souper de neige
Les Puysatiers
Dans le secret des roseaux
La Rose et le Lilas
Avec le temps...
L'Ecureuil des vignes
Une étrange entreprise
Le Temps et la Paille
Les Ventres jaunes
Le Semeur d'alphabets
La Bonne Rosée
Un cœur étranger
Sylvie Anne
Mélie de Sept-Vents
Le Secret des chênes
La Couze
Ciel d'orage sur Donzenac
La Maîtresse du corroyeur
Un horloger bien tranquille
Un été à Vignols
La Lavandière de Saint-Léger
Jean-Jacques Antier
Tempête sur Armen
Marie-Paul Armand
Le Vent de la haine
La Courée
tome I *La Courée*
tome II *Louise*
tome III *Benoît*
La Maîtresse d'école
La Cense aux alouettes
L'Enfance perdue
Un bouquet de dentelle
Au bonheur du matin
Le Cri du héron
Le Pain rouge
La Poussière des corons
Victor Bastien
Retour au Letsing
Henriette Bernier
L'Enfant de l'autre
L'Or blanc des pâturages
L'Enfant de la dernière chance
Le Choix de Pauline
La Petite Louison
Françoise Bourdon
La Forge au Loup
La Cour aux paons
Le Bois de lune
Le Maître ardoisier
Les Tisserands de la Licorne
Le Vent de l'aube
Les Chemins de garance
La Figuière en héritage
Patrick Breuzé
Le Silence des glaces
La Grande Avalanche
La Malpeur
Nathalie de Broc
Le Patriarche du Bélon
La Dame des Forges
La Tresse de Jeanne
Loin de la rivière
La Rivière retrouvée
Annie Bruel
Le Mas des oliviers
Les Géants de pierre
Marie-Marseille
Michel Caffier
Le Hameau des mirabelliers
La Péniche Saint-Nicolas
Les Enfants du Flot
La Berline du roi Stanislas
La Plume d'or du drapier
L'Héritage du mirabellier
Marghareta la huguenote
Jean-Pierre Chabrol
La Banquise
Claire Chazal
L'Institutrice

Didier Cornaille
Les Labours d'hiver
Les Terres abandonnées
Etrangers à la terre
L'Héritage de Ludovic Grollier
L'Alambic
Georges Coulonges
Les Terres gelées
La Fête des écoles
La Madelon de l'an 40
L'Enfant sous les étoiles
Les Flammes de la Liberté
Ma communale avait raison
Les blés deviennent paille
L'Eté du grand bonheur
Des amants de porcelaine
Le Pays des tomates plates
La Terre et le Moulin
Les Sabots de Paris
Les Sabots d'Angèle
La Liberté sur la montagne
Les Boulets rouges de la Commune
Pause-Café
Anne Courtillé
Les Dames de Clermont
Florine
Dieu le veult
Les Messieurs de Clermont
L'Arbre des dames
Le Secret du chat-huant
L'Orfèvre de Saint-Séverin
La Chambre aux pipistrelles
Paul Couturiau
En passant par la Lorraine
Annie Degroote
La Kermesse du diable
Le Cœur en Flandre
L'Oubliée de Salperwick
Les Filles du Houtland
Le Moulin de la Dérobade
Les Silences du maître drapier
Le Colporteur d'étoiles
La Splendeur des Vaneyck
Les Amants de la petite reine
Un palais dans les dunes
Alain Dubos
Les Seigneurs de la haute lande
La Palombe noire
La Sève et la Cendre
Le Secret du docteur Lescat
Constance et la Ville d'Hiver
Marie-Bernadette Dupuy
L'Orpheline du bois des Loups
Les Enfants du Pas du Loup
La Demoiselle des Bories
Le Chant de l'Océan
Le Moulin du Loup
Elise Fischer
Trois Reines pour une couronne
Les Alliances de cristal
Mystérieuse Manon
Le Soleil des mineurs
Les cigognes savaient
Confession d'Adrien le colporteur
Laurence Fritsch
La Faïencière de Saint-Jean
Alain Gandy
Adieu capitaine
Un sombre été à Chaluzac
L'Enigme de Ravejouls
Les Frères Delgayroux
Les Corneilles de Toulonjac
L'Affaire Combes
Les Polonaises de Cransac
Le Nœud d'anguilles
L'Agence Combes et Cie
Suicide sans préméditation
Fatale Randonnée
Une famille assassinée
Le piège se referme
Gérard Georges
La Promesse d'un jour d'été
Les Bœufs de la Saint-Jean
L'Ecole en héritage
Le Piocheur des terres gelées
Les Amants du chanvre
La Demoiselle aux fleurs sauvages
Denis Humbert
La Malvialle
Un si joli village
La Rouvraie
L'Arbre à poules
Les Demi-Frères
La Dernière Vague
Yves Jacob
Marie sans terre
Les Anges maudits de Tourlaville
Les blés seront coupés
Une mère en partage
Un homme bien tranquille
Hervé Jaouen
Que ma terre demeure

Au-dessous du calvaire
Les Ciels de la baie d'Audierne
Les Filles de Roz-Kelenn
Michel Jeury
Au cabaret des oiseaux
Marie Kuhlmann
Le Puits Amélie
Guillemette de La Borie
Les Dames de Tarnhac
Le Marchand de Bergerac
La Cousette de Commagnac
Jean-Pierre Leclerc
Les Années de pierre
La Rouge Batelière
L'Eau et les Jours
Les Sentinelles du printemps
Un amour naguère
Julien ou l'Impossible Rêve
A l'heure de la première étoile
Hélène Legrais
Le Destin des jumeaux Fabrègues
La Transbordeuse d'oranges
Les Herbes de la Saint-Jean
Les Enfants d'Elisabeth
Les Deux Vies d'Anna
Louis-Jacques Liandier
Les Gens de Bois-sur-Lyre
Les Racines de l'espérance
Jean-Paul Malaval
Le Domaine de Rocheveyre
Les Vignerons de Chantegrêle
Jours de colère à Malpertuis
Quai des Chartrons
Les Compagnons de Maletaverne
Le Carnaval des loups
Les Césarines
Grand-mère Antonia
Une maison dans les arbres
Une reine de trop
Une famille française
Le Crépuscule des patriarches
La Rosée blanche
L'Homme qui rêvait d'un village
Dominique Marny
A l'ombre des amandiers
La Rose des Vents
Et tout me parle de vous
Jouez cœur et gagnez
Pascal Martin
Le Trésor du Magounia
Le Bonsaï de Brocéliande
Les Fantômes du mur païen
La Malédiction de Tévennec
L'Archange du Médoc
Louis Muron
Le Chant des canuts
Henry Noullet
La Falourde
La Destalounade
Bonencontre
Le Destin de Bérengère Fayol
Le Mensonge d'Adeline
L'Evadé de Salvetat
Les Sortilèges d'Agnès d'Ayrac
Le Dernier Train de Salignac
Michel Peyramaure
Un château rose en Corrèze
Les Grandes Falaises
Frédéric Pons
Les Troupeaux du diable
Les Soleils de l'Adour
Passeurs de nuit
Jean Siccardi
Le Bois des Malines
Les Roses rouges de décembre
Le Bâtisseur de chapelles
Le Moulin de Siagne
Un parfum de rose
La Symphonie des loups
La Cour de récré
Les Hauts de Cabrières
Bernard Simonay
La Fille de la pierre
La Louve de Cornouaille
Jean-Michel Thibaux
La Bastide blanche
La Fille de la garrigue
La Colère du mistral
L'Homme qui habillait les mariées
La Gasparine
L'Or des collines
Le Chanteur de sérénades
La Pénitente
L'Enfant du mistral
Jean-Max Tixier
Le Crime des Hautes Terres
La Fiancée du santonnier
Le Maître des roseaux
Marion des salins
Le Mas des terres rouges
L'Aîné des Gallian
L'Ombre de la Sainte-Victoire

Brigitte Varel
Un village pourtant si tranquille
Les Yeux de Manon
Emma
L'Enfant traqué
Le Chemin de Jean
L'Enfant du Trièves
Le Déshonneur d'un père
Blessure d'enfance
Mémoire enfouie
Louis-Olivier Vitté
La Rivière engloutie
L'Enfant des terres sauvages
L'Inconnue de la Maison-Haute
Colette Vlérick
La Fille du goémonier
Le Brodeur de Pont-l'Abbé
La Marée du soir
Le Blé noir

Polars de France

Pascal Martin
La Traque des maîtres flamands
Jean-Max Tixier
Le Juge de paix

Romans

Sylvie Anne
L'Appel de la pampa
Jean-Jacques Antier
Marie-Galante, La Liberté ou la Mort
La Dame du Grand-Mât
Le Sixième Condamné de l'Espérance
Erwan Bergot
Les Marches vers la gloire
Sud lointain
tome I *Le Courrier de Saïgon*
tome II *La Rivière des parfums*
tome III *Le Maître de Bao-Tan*
Rendez-vous à Vera-Cruz
Mourir au Laos
Jean Bertolino
Chaman
Fura-Tena
Jean-Baptiste Bester
Bois d'ébène
Michel Caffier
Le Découvreur du Mississippi
Anne Courtillé
Le Mosaïste de Constantinople
Paul Couturiau
Le Paravent de soie rouge
Le Paravent déchiré
L'Inconnue de Saigon
Les Amants du fleuve Rouge
Le Pianiste de La Nouvelle-Orléans
Les Brumes de San Francisco
Paradis perdu
Cent Ans avant de nous séparer
Annie Degroote
L'Etrangère de Saint-Pétersbourg
Alain Dubos
Acadie, terre promise
Retour en Acadie
La Plantation de Bois-Joli
La Baie des maudits
Elise Fischer
L'Enfant perdu des Philippines
Hubert Huertas
Nous jouerons quand même ensemble
La Passagère de la « Struma »
L'Orque de Magellan
Terminus Pondichéry
Denis Humbert
Un été d'illusions
Gérard A. Jaeger
Pour l'amour de Blanche
Hervé Jaouen
L'Adieu au Connemara
Le Testament des McGovern
Suite irlandaise
Diane Lacombe
L'Hermine de Mallaig
La Châtelaine de Mallaig

Eric Le Nabour
Orages sur Calcutta
Les Démons de Shanghai
Les Jardins d'Istanbul
Sonia Marmen
La Vallée des larmes
La Saison des corbeaux
La Terre des conquêtes
La Rivière des promesses
Dominique Marny
Du côté de Pondichéry
Les Nuits du Caire
Cap Malabata
Mes nuits ne sont pas les vôtres
Du côté de Bombay
Juliette Morillot
Les Orchidées rouges de Shanghai
Michel Peyramaure
Le Roman de Catherine de Médicis
Le Pays du Bel Espoir
Les Fleuves de Babylone
Les Tambours sauvages
Le Temps des moussons
Les Roses noires de Saint-Domingue
La Porte du non-retour
Bernard Simonay
Les Tigres de Tasmanie
La Dame d'Australie
Princesse maorie
L'Appel de l'Orient
Jean-Michel Thibaux
Le Roman de Cléopâtre
La Fille de Panamá
Tempête sur Panamá
La Pyramide perdue
La Cinquième Courtisane
La Danseuse sacrée
Colette Vlérick
Le Domaine du belvédère

Cet ouvrage a été imprimé en France par

CPI
Bussière

à Saint-Amand-Montrond (Cher)
en octobre 2008

Composé par Nord Compo Multimédia
7, rue de Fives, 59650 Villeneuve-d'Ascq

N° d'édition : C07885/01. — N° d'impression : 083297/1.
Dépôt légal : novembre 2008.